무진기행

무진기행

김승옥 소설

문학동네

나와 소설 쓰기

제1회 이상문학상 수상작이라는 관사가 붙어다니는 「서울의 달빛 0章」을 쓰고 난 이후로 나는 소설을 거의 쓰지 않고 지냈다. 「서울의 달빛 0章」을 쓴 해가 1977년이니까 그 이후 십팔 년 동안 나는 소설가이기를 그만둔 꼴로 지내온 것이다.

1980년에 동아일보에 장편 연재를 시작했으나 광주사태의 참극으로 인한 충격과 분노는 펜을 잡고 있을 수 없을 만큼 손을 떨리게 했다. 연재 십여 회 만에 소설 쓰기를 중단해버렸다. 그 후 몇 군데 사보에 콩트 몇 편을 썼을 뿐, 나는 친구들의 말마따나 '전(前) 소설가'가 되고 말았다.

그러나 아무리 1980년대 초의 한국이 피비린내 나는 광기에 휩싸여 있었다고 할지라도, 1981년에 하나님을 만나는 체험을 하지 않았더라면 나는 이내 다시 펜을 잡고 소설 쓰기에 매달렸을 것이다. 소설 쓰기란 나에게는 항상 직업 이상의 것이었기 때문이다. 소설을 쓰기 위해서 나는 오히려 생계수단으로 다른 일을 하곤 했었다. 소설 쓰기는 나에게는 신성한 것이었다. 소설을 구상하고 파지를 내가며 지금 쓰고 있는 장면의 의미를 정리하는 동안은 인생의 혼란과 무의미감에서 일시적으로나마 벗어나 이 세계가 제법 조리 있어 보이고 의미 있어 보이는 구원의 시간이 되는 것이었다.

그런데 하나님에 의해서 내 영안(靈眼)이 열리고, 하나님의 크고 하얀 손을 보게 되고 그 손에 의해서 어루만짐을 받게 되고 "누구냐?"라는 내 질문에 "하나님이다"라는 음성의 대답을 듣게 되고, 또 이후 1982년엔 "그리스도의 명령이다. 인도에 가서 전도하라!"는 음성의 대답을 듣게 되고, 다음해인 1983년엔 예수 그리스도의 발현으로, 그 하얀 내리닫이 옷을 입으신 하얀 몸— 하얀 머리칼, 하얀 수염, 하얀 피부의 얼굴 등, 하얀 모습의 부활하신 예수 그리스도를 내 눈으로 보게 되는 등, 극치의 구원이 나에게 임하신 것이다. 아무리 생각해도 놀랍기만 한 신비(神秘)의 연속적인 체험이 나에게는 광주사태 이상으로 충격적인 것이었다.

그후 여러 해 동안 나는 오직 성경과 그 주석서를 읽고 기도생활에 몰두하며 나의 세계관과 인생관을 교정하는 일밖에 다른 겨를이 없이 지내왔다. 소설 쓰기는 이 시각 교정 이후에나 고려해볼 문제였다. 인도에 가서 전도해야 한다는 소명의식으로서 그 준비와 관련되지 않는 일은 내 일상생활에서 배제되었다.

　그럼에도 불구하고 소설 쓰기의 문제는 해가 갈수록 더욱 새로운 필요성에 따르는 강한 욕구가 되어 나를 짓누르기 시작했다. 구원의 원천이신 하나님을 만난 이상 소설 쓰기가 더이상 나의 구원 수단은 아니게 됐지만 소설이라는 언어행위가 하나님의 진리와 진실을 드러내기에 적절한 수단일 수 있다는 신념을 가지게 된 것이다. 소설을 쓰기에 따라서는 하나님께 받은 은혜를 갚을 수도 있을 것이다. 그렇다고 해서 마치 공산주의자들의 선전문학처럼 상투적인 기독교 전도용 소설로 단순화하는 것이어서는 안 될 것이다.

　하나님의 진실이 드러나게 하기 위해서는 소설은 오히려 보다 철저한 독창성과 보다 생동적인 형상화를 이루지 않으면 안 될 것이다. 인간과 사회의 죄에 대한 보다 적극적인 접근과 관찰과 숨김이 없는 기록, 그리고 리얼리티를 오히려 돋우어주는 은유―그것이 앞으로 내가 써야 할 소설이라는 비전이 날이 갈수록 뚜렷해지는 것이었다.

　하나님의 빛이 밝을수록 인간들의 어둠은 더욱 고통스러워 보였다. 무신론자 또는 불가지론자였던 시절에는 인간들의 어둠이 때로는 귀엽기도 하고 아름다워 보인 적도 있었는데 말이다.

*

십수 년 동안 중단했던 소설 쓰기를 새로 시작하려고 보니 기왕에 써냈던 작품세계를 새삼스럽게 검토해보고 싶어졌다. 십수 년의 간격이 이전에 썼던 작품들을 하나의 카테고리 안에 집결시키고 있음을 발견하게 된다. 언제부터인가 나에게 '60년대 작가'라는 별칭이 붙어다니는데, 아닌게 아니라 이제 보니 이 카테고리야말로 1960년대 상황 인식이라는 걸 깨닫게 되는 것이다. 1960년대를 고려하지 않는다면 내가 써낸 소설들은 한낱 지독한 염세주의자의 기괴한 독백일 수밖에 없을 것이다. 1960년대라는 조명을 받음으로써 비로소 소설들은 일상적인 모습으로 동작하는 것이다. 내가 '60년대 작가'임을 스스로도 인정하지 않을 수 없었다.

자신이 살고 있는 자리를 확인해보려고 고개를 돌려대며 두리번거리는 어린아이처럼 자기 시대의 현상과 징조를 확인하기 위해서 상상력의 빛을 여기저기 들이대보고 있는 젊은 작가의 모습이 다소 그렇게 회상된다. '하나님을 모르고도 잘도 견뎌왔군!' 작품 한 편 한 편을 들춰볼 때마다 불안과 초조함으로 입술이 바싹 말라붙은 젊은 날의 내 모습이 눈에 선해지며 저절로 연민 섞인 감탄사가 중얼거려진다.

그러나 다른 한편으로, 무신론의 불타는 가슴을 후벼대며 살아가고 있는 사람들이 보다 더 많다고 하면 이 작품들은 더이상 나의 것이 아니고 바로 그 사람들의 것이 되리라. 하나님의 위로가 없는 한 지금도 그리고 앞으로도 우리들의 상황은 항상 1960년대 인 것이다. 이 깨우침이야말로 이 '김승옥 소설전집'을 출판하는 데 동의한 나의 이유이다. 만약 이 소설들이 바로 내가 하나님의 한없이 자애로운 손길에 닿기 이전까지 걸어온 그 궤적의 일부라고 하면 이 작품들이야말로 지금도 1960년대를 살고 있는 모든 이들에게 미로에서 하나님께 이르는 골목으로 들어서게 하는 입구가 될 수도 있지 않을까. 이것이 나의 뻔뻔스러운 희망에 불과하다고 할지라도 이 소설들이 지금 이대로도 바로 그들의 것이라는 사실은 분명할 것이다. 되풀이하지만, 인간의 고통의 궤적을 쫓아서만 하나님의 사랑 깊은 손길이 다가온다는 사실도 분명한 것이다.

*

작가가 자신의 작품을 해설한다는 것은 어처구니없는 짓이라고 생각한다. 왜냐하면 앙드레 지드의 지적대로 한 편의 소설 속에는 작가의 몫과 독자의 몫과 신(神)의 몫이 있기 때문이다. 작가의 이른바 자작해설이란 작가가 그 작품을 통해서 하고 싶은 얘기가 무엇인지에 대해서는 잘 설명할 수 있겠지만 작가 자신도 깨닫지 못한, 아니 도저히 깨달을 수도 없고 느낄 수도 없는 독자의 몫과 신의 몫을 제한하고 훼방하기 십상인 것이다.

한 편의 소설은 그 자체가 독립되고 완전한 개체이다. 스스로 모든 것을 말하고 있다. 그렇게 되게 하기 위해서 작가는 밤잠도 못 자고 고심하며 소설의 형상화에 진력하는 것이다.

그렇다고 해서 소설이 완성되는 것은 아니다. 한 편의 소설이 완성되는 것은 작가가 원고의 끝에 '끝' 자를 쓰는 순간이 아니라 독자가 읽고 난 이후 독자 나름대로 그 소설이 느껴지고 해석되어지는 순간이다.

그러므로 나는 자연인으로서 많은 오해의 고통을 견디면서도 내 소설에 대하여 어떠한 해설도 붙이기를 거부해왔다.

그러나 한 편의 소설에 대하여 오랜 시간을 거치면서도 제거되지 않는 의혹이 있다면 그 책임은 작가가 질 수밖에 없다고 생각한다. 그 의혹을 풀어줄 수 있다면 작가 자신의 작품해설도 다소 허용되어야만 하지 않을까? 물론 궁상은 면할 길이 없겠지만.

나의 경우 「서울의 달빛 0章」이 그런 작품에 속한다.

제목부터 의아해하는 독자를 많이 만났다. '0章'이 무얼 뜻하느냐는 것이다. '서울의 달빛'에 그 말이 왜 붙었으며 그 말이 붙음으로써 어떤 의미로 확장되느냐고 묻는 것이다. 참으로 예민한 독자들이었다.

사실 '0章'이라는 말이 붙어 있는 것은 넌센스이다. '서울의 달빛'이라는 제목에 '0章'이라는 말이 붙게 된 경위는 다음과 같다.

1970년대 때 일이다. 월간잡지 『문학사상』의 주간이시던 이어령 선생께서는 내가 그 무렵, 생계를 위해서 영화 각본만 쓰고 소설 쓰기는 등한히 하는 것을 퍽 안타깝게 여기셨다. 이선생은 내가 대학교 일학년 학생일 때 서울대에 시간강사로 출강하고 계셨는데 그때부터 가깝게 지내온 터였다. 『문학사상』의 사실상 발행인으로서 나에게 소설 집필의 기회를 여러 가지 방법으로 여러 차례 주곤 하셨다. 당시로서는 최고급 호텔이던 서린호텔에 방을 잡아놓고 돈 걱정은 하지 말고 그 방에서 소설 한 편을 완성하고 나오라는 호의를 베푼 적도 있었다. 글자 한 자 못 쓴 채 하루가 지나갈 때마다 마치 모자라는 돈으로 택시를 탔을 때처럼 미터요금이 오를 때마다 가슴이 내려앉듯 그 비싼 호텔비가 하루하루 올라가는 것에 나는 신경쇠약이 되고 말았다. 원고지 한 장도 못 쓴 채 비싼 호텔비, 밥값만 잔뜩 이선생께 부담시키고 호텔을 탈출한 적도 있었다. 그래도 실망하지 않으시고 1977년엔 장충단공원 근처에 있는 파크호텔에 방 둘을 잡아놓고 한 방에서는 나에게 소설을 쓰게 하고 옆방에는 당시 『문학사상』 편집부장이던 작가 서영은씨와 편집부 기자이던 이명자씨를 투숙시켜 내가 백지에 갈겨 써내는 원고를 원고지에 정리한다는 명분으로 내가 도망가지 못하도록 감시시키셨다.

나는 장편으로 구상하고 있던 「서울의 달빛」의 프롤로그 백오십 장을 써내고 '서장(序章)'이라는 뜻에서 제1장 제2장 하듯이 제0장이라고 적어 보냈다. 제목은 물론 그냥 '서울의 달빛'이었다. 그런데 이선생께서 "김승옥이한테서 다음 제1장의 원고를 받을 수 있다고 기대한다는 건 어리석은 것이다. 이 0章만으로도 단편소설의 완성도를 지니고 있으니……" 그러고는 본문 맨 처음에 붙어야 할 0章라는 낱말을 제목 밑에 갖다붙여버린 것이다. 책이 나온 다음에야 나는 제목이 괴상하게 길어졌음을 알았다. 이선생의 예언대로 나는 그 다음 제1장을 오늘날까지 아직 못 써내고 있다.

「서울의 달빛 0章」으로 인해서 나는 순진한 독자들에게서 많은 질문을 받았었다. 대학에서 문학 강의를 하는 시인조차도 「서울의 달빛 0章」의 광포한 문체에 대해서 비난 섞인 의문을 제기하는 것이었다. 월남전 파병, 유신체제 발동, 경제성장, 급격한 거대도시화 등으로 전통적인 규범이 와르르 무너져내리던 1970년대의 도덕적 붕괴 참상을 언어로 포착하기 위해서는 나로서는 그러한 문체를 사용할 수밖에 없었다. 물론 주인공 '나'는 작가인 내가 아니라 1970년대의 비극적인 붕괴의 가장 큰 피해자인 우리 모두인 것이다.

물론 이 소설의 동기가 된 에피소드는 있다. 한 친구가 자신이 초혼(初婚)에 실패한 경위를 나에게 들려준 것이 이 작품을 쓰게 된 동기였다. 그의 실패담에서 나는 우리 시대의 독특한 비극을 보았던 것이다. 그 비극성을 독자에게 제대로 전달하기 위해서는 작가의 상상력으로 그 에피소드는 변형되고 과장되고 채색되는 형상화 과정을 거쳐야만 했다.

12

어쨌거나 「서울의 달빛 0章」을 읽은 독자들, 특히 나의 친지들 사이에서 주인공 '나'와 작가인 나를 동일시하는 듯한 발언을 들을 때면 나 역시 체면을 존중하는 자연인으로서 몹시 곤혹스러워지곤 했다. 소설 쓰기란 마치 외과의사가 칼로 사람의 피부를 찢어벌리고 뜨뜻한 내장을 손으로 주물럭거리는 것과 마찬가지로 범상한 작업은 아니라는 걸 새삼스럽게 깨닫곤 했다.

「강변부인」역시 1970년대적 상황의 조명을 받아야만 리얼리티를 얻을 수 있는 소설이지만 이 소설이 흥미 위주의 이른바 대중소설임을 작가로서 부인하지 않는다. 아니 오히려 철저히 오락성을 추구하려 했던 소설이었음을 고백한다. 주간신문인 일요신문이 처음으로 연재소설란을 만들어 나에게 맡기며 오락성을 요구하기도 했지만, 소설가로서 항상 머리 한구석을 차지하고 있는 '소설이란 재미있는 이야기이다'라는 공식을 편하게 즐겨보려는 태도로 써내려갔던 것이 「강변부인」이다. 1978년, 일요신문에서 연재가 끝나자 당시 한진출판사에서 단행본으로 출판되었는데 만여 부가 판매되었을 때 나는 출판사측에 절판을 요구하며 출판을 중단시켜버렸다. 안이한 태도로 써낸 이 소설 한 편이 그 동안 다작을 스스로 경계하면서까지 소설이 천박한 한 토막 이야기여서는 안 된다고 고집하던 나의 신념을 송두리째 훼손시켜버리는 듯하여 그 역겨움을 견딜 수 없었기 때문이었다.

물론 「강변부인」의 주제에 대해서는 작가로서 최소한의 의욕은 가지고 있었다. 불륜이 비어홀처럼 만연해지며 신종 오락처럼 그 유행을 시작한 1970년대는 마치 낚시꾼이 찌를 노려보듯 사회현상의 변화를 주목하고 있는 소설가에게는 소설 소재의 황금 어장이었다. 전통윤리 또는 절대가치가 붕괴되는 시대에는 모럴리스트들이 할말이 많아지는 법이다.

어떻든, 가정이 붕괴되는 시대의 치유하기 어려운 고통을 이처럼 즐기는 듯한 태도로 안이하게 접근하고 있었다는 점에서 「강변부인」의 작가로서 스스로 부끄럽게 생각해왔지만, 보다 진지한 태도로 이 엄청난 붕괴를 소설로 써낸다면 어떤 소설이 될지에 대해서는 솔직히 말해서 구체적으로 떠오르는 것이 없었다. 비윤리란 궁극적으로는 희극적인 게 아닐까, 그런 깨달음만 얻었다. 결코 진지하게 표현되어질 수 없는, 쓴웃음 한 번 웃고 외면할 수밖에 없는 코미디─그것이 모든 비윤리적인 사태의 형상인 것 같다는 게 「강변부인」을 쓰면서 새롭게 터득한 명제라고나 할까.

소설 쓰기란 인간의 비리와 약점을 나열해 보이는 것 이상이어야만 하리라는 자성을 나에게 강렬하게 일깨워준 것이 「강변부인」이지만 그러면서도 '소설은 이야기' 라는 소설 쓰기의 ABC를 결코 부끄러워해서는 안 된다는 생각에는 변함이 없다. 그렇다면 대답은 자명해진다. '이야기' 를 어떤 형식으로, 어떤 구성과 어떤 말투로 들려주는가에 그 소설의 묘미가 있고 성패가 따른다는 것이다. 바로 그 '어떻게'야말로 작가의 개성이고 독창성이고 그 소설의 존재 이유라고 한다면 「강변부인」 역시 그 나름의 의미를 지닌 존재일 수 있지 않을까?

이건 좀 다른 얘기지만, 「강변부인」이라는 소설을 들여다보고 있으려니, 성(性)을 사회윤리적 차원에서 다룰 때 피상적일 수밖에 없고 거부감을 준다는 깨우침을 얻게 된다. 성 그 자체를 존재양식으로 시인하고 접근하여 정밀묘사를 시도할 때 소설은 오히려 증류수처럼 순수해질 수 있을 듯하다. 기회가 오는 대로 시도해보고 싶다.

*

그 동안 소설이라는 형식으로 쓴 글을 모두 묶어보라는 출판사의 의견에 따라 쓰다가 중단했던 작품 아닌 작품들까지 이 전집에 수록했다. 자료로서의 의미는 있을지언정 미완의 작품은 원칙적으론 작품이 아니기 때문에 이른바 전집에 수록하는 것이 작가로서는 아무래도 겸연쩍다.

「먼지의 방」은 1980년 동아일보에 연재를 시작했으나 광주사태 발발의 충격으로 펜을 잡고 있을 수가 없어서 시작하자마자 중단했던 작품이다. 1970년대의 십 년, 유신체제 발동에서 박정희 대통령 서거까지의 십 년은 나의 삼십대 십 년과 일치되는 기간으로서 어쩌면 한 사내의 일생에서 사회적 생명력이 가장 왕성한 시기이기도 하여 그 1970년대 십 년 동안에 보고 듣고 느끼고 그리고 살았던 경험들이 아마 앞으로도 내 소설의 가장 많은 무대가 되리라고 예감한다. 「먼지의 방」은 내 나름으로 정리해 본 1970년대에 관한 이야기였다. 1970년대란 나에게는 박정희 대 김지하의 전쟁 기간으로 정리되는 것이었다. 우리 한국인들은 내 생각으로는 모두 그 두 진영의 어느 한쪽에 속해 있거나 아니면 그 두 진영에 동시에 속해 있었다. 1970년대는 참으로 처절한 갈등의 시대였고 그래서 위대한 시대였다. 이 「먼지의 방」을 완성시키는 것이 소설 쓰기를 다시 시작하려는 요즘 나의 가장 큰 관심사이다.

「재룡이」역시 미완의 소설을 단편으로 독립시켜버린 작품이다. 1968년 월간 『신동아』에 「동두천東豆川」이라는 장편 연재를 시작했으나 자료 미비로 완성시킬 자신이 없어 서두에서 중단해버렸던 것이다. 6·25 때문에 생긴 마을 동두천은 6·25 이전에는 없었던 한국의 모습이고 그 속에 사는 한국인들 역시 6·25 이전에는 없었던 한국인들이었다. 아니 한국 전체가 이젠 동두천이 되어 있는 것이다.

의정부 북쪽의 자그마한 농촌마을이었던 동두천이 미군기지와 한국군 부대로 인하여 번창한 도시로 형성돼가는 과정을, 그 주민들의 삶을 충실히 그려낼 수 있다면 우리 한국 전체의 삶의 구조와 문제점들을 파악할 수 있으리라는 포부로 소설 쓰기를 시작했으나 동두천 주민들과의 접촉이 충분치 않았고 더구나 미군에 관한 자료는 접근 불가능이어서 소설 완성을 포기할 수밖에 없었다.

1967년 중앙일보에 연재했던 「내가 훔친 여름」역시, 비록 신문사와의 연재 약속 기간은 지켰지만 작품의 완성도 면에서는 미완의 작품이다. 두 젊은이의 자유분방한 국내 여행을 통하여 국내 각 지역의 역사적, 사회적, 도덕적 문제점을 훑어보겠다는 야심한 대작이었으나 겨우 여수 지방에서 여행은 끝나고 말았다.

이 작품은 더이상의 완성은 기대하기 어려울 것 같다. 첫째, 이 작품을 쓰던 이십구 년 전의 나는 스물여섯의 미혼 청년이었다. 한국의 모든 지역의 문제점도, 그리고 나도 이젠 변해버린 것이다. 굳이 쓴다면 1990년의 「내가 훔친 여름」을 써야 하겠지만, 예순을 바라보는 나이의 사내가 훔치는 여름이란 상상조차 되지 않는 괴기소설이다. 재기발랄한 젊은 작가에게 물려줘 쓰게 하고 싶다는 충동이 문득 든다. 1990년대에도 젊은이들은 호기심과 무력감에 찢기며 찾아다니고 부르짖고 울고 깊이 깊이 생각할 것이겠기에.

*

이 전집을 기꺼이 출판해주신 문학동네의 강태형 사장을 비롯

한 편집위원들 그리고 출판 과정에서 자료 수집, 정리, 교열 등 수고해주신 편집부 직원들께 깊이 감사드린다.

특히 이 전집 출판에 대한 부끄러움이 나에게 다시 소설 쓰기를 시작할 수 있는 충격요법이 되었음을 고백하며 출판사측의 호의에 재삼 감사한다.

1995년 11월
김승옥

차례

작가의 말 나와 소설 쓰기   5

생명연습(生命演習)   21

건(乾)   55

역사(力士)   82

누이를 이해하기 위하여   114

확인해본 열다섯 개의 고정관념   140

무진기행(霧津紀行)   158

싸게 사들이기   195

차나 한잔   213

서울 1964년 겨울   258

들놀이   288

염소는 힘이 세다   312

야행(夜行)   335

그와 나   359

서울의 달빛 0章   374

우리들의 낮은 울타리   412

내가 읽은 김승옥 스무 살에 만난 빛   427
신경숙

작가 연보   437

생명연습(生命演習)

"저 학생 아나?"

나는 한(韓)교수님이 눈짓으로 가리키는 곳을 돌아보았다.

"인사는 없지만 무슨 과 앤지는 알고 있죠."

다방 문을 이제 막 열고 들어선 학생에게 여전히 시선을 주며 나는 대답했다. 감색 대학 교복을 입고 그는 어울리지 않게 등산모를 쓰고 있다. 나와 같은 대학 졸업반인데, 이름은 모르지만 그의 용모라면 대학 안에서도 알려져 있다.

"설마 나병 환자는 아니지?"

한교수님은 몸을 탁자 저편에서 내 앞으로 꺾어 기울이며 무슨 못 할 소리라도 해서 미안하다는 듯이 웃으셨다.

"아아뇨."

고개를 바로 돌리며 나도 웃으며 대답했다. 교수님께는 어린 애다운 데가 있다. 오십이 넘은 분이 그렇다면 장점이다.

"내가 잘못 봤나? 어쩌 눈썹이 전연 없는 것 같아."

"밀어버렸지요. 면도로 싹 밀어버렸어요. 눈썹뿐만 아니라 머리털도 시원스럽게요."

"아니 왜?"

교수님은 바야흐로 눈이 휘둥그레진다. 그러다가 쑥스러운 질문이었다는 듯이 또 하얀 이를 가지런히 내보이며 웃으시는 것이다.

"극기?"

스스로 대답해버렸다는 듯이 교수님은 아까 자세로 돌아갔다. 뒤가 개운치 않으신 모양이었다. 그러다가 역시 그런 표정을 하고 있는 나를 보시더니 싱긋 웃음을 보내주시는 것이었다. 나는 다시 마음이 환해지는 듯했다.

"요즘 학생들간에 유행이랍니다. 우습죠?"

나의 이런 물음에 그러나 교수님은 고개를 가로젓고 계셨다. 미소는 여전히 띠셨으나.

"안 우스우세요?"

"자넨 우습나?"

"네, 우스운걸요."

나는 우습다. 어머니와 누나와 그리고 형도 함께 살고 있었을 때이니까, 국민학교 육학년 때, 사변이 있던 그 다음해 이른봄이었다. 전쟁중이긴 했지만, 우리가 살고 있던 여수는 전선에서는 퍽 먼 국토 최남단의 항구여선지 인민군이 남겨놓고 간 자취도 비교적 빨리 지워져가고 있었다. 피난 갔던 사람들도 거의 다 돌아와서, 폭격 맞은 집터에 판잣집을 세우고 될 수 있는 대로 동란 발발 전의 생업을 다시 계속하려고 애쓰고 있었다. 그러나 쉬운 일은 아니었다. 윗녘에서 사태져 내려온 피난민들로 거리는 떠들썩했고 게다가 먼 섬으로 피난시켜놓은 일급선박(一級船舶)들은 얼른 돌아와 활동할 생각을 아직 못 내고 있었을 때였으니까. 사람들은 대부분 구호물자를 배급해주는 교회엘 부지런히 다니고 있었다. 딱히 그것 때문만은 아니었지만, 나와 그리고 남녀공학인 야간상업중학 삼학년에 다니고 있던 누나는 부두가 바로 눈앞에 보이는 교회엘 다니고 있었다.

여수에서는 가장 큰 교회였다. 그 교회 마당에서 내려다보이는 광장 너머에 부두가 있고 부두 저편으로는 거문도로 가는 바다가 항상 차디차게 흔들리고 있는 것이었다. 나와 누나는 나란히 서서 금속처럼 차게 빛나는 해면을 바라보며 한참씩 서 있곤 했는데 그럴 때야 비로소 나는 어린 가슴에 찾아오는 평안을 느끼는 것이었다. 그러다가 보면 어느새 누나의 가느다란 손가락을 꼬옥 쥐고 있곤 했다. 교회 안의 발 시린 마룻바닥에 꿇어앉는 것보다는 교회 마당가에 서 있는 그것이 좋아서 나와 누나는 교회엘 다니고 있었다고 해도 좋았을 것이다. 그러나 교회에서 내주는 구호물자가 하나의 목적이었던 것을 굳이 숨기지도 않아야겠다.

그 이른 봄 어느 날 교회에서는 대부흥회가 있었다. 죄가 많아서 하나님께서 전쟁을 주신 이 나라에 부흥회는 얼마든지 있어도 좋다는 듯이 부흥회가 유행하던 그 무렵이긴 했지만 이번 부흥회에는 재미난 데가 있었다. 이번 부흥회를 주관하러 오신 전도사는 나이 스물인가 되던 어느 해에 손수 자신의 생식기를 잘라버리신 분이라는 것이었다. 그 이유는 오직 하나님이 그렇게 하라고 시켜서라는 것이었다.

부흥회의 첫날밤이었다. 독특한 선전 때문인지 부흥회는 대성황이었다.

장소는 제빙공장이 폭격을 맞아 된 빈터였는데 서너 걸음 저쪽은 파도가 밀려와서 찰싹이는 소리를 내고 물러가는 부두였다. 그 파도소리를 들으며 고촉(高燭)의 전등이 대낮처럼 어둠을 씻어주고 있었다. 호흡이 급한 찬송가 소리와 수많은 사람이 발산하는 열이 이른 봄 밤의 한기를 못 느끼게 해서 좋았다. 나와 누나는 손을 잡고 사람들 틈을 비집고 들어가서 강단의 바로 앞에 자리를 잡고 앉았다.

해가 지면서부터는 몸이 달 정도로 기다리던 부흥회였다. 누나는 망측한 전도사라고 욕을 실컷 퍼부어놓고 나서는 나를 껴안고 깔깔대며 웃어대는 품이 나보다 더 기다려지는 모양이었다. 형도 이것만은 흥미있는 일이라는 듯이 다락방에서 덜커덩 소리를 내며 몸을 뒤척이고 있었다. 어머니도 침울한 표정으로 굳어져버린 얼굴에나마 진기한 것을 보았을 때 생기는 미소를 살짝 보여주시던 것이 나와 누나는 여간 기쁜 것이 아니었다.

아아, 어머니는 진기한 것을 보면 웃으시는구나, 하고 나는 생각했다.

문제의 전도사는 얼굴이 약간 창백하달 뿐 보통사람과 다름이 없었다. 창백하다고는 해도 집에 있는 형에게 비하면 아주 건강체였으니 대단히 평범한 사람이라고밖에는 말할 수 없을 지경이었다. 키는 나지막하고 눈이 가늘어서 날카로웠다. 서른대여섯쯤 보이는 얼굴엔 주름도 별로 없는 듯했다. 하얀 와이셔츠를 입고 검정 넥타이를 가슴에 드리우고 있었다. 검정색 양복을 입었는데 윗도리는 찬송가 소리가 열광적으로 높아갈 때 벗어버렸다.

저 사람이, 도대체 저 사람이 손수 칼로 자기의 생식기를 잘라내버렸을까, 하고 나뿐만 아니라 어른들도 못 믿겠다는 눈치였다. 차라리 그 전도사 곁에 서 있는 키가 유난히 크고 얼굴이 홀쭉하게 생긴 미국 사람이 그랬다면 나는 믿었을지도 몰랐다. 그편이 훨씬 그럴듯해 보였으니까. 그날 밤 나는 자꾸, 지금 생식기가 없는 사람은 저 미국 사람이다, 라는 착각에 여러 번 빠져들곤 했다. 그러다가 보니 그 전도사가 왜 그런 짓을 해버렸는지조차 어느덧 까먹게 되어서 누나에게 다시 물어보고 나서야 깨닫곤 했다. 하나님을 위해서 아니 성령을 받고 그랬다는 것이 아닌가. 내게도 성령이 찾아오는 어느 순간이 있어 나 스스로의 목이라도 잘라버려야 할 경우가 있을는지도 모를 일이라는 생각이 문득 들었다. 그러자 소름이 돋기 시작했다. 땀과 노래와 노래박자에 맞추어 치는 손뼉 소리가 미친 듯이 날뛰다가 가끔 딱 그치고 갑자기 고요한 침묵의 시간이 생기곤 했는데 그런 때엔 나는 나지막이 들려오는 파도의 찰싹거리는 소리가 못 견디게 그리웠고 오늘밤 여기에 온 것이 그리고 앞자리를 차지한 것이 어찌나 후회되던지 자꾸 혀만 깨물었다.

그 악몽과 같은 부흥회의 밤이 지나자 나는 살아나는 듯했다. 그날 밤처럼 땀을 흠씬 흘려본 때가 그전엔 없었을 것이다. 그후로도, 사랑하는 형제여, 라고 부르짖던 전도사의 쉰 목소리가 귓가에 되살아올 때면 나는 등에 땀이 주르륵 흘러내림을 느꼈던 것이다.

흘낏 곁눈으로 보니 그 눈썹 없는 친구는 어느새 의자를 하나 차지하고 앉아 있었다. 알루미늄처럼 하얀 표정이었다.

"옛날에 전도사가 한 분 계셨어요."

나는 느닷없는 사설을 늘어놓으려 하고 있었다.

"응?"

교수님은 무슨 얘기냐는 듯이 고개만 빼어 내 편으로 내미셨다.

"저어 수년 전에 전도사가 한 분 있었는데요……"

나는 말소리를 낮추어가지고

"자기 섹스를 잘라버린 훌륭한 분이었답니다."

"허허허."

교수님은 어처구니없다는 듯이 웃으셨다.

"왜? 그것도 극기?"

"선생님 방금 분명히 웃으셨죠?"

"원 자네두……"

교수님은 내가 귀여운 모양이었다. 나도 한교수님이 정답다.

교수님은 다시 웃으시는 것이었지만 무슨 근심이 있는 사람이 마지못해 웃는 듯한 웃음이었다. 그러고 보니 오늘 교수님은 무언지 허둥지둥하고 계시는 빛이었다. 아까 교문에서 마침 만나서, 선생님 차 한잔 제가 사겠습니다, 했을 때도 무척 당황하신 표정이더니 금방 무슨 구원이라도 받은 듯이 나를 따라, 아니, 오히려 내 앞장을 서서 이 다방으로 들어온 것만 보아도 그랬다.

나는 엘리자베스 조(朝)의 비극작가들에 대한 연구논문을 지난 여름방학 때부터 시작해서 최근에야 완성해놓았기 때문에 그동안에 참고서를 몇 권 빌려 봤다는 이유에서뿐만 아니라 나를 아들처럼 사랑해주시는 한교수님께 논문을 과 주임교수께 제출하기 전에 우선 보이고 싶어서 이 다방으로 모신 것인데, 교수님의 이런 쓸쓸한 얼굴 앞에 원고지 뭉치를 내밀기가 아무래도 죄송스러워서 오늘은 포기하기로 해버렸던 것이다.

"선생님, 극기라는 말이 맘에 드시는 모양이죠?"

"들지…… 글쎄…… 안 그렇기도 하고……"

또 웃으신다. 저렇게 자꾸 웃으시는 분이 아니신데.

키가 크지 않은 사람에게서만 볼 수 있는 근엄하다고까지 할 정도의 침착성을 교수님도 가지고 계시는 것이었으나 그것이 촌스럽지 않고 도리어 세련을 수식하고 있는 것은 이분이 외국 바람을 쐬신 덕택이라고들 한다. 그런데 오늘은 어쩐지 그것이 모두 허물어져가고 있는 듯한 느낌이었다. 어쩐지 야비하게, 그래서 어쩐지 두렵게 보이는 것이었다. 그러자 교수님도 나의 그런 기분을 엿보신 모양이었다. 무어라고 화제를 바꾸고 싶으신 모양이어서 나는 얼른 생각나는 대로 뉴스를 꺼냈다.

"참, 사회학과 박교수님 사모님께서 신병으로 돌아가셨다죠?"

"……"

그러자 교수님은 입이 얼어붙은 듯한 표정을 하시고 무서울 정도로 의심에 찬 시선을 내게 보여주셨다.

"장례식이 내일이라던데요?"

"응."

신음하듯 대답하시더니 방금 전의 표정을 재빨리 무너뜨리려고 교수님은,

"교수 가족 동태에 대해서도 주의가 대단하군."

하고 웃으시며 비꼬아주시는 것이었다. 나는 얼굴이 뜨거워져서 엉겁결에,

"할 얘기가 없어서요."

라고 말해버렸다. 영문은 알 수 없지만 죄라도 지은 기분이었다. 교수님은 웃으시며 딴 얘기를 꺼내주셨다.

"지금도 오(吳)선생 만나나?"

"네, 가끔 만나죠."

오선생이란 만화가로서 주로 Y라는 일간신문에 연재만화를

28

그리고 있는 분인데 대학 교내신문 편집을 하고 있던 나는 신문 관계 일로 그분을 만나야 할 기회가 있었다. 한번 만나자 어쩐지 좋아져버려서 쩔쩔매었다.

겨우 서른둘밖에 안 된 나이에 비하면 얼굴에는 수많은 그늘이 겹에 겹을 쌓고 있었다. 언젠가 내가 좋아하는 한교수님과 내가 좋아하는 오선생을 서로 소개시켜드렸더니 두 분 다 즐거운 모양으로 악수를 한참 동안이나 하고 서 계셨다. 그 다음번에 오선생을 만났을 때, 그 교수님 아주 좋으신 분이더군, 하며 말수 적은 성미에서도 한마디 잊지 않았다.

"그분 요즘 그리는 만화는 퍽 어려워졌더군."

"벌써 십여 년 만화만 그렸으니 소재가 고갈할 때도 되었지요."

"아니야. 그런 의미에서가 아니라 단순한 유머를 벗어나고 있다는 말이야."

"자기 세계를 갖고 있는 분이죠."

"맞았어, 바로 그거야. 자기 세계를, 그래, 그분도 자기 세계를 가지고 있지."

늦가을 햇살이 유리창 밖에서 하늘거리고 있었다. 레지가 다가와서 유리창을 배경으로 하고 꾸부리고 서서 빈 찻잔을 거두더니 살며시 비켜서듯 돌아갔다. 레지의 허리를 굽힌 실루엣이 아직도 남아서 아물거리는 듯했다.

'자기 세계'라면 그것을 가지고 있는 사람을 몇 명 나는 알고 있는 셈이다. '자기 세계'라면 분명히 남의 세계와는 다른 것으로서 마치 함락시킬 수 없는 성곽과도 같은 것이 아닌가 생각한다. 그 성곽에서 대기는 연초록빛에 함뿍 물들어 아른대고 그 사이로 장미꽃이 만발한 정원이 있으리라고 나는 상상을 불러일으켜보는 것이지만 웬일인지 내가 알고 있는 사람들 중에서 '자기 세계'를 가졌다고 하는 이들은 모두가 그 성곽에서도 특히 지하실을 차지하고 사는 모양이었다. 그 지하실에는 곰팡이와 거미줄이 쉴새없이 자라나고 있었는데 그것이 내게는 모두 그들이 가진 귀한 재산처럼 생각된다.

요즘은 '하더라' 체를 쓰기 좋아하는 영수라는 내 친구만 해도 그렇다. '마도로스 수첩에는 이별도 많더라'라느니 '동대문 근처엔 영자도 많더라'라는 시시한 유행가 구절이나 틈틈이 흥얼대고 있는 듯하지만 실은 대단히 진지한 태도로 여자들을 하나하나 정복해나가고 있었다. 잘생긴 얼굴은 아니지만 눈이나 입 가장자리에 매력이 있었다. 초급대학을 그나마 중퇴하고 지금은 군대엘 갈까 자살을 할까 망설이고 있는 그이긴 하지만 꾸준히 시도 써모으고 가끔 옷도 새걸로 사입고 하였다. 나하고는 여수에서 국민학교 다닐 때 제일 친한 사이로 지냈다.

우리 가족은 내가 국민학교도 졸업했으니, 라는 이유를 내세우긴 했지만 기실은 형의 죽음에 반 미쳐버리신 어머니가 서둘러서 환도가 있을 때 서울로 이사했는데, 그후로도 방학만 되면 나는 여수엘 내려가서 그와 바닷가를 헤매었던 것이다. 지금 동대문 근처에서 싸구려 하숙엘 들어 있다. 항구는 사람의 성격에 어떤 염색을 해주는 것이 아닌가고 나는 그를 볼 때마다 생각하는데, 그건 마치 어렸을 때 형을 보듯 하기 때문일 것이다. 그는 여자를 정복하는 데 무어랄까 천재가 있는 모양이었다. 그는 그러한 자기의 천재에 의지하여 한 세계를 형성하려고 애쓰고 있다고 할 것이다. 시를 쓰기 위해서라기보다는 차라리 시를 쓴다는 대의명분이 그의 정복행위를 부축해주고 있을 뿐이었다.

자줏빛 스웨터를 입고 학교로 나를 찾아와서는,

"련민(憐憫)! 련민!"

하며 혀를 끌끌 차는 날이라면 으레 또하나의 인생을 좌절시켜주고 온 날인 것이다.

"련민! 련민! 아 련민뿐이여."

"강선생께서 하시는 사업은 착착 성공중이시라."

내가 이렇게 축하를 아뢰면,

"그녀도 울고 나도 울었더라."

라고 담배를 꺼내며 대단히 만족하다는 듯이 대답을 하는 것이었다.

그러한 그도 단 한 번은 대실패를 한 적이 있다. 여자에게 최음제를 사용했더라는 것이다. 그런 일이 있기 전 어느 땐가 다음과 같은 수필까지 써서 내게 보여준 적이 있는 그로서는 정말 일대 절망일 수밖에 없었을 것이다.

'요힘빈! 총각들은 최음제의 위력을 과도히 신앙한다. 그래서 그 약품이 총각들간에서는 사랑의 매개물질로 간주되어 있는 법도 있다. 피강간(被强姦) 뒤에 으레 있는 처녀의 눈물도 그들에게는 공식적인 식순의 일구(一句)에 불과하다. 참 못마땅한 일이다. 도덕자연하는 나의 이러한 언사가 도리어 못마땅하다고 할는지 모른다. 좋다. 우리들 총각들간에는 도덕자연하는 것도 위악의 품목에 참석할 수 있으니 나의 위악적인 이런 언사가 나를 우리의 본부 '다방지하실'의 야단스러운 청춘 속으로 못 들이밀 바 못 되노라. 에헴, 이런 논리가 나의 머리 위에 비트의 월계관을 올려놓고 박수했다 운운.'

그 실패 이후로는,

"살기가 더 싫어졌다."

라고 중얼거리고 있었다.

"련민! 련민!"

두음법칙 따위가 어감의 감손(減損)을 가져온다면 그건 정말 슬픈 일이 아닐 수 없다고 하면서 그는 기어이 '연민'을 '련민'으로 발음하며 쓸쓸해하였는데 그 '련민'의 음영(陰影)도 최음제 사건 이후엔 퍽 많이 변해 있었다. 어쨌든 내가 보기에 그는 자기의 성(城)이 아니라면 최소한도 자기의 지하실은 지니고 사는 유복한 사람임이 분명하다.

이건 여담이지만, 한교수님의 딸도 무엇인가를 만들어가고 있는 듯해서 나는 나 자신을 돌아보고 적이 불안해진 적이 있다. 여고 이학년이라면 대부분이 센티멘털리스트라고는 해도 그애에게는 당해낼 수 없는 생기조차 곁들여 있었던 것이다.

"세상에서 가장 귀여운 게 뭘까?"

지난 5월 어느 일요일, 한교수님 댁엘 놀러갔을 때였다. 햇볕이 여간 좋은 게 아니어서 나와 그애와 사모님은 등의자를 마당가에 내놓고 앉아 한담을 하고 있다가 발끝으로 흙을 톡톡 차며 등의자를 뒤로 잦혔다 앞으로 숙였다 하고 있는 그애가 하도 귀여워서 탄식하듯 내가 입 밖에 낸 말이었는데,

"여신의 멘스?"

라고 그애는 가벼웁게 퉁겨버리는 것이었다.

"응?"

나는 얼떨떨해져버려서 코먹은 소리로 반문했더니,

"아닐까?"

그애는 숙인 얼굴에서 눈만을 살짝 치켜떠보며 부정의문법으로 또 한번 쥐어박았다.

"호오, 여신에게도 멘스가 다 있을까?"

사모님께서 마침 이렇게 대답을 하심으로써 그 얘긴 그 정도로 그쳐서 나는 화끈 단 얼굴을 감출 수가 있었지만 이건 못 당하겠는데, 하고 생각했던 것이다.

"선생님께서는 자기 세계가 있으십니까?"

대답이 없더라도 무안하지 않으려고 나는 짐짓 앙케트를 흉내낸 장난조로 교수님께 물었다. 교수님은 담배를 꺼내 입가에 무시며,

"자네 보기엔 어때?"

하고 되물으셨다. 나는 성냥을 그어 대어드리며, 교수님의 목소리를 본떠서,

"글쎄요, 있는 것도 같고…… 없는 것도 같고……"

했다.

"허허허허."

교수님은 담배를 한 모금 천천히 빨고 나시더니,

"있지."

라고 말씀하시고 빙긋 웃으셨다.

"있긴요?"

내가 억지를 쓰는 체했더니,

"이래봬도 나의 세계는 옥스퍼드제(製)인데……"

"글쎄요, 성벽이 워낙 높아서 보여야죠."

"흐응."

확실히 교수님께는 어려운 구석이 있다. "외국에서 공부하고 오는 사람들은 다소간에 냉혈동물이 되어 돌아오는 법이지"라고 말씀하시며 당신도 극도의 냉혈동물이었다고 말하시지만 젊었을 적엔 몰라도 지금 봐서는 그런 것 같지는 않았다.

외국이라면 대개 서구를 가리키는 것이니 아마 그네들의 합리주의와 개인주의가 몸에 배어 그럴 것이라고 변호를 해주시면서 한편으로는 "아아, 성숙한 처녀처럼 믿음직한 그대 지식인이여"라고 말해놓고 웃으시고는 "그러나 나처럼 탈선할 가능성이 많

지"하고 자조를 하시곤 했다. 외국서 학위를 받고 온 교수들은
강의노트를 얻어오는 대신 모든 것을 거기에 지불해버리고 온다
는 것이었다. 감상을 다시 길러야 하고 다시 인사를 배워야 하고
다시 웃음을 가져야 한다고 싱거운 조로 말하시고는 곧잘 나더
러 "자네도 외국 갔다 오면 별 수 없지" 하시다가는 이내 "참, 자
네 같은 사람은 아예 외국에도 갈 수가 없어" 하며 놀려주시는
것인데, 그 이유를 나는 알 수가 없다.

하나의 세계가 형성되는 과정이 한마디로 얼마나 기막히다는
것을 나는 잘 알고 있다. 그 과정 속에는 번득이는 철편(鐵片)이
있고 눈뜰 수 없는 현기증이 있고 끈덕진 살의가 있고 그리고 마
음을 쥐어짜는 회오(悔悟)와 사랑도 있는 것이다. 이렇게 말하
면 봄바람처럼 모호한 표현이 아니냐고 할 것이나 나로서는 그
이상 자세히는 모르겠다.

역시 여수에서 살 때다. 그즈음 형은 어머니를 죽이자고 끈끈
한 음성으로 나와 누나를 꾀고 있었다.

피난지에서 돌아와보니 그렇지 않아도 변변치 않던 집이 거의
완전히 허물어져 있었다. 폭격이나 당해서 그렇다면 이웃에 창
피하지는 않겠다고 누나는 부끄러워하고 있었다. 집은 한길이
가까운 산비탈에 있었다. 어머니도 누나와 같은 생각에서였던지
는 모르나 인부를 두 명 사서 한낮 걸려서 깨끗이 처치해버리고
다음날은 그 자리에 판잣집을 세우기 시작했다. 사흘 걸려서 된
집은 내 맘에 꼭 들었다. 온돌방 하나와 판자를 깐 방 하나 그리

고 판자를 깐 방에는 다락방을 만들어 형이 썼다.

다락방 밑의 판잣방에 담요를 깔고 우리 식구가 거처했고, 온
돌방은 어머니처럼 생선이나 조개 따위의 해물을 새벽에 열리는
경매시장에서 양동이에 받아가지고 첫 기차를 타고 순천이나 구
례 방면의 장이 서는 고장을 찾아가서 팔고는 막차로 돌아와서
다음날 새벽을 기다리는 것이 생활인 생선장수 아주머니들의 하
숙방으로 내주고 있었다. 우리집 외에도 근처에 그런 하숙을 치
고 밥을 먹는 집이 몇 더 있었는데 경매시장이 있는 부두와 기차
역에 각각 다니기가 좋은 장소여서 집집마다 육칠 명씩 단골이
있었다. 우리집에서는 누나가 부엌일을 맡고 부엌일뿐만 아니라
매일매일 치러 받는 하숙셈이라든지 잔살림살이는 모두 맡아 하
고 있었다. 낮에는 빨래도 하고 김치도 담그고 하느라고 겨우겨
우 야간상업중학엘 다녔는데 공부는 늘 일등이었다. 세책점(貰
冊店)에서 소설을 빌려다가 틈틈이 보는데 혼자 있는 시간이 많
아서 그런지 상상력이 대단했다. 곧잘 작문을 지어두었다가 나
와 단둘이 있게 되는 시간이 생기면 조용한 음성으로 내게 읽어
주곤 했다. 그것이 누나의 나에 대한 최대의 애정 표시였다. 나
도 학교가 파하면 집안일을 도와주었다. 특히 뒤꼍의 돼지를 길
러내는 게 큰 임무였다. 수놈으로서 중돼지를 넘어서고 있었다.

어머니는 마흔 살이라고는 해도 젊은 티가 남아 있었다. 아버
지가 돌아가신 지 벌써 십 년이 됐는데 그뒤로 도맡아 하신 고생
이 어머니의 살결을 거칠게 해버린 것이어서 고생만 하지 않았

더라면 스물이고 서른이고 마흔이고 그대로 남아 있을 단정한 용모였다. 그것 때문에 어머니의 장사는 덕을 보기도 하고 손을 보기도 했다. 예컨대 순천 같은 도시로 장사를 갔다 오는 날엔 빈 양동이를 들고 돌아오시지만 다른 읍 같은 곳에서는 장날에 가면 손님들이 슬슬 피해버리고 악마 같은 얼굴을 한 아주머니들에게나 가서 물건을 산다는 것이었다. 어머니는 별로 말이 없는 분이었다. 기쁠 때엔 물론 웃으시지만 통 말은 안 했다. 보통 형에게 얻어맞을 때 그러는 것인데, 억울한 일을 당하시면 눈에 파랗게 불이 켜진다. 동녘이 훤할 때 바다를 향해서라기보다는 차라리 육지를 향해서 깜박이는 등대불의 그 희미하나마 금방 눈에 띄는 빛과 같은 것이었다. 그러나 여전히 말은 없다.

형은 종일 다락방에만 박혀 있다가 오후 네시나 되면 인적이 드문 해변으로 나갔다가 두어 시간 후에 돌아와서 다시 다락방으로 올라간다. 밥은 마루방에서 나와 누나와 함께 셋이서 먹는 것이지만 밥만 먹으면 그냥 다락방으로 올라갔다. 사닥다리를 삐걱거리며 올라가는 것을 보고 있노라면, 아아 형은 하늘로 가는구나, 라는 말이 저절로 입에서 나왔다. 다락방은 이 세상에 있지 않았다. 그건 하늘에 있었다.

그곳은 지옥이었고 형은 지옥을 지키는 마귀였다. 마귀는 그곳에서 끊임없이 무엇을 계획하고 계획은 전쟁이었고 전쟁은 승리처럼 보이나 실은 패배인 결과로서 끝났고 지쳐 피를 토해냈고—마귀의 상대자는 물론 어머니였고 어머니는 눈에 불을 켠 채 이겼고 이겼으나 복종했다. 형은 그 다락방에서 벌레처럼 끊임없이 부스럭거리는 소리를 내고 있었다.

형은 스물두 살이었다. 사변 전에 폐가 아주 나빠져서 중학교를 도중에 그만두었다. 하다못해 유행가 가수라도 되겠다고 새벽과 저녁으로 바닷가를 헤매며 소리를 지르고 있더니 그런 지경을 당해버린 것이었다. 나는 국민학교 이학년 때 학교 담임선생님이 새벽에 일찍 일어나는 것이 건강에 좋다고 해서 그런 말을 들은 다음날 형의 발자국을 밟고 해변으로 따라 나간 적이 있었다. 바닷물은 빠지고 있었고 바위들은 금방이라도 벌떡 일어서서 나를 둘러싸고 기분 나쁘게 웃어댈 듯이 시커멓게 웅크리고 잠들어 있었다. 나는 오돌오돌 떨면서 움직이기가 귀찮아, 물기가 담뿍 밴 모래 위에 쭈그리고 앉았다. 그때 바다 저편에서 들려오듯이 아득한 형의 노래가 들려온 것이었다. 바닷속으로 바닷속으로 비스듬히 가라앉아가는 듯한 환상 속에서 나는 형의 폐병을 예감했을 것이었다. 아니다, 그 이상의 것을—형을, 동시에 어머니를, 알았을 것이었다.

"나갈까?"

하고 교수님은 내게 물으셨다.

"들어온 지 얼마 되지도 않았는데요. 저어, 바쁘십니까?"

"아아니 뭐…… 술이라도 마시고 싶어지는군."

"네? 정말 드시겠어요? 저, 제가 좋은 데를 한 집 아는데요."

"흐응, 술이란 좋은 거지?"

38

교수님은 별로 마시고 싶지도 않으신데 괜히 한번 그래보신 모양이다.

나는 짜증이 났다.

"나가실까요?"

나는 벌떡 일어서면서 거의 강제적인 어조로 말했는데 교수님은 별로 불쾌히 여기지도 않고 조용히 자리에서 일어나셨다. 감색 바탕에 검정 사각무늬가 배치되어 있는 교수님의 넥타이가 유난히 눈에 들어왔다.

찻값을 치르고 나오자 교수님은 벌써 밖에 나와서 잎이 지고 있는 플라타너스 곁에 서 계셨다. 저녁 햇살이 번져가고 있는 가을 하늘을 쳐다보고 계셨는데 윤곽이 뚜렷한 얼굴에는 소녀 같은 애수가 깃들어 있었다. 보는 사람에게 못마땅하다는 생각을 조금도 일으키지 않게 진실한 표정이었다.

"정말 술이라도 드시죠?"

"그만두지."

"……"

교수님과 나는 걷고 있었다.

무슨 생각에서였던지 교수님은 문득,

"옛날 얘기 하나 들어보겠나?"

하고 말하시고 웃으셨다.

"네, 해주세요."

나는 필요 이상으로 좋아하는 빛을 보여드렸다.

'정순은 한마디로 총명한 여자였다. 자기의 운명을 만들어낼 수 있는 것은 반드시 자기만이 아니라는 걸 적어도 알고 있었다. 설령 그것이 당시 인습의 강요로 얻은 사고방식이라 할지라도 곁에서 보기에 아슬아슬하다거나 하는 느낌은 전연 가질 수 없도록 무어랄까 확신을 가지고 있는 듯했다. 사랑을 한다고 해도 리얼하다고나 표현해야 할 것으로 한교수보다는 적극적으로 애타하고 보다 적극적으로 울고 그러다가, 어느 날엔가는 자기 편에서 절교장을 보냈다가도 그 다음날 새벽 동이 훤해지기 바쁘게 부석부석한 눈으로 한교수의 하숙으로 달려와 방긋 웃으며, 저 지독한 거짓말쟁이예요, 하고 무릎을 꿇고 앉아 사죄를 하기도 하는 하여간 가슴이 타도록 한교수를 사랑하는 것이었지만, 그러나 한편으로는 배암과 같은 이기심을 발휘하여, 대학 졸업 후 런던 유학을 꾀하고 있는 한교수에게 그 계획을 포기하라고 희생을 강력히 요구해오기도 하는 것이었다. 동갑이었다. 도쿄 유학을 온 학우들간에 '국화, 단(但), 남성'이란 별명을 가진 한교수에겐 정순과의 사랑이 무척 풀기 힘든 선택 문제로, 하나의 시련으로 하나의 굴레로 압박해왔다. 졸업날짜가 가까워올수록 더욱 그랬다. 그때의 일기장을 펴보면 이렇게 적혀 있다고 한다. '대학 졸업 후 정순과의 결혼이냐 젊은 혼을 영국의 안개 낀 대학가에서 기를 것이냐. 둘 다 보배로운 일이 아닌가. 둘 다 한꺼번에 만족시킬 수 있다면 얼마나 기꺼운 일이냐. 그러나 정순은 나의 모든 학업이 끝날 때까지는 아마 기다릴 수 없으리라는 것이었다. 과년하다고 도쿄 유학도 겨우 용인해주고 있는 고국의 부모들이 딸의 졸업 후에는 절대로 가만두지는 않을 것이라는 것이다. 자기가 일본 여성이라면 서른 살이 문제가 아니라 마흔까지라도 기다릴 수 있겠지만 불행히도 자기의 부모는 이해심 적은 조선 사람이라는 것이다. 그래도 내가 기다리라고 하면 목숨을 걸고 기다리겠지만 늙다리가 되어서는 자기 편에서 차마 결혼을 승낙 못 할 것 같다는 것이다. 결혼을 해놓고 서양 유학을 간다고 해도 그것은 내가 자신이 없다. 결국 둘 다 망치는 일이 될 것만 같아서다. 오직 하나 분명한 것은, 나는 정순을 지극히 사랑한다는 것뿐이다. 아아, 신이여 보살피소서.' 그러다가 마침내 결론을 얻었다. 졸업을 일 년 앞둔 어느 봄날이었다. 도쿄의 하늘은 흩날리는 사쿠라 꽃잎으로 이슥해지고 사람의 심경들도 마냥 혼미해지기만 하는 봄날의 꽃바람이 부는 밤이었다. 정순의 육체를 범해버리기로 한 것이었다. 말똥말똥한 의식의 지휘 아래, 한 번, 두 번, 세 번, 네 번…… 수술대 위에 뉘어진 환자가 모르핀에 취할 때까지 수를 세듯 한 번, 두 번, 세 번, 네 번, 다섯 번. 그러자 예상했던 대로 한교수의 사랑은 식어질 수 있었다. 다음해 사쿠라가 질 무렵엔, 마카오 경유 배표를 쥐고도 손가락 하나 떨지 않고 서 있을 수 있었다. 벌써 삼십여 년 전 얘기다.'

"흐흥, 그런데…… 그 여자가 어제 저녁 죽었다네."

"네?"

"장사는 내일 치르구…… 오늘 저녁에 입관을 한다나?"

"네? 그럼 사회학과 박교수님의……"

한교수님은 쓸쓸히 웃으셨다. 가을 햇살이 내 에나멜 구두 콧
등에서 오물거리고 있었다.

형이 나와 누나에게 어머니를 죽이자는 말을 처음 끄집어냈을
때도 내 발가락 사이로 초가을 햇살이 히히덕거리며 빠져나가고
있었다. 굵은 모래가 펼쳐진 해변에서였다. 납득? 아마 그랬을
것이다. 기침을 해가며 나직나직 말하는 형의 백짓빛 얼굴에서
나는 그를 미워할 아무런 건덕지도 찾아볼 수 없을 지경이었으
니까. 왜냐하면 그런 말을 하는 형을 미워해야 한다면 어머니도
똑같이 미워해야 할 것이었는데 실상 나는 둘 다 미워하고 있지
않았다. 둘 다 사랑하고 있었다. 내가 설령 모두 미워하고 있었
다고 하더라도 그것은 나의 그들에 대한 끝없는 사랑의 감정에
서일 수밖에 없었다. 그러나 손쉽게, 사랑한다고 해서 내가 초가
을 햇살이 눈부신 해변에서 들은, 지옥으로부터 나의 가슴에 육
중하게 울려오는 저 끔찍한 음모를 납득할 수는 없었을 것이다.
차라리 수년 전 어느 새벽에 발자국을 밟고 따라가서 소라껍질
같은 나의 마음속에 잊지 않으리라 담아두던 노랫소리의 빛깔로
하여 형의 이런 계획은 당연하다고 주억거릴 수 있었다고 하는
편이 나았다.

형을 따라 새벽에 해변엘 나간 적이 있던 그 무렵 어느 날 저
녁때였다.

어머니는 마흔이 넘어 보이는 사내를 하나 데리고 집으로 왔다. 어머니가 생선장수를 시작하기 전으로, 바느질로써 용돈을 벌었고 남아 있던 살림살이를 하나씩 하나씩 팔아서 살고 있었을 때였다. 사내는 갯바람에 그을러서 약간 야윈 듯한 얼굴에 눈이 쌍꺼풀져 있었다. 모든 것이 자신만만하다는 듯한 태도를 가진 그 사내는 그날 저녁에 어머니와 함께 밤을 지내고 다음날 새벽 일찍이 돌아갔다. 그날 나와 누나는 공포에 차서 덜덜 떨며 한숨도 자지 못하고 말았다.

중학교에 다니던 형도 엎치락뒤치락하며 밤을 그대로 새우고 있는 눈치였다. 다음날 형은 학교엘 가지 않았다. 그것이 아버지의 사망 후에 어머니가 맞아들인 최초의 사내였다. 일본을 상대로 하는 밀수선의 선장이라는 건 그 사내가 그날 밤 이후로도 몇 차례, 몇 차례라고는 하나 시일로 따지면 거의 일 년 동안 우리 집에 드나들 때 자연히 알게 되었다. 왜 어머니가 사내를 집 안으로 끌어들였는지 그리고 우리에게 아무런 인사도 시키지 않았고 말도 못 건네게 하였는지 그때는 아무래도 이해할 수가 없었다. 풍족하진 못했지만 돈이 없다고 짜증을 부리거나 불만을 가진 사람은 집안에 아무도 없었다. 그렇다고 사내를 우리들에게 아버지처럼 행세시키려 드는 눈치도 아주 없었다.

사내가 다녀간 다음날에는 어머니는 형에게 무척 미안하다는 태도를 지어 보였다. 형으로 말하자면, 처음엔 어리둥절했던 모양이다. 무엇을 어떻게 하겠다는 결심은 전연 서려 있지 않은 분노를 자기의 침묵과 눈동자에 담고 있었으나 그뿐 아무런 짓도 하고 있지 않았다. 그러나 자기의 행동에 어떤 결심을 갖다붙일 수 없었던 것은 오로지 자기의 나이를 잘 알고 있기 때문이었던 모양이다. 두번째의 사내는 세관 관리였다. 털보였다. 눈이 역시 쌍꺼풀져 있었다. 술고래인 모양으로 늘 몸에서 술냄새가 나고 있었다. 세번째 사내는 헌병문관(憲兵文官)이었다. 어머니보다 젊은 듯했다. 안색이 창백하였으나 눈이 부리부리한 사람으로 우리들에게는 항상 적의 어린 시선을 쏴주고 있었다.

이때 형은 학교를 그만둔 뒤였다. 그 무렵 형의 약값으로 돈이 많이 들어서 살림이 상당히 쪼들리고 있었는데 그것이 미안해서였던지 아니면 이제는 충분히 나이가 들었다고 생각해서였던지, 세번째의 사내가 처음으로 다녀간 다음날 형은 드디어 어머니를 때리고 만 것이었다. 그리고 어머니의 눈에 처음으로 불이—희미하나 금방 알아볼 수 있는 파란 불이 켜지기 시작한 것이었다. 그리고 그 불빛 속에서 영원한 복종과 야릇한 환희와 그러나 약간의 억울함을 나와 누나는 본 것이었다. 그러한 빛깔을 한 불이 켜지면 누나는 안타까워서 동동 뛰었다. 그러나 나는 이미 포기해버리고 있었으므로 누나를 달랠 수 있는 여유조차 갖고 있었다.

어머니는 형에게 연애를 권했다. 형은 학교를 그만둔 뒤로는 썩어가는 폐에 눈물 어린 호소를 해가면서 문학으로 방향을 바꾸고 있었으므로 어머니는 그런 핑계를 내세우고, 연애는 네 문학 공부에 어떤 자극이 될지도 모른다고 권했으나 형은 흥, 하고 웃어버렸다.

한 사람이 배반했다고 해서 자기까지 배반해버릴 수는 없었던 모양인가. 더구나 배반한 사람이 어떤 의사이전(意思以前)의 절 대적인 지시 아래에서는 어찌할 수가 없다는 사실을 알고 있었 기 때문인가. 피난지에서 어머니가 한번 좋은 처녀가 있는데 결 혼할래, 하고 물었더니, 아무리 전쟁중이라도 어머니가 미쳐버 린다는 건 슬픈 일이에요, 라는 대답을 하고 나서, 어머니를 똑 바로 쳐다보면서 싸늘한 웃음을 지었다. 어머니는 얼른 고개를 숙임으로써 그 시선을 피했지만 떨구는 어머니의 눈 속에는 그 파란 불이 켜져 있었던 것이 기억된다. 피난지에서 돌아와서부 터 어머니가 사내를 집 안으로 데리고 오는 일은 없었다. 그러나 모든 것이 형에게는 마찬가지였다. 형은 무엇인가를 기어이 하 고야 말리라고 예기하고 있던 나는 그렇기 때문에 다락방에서 끊임없이 부스럭거리며 살고 있는 형을 공포에 찬 눈으로 주시 하고 있었다. 누나도 마찬가지였다. 누나와 나는 유일한 동맹이 었다. 내가 어린 날을 그래도 행복하게 보낼 수 있었던 것은 오 직 누나가 있었기 때문이었다.

형이 어두운 다락방에서 우리에게 숨기며 쉬지 않고 무엇인가 를 만들어가고 있듯이 나와 누나도 형과 어머니에게서 몇 가지 비밀을 만들어놓고 우리의 평안과 생명을 그 비밀왕국 안에서 찾고 있었다.

누나가 밤늦게 학교에서 돌아오면 나는 기다리고 있다가 다락방에 있는 사람에게 들키지 않도록 조심하며 밖으로 나간다. 누나도 석유 남폿불의 심지를 줄여놓고 나서 역시 살그머니 빠져나온다. 나와 누나는 발소리를 죽이며 어두운 숲그늘을 밟고 산비탈을 올라간다. 해풍이 끊임없이 솔솔 불어오고 있다. 소금기에 전 잎사귀들은 사그락대고 있다. 뱃고동 소리가 부우웅 울려오고 우리가 산비탈을 올라감에 따라서 부두 쪽에서 들려오는 웅웅거리는 소리가 조금씩 크게 들린다. 내려다보면 항도의 크고 작은 불빛들이 눈짓을 보내주고 있다. 드디어 철조망이 나선다. 칙칙한 색으로 숲이 살랑대고 있는 철조망 저편에는 석조저택이 우울하게 서 있다. 몇 개의 창에서 불빛이 새어나오고 있다. 현관에도 불이 켜져 있다. 우리는 철조망 이편에서 납작 엎드려 기다리고 있다. 엎드려서 우리는 흙내음과 풀내음을 들이마시며, 뜨거워져가는 숨소리를 느끼며 잔뜩 긴장하여 기다리고 있다.

이윽고 현관문이 밖으로 빛을 쏟아내면서 열리고 애란인인 선교사가 비척비척 걸어나온다. 깡마르고 키가 크다. 불빛 아래서는 번쩍이는 안경을 쓰고 있다. 유령처럼 그는 이쪽으로 천천히 걸어온다. 어떤 때는 고개를 숙이고 걸어오기도 한다. 사그락대는 나뭇잎 소리들이 이 밤의 정적을 더 돋우고 있을 때 그가 이편으로 걸어오는 발짝 소리는 무한히 신비스럽게 느껴진다. 이윽고 왔다. 우리가 엎드려서 힘을 눈에다 모으고 있는 철조망 저

컨에는 몇 그루의 측백나무가 어둠에 싸여 있고 그 측백나무 아래에는 벤치가 하나 있다. 그는 드디어 거기에 앉는다. 털썩 주저앉는다. 나는 누나의 한 손을 꼭 쥐고 있다. 손에는 어느덧 땀이 흐르고 있다.

선교사는 멀리 아래로 보이는 시가지의 불빛들을 꿈꾸듯이 보고 있다. 바람에 실려오는 소금기를 냄새 맡는 듯이 그는 코를 두어 번 킁킁거려본다. 드디어 바지 단추를 끄른다.

홍청대는 항구의 여름밤과는 상관없이 바위처럼 고독한 자세 하나가 우리의 눈앞에서 그의 기나긴 방황을 시작하고 있다. 그렇게도 뛰어넘기 힘든 조건이었던가. 일요일에 교회에서만 선교사를 대하는 신도들에게는 도대체 상상될 수 없는 그래서 무수한 면을 가진, 아아 사람은 다면체였던 것이다. 바람은 소리없이 불어오고 잎들조차 이제는 숨을 죽이고 이슬방울들이 불빛에 번쩍이면서 이 무더운 밤이 해주는 얘기에 귀를 기울일 때 나의 등에도 누나의 등에도 어느새 공포의 식은땀이 흐르고 있었다.

이윽고 끝났다. 그는 어둠 속에서 한숨처럼 긴 숨을 몇 번 쉬고 느릿느릿 일어나서 바지를 추켜입고 힘없이 비척거리며, 온 길을 되돌아간다. 그제야 우리들은 쥐었던 손을 놓고 일어선다. 이마에서는 땀이 흐르고 있다. 우리는 기진맥진하여 불빛들이 사는 비탈 아래로 내려온다.

우리의 왕국에서 우리는 그렇게도 항상 땀이 흐르고 기진맥진하였다. 그러나 한 오라기의 죄도 거기에는 섞여 있지 않은 것이

었다. 오히려 거기에서 우리는 평안했고 거기에서 우리는 생명
을 생각하고 있었다. 낮에 우리는 가끔 그 선교사가 자동차를 타
고 지나다니는 것을 본 적이 있지만 전연 딴사람처럼 명랑해 보
였다. 명랑하게 달려가는 자동차의 뒤에서 우리는 늘 미소를 가
질 수 있었다. 다시 한번 말하거니와 우리가 꾸며놓은 왕국에는
항상 끈끈한 소금기가 있고 사그락대는 나뭇잎이 있고 머리칼을
나부끼는 바람이 있고 때때로 따가운 빛을 쏟는 태양이 떴다. 아
니, 이러한 것들이 있었다기보다는 우리들이 그것을 의식하려고
애쓰고 있었다고 하는 게 옳겠다. 그러한 왕국에서는 누구나 정
당하게 살고 누구나 정당하게 죽어간다. 피하려고 애쓸 패륜도
아예 없고 그것의 온상을 만들어주는 고독도 없는 것이며 전쟁
은 더구나 있을 필요가 없다. 누나와 나는 얼마나 안타깝게 어느
화사한 왕국의 신기루를 찾아 헤매었던 것일까!

햇빛이 눈부시게 빛나는 해변에서 형이 어머니를 죽이자고 했
을 때 나는 훌쩍훌쩍 울어버리고 말았지만 그것은 형의 말에 반
대해서라기보다는 오히려 형에게 얼마든지 동감할 수가 있었기
때문일 것이다. 형은 그 말을 함으로써 스스로 성자의 지위에 올
랐다고 생각했을 것이다. 누나도 사실 어머니에게 불만이 없는
것은 아니었다. 그렇다고 그 불만이 형을 위해서 있는 것은 아니
었다. 누나는 가장 영리하였다. 그 눈부신 해변에서 누나는 한마
디 말도 하지 않고 한 개의 표정도 바꾸어 짓지 않았지만 그것은
누나의 아름다운 노력일 뿐이었다. 누나는 영리하였다. 형은 어

머니의 거의 문란하다고나 해야 할 남자관계를 굳이 내세우며 우리를 설복시키려고 애쓰고 있었지만(그것은 우리를 철부지로 여기고 있었기 때문일 것이다. 철부지에게는 본능적인 의협심이 행위의 충동이 되는 걸로 형은 생각했을 것이다) 사실 나도 그따위는 아무것도 아니라고 생각했다. 형의 의도는 그 너머에 있는 것이었으니까—누나는 귓등으로 흘려버릴 정도로 모든 것을 알고 있었다.

모든 오해를, 옳다, 모든 오해를 누나는 알고 있었다. 그러나 영원히 풀어버릴 수 없는 오해라는 것도 알고 있었다. 무서운 결과를 무릅쓰지 않고서는 누나는 결코 그 오해를 풀어줄 수가 없다는 것도 알고 있었다. 아아, 이렇게 얘기해서는 안 되겠다. 이것은 너무나 막연한 표현들이다. 한마디로 말하고 싶다. 어머니는 영혼을 사러 다니는 마녀와 같다고 형은 경계하고 있었고, 한편 형은 빈틈을 쉬지 않고 노리는 어떤 악한 세력이라고 어머니는 생각하고 있었다. 이러한 생각들은, 나와 누나의 직관 속에서 보면, 분명히 아버지의 사망 후에 비롯된 것이었고 비록 은근한 것이었다고는 하나 얼마나 끈덕진 것이었던지 이것의 어떤 해결 없이는 새로운 생활—새롭다고 한들, 남들은 별 생각 없이 예사로 사는 그런 생활을 할 수는 도저히 없는 것이었다.

형과 어머니는 주고받는 시선 속에서 우습도록 차디찬 오해를 나누고 있었다. 그뿐이다. 그뿐이다. 둘 다 오해를 하고 있었던 것뿐이다. 상상의 바다를 설정해놓고 그곳을 굳이 피하려고 하

는 뱃사람들처럼 어머니와 형도 간단하게 살아갈 수는 없었던
것인가.

　누나가 마지막까지 눈물겨운 노력을 포기하지 않았던 것을 나
는 알고 있다. 모래가 따가운 해변에서 돌아와서 일 주일인가 지
난 날 밤이었다. 누나는 그날 저녁 학교를 쉬고 노트에 부지런히
글을 짓고 있었다. 열여섯 살짜리 계집애로서는 그 이상 더 어떻
게 할 수 없는 노력이었다. 나는 남포에 석유를 붓고 누나가 쓸
연필을 깎아놓았다. 그러고 나서 누나 곁에 엎드려서 근심스럽
게 누나의 노력을 바라보고 있었다. 작문은 이런 것이었다.

　'내 어머니의 '남자관계'를 내가 어렸을 때는 막연한 어떤 심
리에 사로잡혀 미워하고 심지어 내 어머니는 '갈보'라고까지 욕
을 했고 그리고 나의 기억에도 아버지와 놀던 세세한 일은 거의
남아 있지 않을 정도로 오래 전에 돌아가신 아버지를 애타게 그
리워했고 그 아버지를 잊어버리고 다른 남자와 '놀아나는' 어머
니를 더욱 미워하게 됐고 그래서 혹시 그런 남자가 집에 오기라
도 하면 나는 일부러 방문을 탁 닫기도 하고 큰 장독으로 돌을
가져가서 차마 독을 쾅 깨어버리지는 못하고 땅땅 두들겨보고
그러다가 그 독아지 속에서 울려오는 무거운 소리를 귀 기울여
들으며 어머니에 관한 일은 잊어버리기로 하곤 하였다. 이제 와
서 생각하면 그처럼도 어머니를 못 이해하고 있었다니, 하는 후
회만이 앞선다. 어머니가 사귀던 몇 남자들의 얼굴을 나는 똑똑
히 외우고 있다. 그들은 차례차례 어머니를 거쳐갔는데 이상하

게도 그 남자들의 용모에는 공통된 점이 많았다. 눈이 쌍꺼풀이라든지 콧날이 오똑하고 얼굴색이 비교적 창백하다든지, 하여간 나의 기억 속에 그들의 얼굴은 서로 비슷했다. 그리고 좀더 거슬러올라가면 그것은 놀랍게도 아버지의 얼굴과 거의 일치되는 것이다. 어머니는 사귀고 있는 남자를 우연한 기회에 보게 되었을 것이다. 그리고는 옛날 당신의 한창 젊음을 바쳐 사랑하던, 그리고 그보다도 더 큰 아버지의 사랑을 받던 날을 생각할 것이다. 아아, 어머니는 얼마나 아버지를 찾아 헤매었던 것일까. 내 어린 시절의 기억 속에 불쾌감을 모질도록 일으키던 어머니의 '남자 관계'는 곧 내가 사랑하는 그리고 어머니가 사랑하는 아버지를 찾아 헤매던 일이기도 했던 것이다.'

물론 이 작문은 거의 완전한 허구였다. 그러나 최후의 노력이었다. 누나는 그 작문을 들고 다락방으로 올라갔다. 나는 기도하듯이 손을 모으고 다락방으로, 지옥으로 올라가고 있는 한 사도의 순결한 모습을 바라보고 있었다. 지루하도록 오랫동안 그 사도는 내려오지 않았다. 이윽고 다락의 층계를 밟고 사도는 피로한 모습을 하고 내려왔다.

절망. 형은 발광하는 듯한 몸짓으로 픽 웃더라는 것이다. 그리고 누나에게 이런 뜻의 말을 하더라는 것이다. 어머니의 '남자관계'를 너는 그렇게 해석해도 무방하다. 그러나 실은 그것에서 그치는 것은 아니다. 그것은 일종의 극기일 뿐이다. 극기일 뿐이다. 극기일 뿐이다 ……

"옛날 일을 그래서 지금은 후회하세요?"

"후회하냐고?"

교수님은 무슨 소리냐는 듯이 눈을 둥그렇게 뜨셨다. 그러자 그러한 당신의 표정이 서운하셨던지 입술을 주름지게 모아 쑥 내민 채 애처롭게 웃으셨다.

또 형은 억울하다는 듯한 표정으로 이렇게 말하더라는 것이다. 어머니의 나에 대한 운명적인 요구에 나는 어떻게 대처해야 할지 모르겠다(나와 누나에게는 이 말처럼 미운 것이 없었다). 솔직히 말하마. 남들에게는 지극히 평범하고 세속적인 관계일 수밖에 없는 것이 내게는 왜 이렇게 험악한 벽으로 생각되는지, 나는 참 불행한 놈이다. 절망. 풀 수 없는 오해들. 다스릴 수 없는 기만들. 그렇다고 장난꾸러기 같은 미래를 빤히 내다보면서도 눈감아버릴 수는 없는 것이다. 절망. 절망. 누나와 나는 그 다음날 저녁, 등대가 있는 낭떠러지에서 밤 파도가 으르릉대는 해변으로 형을 떠밀었다. 우리는 결국 형 쪽을 택한 것이었다. 미친 듯이 뛰어서 돌아오는 우리의 귓전에서 갯바람이 윙윙댔다. 얼마든지 형을, 어머니를 그리고 우리들을 저주해도 모자랐다. 집으로 돌아와서 불을 켜자 비로소 야릇한 평안을 맛볼 수 있었다.

그리고 얼마 있지 않아서였다. 판자문을 삐걱거리며 열고 물에 흠씬 젖은 형이 살아서 돌아온 것이다. 우리의 눈동자는 확대된 채 얼어붙어버렸다. 형은 단 한마디, 흐흥 귀여운 것들, 해놓

52

고 다락방으로 삐걱거리며 올라갔다. 그리고 사흘 있다가, 등대가 있는 그 낭떠러지에서 스스로 몸을 던져 죽은 것이었다. 나와 누나의 눈에는 감사의 눈물이 번쩍이고 있었다. 그러나 어머니의 오해에는 어떻게 손대볼 도리 없이 우리는 성장하고 만 것이었다.

만화로써 일가를 이룬 오선생 같은 분도, 좀 이상한 얘기지만 일을 하다가 문득 윤리의 위기 같은 걸 느낄 때가 있다, 라고 내게 말씀하시는 때가 있다. 윤리의 위기라는 거창한 말을 쓰고 있지만, 내가 보기엔 작은 실패담이라고나 할 수밖에 없는 일인데, 당사자에겐 퍽 심각한 문제인 모양이다. 이야기인즉, 하얀 켄트지를 펴놓고 먼저 연필로 만화 초(草)를 뜬다. 그러고 나면 펜에 먹물을 찍어 연필 자국을 덮어 그리는데, 직선을 그려야 할 경우에 어쩐지 손이 떨려서 그만 자를 갖다대고 그려버릴 때가 가끔 있다는 것이다. 그렇게 해서 다 그리고 난 뒤에 작품을 보고 있노라면 어쩐지 자꾸 그 직선 부분에만 눈이 가고, 죄의식이 꿈틀거린다는 것이다. 그리고 독자들이 이렇게 외치는 소리가 들리는 듯하다고 한다. 그건 당신의 선이 아니다. 그것은 직선이라는 의사밖에는 가지고 있지 않은 자(尺)의 선이다. 당신은 우리를 속이려 하는구나, 라고.

형 같은 경우는 아예 비길 수 없이 으리으리하게 확립된 질서 속에서 오선생은 살고 있는 것이지만 긍정이라든지 부정이라든지 하는 따위의 의미를 일체 떠난 순종의 성곽 속에도 밤과 낮이 있는 모양이었다.

"오늘 저녁 입관하시는 데 가보시겠군요?"

나는 고개를 돌려서 물었다. 교수님은 난처한 웃음을 띠셨다.

"내가 울까?"

"네?"

"정순의 죽은 얼굴을 보고 내가 울까?"

"물론 안 우시겠죠."

"……"

"……"

"그렇다면 갈 필요가 없을 것 같군."

옳은 말씀이다. 이제 와서 눈물을 뿌린다고 해서 성벽이 쉽사리 무너져날 것 같지도 않은 것이다.

"슬프세요?"

내가 웃으며 물었더니,

"글쎄, 지금 생각중이야."

라고 대답하셨다.

나는 할 수 없이 또 한번 웃고 말았다.

(1962)

건(乾)

전날 저녁 산에 숨어 있던 빨치산들의 습격 때문에 아침에 살펴보니 시(市)는 엉망진창이 되어 있었다. 밖에 다녀온 아버지는 시 방위대가 다행히 일선의 전투부대나 다를 바 없는 장비와 인원을 가지고 있었으므로 해가 뜰 무렵엔 빨치산들이 다시 산으로 도망쳐버렸지만 그러나 시가 입은 파괴는 엄청난 것이라고 퍽 흥분된 말투로 형과 내게 알려주는 것이었다.

우리집은 비교적 높은 지대에 자리잡고 있기 때문에 사방이 산으로 둘러싸이고 얼마 크지 않은 이 시를 대강 다 내려다볼 수가 있는데, 시내의 여기저기에서 아직도 불타고 있는 건물들이 보이고 더러는 완전히 타버린 빈터에서 푸른 연기가 안개처럼 피어오르고 있는 것이 보이기도 했다. 매일 아침 잠자리에서 일어나는 대로 곧장 마당가에 나서서 보면, 저 아래 시가지의 중심부에서 떠오르는 아침 햇살을 받고 황금빛으로 번쩍이는 유리창

들을 거느린, 그래서 그것이 찬란한 왕궁처럼 생각키우는 시립
병원의 멋있는 모습도 그날 아침에는 사라져버리고 잘못 탄 숯
덩이 모양이 되어 있었다. 시립병원보다 좀더 북쪽에 자리잡은
방위대 본부에서는 아직도 불길이 오르고 있는데 소방차 두 대
가 소화작업을 하고 있는 게 보였다. 이 시에 소방차는 두 대밖에
없으니 모든 소방시설이 이 방위대 본부에 집결한 셈이었다.

방위대 본부는 옛날 어느 굉장한 부호가 살던 저택인데 넓기
도 넓지만 우선 나무가 많아서 먼 곳에서 보면 마치 숲이 울창한
공원 같은 느낌이 드는 아름다운 곳이었다.

재작년, 6·25가 터져서 인민군이 진주했을 때 인민군들이 군
사 본부로 사용하며 여러 가지 시설을 해놓았는데, 인민군이 쫓
겨가고 그뒤에 시 방위대가 생겨서 그 본부로 사용하게 된 것이
지만 그러나 6·25도 나기 전엔 그 집은 아무도 살고 있는 사람
이 없이 썩어가는 빈집으로서 우리들 아이들의 놀이터가 되어주
었었다. 온 시내에 있는 애들이 모두 들어와서 놀아도 좁지 않을
정도로 단순히 넓다기보다는 여러 가지로 재미있게 꾸며져 있는
곳이었다. 물이 말라버린 못에는 괴석(怪石)을 이리저리 얽어붙
여서 내 작은 몸뚱이가 들어가 숨을 수 있을 만큼의 동굴 따위가
여러 개 만들어져 있기도 하고, 문을 열면 또 문이 있고 그 문을
열면 또 문이 있고 이렇게 다섯 개의 문이 가지각색의 장식으로
꾸며져서 달려 있는 연회색의 커다란 창고가 있고 또 바람이 불
어도 그 안에 세운 촛불이 꺼지지 않는다는 석등이 서양 사람처

럼 큰 키로 서 있기도 하고, 그러나 내가 가장 잊을 수 없는 것은 그때는 이미 거의 썩어버린 다다미가 깔린 넓은 안방인 것이었다. 아니 안방이 아니라 안방의 동쪽 벽 아래에 깔린 다다미 한 장을 들어내면 나무로 된 마룻바닥이 드러나고 그 바닥엔 위로 들어올리도록 된 문이 있는데 그것을 열면 그 밑에 나타나는 어두컴컴한 지하실인 것이다. 아아, 하루 종일 그 지하실에 틀어박혀 우리들은 얼마나 가슴 뛰는 놀이들을 하였던가.

애들 중에서 그림을 제일 잘 그리던 내가 그 지하실의 백회벽(白灰壁)에 크레용으로 그림을 그리면 한 아이는 초 동강이에 불을 켜서 들고 나의 손이 움직이는 방향으로 불빛을 보내주었고 그리고 나머지 아이들은 부러움과 감탄의 눈초리로 내가 그리는 그림을 바라보고 그 그림 속에서 많은 얘기를 끄집어내어서 지껄이며 떠들고 그 그림을 자기들이 그린 것처럼 아껴주고 다른 마을의 애들을 끌고 와서 자랑도 해주곤 했다. 그중에서도 미영이라는 계집애를 잊을 수가 없다. 내게 크레용을 갖다주기도 하고 학교에서는 연필이나 연필꽂이를 나누어주던 미영이. 일학년 때 어느 날이었던가, 이상스럽게도 둘만 그 지하실에 남게 되었을 때 나는 자신도 알지 못하는 사이에 불쑥 미영이를 꽉 껴안아버렸었다. 그러자 미영이는 깜짝 놀라서 울음을 왁 터뜨리더니 그만 무안해진 내가 손을 풀자 느닷없이 자기가 쥐고 있던 하얀색 크레용을—분명히 하얀색이었다—내게 내밀며, 이쁜 꽃 그려봐, 하는 것이어서, 하얀색의 벽에 하얀색의 크레용으로 무슨 그림을 그리라는 말인지, 이번에는 내가 어리둥절해버린 적이 있었다. 두 볼이 유난히 빨갛던 미영이도 지금은 없다. 재작년 6·25 때 피난을 아주 멀찌감치 일본으로 가버리고 아직도 돌아오지 않는 것이었다. 미영이네 집은 우리집과 아주 가까운 곳에 있는데 지금은 그 집 대문에 '매가(賣家)'라는 글이 쓰인 더러운 종잇조각이 붙어 있는 빈집이 되어 있었다.

어느 날엔가 방위대도 물러가면 그때는 기어코 다시 그 지하실의 벽화들 앞에 마주 서보리라 마음먹고 있었는데 그날 아침 나는 절망 같은 걸 느끼지 않을 수 없었던 것이다.

사실은 그렇지 않은데도 내게는 온 시내가 푸른색의 짙은 안개 속에 잠겨 있는 것처럼 느껴졌다. 그 위를 엷은 햇살이 어루만지고 있어서, 전날 저녁의 그렇게도 소란스럽던 총소리, 수류탄 터지는 소리, 야포 소리들이 그리고 그날 아침의 살풍경한 시가지까지도 희미한 옛날의 기억일 뿐이라는 생각이 들었다. 그저, 그 동안 못 느끼고 있었는데 갑자기 가을이 이 분지도시에 찾아와서 모든 것을 퇴색시켜놓았다는 느낌뿐이었다. 확실히 깊은 가을이었다.

아침밥을 먹으면서 아버지는 공비들이 산에서 겨울을 날 물자를 약탈하러 대담하게도 이 시까지 습격해온 것이었다고 설명해주었다. 형은 하필 엊저녁에 습격 올 게 뭐냐고 불평이 대단했다. 고등학교 이학년에 다니는 형은 벌써 몇 주일 전부터 자기 친구들과 함께 남해안으로 무전여행 떠날 계획을 세워왔는데,

그날이 바로 출발 예정일이었던 것이기 때문에 형의 불평은 당연한 것이었다. 형의 어둑어둑한 방에 우글우글 모여앉아서 그들이, 오오 빛나는 남해여, 어쩌고 낯간지러운 몸짓들을 하면서 대단히 열성적인 태도로 계획을 짜온 것을 나는 알고 있었다.

"형, 정말 돈 한푼 없이 여행하는 거야?"

하고 내가 물으면,

"그럼, 청년의 꿈은 어디든지 여행할 수 있는 거다. 그렇지만 너 같은 삐삐는 아무리 자라도 이런 일을 못 한다. 저 방에 가서 염소 그림이나 그리고 엎드려 있어. 어서 가."

하며 나를 몰아내버리고 자기들끼리만 쑤군쑤군하곤 했었다.

형은 빨치산들의 습격이 있었으니 경비가 더 심해질 것이고 그렇게 되면 아무래도 장거리 여행은 불가능해진다는 걱정이었다. 아버지는, 망할 자식, 그러기에 내가 그런 짓은 아예 할 생각도 말라니까 자꾸 하더니 빨갱이들이 내려왔지, 하며 엉뚱한 핑계로 형의 기분을 더욱 상하게 해주었다.

학교에 가면 엊저녁의 일로 재미있는 얘기들이 많을 것이다. 나는 벌써부터 학급 애들의 쉬임없이 종알대는 입들을 보는 듯 싶어서 기쁨에 가슴이 두근거렸다. 나는 책보를 얼른 챙겨가지고 내리막길을 빠르게 달려내려갔다. 달려가다가 길이 굽어지는 곳에서 나는 윤희 누나를 만났다.

"너희 집은 아무 일 당하지 않았니?"

하고 윤희 누나가 먼저 인사를 했다. 나는 고개를 끄덕였다. 여고 교복을 입지 않고 한복 차림인 윤희 누나를 길에서 보는 것은 처음이었다. 우리 이웃에 살고 있기 때문에 나는 누나라고 부르지만 사실은 딴 남인 것이었다. 언젠가 기막히게 심이 굵은 4B 도화연필을 내게 준 적이 있는데 학교에서 그걸 그만 도둑맞았었기 때문에 그 누나를 대할 때마다 나는 뭔가 죄를 지은 기분으로 어깨가 움츠러드는 것이었다. 그러나 그날 아침, 내가 그 누나 앞에서 쭈뼛쭈뼛했던 것은 그런 죄의식 때문이 아니라 쓸쓸하도록 갑자기 찾아온 가을 속에서 윤희 누나가 그 한복 차림 때문에 물이 증발하듯이 어디론가 스르르 날아가버릴 것만 같은 느낌이 자꾸 들어서였다.

"우리 친척들도 다행히 아무 일 없었단다."

윤희 누나는 싱긋 웃으며 활발한 말투로 얘기했다. 친척들 집에 안부를 물으러 다녀오는 길인 모양이었다. 윤희 누나는 아직 완전한 어른이 아니지만 자기 식구라곤 어머니와 나보다 나이 어린 계집애 동생 하나뿐이기 때문에 자기 집에선 제법 어른 행세를 하였다.

나도 윤희 누나를 따라서 웃으며 또 고개를 끄덕였다. 그러자 누나는 엄청난 소식을 알려주는 것이었다.

"너 빨갱이 한 사람 죽은 거 아니?"

그것도 그때 내가 서 있는 곳에서 얼마 멀지 않은 곳에 있는 벽돌공장에 총에 맞아 죽은 빨치산의 시체가 엎드려 있다는 것이었다.

"봤어?"

하고 나는 잠시 후, 내가 생각해도 가련할 정도로 자신 없는 목
소리로 그러나 잔뜩 힐난하는 듯이 윤희 누나에게 물었다.

"응."

누나의 대답은 짤막했기 때문에 나는 누나의 얘기가 사실이라
고 믿었다.

엎드려 죽어 있는 빨치산의 시체다. 나는 아직 보지 않았지만
내 눈앞에 그걸 또렷이 보는 듯싶었다. 그러자 전날 밤 총격전의
그 모든 것이, 찢어지는 듯한 음향들과 오늘 아침 흥분을 뒤덮으
면서 찾아온 이상하도록 조용함이 쉽게 넘겨버려도 좋은 악몽
같은 것이 아니라, 내게 지금 감히 생생하게 상상되는 빨치산의
시체를 남겨주기 위한 것이었다는 현실감이 꿈틀거렸다.

"너 가볼래?"

윤희 누나는 근심스런 눈빛으로 내게 물었다. 나는 잠깐 고개
를 들어서 누나를 보고 있었다. 예쁘게 생긴 코끝에 이슬 같은
땀이 송글송글 모여 있었다. 나는 얼른 시선을 비키며,

"그거…… 재미있어?"

하고 일부러 야비한 맛을 담뿍 섞은 말투로 되물었다.

"응, 재미있어."

윤희 누나는 분명히 얼결에 그렇게 대답을 해버렸다. 나는 픽
웃음이 나왔다. 누나도 멋쩍은 듯이 웃었다.

"가볼 테야."

하고 나는 누나에게 말하고 좀더 빠른 속도로 곧장 학교로 달려 갔다. 누나가 가르쳐주었다고 해서 금방 시체가 있는 벽돌공장 으로 달려간다는 것이 어쩐지 쑥스럽기도 했지만, 그보다는 그 때 나의 가슴을 후비고 드는 현실감을 조금씩 조금씩 시간을 끌 며 맛보리라는 계산에서 나는 바로 학교로 향해버렸던 것이다. 내 책보 속에서 필갑(筆匣)이 찰그락거리는 소리가 울려나오는 것에 귀를 기울이며 나는 힘껏 달려갔다.

학교 교문에 닿았을 때는 숨이 차서 목구멍이 쌔애 쓰렸다. 예 상했던 대로 애들은 교실 밖에서 벽에 등을 기대고 햇볕을 쬐며 전날 저녁에 일어난 여러 가지의 사건들을 얘기하고 있었다. 어 떤 애들은 신주머니에 하나 가득히 탄피를 주워가지고 자랑을 하고 있었다. 모두들 몇 개씩의 탄피는 주워들고 있었다.

시립병원 근처에 살고 있는 애 하나는, 시립병원이 불더미에 휩싸였을 때 아무래도 자기들 집에까지 불이 옮겨붙을 것 같아 서 살림살이를 밖으로 옮겨내는데 저도 한몫 끼어서 혼자 힘으 로 쌀 한 가마를 운반해내었다고, 아무래도 거짓말이 섞였을 얘 기를 하고 있었다. 사정이 다급해지니까 자기도 알지 못할 힘이 솟아나더라고, 아주 어른스러운 말투였다. 그 얘기를 듣다가 나 는 불현듯이 불타버린 시립병원이 보고 싶어졌다. 그러나 사실 을 말하자면 방위대 본부인 그 저택, 내가 지금보다 더 어렸을 때 내 왕궁이던 그 저택의 타버린 모습이 보고 싶은 것이었지만 지금으로선 차마 처참한 모습으로 바뀌었을 그곳에 갈 용기가

없어서 나는 시립병원 쪽을 택한 것이었다. 나는 그애에게 시립
병원의 폐허를 함께 구경 가자고 손가락을 걸어 약속했다. 오후
에 내가 그애 집으로 찾아가기로 하고 나서 나는 여러 애들을 천
천히 돌아보며 엄숙한 목소리로, 숨기고 싶은 생각이 보다 간절
한 나의 중대한 뉴스를 꺼내었다. 내 솔직한 심정으로서는, 그
뉴스를 오직 나 혼자만이 간직하고 싶은 것이었지만 아무래도
그 뉴스가 몇 시간 후엔 전 시내에 파다하니 퍼져버릴 것은 뻔한
일이니 그럴 바에야 다른 사람보다 조금이라도 먼저 그걸 알고
있었다는 것만을 다행으로 여기고 얘기해버리는 게 영리한 일이
었다.

"늬들, 빨갱이 죽은 거 아니?"

애들은 모두 입을 다물고 나를 돌아보았다. 다행이다. 아직 아
무도 모르고 있었다. 그러나 그때에야 나는 깨달았다. 그걸 알고
있는 애들이라면 여기서 수업이 시작되기를 기다리며 거짓말이
나 꾸며대고 있는 일 따위는 없으리라는 것을. 지금 그 시체를
삥 둘러싸고 있을 다른 애들을 생각하자 나는 안타까운 심정이
되었다.

"빨갱이 죽은 거 보고 싶으면 날 따라와라."

나는 아까 올 때보다 더 힘껏 달렸다. 내 뒤를 애들은 우 따라
왔다. 애들은 기묘한 소리를 내지르기도 했다. 나는 이빨을 악물
고, 애들의 맨 앞에 서서 달리는 것을 유지하기 위해서 힘껏 달
렸다. 땀이 흘러서 내 입 안으로 들어왔다. 나는 어지러움을 느

겼다. 학교에 오던 길을 거슬러가서, 나는 우리집이 멀지 않은 벽돌공장의 마당으로 뛰어들어갔다. 벽돌공장의 넓은 마당을 지나서 벽돌을 굽는 언덕 같은 가마를 삐잉 돌아서 우리는 구워진 벽돌을 쌓아놓은 곳으로 갔다. 그곳에 사람들이 모여 있었던 것이다. 우리는 이제 느린 걸음이 되어 개처럼 숨을 할딱거리며 그곳에 다가갔다. 나의 몸뚱이는 몹시 허청거렸다. 구역질이 날 것 같았다.

우리는 어른들의 틈 사이를 비집고 그 안을 들여다보았다. 한 사람이 땅바닥에 손발을 쭉 뻗고 엎드려 있었다. 얼굴은 이쪽으로 향하고 있고 땅바닥에 한쪽 볼이 처박혀 있는데 마치 정다운 사람과 얼굴을 비비는 형상이었다. 눈은 감겨져 있었다. 머리맡에 총이 떨어져 있고 허리에 찬 보따리가 풀어져서 그 속에 쌌던 밥이 흘러나와 땅에 흩어져 있었다. 가죽끈으로 구두를 다리에 칭칭 얽어매어서 신을 신고 있다기보다는 신을 다리에 붙들어 매어놓은 듯했다. 길게 자란 수염과 헝클어진 머리칼, 그리고 다 해진 옷, 가슴에서 삐죽이 수첩이 내밀어져 있고 그 가슴에서 피가 흘러나와서 땅 속으로 스며들어 있었다. 아직 완전히 마르지 않은 피에서인지 짜릿한 냄새가 가볍게 공중으로 퍼지고 있었고, 그렇다고 생각하고 있는 내게 그때 마침 불어오는 바람 때문에 시체의 머리칼이 살살 나부끼는 것이 보였다.

땅에 뿌려진 피와 머리맡의 총만 없었다면 그것은 영락없이 만취되어 길가에 쓰러진 한 거지의 꼬락서니였다. 그것은 간밤

64

의 소란스럽던 총소리와 그날 아침의 황폐한 시가가 내게 상상을 떠맡기던 그런 거대한, 마치 탱크를 닮은 괴물도 아니고 그리고 그때 시체 주위에 둘러선 어른들이 어쩌면 자조까지 섞어서 속삭이던 돌덩이처럼 꽁꽁 뭉친 그런 신념덩어리도 아니었다. 땅에 얼굴을 비비고 약간 괴로운 표정으로 죽은 한 남자가 내 앞에 그의 조그만 시체를 던져주고 있을 뿐이었다.

"빨갱이 시체 구경도 한 이태 만에 하는군."

어느 영감이 그렇게 말하며 침을 탁 뱉더니 돌아서서 갔다. 몇 사람이 그 뒤를 이어 역시 땅에 침을 뱉고 가버렸다. 나도 그래야만 하는 것처럼 땅바닥에 침을 뱉고 살그머니 사람들 틈을 빠져나왔다. 내가 몸을 돌렸을 때 두어 발짝 저편에 벽돌이 쌓여 있는 더미의 강렬한 색깔이 나의 눈을 찔렀다. 엉뚱하게도 나는 거기에서야 비로소 무시무시한 의지를 보는 듯싶었다. 적갈색과 자주색이 엉켜서 꺼끌꺼끌한 촉감의 피부를 가진 괴물이, 밤중에 한 남자가 몸을 비틀며 또는 고통을 목구멍으로 토하며 죽어가는 것을 바로 곁에서 묵묵히 팔짱을 끼고 보고 있다가 그 남자가 드디어 추잡한 시체가 되고 그리고 아침이 와서 시체를 구경하러 사람들이 몰려들었을 때, 나는 모든 걸 다 보았지, 하며 구경꾼들 뒤에서 만족한 웃음을 웃고 있었다.

나는 고개를 얼른 돌려버렸다. 다시 시체가 있었다. 그리고 그 시체가 누운 거기에서 풀밭이 시작되었고 풀밭이 끝나는 곳에는 벽돌 만드는 흙을 파내오는 주황빛 언덕이 있었다. 그리고 그 언덕에서부터 까만색 레일이 잡초를 헤치고 뱀처럼 흐늘거리며 이쪽으로 뻗어오고 있었다. 아무래도 설명할 수 없는 감정을 던져주는 구도였다. 방금 잠깐 쑤시고 간 그 강렬한 색채들 때문에 나의 눈은 눈물이 나도록 쓰렸다. 나는 한 손으로 이마를 두드려 어지러움이 가시게 하며 휘청휘청 학교로 돌아왔다.

학교에서는 오전수업만 했다. 그나마 우리 육학년은 간밤 전투로 몇 군데 허물어진 학교의 흙담을 고쳐쌓느라고 수업을 한 시간도 하지 않았다. 냇가에서 굵은 돌을 날라다가 잘게 썬 짚을 버무린 묽은 흙덩이와 섞어서 담을 쌓기 때문에 우리의 옷과 손발은 흙투성이였다. 묽은 흙이 발라진 나의 손은 햇빛을 받고 마치 기름칠을 한 듯이 윤을 내면서 쉬임없이 꼼지락거렸다. 담 고치는 일을 하는 동안 내처 애들의 화제는 주로 아침에 본 빨치산의 시체에 대한 것이었다. 그러나 나는 거기에 대해서 아무 말도 하지 않았다. 무엇을 얘기할 것인가? 내가 보았던 그 어설프고도 허망한 주황색 구도를 얘기할 것인가? 하지만 애들은 그걸 이해해줄 것인가? 그 빨치산의 옷차림이 마치 거지 같았다고? 그러나 빨치산이란 다 그런 거라고 애들은 툭 쏘아버릴 것이다. 그러면, 나는 그 시체가 갖고 싶었다는 얘기를 할 것인가? 그러나 그건 안 된다. 내가 그런 얘기를 입 밖에 내면 그런 생각은 눈곱만큼도 해보지 않은 애들까지 덩달아서, 나도 갖고 싶었다, 나도 나도, 할 터이니까. 그러면 무엇을 얘기할 것인가. 그렇다, 할 얘기란 없었다. 나는 그저 어지러움만을 느끼고 있었다. 학교가

66

파하자 애들은 불탄 곳들을 구경하러 가자고 나를 끌었다. 나는 시립병원 근처에 살고 있는 애에게만, 점심을 먹고 내가 그애 집으로 찾아갈 것을 다시 한번 약속하고 집으로 돌아왔다.

형과 형의 친구들 몇 사람이 형의 방에 모여 있었다. 결국 무전여행은 연기되었나보았다.

누군가가,

"아침에 출발했으면 지금쯤은 벌써……"

하고 말을 꺼내자,

"얘, 얘, 관둬. 시끄럽다."

하고 딴사람이 말을 막아버렸다.

그들은 비스듬히 누워 있기도 하고 벽에 등을 기대고 다리를 뻗고 앉아 있기도 하고 엎드려 있기도 하고, 자세가 가지각색이었다. 지난 얼마 동안 내가 보아왔던 그런 진지한—무릎을 서로서로 대고 삥 둘러앉아서 얼굴에 미소를 띠던 그런 자세는 조금도 찾아볼 수 없었다. 무슨 크나큰 음모라도 꾸미듯이, 얘 넌 나가 있어, 하고 으스대던 형도 그날은 모로 누운 채 내겐 조금도 관심을 주지 않고 종이를 질겅질겅 씹다가 그것을 맞은편 벽에 탁 내뱉곤 하고 있었다. 그러자 어쩐지 그들의 우울이 내게도 전해지는 듯했다. 내게는 그들의 우울을 방해할 만한 무슨 기쁜 감정이라거나 하는 것은 처음부터 없었으므로 그것은 보다 쉽게 내게 전해올 수 있었다. 나는 꾸중을 듣고 나가는 것처럼 슬며시 형의 방문을 열고 밖으로 나와버렸다.

내 눈 아래로 시가지가 전개되고 있었다. 시가지 위에는 잔잔한 햇살이 내리쬐고 있었지만 그러나 시가지를 싸고 있는 대기는 아침에 보던 것보다 더 흐릿하기만 했다. 너무나 너무나 조용했다.

아버지와 형과 형의 친구들과 함께 점심을 먹고 있는데 반장이 찾아왔다. 반장은 아버지의 술친구였다.

"허어, 밥 먹고 있는 중이군."

반장은 무엇을 부탁하러 왔다는 눈치였다.

"무슨 일이 생겼어? 뭔가? 얘기해보게."

아버지가 물었다.

"어서 먹게. 식사 끝나면 얘기하지."

반장이 대답했다.

"괜찮아, 어서 얘기해."

아버지.

"좀 구역질나는 얘기가 되어서……"

반장.

"괜찮으니 어서 얘기해봐."

"그렇지만 이건…… 저 시체 말이야."

"시체?"

"응, 벽돌공장에 뻗어 있는 놈 말일세."

"그런데?"

나는 벌써 숨을 죽이고 있었다.

68

반장의 얘기에 의하면, 시 당국에서는 그 시체의 처치를 시체가 있는 장소를 관할하는 동회로 의탁했고 동회에서는 마찬가지 태도로서 반에 의탁해왔는데, 반장의 의견으로서는 시체를 처치하는 데 약간의 보수가 딸렸으니 이왕이면 아버지가 그 돈을 받아보라는 것이었다. 아버지의 직업이 비록 식육조합원이지만 하필 아버지에게 와서 그런 부탁을 하는 반장이 몹시 밉살스러웠다. 그러나 아버지는 의외로 선선한 대답을 하는 것이었다.

"그러지. 그런데 묏자리는 어디로 한다?"

"어디 이 근처 산에 갖다가 파묻기만 하면 돼."

하고 반장은 대답했다.

"점심 먹고 나서 나갈게."

아버지가 완전히 승낙을 하자 반장은 한시름 놓은 표정이 되어, 그럼 잘 부탁한다는 말을 남기고 갔다.

나는 이 모든 대화를 심장의 고동이 멈춘 듯이 창백하게 되어 듣고 있었다. 형과 형의 친구들은 불평 같은 것을 수군거리고 있었지만 그들의 말소리가 내겐 마치 꿈속에서 듣는 것처럼 아득하게 들렸다.

그 시체가 눈앞에 떠올랐다. 문득 애착이 가는 환상. 시체가 손발을 쭉 뻗고 엎드린 그 자세대로 공중에 둥둥 떠서 팔을 벌리고 서 있는 아버지에게로 날아오고 있다. 공중을 느릿느릿 비행해오는 시체는 가느다란 바람에도 흔들린다. 우선 시체의 머리카락이 쉬임없이 흩날리고 그럼으로써 시체는 그가 지니고 있던 모든 잡된 요소를 바람에 실어 보내버리고 이제야 태어나기 전의 사람, 아니 모든 것을 살았기 때문에 가장 가벼워져서, 마치 병아리의 노오란 한 개의 깃털처럼 가벼워져서, 공중을 나는 것이다. 그건, 부모나 친척이 아무도 없는 한 고아가 자기를 맡아 주겠다고 나선 사람에게 약간 두려워하는 눈으로 한 걸음 한 걸음 다가오고 있는 어딘가 마음 한구석이 따뜻해오는 그런 환상이었다.

시체는 이제 괴로운 표정을 씻고 입가에 웃음을 싣고 있었다. 시체다. 시체가 우리의 차지가 된다. 우리의 손이 닿으면 시체는 웃음을 띤 채 살아날 것이다. 나는 아버지를 흘깃 올려다보았다. 아버지는 묵묵한 자세로 입에 밥을 퍼넣고 있었다. 형들도 이제는 조용히 숟가락질을 계속하고 있었다. 나는 황급히 내 숟가락을 고쳐쥐고 밥 먹기를 계속했다.

얼마 후 식사가 끝났을 때도 아버지는 시체 일 같은 건 다 잊어버렸다는 듯이 방바닥에 비스듬히 몸을 눕히고 담배를 피우기 시작했다. 나는 아버지의 동작 하나하나를 살피고 있었다. 아버지는 오랫동안 그처럼 태평스러운 몸가짐이었다. 그러나 이윽고, 끽연 때문에 누렇게 물든 손가락으로 콧구멍을 한번 후비고 나더니 이젠 자기 방에 가 있는 형을 우렁찬 목소리로 불렀다. 형이 우리가 있는 방으로 건너오자 아버지는 대뜸,

"너 이놈, 나하고 돈 벌러 가자."

하고 말하더니 두말 않고 자리에서 벌떡 일어나서 밖으로 성큼

성큼 나가는 것이었다. 형의 얼떨떨한 표정, 그리고 안질 때문에 새빨간 아버지의 눈에 그림자처럼 살짝 스치고 가던 미소. 아아, 나는 얼마나 즐거웠던가. 한숨이 나오도록 유쾌했다. 아버지가 시체를 다루러 가는 모습이 몹시 우울하지나 않을까 하는 걱정을 약간 하고 있던 나는 무거운 책임을 벗은 듯한 기분이었다.

아버지가 지게에 괭이와 삽 등속을 지고 앞서 가고 내가 그 뒤를 그리고 형과 형의 친구들이 떠들썩하게 주절대며 내 뒤를 따라오고 있었다. 우리는 황토가 햇빛에 반짝이는 내리막길을 걸어내려갔다. 형들의 높은 목소리들이 대기 속으로 멀리 메아리쳐가고 있었다.

그러나 막상 벽돌공장 안에 있는 시체 곁에 서게 되자, 우리의 입은 모두 굳게 다물어져버렸다. 나로 말하자면 아침에 보았던 그 어설프고도 허망한 주황색 구도라고나 표현할 수밖에 없는 것이 똑같은 형태로 다시 나를 압박해옴을 느꼈다. 시체 곁에는 반장과 입회 순경과 그리고 그 시체의 고모가 된다는 노파 하나가 구경꾼들이 돌아가주었으면 하는 표정들로 우두커니 서 있었다. 우리가 구경꾼들을 헤치고 들어갔을 때, 반장이 순경과 노파에게,

"이분이 파묻어주시기로 됐습니다."
하고 아버지를 소개했다.

아버지는 묵묵히 시체를 내려다보고만 서 있었다. 노파가,
"잘 부탁합니다……"

하고 말끝을 맺지 못하며 아버지에게 공손히 고개를 숙였다.

"저놈이 어디로 갔는가 했더니…… 글쎄 하필…… 빨갱이가
되어서…… 저 꼴로 돌아와서…… 폐를 끼쳐서 미안합니다."

노파는 아버지에게 다시 한번 고개를 숙였다. 나무로 짠 관이
준비되어 있었다. 아버지는 새끼로 대충 시체의 염을 하고 그것
이 끝나자 시체를 관 속으로 집어넣었다. 형 친구 중의 하나가
아버지를 도왔다. 관 뚜껑을 닫기 전에 노파는 관 옆에 쭈그리
고 앉아서 시체의 누런 얼굴을 손바닥으로 하염없이 쓸어주고
있었다. 노파의 가죽만 빼빼 남은 손이 느리게나마 쉬지 않고
움직였고, 그러고 있는 노파의 눈은 무겁게 감겨져 있었다. 반
듯이 누운 시체 위에 관 모서리의 그림자와 바람이 하느적거리
고 있었다.

산으로 가는 도중에는, 아버지가 지게에 짊어진 관이 규칙적
인 사이를 두고 내는 덜커덕거리는 소리를 나는 듣고 있었다. 나
뿐만 아니라 모두들 그 소리에 정신을 빼앗기고 있음이 분명했
다. 아버지는 관이 퍽 무거운지 숨을 가쁘게 쉬고 있었다. 나도
어느새 아버지의 호흡을 흉내내고 있었다.

산비탈에서 우리는 순경이 지시하는 곳에 관을 내려놓고 땅을
파기 시작했다. 형의 친구들이 주로 나섰다. 관 하나가 들어갈
수 있을 만큼의 깊은 구덩이가 파지자 아버지와 형들은 관을 그
구덩이 속에 내려놓았다. 관이 내려지는 동안 노파는 가늘게 떨
리는 목소리로 아마 그 시체의 이름인 듯한 것을 몇 번이고 부르

고 있었다. 우리는 구덩이 속으로 근방에서 긁어모은 돌을 던져 넣었다. 돌들은 거칠게 모가 나고 한결같이 바싹 말라 있었다. 우리가 던지는 돌들이 관에 가서 맞는 소리가 딱딱하게 울려왔다. 나는 처음의 돌 몇 개는 남들처럼 천천히 던져넣었지만 그러나 나중엔 힘껏 마치 돌팔매질하듯이 던졌다. 내가 던지는 돌이 관에 맞는 소리는 딴 소리와 뚜렷이 구별되어 울렸다. 관 속에 누운 사람이 내가 던진 돌을 맞고 드디어 내지르는 비명이라는 환각을 나는 무진 애를 쓰며 참고 있었다.

　나는 힘껏 힘껏 던졌다. 나는 돌을 던지면서 힐끗 노파를 훔쳐 보았는데 노파가 원망스러운 눈초리로 나를 주시하고 있음을 알았다. 나는 내 오른팔에 더욱 세찬 힘을 느끼며 던지기를 계속했다. 그러자 나를 꽉 붙잡는 손이 있었다. 아버지였다. 아버지는 나를 홱 밀어젖혀버렸다. 나는 엉덩방아를 찧으며 뒤로 나동그라졌다. 나는 목구멍을 욱, 하고 치받고 올라오는 울음을 간신히 삼키고 있었다. 가을이었다. 내가 넘어지는 바람에 산갈대 몇 개가 부러져 있었다. 나는 부러진 갈대를 한 개 집어들고 일어섰다. 나는 그것을 똑똑 부러뜨리며 이제는 삽으로 구덩이에 흙을 퍼넣고 있는 사람들을 보고 있었다. 시체도 그리고 그것을 묻고 있는 사람들도 나는 밉기만 했다. 관은 이미 나의 시야에서 사라져버리고 없었다. 아버지는 삽을 내던지고 이마의 땀을 훔치고 있었다.

산을 내려오자 아버지와 순경과 반장은 노파가 이끄는 곳으로 따라가버리고 나는 형들과 함께 터벅터벅 집으로 향하였다. 시가지는 아주 조용했다. 지난 사변 때 생긴 탱크의 캐터필러 자국이 마치 뱀이 기어간 자리처럼 길게 남은 아스팔트 길에는 가을 오후의 따가운 햇살이 번들거리고 있었다. 삽과 괭이를 질질 끌며 우리는 느릿느릿 걸었다.

형 친구들 중의 하나가,

"제기럴, 지금쯤은 남해의 파도소리를 듣고 있을 텐데……"

하고 중얼거렸다. 형도

"재수 더럽다. 시체나 치워야 할 날인 줄은 꿈에도 몰랐지."

하며 투덜거렸다. 그러자 몇 명이 더 투덜댔다. 그들은 검정색 고등학생 제복의 윗도리를 벗어서 어깨에 메고 있었다. 그들의 볼에는 땀이 마른 자국이 있었다. 나는 그런 차림새로 망망한 바닷가에 서 있는 그들을 상상해보았다. 파도가 밀려오고 그러면 그들은 마치 늑대들처럼 우, 하고 고함을 지르겠지. 그러나 나는 그 이상은 상상할 수 없었다. 머리가 깨어질 듯이 아팠다. 실컷 자고 싶은 생각뿐이었다.

집으로 오는 중에 우리는 오르막길 골목의 입구에서 학교로부터 돌아오고 있는 윤희 누나를 만났다. 윤희 누나는 떼를 지은 학생들을 만난 것에 당황했던지 얼굴이 빨개져서, 그러자 마침 내가 무슨 구원이라도 되는 듯이 나를 보고 생긋 웃었다. 누나, 하고 부르고 싶은 충동을 나는 눌렀다. 웬일인지 여러 사람이 있는 곳에서 그런다면 부끄럽고 어색해질 것 같아서였다. 그러자 행동이 되지 못한 채로 그 충동은 나의 온몸 속에 강하게 남아 있었다. 나의 피로를 윤희 누나만은 풀어줄 수 있을 것 같았다. 지금 그 빨치산의 시체를 치우고 오는 길이야, 라고 말하고 싶었다. 아주 간단했어, 라고도. 나는 누나가 나를 불러서 데려가주었으면 하고 바라고 있었다. 어딘가 조용한 곳으로 날 데리고 가서 나의 뜨거운 이마에 손을 얹어주었으면. 누나가 준 그 굉장히 심이 굵은 도화연필을 사실은 별로 써보지도 못하고 도둑맞아버렸노라고 오늘은 용감히 얘기할 수 있다. 그리고 어리광을 부리며, 나 그런 거 하나 더 받았으면, 하고 말하리라. 나는 그런 생각을 하고 있었다. 그러나 그때 누나는 총총걸음으로 우리들의 훨씬 앞을 걸어가고 있었다. 나는 나도 모르는 사이에 내 입술이 삐죽이 비틀어지며 그 사이로 낮은 웃음소리가 나는 것을 들었다.

"쟤가 이윤희란 애지?"

하고 형의 친구 하나가 말했다. 형이 고개를 끄덕였다.

"즈이 학교에서 일등이라지?"

그 친구가 또 말했다. 형이 또 고개를 끄덕였다.

잠시 후에 다른 친구 하나가,

"몸 괜찮은데."

하고 말했다. 그러자 그들의 얼굴을 뒤덮고 오는 소리없는 웃음을 나는 보았다. 나는 가늘게 몸이 떨렸다. 그만큼 그들의 웃음은 어둠과 음란의 냄새를 내뿜고 있었다.

"응, 정말 괜찮은데."

다른 사람이 그렇게 응수했다. 그리고 잠시 동안 그들은 무엇을 생각하는 듯이 조용히 걸어가고 있었다. 나는 막연하나마 대단히 필연적인 어떤 분위기를 느끼며 그뒤에 올 것은 무엇인가 하고 거의 기다리고 있는 형편이 되어 있었다. 그런데 그것이 뜻밖에도 형의 입에서 튀어나왔던 것이다.

"저거…… 우리…… 먹을래?"

와, 하고 환호가 터졌다. 골목이 찡 울렸다. 그러자 사태는 급속도로 발전해나갔다. 그들의 눈은 이미 생기를 되찾았고 삽들이 땅에 끌리는 소리가 더욱 요란스러워졌다.

집으로 돌아오자 그들은 형의 방에 들어박혀 쑤군거리기 시작했다. 나는 아버지와 내가 거처하는 방에 드러누워서 이따금씩 웃음소리와 낮은 외침이 터져나오는 것을 들을 수 있었다. 나는 온몸이 나른해지고 잠이 퍼붓는 걸 막아내려고 무진 애를 쓰고 있었다. 그러나 나는 잠이 깜박 들었나보았다. 형이 나를 흔들어 깨워놓았다. 방문에 엷은 저녁 햇살이 하늘거리고 있었다. 내가 쓰린 눈을 비비며 일어나 앉자 형은 아주 다정한 목소리로,

"너 윤희한테 심부름 좀 갔다 와, 응?"

하고 묻는 것이었다. 나는 얼결에,

"응."

하고 대답해버렸다. 얼결에가 아니라 나는 벌써부터 그런 부탁

을 기대하고 있었는지도 몰랐다. 형은 예상 외로 내 대답이 수월함에 놀래었던지 잠시 눈을 둥그렇게 떠 보이고 나서,

"너, 윤희한테 가서 이렇게 좀 전해줘, 응?"

하며, 형은 오늘 저녁 아홉시에 윤희 누나가 미영이네가 살던 그 빈집으로 나와주기를 기다리겠다는 부탁을 얘기했다.

바야흐로 나는 무서운 음모에 가담하고 있었다. 간단한 말을 전해주는 그런 책임이 희박한 행위로써 가담하는 것이 아니었다. 자, 미영아, 너의 집을 제공하라고 한다. 매가(賣家)라는 글이 적힌 너털너털한 종잇조각이 붙은 너의 집 대문 앞을 지나칠 때마다 그러나 나는 그 집이 빈집이라는 생각을 해본 적이 한 번도 없었다. 적어도 그런 생각을 해본 적이 없었다고 고집하고 싶다. 미영아, 하고 부르면 곧 네가 뛰어나올 것 같았었다. 아니라면, 어느 날엔가는 아름다운 일본의 크레용을 내게 대한 선물로 가지고 돌아와서 네가 다시 그 집에 살게 되리라는 기대를 간직하고 있었다. 너의 빈집이 내게는 용궁처럼 신비스러운 곳이었다. 나는 온갖 화려한 공상을 그곳에서 끄집어낼 수 있었다. 그런데 자, 미영아, 나는 이제 몇 분 안으로 이러한 모든 것 위에 먹칠을 해버리려고 하는 것이다.

아아, 모든 것이 항상 그렇지 않았더냐. 하나를 따르기 위해서 다른 여러 개 위에 먹칠을 해버리려 할 때, 그것이 옳고 그르고를 따지기보다 훨씬 앞서 맛보는 섭섭함. 하기야 그것이 '자라난다'는 것인지도 모른다. 미영아, 내게 응원을 보내라. 형들의 음

모에 가담한다는 건 아주 간단한 일이다. 미영아, 내게 응원을 보내라. 그건 뭐 간단한 일이다. 마치 시체를 파묻듯이 그건 아주 간단한 일이다. 뭐 난 잘 해낼 것이다.

"형 혼자서 기다리는 것처럼 얘기할까?"

내가 물었다.

"물론 그래야지."

형은 나의 그런 질문이 아주 대견스럽다는 듯이 히쭉 웃었다.

나는 방바닥을 보고 있었다. 나는 장판이 해진 곳을 손가락으로 비집고 그 속에 있는 흙을 긁어내고 있었다.

"무엇 때문에 만나자 하느냐고 물으면 무어라고 대답할까?"

나는 손가락 끝에 묻어나오는 흙을 바라보며 형에게 물었다.

"그건 말이지……"

물론 형들은 그런 질문에 대한 대답을 준비해놓았을 것이다. 그러나 나는 그것을 듣기가 무서웠다. 나는 얼른 형의 대답을 가로채서,

"학교 일로 만나자고 하면 될 거야. 뭐 윤희 누나는 형을 믿고 있으니까…… 틀림없이 나올 거야."

라고 말했다. 나는 '윤희 누나는 형을 믿고 있으니까'라는 말에 힘을 주고 싶었다. 그러나 내 생각에도 너무나 무심히 지나쳐버린 말이 되고 말았다.

"그러면 될까?"

형은 미심쩍다는 듯이 그러나 나의 완전한 협조에 아주 만족

한 태도로 내게 되물었다.

"그럼, 되고말고."

나는 자리에서 벌떡 일어났다.

섬돌 위에 놓인 신발을 신고 있을 때 형의 목소리가 내 등뒤에서 들려왔다. 불안이 형의 목소리를 지배하고 있었다.

"너 정말 잘할 수 있겠니?"

그럼, 잘할 수 있고말고, 나는 속으로 나 자신에게 다짐하고 있었다. 싸리문을 밀고 나서다가 문득 고개를 돌려보니 형의 친구들이 방문을 열어놓고 나를 바라보고 있었다. 나와 시선이 마주친 어떤 형 친구는 격려한다는 뜻으로 주먹 쥔 팔을 올렸다 내렸다 하고 있었다. 그들은 내게 웃음을 보내주고 있었다. 나는 웃지 않았다.

하낫둘, 하낫둘. 나는 입 속에서 구호를 붙여가며 골목길을 뛰어갔다. 골목에는 갈색의 그림자들이 누워 있었다. 하늘은 물빛이군. 나무는? 갈색. 지붕은? 보나마나 보라색이겠지. 나의 머릿속에 준비된 도화지는 중유(重油)처럼 진한 색으로 채워지고 있었다.

윤희 누나 앞에 서자, 나는 온 세상이 빙글빙글 도는 듯이 어지러워서 몸을 잘 가눌 수가 없었다. 억울한 일로 선생님한테서 꾸중을 들을 때 나는 그런 기분을 느껴본 적이 있었다. 누나는 아침에 보았던 그런 한복 차림을 하고 있었다. 나의 전언을 듣고 나서 누나는 아주 명료한 음성으로 간단히 승낙했다. 바보 바보 바보.

그러나 또 어느새 나는 형에게 유리한 구실을 덧붙이고 있는 자신을 발견했다.

"아마 굉장히 중대한 학교 일인가봐. 아무도 모르게 누나 혼자만 와야 한대."

나는 눈을 감았다. 내 귀에 윤희 누나의 고맙다는, 그리고 틀림없이 그 빈집으로 가겠다고 전해달라는 말소리가 먼 하늘의 우레소리처럼 웅웅거렸다. 끝났다. 아주 쉽게 끝났다. 돌아오는 길에 나는 미영이네 집 앞에서 걸음을 멈추었다. 회색의 대문에 누렇게 빛이 바랜 종잇조각은 여전히 붙어 있었다. 거미가 한 마리 그 종이 곁을 지나서 빠르게 위로 올라가고 있었다. 대문을 한 손으로 밀어보았다. 안으로 잠겨 있는지 열리지 않았다. 대문이 열리지 않자 집 안을 보고 싶은 생각이 더욱 끓어올랐다. 별로 높지 않은 흙담 위로 나는 올라갔다. 내가 기어올라가는 서슬에 담 위의 기와가 몇 장 땅으로 떨어져서 깨어졌다. 나는 담 위에 마치 말 타듯 걸터앉아서 집 안을 내려다보았다. 황폐한 빈집을 초록색의 공기가 휩싸고 있었다. 마당가에 딸린 조그만 밭에는 누가 심었는지 가지나무가 있고 시든 가지나무 잎 밑에 누런색으로 찌그러든 가지가 몇 개씩 달려 있는 게 보였다. 그것들은 정말 볼품없이 말라 있었다. 누가 빼어갔는지 창에는 유리가 한 장도 없었다. 나의 가슴은 한없이 조용하게 뛰고 있었다. 문득 내 동무와 시립병원의 폐허를 구경 가기로 한 약속이 생각났다. 그러나 이젠 그럴 필요는 없어졌다. 방위대 본부인 그 저택으로

가봐야겠다고 나는 생각하고 있었다. 새까맣게 되어 있겠지, 아침까지도 그렇게 불길이 오르고 있었으니. 나는 담 위에서 골목으로 뛰어내렸다.

(1962)

역사(力士)

　서울에서 하숙을 하고 있는 사람들은 그 수도 꽤 많지만 경우
도 가지가지인 모양이다. 그 사람들이 자기가 들어 있는 하숙집
에서 보고 듣고 느낀 것을 모두 얘기한다면 신기하고 놀랍고 재
미있는 얘기가 헤아릴 수 없이 많겠는데, 여기 옮겨놓는 얘기도
아마 그런 것들 중의 하나라고나 할까. 내가 언젠가 어느 공원의
벤치에 앉았다가 우연히 말을 주고받게 된, 머리털이 텁수룩한
한 젊은이에게서 들은 것으로서 허풍도 좀 섞인 듯하고 그리고
얘기의 본론과 결론이 어긋나 있는 듯하기도 하지만 그런대로
뭐랄까 상징적인 데도 있는 것 같아서 여기에 들은 그대로를 옮
겨보는 것이다.

　내가 눈을 떴을 때 내 코는 벽에 거의 닿을 듯 말 듯 했다. 낮
잠을 자는 동안 나는 벽에 얼굴을 바싹 대고 있었던 모양이다.

벽은 하얀 회로 발라져 있었고 지나치게 깨끗했다. 내 방은 이렇지 않은데, 하고 나는 어리둥절했다. 남의 집에서 잠이 든 것이었을까, 혹은 '의식을 회복하고 보니 병원이더라'라는 경우 속에 있는 것일까, 하고 나는 생각했다.

기억, 특히 어렸을 때의 기억이지만 친척 집에 놀러 갔다가 자고 오지 않으면 안 되게 된 날 밤은 유난히 곧잘 한밤중에 잠이 깨는 것이고 말똥말똥한 눈으로 천장을 올려다보고 있노라면, 그 집 밖의 가등(街燈)에 켜진 불빛이 창으로 스며들어와 천장의 무늬들을 희미하게 떠올리는 것이었는데, 그러면 아, 여긴 남의 집이다, 고 깨닫게 되고 우리집 천장의 무늬를 누운 채 손가락으로 허공에 그려보며 지금 그 무늬 밑에서 잠들어 있을 집안 식구들의 생각에 잠을 이루지 못하고 있다가 동이 트자마자 살그머니 그 친척 집을 빠져나와서 집으로 달려와버리던 적이 많았었다. 그러나 그건 한밤중의 일이었지만 지금은 대낮이다. 그리고 그건 옛날, 어렸을 때의 일이었지만 지금은 청년이다. 그리고 그건 내 의식 속에서는 이미 추방돼버린 고향에서의 일이었지만 지금 여기는 서울이다.

나는 천천히 고개를 돌려 천장을 올려다보았다. 천장은 아무런 무늬도 없는 갈색 베니어로 되어 있었다. 무늬가 있다면 파문(波紋)을 닮은 나뭇결이 겨우 알아볼 수 있을 정도인 것이다. 더구나 천장이 꽤 높았다. 나의 방은 이렇지 않은 것이다. 일어서면 머리를 숙여야 할 정도로 천장이 낮고 거기엔 육각형의 무늬 있는 도배지가 발라져 있는데 그것은 처음엔 푸른색이었던 모양이지만 지금은 빗물이 새어서 만들어진 얼룩 등으로 누렇게 변색되어 있다. 더구나 내 방의 천장은 지금 내가 누워서 보고 있는 천장처럼 팽팽하지도 않고 가운데 부분이 축 늘어져서 포물선을 이루고 있는 것이다. 빈민가의 집들에서만 볼 수 있는 천장. 그렇다, 나의 방은 동대문 곁에 있는 창신동 빈민가에 있는 것이다. 지구가 부서졌다가 다시 생겨난다 해도 그 나의 방은 지금의 이 방처럼 깨끗하지가 못하다. 나는 얼른 고개를 돌려서 좀 전에 내가 코를 대고 낮잠을 자던 하얀 벽을 살펴보았다. 이것이 내 방이라면, 신문지로 도배된 벽에 볼펜 글씨의 이런 낙서가 분명히 있을 터이다 ― '창신동에 사는 사람들은 모두 개새끼들이외다'.

나는 그 낙서가 언제부터 거기에 있었는지 모르지만 나처럼 전에 이 방에 하숙을 들어 있던 사람이, 밖에 비라도 오는 어느 날, 할 일 없이 누웠다가 누운 그 자세대로 손만을 들어서 적어놓은 것이라는 상상을 할 수는 있었다. 왜냐하면, 그 방이 (그 방의 밖에서 들려오는 소음까지 포함해서) 그 방 속에 있는 사람들에게 주는 절망감이라든가 그리고 무엇보다도 자기는 이 넓은 세계 속에서 더럽기 짝이 없는 이 방만을 겨우 차지할 수밖에 없느냐는 자기 혐오에서 그 방 속에 든 사람은 누구나 그런 낙서를 하지 않고서는 배겨나지 못했을 것이기 때문이다. 다시 말해서 그 어떤 사람이 그 낙서를 하지 않았더라면 아마 내가 했을지도 모른다는 것이다. 그래서 나는 그 30년대 식의 표현을 사랑했다. 그리고 대가(大家)의 문장처럼 믿음직스럽다고 생각하고 있었던 것이다. 지상에 있는 헤아릴 수 없이 많은 방들 중에서 내가 나의 방을 구별해낼 수가 있다면 그 낙서로써 그럴 수밖에 없을 것이다.

나는 내가 방금 잠이 깬 방의 하얀 회가 발라진 벽을 찬찬히 살펴보았다. 그러나 그 낙서는 없었다. 지나치게 깨끗했다. 그러자 나는 내가 누워 있는 방 전체를 보고 싶어져서 천천히 — 내가 몸을 돌렸을 때 나는 방 가운데서 무서운 괴물이라도 보지 않을 수 없다는 듯이 천천히 몸을 반대편으로 돌렸다. 물론 괴물 같은 건 없었다. 내가 덮고 있던 홑이불 자락이 내 몸 밑으로 깔렸을 뿐이다.

나는 방 안을 찬찬스럽게 눈으로 더듬었다. 내 오른쪽 벽의 구석진 곳에 다색(茶色)의 나왕으로 된 방문이 있다. 내 맞은편 벽에 기대서 책들이 좀 무질서하게 줄을 지어 서 있다. 나를 향하고 있는 책의 등에 적혀진 그 책들의 표제를 나는 읽었다. 『연극개론』『비극론』『현대희극의 제문제』『현대 연극의 대사』『History of drama』 등. 그것은 내 전공 부문의 책들, 바로 나의 책들이었다. 그리고 핀이 빠졌는지 캘린더가 벽에서 떨어져서 마치 단정치 못한 여자가 주저앉아 있는 듯한 모습으로 방바닥에 널려져 있고 왼쪽 벽 구석 가까이에 잉크병, 노트들, 펜들, 나의 세면도구, 재떨이, 담배가 몇 가치 빈 '진달래', 찌그러진 성냥통 그리고 내 기타가 역시 무질서하게 놓여져 있거나 벽에 기대어져 있고 벽의 옷걸이에는 내 옷들이 걸려져 있었다. 모든 것이 나의 소유였다. 그러면 이건 나의 방이다, 라고 나는 생각했다. 그러나 방은, 여기저기 붙어 있어야 할 여자의 나체사진 한 장도 없이 이렇게 깨끗하고 아담할 리가 없는 것이다.

더구나 밖에서는 아무 소리도 들려오지 않는 것이다. 나는 방바닥에 풀어놓은 팔목시계를 보았다. 네시였다.

오후 네시라면, 방에서 멀지 않은 시장에서 장사치 여자들이 떠들어대는 소리, 집 안에서 나는 수돗물 흐르는 소리, 옆방에서 무슨 내용인지는 모르나 들려오는 웅웅거림, 창 밖으로 지나가는 자동차의 덜커덕거리는 궤음(軌音)과 경적의 날카로운 소리가 들려와야 하는 것이다. 거대한 기계가 돌아가고 그 기계에 수많은 새들이 치여 죽어가는 경우를 상상할 때, 그런 경우에 곁에 서 있는 사람이 들을 수 있는 소리를 나는 듣고 있어야 하는 것이다. 그런데 조용하다. 아무 소리도 없는 것이 이상하다. 마치 여름날 숲속에 들어앉아 있는 것처럼 조용하다니.

그러자 방 밖에서 마루를 가볍게 걷는 소리가 나고 잠시 후에 피아노 소리가 쾅 울려왔다. 바로 방문의 밖인 듯싶었다.

피아노 소리라니, 이 빈민굴에. 아, 그러자 나는 생각났다. 네시. 피아노 소리. 이 병원처럼 깨끗한 방. 나는 약 일 주일 전에 창신동의 그 지저분한 방에서 이 깨끗한 양옥으로 하숙을 옮겼던 것이다.

들려오고 있는 곡은 〈엘리제를 위하여〉였다. 내가 옮겨온 뒤의 약 일 주일 동안 매일 오후 네시에 피아노가 울렸고 그 곡은 〈엘리제를 위하여〉였었다. 아마 내가 오기 전에도 네시에 피아노가 울렸고 그 곡은 〈엘리제를 위하여〉였었을 것이다.

나는 그제야 기지개를 켜고 일어나 앉았다. 생각하면 어처구니없는 기억의 단절이었다.

물론 무엇인가를 깜빡 잊어버리는 때가 흔히 있는 법이다. 우스운 얘기지만 심지어 오줌누는 법을 잊어버린 때도 있었다. 언젠가 어느 다방에 가서(그 다방은 어느 건물의 이층에 있었는데 나는 무슨 생각엔가 잠겨서 계단을 느릿느릿 걸어올라갔었다) 다방 문의 밖에 있는 화장실에 들렀을 때였다. 그때 나는 긴급한 생리적 필요에도 불구하고 어떻게 소변 보는가를 깜박 잊어버린 것이었다. 나는 몹시 당황했었다. 잠시 후 곧 나는 우선 바지 단추를 끌러야 한다는 습관으로 되돌아올 수 있었지만 여간해선 있을 수 없는 습관의 단절조차 경험했던 건 확실한 얘기다. 아무리 그렇지만 일 주일이 방 하나와 친밀해지는 데는 충분한 시간이라고 나 역시 생각한다. 낮잠에서 깨어났을 때 내가 약 일 주일 전에 이사 온 이 방에서 상당한 시간 동안 생소함을 느꼈던 것은 그 일 주일이란 시간보다도 더 길게 나를 따라다니는 어떤 심리적인 원인 때문이 아니었을까?

내가 이 병원처럼 깨끗한 양옥으로 하숙을 들게 된 것은 나를 꽤 아껴주는 다정다감한 어느 친구의 호의에서 나온 권유 때문이었다.

　언젠가, 밖에서는 비가 뿌리는 날, 창신동의 그 퀴퀴한 냄새가
나고 하루 종일 가야 타블로이드판 크기의 창 하나로 들어오는,
한 움큼이나 될까 말까 한 햇빛을 아껴야 하는 내 하숙방에 앉아
서, 마침 돈이 떨어져서 그리고 단골 술집엔 외상의 빚이 너무
많아서 또 외상을 달라는 염치도 없고 해서 옆방의 영자에게서
빌린 푼돈으로 술 대신 에틸알코올을 사다가 물에 타서 홀짝홀
짝 마시며 혼자 취해서 언젠가 내가 내동댕이쳐서 갈래갈래 금
이 간 거울 앞에 얼굴을 갖다대고 찡그려보았다가 웃어보았다
가, 제법 눈물도 흘려보고 있는데 그 다정한 친구가 찾아왔던 것
이다. 그 친구는, 내 생활이 그래가지고는 도저히 희망 없는 것
이라고, 그리고 내 생활태도에는 일부러 타락한 자의 그것을 닮
으려는 점이 엿보인다고 진심으로 걱정해주며, 빈민가에서의 그
렇게 무질서하고 퇴폐적인 생활과 질서가 잡히고 규칙적인 또
한쪽의 생활과의 비교도 재미있지 않겠느냐고 나를 타이르는 식
으로 얘기하며, 자기 친척 중에서 퍽 가풍이 좋은 집안이 하나
있는데 거기에 자기가 나의 하숙을 부탁해보고 싶다는 것이었
다. 고마운 얘기일 수밖에 없었다. 사실 나 자신도 나의 무궤도
하고 부랑아 같은 생활태도를 비록 내 천성의 게으름과 가난한
자들의 특징인 금전의 낭비벽, 그리고 이제는 돌아갈 고향도 없
이 죽는 날까지 이 서울에서 내 힘으로 살아가야 한다는 절망감
에다가 핑계를 대고 변명해보려 했지만 아직 젊다는 이유 하나

88

만으로써도 내 생활태도 개선의 가능은 충분하다는 점에 생각이 미치면 나도 나 자신의 기만을 인정치 않을 수 없곤 했던 참이라 그 친구의 의견을 고맙다고 할 수밖에 없었다. 그러나 그 무렵에 나는 돈에 꽤 쪼들리고 있었으므로 당장 그 친구의 의견을 좇을 수는 없게 되었었다. 버스 탈 돈마저 떨어져서 매일 방에 틀어박힌 채 희곡 습작이나 하고 있을 때였다.

그리고 오래 후, 다행히 어느 쇼단에 촌극용 코미디 각본이 몇 편 팔리고 거기서 생긴 수입이 꽤 되었으므로 오랫동안 내심 일종의 간절한 욕망으로서 계획해오던 이주 건을 역시 그 친구의 권유를 따라서 실행한 것이 약 일 주일 전인 것이었다. 그리고 매일 오후 네시가 되면 나는 〈엘리제를 위하여〉를 듣게 되었다. 피아노는 이 집의 며느리가 치는 것이었다. 이 집의 식구의 구성은 '할아버지'로 불리는 키가 작고 마른 편인 영감과 '할머니'로 불리는 역시 키가 작고 마른 편인 노파, 어느 대학에 물리학 강사로 나가는 아들과 그 부인인 '며느리', 대학 강사의 여동생인 여고생, 대학 강사의 세 살 난 딸, 그리고 식모로 되어 있었다. 할아버지는 나를 이 집으로 데려다준 친구의 큰아버지뻘이라고 했고, 말하자면 나의 생활태도를 바꾸어놓겠다는 책임을 진 분이었다.

나는 내가 이사를 온 첫날 저녁, 할아버지 앞에 불려나가서 들은 얘기를 지금도 기억한다. 그것은 일종의 오리엔테이션이었다. 몇 가지 나의 가족관계에 대해서 묻고 나서, 할아버지는 갑자기, 내가 6·25 때는 몇살이었느냐고 물었다. 정확한 나이는 얼른 계산이 되지 않아서 열 살이었던가요, 하고 내가 우물쭈물 대답하자, 할아버지는 아마 그럴 거라고 하며 사변이 남겨놓고 간 것이 무엇인 줄을 모르겠군, 하고 말했다. 그래서 나는, 사변 전에 있었던 것에 대해서는 알 수가 없고, 있다고 해도 어린아이로서의 기억밖에는 가지고 있지 않으므로 무엇이 사변 후에 더 보태지고 없어진 것인지는 모르겠다고 솔직히 대답했다. 그러자 할아버지는 고개를 끄덕이고 나서 그것은 가정의 파괴라고 한마디로 얘기했다. 그렇게 말하는 투가 마치 내가 나쁜 일을 해서 책망이라도 한다는 것처럼 단호하고 험악했기 때문에 나는 정말 죄를 지은 기분이 되어 꿇어앉았던 자세를 더욱 여미었다. 그리고 오랫동안, 정말 오랫동안 나는 이사를 한다는 흥분과 긴장과 피로 속에서 하루를 보내었기 때문에 졸음이 퍼붓는 걸 참아가며 할아버지의 관(觀)이랄까 주의(主義)랄까를 들었다.

그것은, 혼미 가운데서 들은 것을 두서가 없는 대로 요약한다면 다음과 같았다. 가풍이 없는 가정은 인간들의 모임이 아니다. 가풍이란 질서정신에 의해서 성립되어야 한다. 우리나라의 가정은 사변 때 식구들의 생사조차 서로 모를 정도로 파괴되었다. 그래서 더욱 가정의 귀중함을 알았지 않느냐. 그러니 질서정신에 입각해서 각기 가정은 가풍을 만들어가야 한다. 그리 하는 데 장애가 아주 많은 게 우리들이 처한 현실이다. 그럴수록 우리는 지나치다 할 정도로 자신들에게 엄격해야 한다. 대강 이런 것이었다.

가풍. 내게는 낯설기 짝이 없는 단어였지만 며칠 동안에 나는 그 말의 개념이 아니라 바로 그의 실체를 온몸에 느끼게 되었다. '규칙적인 생활 제일주의'가 맨 먼저 나를 휘감은 이 집의 가풍이었다.

아침 여섯시에 기상. (그러나 나의 경우는 자발적인 기상이 아니라 할아버지가 차를 끓여가지고 손수 들고 와서 나를 깨우고 그 차를 마시게 하고 내가 무안함에 가슴을 두근거리며 황급히 옷을 주워입으면 아침 산보를 시키는 것이었다. 그래서 나는 수면 부족으로 좀 자유로운 낮에 늘 낮잠이었다. 그러나 그 집 식구들은 심지어 세 살 난 어린애마저도 그 규칙을 지키고 있는 모양이었다.) 아침식사. 출근 혹은 등교. 할아버지도 어느 회사에 중역으로 나가고 있었으므로 집에 남는 건 할머니와 며느리, 어린애와 식모, 그리고 노곤한 몸을 주체하지 못하는 나뿐이었다. 그동안 나는 오전 열시경에 며느리와 할머니가 놀리는 미싱 소리를 쭉 듣게 되고, 열두시경에 라디오에서 나오는 음악을 듣고, 오후 네시엔 〈엘리제를 위하여〉를 듣게 된다. 오후 여섯시 반까지는 모든 식구가 집에 와 있어야 하고, 저녁식사. 식사가 끝나면 십여분 동안 잡담. 그게 끝나면 모두 자기 방으로 가서 공부. 그리고 식모가 보리차가 든 주전자와 컵을 준비해서 대청마루 가운데 있는 탁자 위에 놓는 달그락 소리가 나면 그때 시간은 열시 오륙 분

전. 그 소리가 그치면 여러 방의 문이 열리고 식구들이 모두 나와서 물 한 컵씩을 마시고 '안녕히 주무십시오'를 한 차례 돌리고 잠자리로 들어간다. 세상에 이런 생활도 있었나 하고 나는 놀라지 않을 수 없었다. 식구 중 누구 한 사람 얼굴에 그늘이 있는 사람은 없었다. 나로서는 상상도 하지 못하던 세계에 온 것이었다. 동대문이 가까운 창신동 그 빈민가의 내가 들어 있었던 집의 식구들을 생각하지 않을 수 없는 이 정식(正式)의 생활.

내가 간혹 이 양옥의 식구들의 얼굴을 생각해보려 할 때면, 물론 대하는 시간이 적었던 탓도 있겠지만 그보다는 차라리 아마 낮잠에서 깨어났을 때 내가 지금 있는 방에 대해서 생소감을 느끼던 그런 알 수 없는 이유로써 나는 이 집 식구들의 얼굴을 덮어누르고 보다 명료하게 떠오르는 창신동 식구들의 얼굴 때문에 적지 않게 괴로워했다.

내가 들어 있던 집은 판자를 얽어서 만든 형편없이 작은 집이었지만 방은 다섯 개나 되었다. 따라서 겨우 한두 사람이 들어가 누우면 꽉 차버리는 방들이란 건 말할 필요도 없다. 그중에서도 좀 넓고 채광도 좋다는 방을 주인 식구가 차지하고 있고 그 방보다는 못하지만 나머지 세 개에 비하면 빗물도 새지 않을 정도의 방은 방세 지불이 정확한 영자라는 창녀가 들어 있었다. 그리고 유리창이—그 유리창이란 게 금이 가고 종이가 오려 발라지고 더러웠지만 이 집에서는 유일한 유리창이었다—달린 방에는 오십쯤 나 보이는 깡마르고 절름발이인 사내가 열 살 난, 열 살이라고는 하지만 영양실조 등으로 볼이 홀쭉하고 머리만 커다랗지 몸은 대여섯 살 난 애들보다 더 작고 말라비틀어진 딸을 데리고 살고 있었다. 그리고 나머지 방들 중에서 한 방을 사십대의 막벌이 노동자 서씨가, 그리고 한 방을 내가 차지하고 있었다.

내가 이 양옥으로 와서 그리고 이제는 진절머리가 나기 시작한 〈엘리제를 위하여〉를 피아노로 치고 있는 며느리에 대한 이집 할아버지의 배려에 관하여 알게 되었을 때 맨 먼저 생각난 것이 창신동 그 판잣집의 절름발이 사내와 그의 말라비틀어진 딸이었다.

할아버지는 피아노 소리를 무척 싫어하지만 그러나 여학교 시절에 피아노 치는 걸 배워두었다는 며느리의 손가락을 굳어버리게 할 수는 없다고 생각했었다. 굳어버리게 하다니, 그건 할아버지의 교양이 도저히 허락할 수 없는 것이었던 모양이다. 그래서 며느리가 피아노를 대할 수 있는 시간도 이 양옥의 규칙적인 생활 속에 끼일 수 있었던 것이다. 여고에 다니는 딸에 대해서도 비슷한 태도가 아닌가고 나는 생각했다. 저녁식사 후, 공부시간이 되면 그 여고생은 자기 방으로 간다. 그리고 열시가 되면 식모가 끓여다놓은 보리차를 마시기 위해서 대청마루로 나온다. 그 동안은 공부를 하고 있는 걸로 되어 있다.

그렇지만 저 창신동의 절름발이 사내는 어떻게 그의 딸을 교육시켰던가. 나는 그 절름발이 사내가 자기의 어린 딸을 꿇어앉혀놓고 있는 것을 그 방 앞을 지날 때마다 유리창을 통해 볼 수 있었다. 내가 그 방 앞을 지나칠 때면 거의 항상 그 풍경을 볼 수 있기 때문에 그 빼빼 마른 계집애가 자기 아버지 앞에 꿇어앉아 있지 않은 시간은 언제인지 알 수 없었다. 밥을 지으러 나올 때 거나 수도에서 물을 길어 몸을 한쪽으로 기울이고 비척거리며 걸어갈 때 외에는 항상 꿇어앉아 있었다고 보아야 할 것이다. 유리창이 막혀 있기 때문에 그 안에서 절름발이는 무슨 얘기를 자기 딸에게 들려주고 있는지 모르지만 그는 쉴새없이 입을 놀려 말을 하고 있는 것이었다. 항상 종이와 연필이 계집애 앞에 놓여 있는 걸 보아서 아마 그건 수업시간인 모양이었다. 절름발이 곁에는 항상 긴 버드나무 회초리가 놓여 있었다. 그리고 그 회초리의 매질이 계집애의 몸 위에 퍼부어지지 않는 날을 거의 볼 수가 없었다. 절름발이는 미친 사람처럼 계집애에게 매를 내리는 것이었다. 그러면 계집애는 이제 단련이 된 듯이 그 다섯 살짜리 아이들보다 가냘픈 손으로 머리를 감싸기만 한 채 눈물 한 방울 흘리지 않고 입 한 번 벌리지 않은 채 묵묵히 자기 몸 위에 퍼부어지는 매를 견디어내고 있는 것이었다. 물론 그 어둑시근한 방 속에서 절름발이는 무엇을 가르쳤고 그의 딸은 무엇을 배우고 있었는지 그 내용을 나는 끝내 알지 못하고 말았다. 다만 나는 언젠가, 밤이 깊어서, 내가 변소에 갔을 때 설사병이 났는지 그 계집애가 변소에 앉아서 똥물을 좔좔 쏟고 있고 변소 문에 몸을 구부정하게 기대고 절름발이가 성냥을 계속해서 켜대며 근심스런 얼굴로 그의 딸을 지켜보고 있던 광경으로 미루어보아서 그 유리창이 달린 어둑신한 방에서 베풀어지는 교육이 결코 엉뚱한 것은 아니리라는 생각만을 내 멋대로 할 수 있었다.

영자라는 창녀의 얼굴도 여간 또렷하게 나의 기억 속을 차지하고 있는 게 아니었다.

내가 그 집 앞에 붙은 '하숙인 구함' 이라는 종잇조각을 발견하고 주인을 만나러 들어갔을 때, 수도에서 발을 씻다가, 아줌마 하숙 구하는 사람 한 명 왔어요, 라고 안에다 대고 소리를 지르던 게 바로 영자였다.

그 집에 내가 하숙을 든 뒤부터, 얼굴이 동글동글하고 눈이 가느다란 영자는 자기 나이가 열아홉이라며 나를 오빠라 불렀었다. 내가 그 집에 하숙을 정한 후 며칠 사이에 영자의 선천적인 재능에 의해서 나도 금방 친밀감을 느낄 수가 있었다. 왼손 팔목에 있는 검붉은색의 지렁이 같은 흉터를 내보이며, 이게 뭔 줄 아우 오빠? 하고 묻고 나서 한숨을 푹 쉬며, 옛날에 나 죽어버리려구 칼로 여길 끊었다우, 그런데 죽지 않고 요 고생이야, 하며 눈물조차 살짝 비치던 영자에게 나는 담배를 얻어 피우는 등 은혜를 많이 입었었다. 영자는 내가 연극 공부를 하고 있다는 걸 알고 나서부터는 걸핏하면, 오빠가 유명한 사람이 되면 나도 배우로 써줘, 응? 하고 어리광을 부려오곤 했었다. 언젠가 미스 코리아 선발대회가 있던 날 신문에서 화관을 머리에 얹고 이브닝 드레스를 입은 당선자들의 사진을 보고 나더니 나와 주인 아주머니더러 심사위원이 되어달라고 하며 자기 방에 들어가서, 아마 아껴 간직해두었던 것인 듯싶은 분홍색의 한복을 단정하게 입고 나와서 그 집의 좁은 마당을 천천히 거닐며 한 손을 들고, 합격예요? 라고 묻다가 갑자기 웃음을 터뜨리며, 난 미스가 아닌걸요, 네? 라고 말하고 나서, 그날은 하루 종일 신경질을 부리던 영자. 또 언젠가는 어디서 알았는지, 광화문께에 엄청나게 잘 알아맞히는 성명철학자가 한 사람 있다는데 같이 가보지 않겠느냐고 나를 조르는 것이었다. 그런 건 다 엉터리 수작이라고 내가 얘기하자 절대로 그렇지 않다고 화를 내며, 지금 가지고 있는 이름이 나쁘다고 판단되면 좋은 이름으로 고쳐도 준다고, 그러면 아주 행복한 사람이 될 수 있다고 마치 자기가 그 성명철학자인 것처럼 주장하는 것이었다. 여러 날을 두고 졸리던 끝에 할 수 없이 내가 그럼 같이 가보자고 나서자 영자는 금방 시무룩해지며, 그렇지만 그 사람은 이름만 가지고도 지금의 신분을 딱 알아맞힌다는데 여러 사람이 있는 데서 갈보라고 해버리면 좀 얘기가 곤란해지겠다고 하며 발뺌을 하는 것이었다. 나도 그럴듯하게 생각되어서, 그럼 그만두자고 해버렸지만 미련은 남았는지 그후로도 영자는 곧잘 그 성명철학자 얘기를 꺼내곤 했었다. 내가 이 양옥으로 이사를 한다는 날도 영자는, 오빠더러 내 이름을 가지고 가서 좀 알아봐달라고 부탁하려 했더니, 하며 섭섭해하였었다.

〈엘리제를 위하여〉의 피아노 소리는 이제 며느리의 허밍까지 어울려서 절정에 도달하고 있었다. 며느리의 허밍이 시작되었으니 잠시 후엔 피아노 소리도 그칠 것이다. 경험으로써 나는 그걸 알고 있었다. 나는 다시 몸을 눕혔다.

'창신동에 사는 사람들은 모두 개새끼들이외다' 라는 30년대식 표현의 낙서가 적혀 있던 그 방, 그리고 그 집에 살던 사람들은 이 피아노가 둥둥거리는 집에서 생각하면 너무나 먼 곳에 있는 것이었다. 그곳은 버스 하나를 타면 곧장 갈 수 있다는 평범한 가능성마저를 송두리째 말살시켜버리는 간격의 저쪽에 있었다. 일 주일이란 보수를 치르고도 여전히 이 하얀 방에 대하여 서먹서먹한 느낌이 드는 것은 그 측량할 길 없는 간격을 내가 아무런 준비도 하지 못한 채 갑자기 건너뛰었기 때문이 아니었을까. 나도 아주 어렸을 적엔 이런 생활 속에서 자라나고 있었던지 어쩐지는 모르지만 내 기억이 회답하는 한 이 양옥 속의 생활은 지나치게 낯선 것이었다.

창신동 그 집의 나머지 한 사람 서씨라는 중년 사내의 얼굴이 떠오를 때면 더욱 그러하였다.

빈민가에 저녁이 오면 공기는 더욱 탁해진다. 멀리 도시 중심부에 우뚝우뚝 솟은 빌딩들이 몸뚱이의 한편으로는 저녁 햇빛을 받고 다른 한편으로는 짙은 푸른색의 그림자를 길게 길게 눕힌다. 빈민가는 그 어두운 빌딩 그림자 속에서 숨쉬고 있었다.

교과서의 직업 목록 속에서는 찾아볼 수 없는 가지가지의 일터에서 사람들이 땀이 말라 끈적거리는 얼굴을 손으로 부비며 돌아오고, 이 마을에 들어서면 그들의 굳어졌던 얼굴들이 풍선처럼 펴진다. 웃통을 벗은 사내들은 모여서서 쉴새없이 떠들고 아이들은 자기들 집과 집의 처마를 스칠 듯이 지나가는 기동차의 뒤를 쫓아 환호를 올리며 달린다. 아낙네들은 풍로를 밖으로 내놓고 그 위에 얹은 냄비 속에 요리책에는 없는, 그들의 그때그때의 사정이 허락하는 신기한 요리 재료를 끓인다. 이 냄비와 저 냄비 속에서 끓고 있는 음식은 나라와 나라 사이의 풍토보다도 더 다르다. 마치 마귀할멈이 냄비 속에 알지 못할 재료를 넣고 마약을 끓여내듯이 그네들도 가지가지의 마약을 끓이고 있는 것이다.

빈민가의 저녁은 소란하기만 하다. 취해서 돌아온 사내는, 기부운, 하고 비명 같은 소리를 지르고 자기가 번 그날의 품삯을 내보이며 친구들을 끌고 술집으로 간다. 그러면 그 뒤로 그 사내의 아낙이 쫓아와서 사내의 손에서 돈을 빼앗아 쥐고 주먹을 휘둘러 보이며 집 안으로 사라지고 그러면 뒤에 남은 사람들은 싱글싱글 웃으며 노해서 고래고래 소리지르는 그 사내를 달랜다. 빈민가 가까이 있는 시장에서 생선의 비린 냄새가 물씬물씬 풍겨오고 도시의 중심부에서 바람에 불려온 먼지가 내려앉고 여기 저기의 노점에 가물가물 카바이트 불이 켜지는 시각이 되면 사내들은 마치 그것들을 피하기라도 하려는 듯이 자기들의 키보다 낮은 술집으로 몰려든다.

나도 그곳에 하숙을 정하고 나서부터 매일 저녁때면 술집으로 걸어갔다. 흙탕물 속의 기포처럼 그 어수선한 마을에서 술집들만은 맑고 조용했다. 물론 사내들은 떠들며 얘기하고 혹은 코피를 흘리며 싸움을 하곤 하는 것이지만 그것이 거리에서가 아니라 술집 안에서 일어나는 경우엔 왜 그렇게 맑은 것으로 보이는지 나는 알 수 없었다.

내가 단골처럼 드나든 곳은 '함흥집'이라는, 함경도에서 왔다는 노파가 경영하는 술집이었다. 긴 의자의 한쪽 끝에 자리를 잡고 주모가 따라주는 술잔을 받아 마시며 나는 술보다는 그 술집의 분위기에 마음을 빼앗기고 있었다. 사람을 사귀려는 생각은 아예 없었으므로 나는 항상 혼자 그렇게 앉아 있었다. 꽤 오랜 시간이 지나고 술도 알맞게 취했다고 생각되면 나는 셈을 하고 (외상으로 하는 날이 더 많았지만) 그 바라크 밖으로 나왔다. 그리고 고개를 쳐들면, 저만치서 관광객들을 위하여 형광의 조명을 한 동대문이 그의 훤한 모습을 밤하늘에 도사려 보이고 있는 것이었다. 지금도 눈앞에 보이는 듯하다. 밤의 동대문 모습이.

그곳에 자리잡은 지 얼마 되지 않은 어느 날 저녁, 역시 내가 긴 의자의 한쪽 끝을 차지하고 누런 술을 내려다보며 앉아 있는데 내 곁에 어떤 사람이 털썩 주저앉더니 주모에게 술을 청하고 나서 내 등을 툭 치며 말을 건네는 것이었다. 사십쯤 나 보이는, 턱에 수염이 짙고 커다란 몸집에 해진 군용 작업복을 입고 있는 그 사내는, 영자가 있는 집에 새로 들어온 젊은이가 아니냐고 내게 묻는 것이었다. 그렇다고 했더니 그 사내는 퍽 사람 좋게 웃으면서 자기도 그 집에 방을 빌려들고 있는 사람인데 인사가 그리 늦을 수가 있느냐고 하며 자기를 서씨라고 불러달라고 했다. 같은 집에 있으면서도 그 서씨가 아침 일찍 나가고 저녁에는 내가 늦게 들어가는 셈이었기 때문에 그때까지 나는 서씨라는 사람이 그 집에 들어 있다는 걸 알고 있지 못했지만 그는 용케 나를 보았고 그리고 기억해두고 있었던 모양이다. 서씨를 알게 된 것은 그렇게 해서였다. 술잔이 오고가는 동안 나도 말이 하고 싶어져서, 고향이 어디십니까, 가족은 어디 계십니까, 무슨 일을 하고 계십니까, 하고 좀 귀찮아할 정도로 서씨에게 물어대었다. 그러나 서씨는 별로 귀찮아하지도 않고 고향은 함경도, 6·25 때 단신 월남, 지금은 공사장 같은 데서 힘을 팔고 있다고 고분고분 들려주었다.

그후로 나는 거의 매일 그 서씨와 함께 '함흥집' 엘 드나들게 되었다. 그는 사귈수록 착한 사람의 전형이었다. 굵게 쌍꺼풀진 눈매는 가난한 사람답지 않게 빛나고 있어서 차라리 보는 사람에게 열등감을 줄 정도지만 그는 그 눈으로써 상대편에게 친밀감을 나타낼 줄도 알았다. 영리해 보이지는 않고 오히려 행동이며 머리 돌아가는 건 그 반대인 듯했다. 두터운 입술 사이를 비집고 나오는 듯한 그의 함경도 사람답지 않게 느린 말씨가 더욱 그것을 증명해주었다.

그는 주량이 놀라울 정도로 컸다. 그는 곧잘 자기가 버는 돈은 아마 모두 이 술집으로 들어갈 거라고 하며 그리고 그건 좋은 일이 아니겠느냐고 말하며 너털웃음을 웃곤 했다. 그의 술버릇은 대단히 좋아서 취하면 떠들어대는 건, 서씨에겐 어린애로나밖에 보이지 않을 이쪽이었다. 술이 취해서 그와 어깨동무를 하고―그의 키가 아주 컸기 때문에 나는 그의 허리를 껴안은 셈이 되지만―비틀거리며 밖으로 나오면 그는 어두운 밤하늘을 배경으로 하고 훤한 모습으로 솟아 있는 동대문을 향하여 한 눈을 찡긋거려 눈짓을 보내곤 했다.

서씨는 밤에 보는 동대문이 좋으냐고 물으면, 아니 젊은이도 저 동대문을 좋아하느냐고 오히려 되물어왔다. 낮에는 거기서 귀신이라도 나올 것 같기 때문에 기분 나쁘지만 형광빛의 조명을 받고 있는 밤에는 참 아름다워서 좋다고 내가 대답하면, 자기는 좀 별다른 의미로 동대문을 사랑하고 있다고 말했다. 자기와 동대문은 퍽 친하다는 것이었다. 마치 어떤 살아 있는 사람과 친하듯이 친하다고 했다. 나는 그 말이 무엇을 의미하는지를 다음과 같이 하여 알게 되었다.

그날 밤도 술집에서 돌아와서 서씨는 자기 방으로 가고 나도 내 방으로 돌아와서 옷을 입은 채 이불 위에 쓰러져 잠이 들어 있는데, 몇시쯤 됐을까, 누가 나를 흔들어 깨우는 것이었다. 서씨였다. 서씨의 입에서 여전히 단 냄새는 나고 있었으나 그래도 술은 깬 모양이었다. 나는, 지금 몇시쯤 됐느냐고 물었더니, 자기도 잘 모르지만 아마 새벽 두시나 세시쯤 됐을 거라고 대답하며 보여줄 게 있으니 나더러 자기를 조용히 따라오라고 말했다.

마치 보물을 캐러 가는 소년들이 비밀을 얘기하는 속삭임과 같은 그런 말투였다. 나는 그의 그러한 기세에 눌려 오히려 내가 쉬쉬해가며 그를 따라서 밖으로 나섰다. 골목에는 가로등이 켜져 있었다. 우리는 일부러 어두운 곳만을 골라서 몸을 숨겨가며 걸었다. 도중에 내가 지금 우리는 어디로 가고 있느냐고 물었더니 그는 동대문이라고 대답했다. 통행금지가 되어 있는 이 시간에, 가로등만이 거리를 지키고 있는 이 시간에 서씨가 나와 함께 동대문에 갈 필요는 무엇인지. 나는 의혹과 불안에 눈알을 동글동글 굴리면서도 얌전하게 그를 따라서 고양이 걸음을 하고 있었다.

잠시 후에 우리는, 한길 저편에, 기왓장 하나하나까지도 셀 수 있을 만큼 밝은 조명을 받고 있는 동대문이 서 있는 곳까지 와서 골목에 몸을 숨겼다. 서씨는 사방을 두리번거리며 살펴보고 나서 우리 외에는 아무도 없다는 걸 알아내자 나에게, 이 골목에 가만히 숨어서 자기가 지금부터 하는 일을 구경해달라고 말했다. 내가 숨을 죽이고 침을 꿀꺽 삼키면서 그러마고 고갯짓으로 대답하자 그는 히쭉 한번 웃고 나서 재빠르게 이제까지 내가 알고 있던 사람이 아닌 전연 다른 사람처럼 날랜 몸짓으로 한길을 가로질러 달려가서 동대문 성벽 밑의 그늘에 일단 몸을 숨기고 좌우를 살피고 있었다.

동대문의 본건물은 집채만한 크기의 돌로 된 축대 위에 세워져 있는 것인데 축대의 높이는 육 미터 남짓 되어 보이고 그 축대에서 시작되어 역시 커다란 돌이 쌓여 이루어진 성벽이 건물을 반원형으로 둘러싸고 있다. 그 성벽을 서씨는 마치 곡예단의 원숭이가 장대를 타고 올라가듯이 익숙하고 민첩한 솜씨로 올라갔다. 푸른 조명을 받으며 서씨가 성벽을 기어올라가는 그 광경은 나로 하여금 신비한 나라에 와서 거대한 무대 위의 장엄한 연극을 보는 듯한 감동을 느끼게 하는 것이었다. 단 하나의 넓은 빛살이 펼쳐지고 그 빛에 의해서 풍경이 탄생하여 오만한 마음을 가진 양 흔들리지 않고 정립해 있는데 그것을 향하여 어쩌면 호소하는 듯한 어쩌면 도전하는 듯한 어쩌면 그것의 손짓에 응하는 듯한 몸짓으로 몸의 온갖 근육을 움직이며 성벽을 기어오르고 있는 그 사람은 문득 나에게 전율조차 느끼게 했다.

이윽고 서씨의 몸은 성벽의 저 너머로 사라져버렸다. 그리고 잠시 후에 나는 더욱 놀라운 광경을 보게 되었다. 서씨가 성벽 위에 몸을 나타내고 그리고 성벽을 이루고 있는 커다란 금고만 한 돌덩이를 그의 한 손에 하나씩 집어서 번쩍 자기의 머리 위로 치켜올린 것이었다. 지렛대나 도르래를 사용하지 않고서는 혹은 여러 사람이 달라붙지 않고서는 들어올릴 수 없는 무게를 가진 돌을 그는 맨손으로 들어올린 것이었다. 그는 나에게 보라는 듯이 자기가 들고 서 있는 돌을 여러 차례 흔들어 보이고 나서 방금 그 돌들이 있던 자리를 서로 바꾸어서 그 돌들을 곱게 내려놓았다.

나는 꿈속에 있는 기분이었다. 고담(古談) 같은 데서 등장하는 역사(力士)만은 나도 인정하고 있는 셈이지만 이 한밤중에 바로 내 앞에서 푸르게 나는 조명을 온몸에 받으며 성벽을 디디고 우뚝 솟아 있는 저 사내를 나는 무엇이라고 이름붙여야 할지 몰랐다.

역사, 서씨는 역사다, 하고 내가 별수 없이 인정하며 감탄이라기보다는 차라리 그 귀기에 찬 광경을 본 무서움에 떨고 있는 동안에 그는 어느새 돌아왔는지 유령처럼 내 앞에서 자랑스러운 웃음을 소리없이 웃고 있었다.

서씨는 역사였다. 그날 밤 나는 집으로 돌아와서 이제까지 아무에게도 들려주지 않았다는 서씨의 얘기를 들었다.

그는 중국인 남자와 한국인 여자 사이에서 난 혼혈아였다. 그의 선조들은 대대로 중국에서 이름 있는 역사들이었다. 족보를 보면 헤아릴 수 없이 많은 장수(將帥)가 있다고 했다. 그네들이 가졌던 힘, 그것이 그들의 존재 이유였고 유일한 유물이었던 모양이었다. 그 무형의 재산은 가보로서 후손에게 전해졌다. 그것으로써 그들은 세상을 평안하게 할 수 있었고 자신들의 영광도 차지할 수 있었다. 그러나 이 서씨에 와서도 그 힘이 재산이 될 수는 없었다. 이제 와서 그 힘은 서씨로 하여금 공사장에서 남보다 약간 더 많은 보수를 받게 하는 기능밖에 가질 수가 없게 된 것이다. 결국 서씨는 그 약간 더 많은 보수를 거절하기로 했다. 남만큼만 벽돌을 날랐고 남만큼만 땅을 팠다. 선조의 영광은 그렇게 하여 보존될 수밖에 없었다. 그리고 서씨는 아무도 나다니지 않는 한밤중을 택하고 동대문의 성벽에서 그 힘이 유지되고 있음을 명부(冥府)의 선조들에게 알리고 있다는 것이었다.

대낮에 서씨가, 동대문의 바로 곁에 서서 행인들 중 누구 한 사람도 성벽을 이루고 있는 돌 한 개의 위치 변화에 관심을 보내지 않고 지나다닐 때, 옮겨진 돌을 바라보며 빙그레 웃고 있는 그의 모습을 나는 쉽게 상상할 수 있었다. 그것이 서씨가 간직하고 있는 자기였고 내가 그와 접촉하면 할수록 빨려들어갈 수 있었던 깊이였던 모양이었다.

그 집─그날 많은 얼굴들이 살던 그 집에서 나는 나 자신 속에서 꿈틀거리는 안주에의 동경을 의식하지 않을 수 없었다. 그것은 그 사람들의 헤어날 길 없는 생활 속에 내가 휩쓸려 들어가게 되는 것이 무서웠기 때문이었던 모양이다. 그러나 그곳을 뚝 떠나서 이 한결같은 곡이 한결같은 악기로 연주되는 집에 오자 그것은 견디어낼 수 없는 권태와 이 집에 대한 혐오증으로 형체를 바꾸는 것이었다. 나란 놈은 아마 알 수 없는 놈인가보다.

피아노 소리가 그쳤다. 무의식중에 나는 방바닥에서 팔목시계를 집어올렸다. 내가 지금 무슨 행동을 했던가를 깨닫자 나는 쓴 웃음이 나왔다. 피아노가 그친 시간을 재보려고 했던 것이다. 그리고 나는 내일도 그 피아노가 그친 시간을 재서 그 시간들을 비교하며 이 집에 대한 혐오증의 이유를 강화시키려고 했던 것이다. 나는 자신에 대해서 어이가 없음을 느꼈다. 이런 느낌이 드

는 것은, 그것은 조금 전에 내가 서씨의 그 거짓 없는 행위를 회
상했던 덕분이 아니었을까? 서씨가 내게 보여준 게 있다면 다소
몽상적인 의미에서의 성실이었고 그리고 그것은 이 양옥 속의
생활을 비판하는 데도 필수적으로 고려되어야 한다는 것이 아닌
가고 내게 생각되는 것이었다. 그러나 이 집으로 옮아온 다음날
의 저녁, 식사시간도 잡담시간도 지나고 모든 사람들의 공부시
간이 되자 나는 홀로 내 방의 벽에 기대앉아서 기타를 퉁겨보기
시작했던 때의 일을 기억하고 있다. 불현듯이 기타를 켜고 싶어
지는 때가 있는 법이다. 그것은 감정의 요구이지만 그렇다고 비
난할 건 못 되지 않는가. 내가 줄을 고르며 음을 시험해보고 있
는데, 다색 나왕으로 된 내 방문이 열리며 할아버지가 들어왔다.
그리고 나의 기타 켜는 시간은 오전 열시부터 한 시간 동안 할머
니와 며느리가 미싱을 돌리는 시간과 같은 시각으로 배치되었던
것이다. 위대한 가풍이 내게 작용한 첫번이었다. 그러나 그 이후
내가 내게 주어진 그 시간을 이용해본 적은 하루도 없었다. 흥이
나지 않아서였다고 하면 적당한 표현이 되겠다.

절망감이 마루 끝에도 마당 가운데서도 방마다에도 차서 감돌
던 창신동의 그 집에서는 식구들에게 그들이 오래 전에 잃어버렸
던 형체 없는 감동 같은 것을 조금씩은 깨우치고 영혼의 안정에
얼마간은 공헌할 수 있었던 나의 기타는, 그래서 노인들이 우연
한 한마디에서 갑자기 자기의 늙음을 발견하듯이 낡아빠진 모습
으로 방의 구석지에 기대어져 있지 않으면 안 되게 된 것이었다.

처음에 나는 이 집에 대하여 존경심을 가졌다. 그러나 나는 이내 그것이 처음 보는 경치에 보내는 감탄과 같은 성질의 것밖에는 되지 않음을 알았다. 이해와 감정은 별개의 문제라는 것을 발견한 것도 그때였다. 이 가족의 계획성 있는 움직임, 약간의 균열쯤은 금방 땜질해버릴 수 있도록 훈련되어 있는 전진적 태도, 무엇인가 창조해내고 있다는 듯한 자부심이 만들어준 그늘 없는 표정 ― 문화라는 말을 쓸 수 있는 사람들이 있다면 바로 이 사람들이었다. 그리고 이것이야말로 인간이 희구하는 것이 아니었던가. 이 사람들은 매일매일 달리고 있는 것이었다. 따라서 어느 지점과의 거리를 단축시키고 있는 셈이었다. 이것이 나의 그들에 대한 이해였다.

　　그러나 그 어느 지점이 무한하게 먼 곳에 있을 때도 우리는 그들이 거리를 단축시키고 있다고 생각할 수 있을까? 더구나 나로하여금 기타 켜는 시간의 제약까지를 주어가면서 말이다. 차라리 이 사람들의 태도야말로 자신들은 걷고 있다고 믿으면서 사실은 매일매일 제자리걸음을 하고 있는 바로 그것이 아닐까. 빈민가에 살던 사람들의 그 끝없는 공전 같아 뵈던 생활이 이곳보다는 오히려 더 알찬 것이 아니었을까. 이것이 나의 감정이었다. 그래서 마침내 어느 쪽인가 한 편이 틀려 있다는 생각이 나를 몹시 짓누르기 시작했다. 본질적으로는 두 쪽이 같지 않느냐는 의문이 나의 내부 한쪽에서 솟아나오기도 했지만 그보다 더 강한 힘으로 나를 끌고 가는 '어느 쪽인가 한 편이 틀려 있다'라는 집

념은 어디서 나온 것인지 나로서는 알 수 없었다. 그리고 마침내 그것은 발전하여, 미리 그러기로 되어 있었다는 듯이, 나는 이 양옥의 식구들 생활을 빈 껍데기에 비유하고 있었다. 빈 껍데기의 생활, 아니라면 적어도 방향이 틀린 생활, 습관적인 생활에 불과하다는 생각이 나를 끌고 갔다. 이 순간에 나는 꼭 무슨 행동을 해야만 할 것 같았다. 그리고 내가 한 행동이 누군가 좀 현명하고 인간을 잘 아는 사람에 의해서 심판받았으면 좋겠다고 생각했다.

꼭 무슨 행동이 필요하다는 충동이 그날 오후 내처 나를 쿡쿡 찔렀다. 나는 누운 채 천장을 올려다보았다. 무늬 없는 베니어로 된 갈색의 천장. 벽을 향하여 얼굴을 돌리면 병원의 그것처럼 깨끗한 벽.

그날 오후 식구들이 돌아올 무렵에 나는 밖으로 나섰다. 나는 지금 내가 계획하고 있는 것이 근본적으로는 이 집 식구들을 바꾸어놓으리라고는 물론 생각하지 않았다. 그러나 무엇인가 해야만 한다는 의무감에 가까운 생각이 나로 하여금 느릿느릿 걸어서 어느 약방 앞에까지 가게 했다. 벌써 날이 어두워져가고 있었기 때문에 약방 안의 진열장 안에는 불이 밝게 켜져 있었다. 그래서 거기에 진열되어 있는 약병이나 상자들은 장난감처럼 귀여워 보였다. 나는 약방의 문턱에 서서 허리를 구부리고 진열장 안을 구경했다. 고개를 들어보니 아주머니 한 사람이 진열장의 저편에서 몸을 이쪽으로 내밀어 나를 굽어보고 있었다. 나는 아주머니를 향하여 히쭉 웃어 보이고는 이제 마치 무엇을 찾고 있는 듯한 태도로 진열장 안을 기웃거렸다. 나는 머뭇거리고 있는 것이었다. 무얼 찾느냐고 아주머니가 친절한 음성으로 물었다. 나는 여전히 고개를 숙인 채 진열장을 두리번거리면서, 홍분제 있느냐고 대답했다. 얼마나 필요하냐고 아주머니가 물었다. 나는 속으로 그 집 식구들을 헤어보았다. 할아버지, 할머니, 대학 강사, 며느리, 여고생, 식모, 손주딸, 모두 일곱 사람이었다. 나는 한 사람의 칠 회분을 달라고 했다. 그러면서 그제야 나는 고개를 똑바로 들었다. 아주머니는 필요 이상으로 엄숙한 표정을 지으면서 상점의 안쪽에 있는 진열장으로 가서 정제(錠劑)의 약을 하얀 종이에 싸서 가지고 나왔다.

셈을 하고 돌아서자 나는 아까와는 달리 내 기분이 싸늘해져 있음을 느꼈다. 안도와 같은 것이었다. 그리고 오랜만에 주위를 천천히 구경할 수 있는 여유를 갖게 되었다. 저녁을 맞으면서 내 주위에는 셀 수 없이 많은 양옥들이 줄을 지어 서 있었다. 집집의 창마다 밝은 불이 켜져 있고 옛날의 그 마을에서와는 달리 조용하였고 향긋한 음식 냄새가 새어나오고 있었다. 그러자 나는 나 자신이 이 평온한, 부자유하게 평온한 마을을 해방시켜주러 온 악마라는 생각이 문득 들었고 어쩐지 그것이 나를 즐겁게 했다. 혹은 그 빈민가가 파견한 척후인지도 몰라, 라고 나는 생각하며 나는 그 빈민가에 대하여 요 며칠 동안 지니고 있던 죄의식 비슷한 것이 사라져 있음을 깨달았다. 일종의 비겁한 보상행위라고 누가 곁에서 말했다면 나는 정말 즐거워져서 고개를 끄덕이며 웃었을 것이다.

내가 집으로 돌아왔을 때 식구들은 밥상을 받아놓은 채 내가 올 때까지 기다리고 있었다.

밤 열시 십 분 전이었다. 이제 몇 분만 있으면 식모는 보리차가 든 주전자와 컵을 대청마루 가운데의 탁자 위에 올려놓을 것이다. 식구들이 나오기 전에 먼저 내가 그 음료수에 빻아놓은 가루약을 넣어야만 하는 것이었다. 나는 약봉지를 들고 내 방문에 몸을 대고 식모를 기다리고 있었다. 그리고 그때 나는 만일 내가 이 집 식구들의 음료수에 가루약을 타지 않고 지금 바로 그 빈민가로 돌아간다면 거기서 나는 무슨 행동을 할 것인가고 생각해 보았다. 그러나 그것을 생각해낼 수가 없었다. 오히려 나는 내가 결코 그곳으로 돌아가지는 않으리라는 걸 잘 알고 있었다. 이 생각은 아까 저녁때 약방에 가기 전의 생각과는 좀 모순된다는 것도 깨닫고 있었다. 그렇다고, 스스로 무의미하다고 인정하고 있는 이 계획을 중지하고 싶지도 않았다. 이것은 천박한 장난? 그렇지만 나는 기도하는 것처럼 엄숙했었다.

드디어 다른 식구들에 비해서 유난히 조용조용한 식모의 발짝소리가 나고 주전자의 달그락거리는 소리가 났다. 식모가 문단속을 하러 나가는 소리가 난 뒤 나는 조용히 방문을 열었다. 그리고 가루약은 성공적으로 음료수에 용해되었다.

나는 내 방으로 돌아와서 다소 들뜬 마음으로 기다리고 있었다. 얼마 후, 나는 모두들 그 물을 마시는 것을 분명히 보았고 그들이 각기 자기 방으로 돌아가는 것을 보았다. 그리고 그들의 방의 불도 꺼졌다. 그러나 그들이 과연 잠을 이루고 있을까. 나는 그들이 다시 자기들의 방에 불을 켜고 앉아서 왜 잠이 오지 않고 마음이 들뜨는가를 생각하고 있기 바랐다. 나는 조용히 문을 열고 대청마루로 나와서 의자 위에 앉았다. 나는 기다리고 있었다. 그들의 방마다 불이 켜지기를.

꽤 오랜 시간이 지났다. 아무 소식이 없었다. 그러자 나는 잠들지 못하고 몸을 이리저리 뒤척이고 있을 그들을 상상해보았다. 지금 그들은 잠든 체하고 있을 뿐인 것이다. 내가 이제라도 쾅, 하고 피아노를 울리기 시작한다면 그들은 구원이라도 받은 듯이 뛰어나오리라. 물론이 밤중에 무슨 소란이냐고 나를 나무란다는 대의명분으로서. 나는 피아노에 생각이 닿은 것이 기뻤다. 나는 피아노 앞으로 다가갔다. 그리고 뚜껑을 열었다. 건반이 어둠 속에서 하얗게 웃고 있었다. 나의 손가락들이 건반 위에 놓여졌다. 이제 손에 힘만 주면 되었다. 물론 곡도 무엇도 아닌 광폭한 소리만이 이 집을 떠내려보낼 것이다.

여기서 공원의 그 젊은이는 그의 얘기를 그치었다.

"그저 덧붙여서 한마디 한다면……" 하고 그 젊은이는 잠시 후에 얘기했다. "그날 밤 피아노가 그토록 시끄럽게 울렸음에도 불구하고 나를 피아노 앞에서 떼어내기 위해서 방문을 열고 나온 사람은 단 한 사람, 할아버지뿐이었습니다. 몇 개의 기침 소리를 들은 듯하기도 했습니다만."

피아노 앞에서 떨어져나오면서 자기는 왜 그렇게 고독함을 느꼈고 그의 방으로 데려다주기 위하여 그의 손목을 잡고 있는 할아버지의 팔이 왜 그렇게도 억세게 느껴졌는지 알 수가 없었다고 말하고 나서 그 젊은이는 나를 빤히 쳐다보며 물었다.

"어느 쪽이 틀려 있었을까요?"

"글쎄요."

라고 나는 대답하며 생각했다. 나로서는 얼른 믿어지지 않는 얘기다. 첫째, 그런 생활이 있을 것 같지 않고, 있다고 해도 어느 쪽이 반드시 틀렸다고 말할 수도 없고, 오히려 두 쪽 다 잔혹할 뿐이라는 점에서 똑같고, 어느 쪽이 틀렸다고 해도 그것은 그 젊은이가 이질적인 사실을 한눈에 동시에 보아버리려는 데서 생긴 무리겠지, 라고.

"내가 틀려 있었을까요?"

라고 그 젊은이는 다시 내게 물었다.

"글쎄요."

라고 대답하며 다시 나는 생각했다.

그러고 보니 아무도 틀려 있는 사람은 없는 듯하다. 그렇지만 이것도 자신 있는 생각은 아니고 솔직히 말하면 나도 모르겠다. 알 수 있는 것은 다만, 그 젊은이가 보았다는 두 가지 생활이 사

실 내 바로 곁에 공존하고 있다고 하면 나도 좀 멍청해져버리지
않을 수 없으리라는 느낌뿐이었다.

(1963)

누이를 이해하기 위하여

축전(祝電)

'가하' 오빠.

부호(符號)라는 걸 만든 이에게 평안 있으라. 엉망진창이 된 나의 감정을 감정의 뉘앙스라는 점에서는 완전히 인연 없는 의사 전달 수단으로써 표현할 수 있는 이 신기함이여. 그렇지만 고향의 누이는 꽃봉투 속에 든 전문(電文) — '축 순산'을 읽을 게 아니냐고? 맙쇼, 어깨 한 번 으쓱하면 다 통해버리는 감정 표시를 서양 영화에서 나는 좀더 먼저 배운걸.

프로필

　김(金)형, 우리는 취하기 위해서 세상에 태어난 게 아닐까요? 그렇지만 자칭 소설가라는 그 작자는 술에 취해서 벌게진 얼굴을 제법 심각하게 찌그러뜨려가지고, 하지만 형씨, 우리는 그리워하기 위해서 태어난 게 아닐까요? 그렇게 대답하며 이 작자는 자기의 턱에 듬성듬성 난 수염을 손으로 슬슬 쓰다듬기까지 한다.

　그러나 작자에 대해서라면 내가 잘 알고 있다. 그럴 리는 없지만 만약, 만약 제게서 치기가 조금이라도 엿보인다면, 그건 제가 사랑하던 여자를 잃고 나서부터일 겁니다, 라고 작자는 얘기하고 있지만 천만에, 작자가 치한이 된 것은 아주 오래 전부터—어쩌면 태어날 때부터였다고 생각된다. 천부(天賦)의 성격이라고나 할까. 그런데 작자는 사랑 어쩌고 하면서 핑계를 만들지 못해 안달인 것이다.

　뻔뻔스러워서 어디든지 잘 나서고, 뭐든지 자기가 빠지면 안 될 듯이 생각하고 친구들의 우정에 대해서도 마치 노예가 주인 섬기듯이 대해주기를 기대하고 그나마 우정에 대한 보수로서는 억지로 지어낸 엉터리 음담패설이다.

　세상의 여자들이, 아니 모든 사람들이 모두 자기 소유인 양 불쌍해하고—불쌍해하는 척하고, 그래서 내가, 취하기 위해서, 라고 말하면, 아니지요, 그리워하기 위해서죠, 라고 엉뚱한 응수를 해오는 놈이다. 남에게 대단히 관대한 척하며 그러나 만일 상대편에서 작자를 비난하는 얘기라도 한마디 하는 경우엔 차마 정면으로 상대를 욕하지는 못하지만 내심 끙끙 앓으면서 그 사람을 영원한 적으로 돌려버리고 그렇게 하여 생긴 적이 많은 탓인지 작자는, 내게 기관총이 하나 있었으면 좋겠어, 대낮에 한길 가운데서 드르륵 드르륵 해봤으면, 하고 정신박약자 같은 소리를 이따금씩 중얼대는 것이다.

술이라고는 활명수만 마셔도 취하는 놈이 친구만 만나면 마치 인사라도 하는 것처럼, 여보게 술 한잔 사, 졸라대고 그래서 정작 친구가 술집으로 작자를 데려가주면 기껏 막걸리 한 사발을 들이켜고서도 얼굴이 시뻘게져가지고, 나 변소에 좀, 그러고는 뺑소니거나 뺑소니에 실패할 경우엔 술잔 받을 기회를 만들지 않기 위해서 시시한 유행가만 계속해서, 그것도 여자 목소리에 가까운 방정맞은 목소리로 불러대는 것이다. 그러면서도 결국 작자는 한길의 저편을 걸어가는 행인들 중에서 아는 여자를 발견하기라도 하면, 여보세요, 술 한잔 사주시오, 하고 외치고 만다. 비럭질, 아니면 일종의 추파. 술 마시기보다는 자기의 존재를 알리려는 데 목적이 있는 듯하다.

성실한 데라고는 도시 찾아볼 수 없고 성실한 척해 보이려는 노력만이 일종의 고통의 표정으로서 작자의 얼굴에 나타나 있을 뿐, 그나마도 작자 자기와 흡사한 친구들 앞에서나이다. 마치 자기네들에게만 고뇌가, 작자가 곧잘 사용하기 좋아하는 고뇌가 있는 것처럼 얘기하고 정식으로 살아가고 있는 사람들이 부딪쳐서 투쟁하고 있는 고뇌에 대해서는 작자는 일부러 눈감으려고 하는 듯하다. 작자가 그 자기 유의 고뇌라는 것에 대해서 얘기할 때는, 웩, 정말 구역질이 난다.

작자는 가난하다는 게 무슨 자랑이라도 되는 것처럼, 자기 맘에 드는 여자가 있으면 좌우간 가서 붙들고는, 제겐 돈은 없지만 순정은 있습니다, 고 말하며 아마 상대편의 '순정'을 구걸하는 모양인데 작자의 그런 태도란 만약 작자에게 쇠푼이라도 있었더라면, 저희 집엔 자가용도 피아노도 텔레비전도 있으니 저와 결혼해주세요, 라고 틀림없이 말할 놈인 것이다. 그런가 하면 때로는 마치 백만장자의 손자나 되는 것처럼 바, 술집, 다방에서도 비싼 차로, 자기에게 아무 소용 없는 피리나 풍선을 한꺼번에 열 개씩이나 사고, 버스표 파는 아주머니들께 푹푹 인심 쓰고……그렇게 하여 오랜만에 좀 두둑했던 호주머니를 하루 아니 불과 서너 시간 안에 다 써버리고 나서는 또, 제게는 돈은 없지만……이다. 자기가 지금 얼마나 쩨쩨한 말을 하고 있는가를 작자 자신도 잘 알고 있는 모양인지 이젠 그걸 마치 장난하듯이 마구 써먹으며 즐기고 있는 것이다. 하나에서 열까지 동정할 데라고는 한군데도 찾을 수가 없어서 좀 가엾다고나 할까. 어지간히 살고는 싶은 것인지 급작스런 죽음을 당할 경우에 대비해서 품속에 늘 유서를 품고 다닌다. 딴은 그 유서가 한번 보고 싶기도 하다. 거기에만은 다소 진실에 가까운 얘기가 씌어 있을는지. 그러나 모르긴 해도 아마 그것을 보지 않는 편이 다행스러울지도 모른다.

왜냐하면 작자의 거짓말은 지나칠 정도로 능숙하니까. 약속 어기는 것쯤은 예사인 모양이다. 그리고 작자에게 있는 것이라고는 과거뿐이기 때문에 ─ 그것도 지금 여기에 그가 있다는 사실을 무시할 수가 없기 때문에 작자에게도 과거가 있나보다고 짐작할 정도지, 그렇잖았더라면 그나마 못 믿었을 것이다 ─ 항상 과거만 얘기한다. 몇살 때에 나는…… 이런 식으로. 가만히 듣고 앉아 있을 수밖에 별 도리 없지만, 그 얘기도 대부분이 조작이리라는 건 뻔하다. 어떠한 조작된 과거라도 그것을 몇 번 반복하면 마치 사실인 것처럼 작자에게는 생각되는 모양이다. 그런 의미에서라면 작자의 과거는 굉장히 다양했고 풍성했고 진실한 것이었고 그래서 작자의 말대로 태어나지 말든지 혹은 태어나서 곧 죽었어야 했든지, 요컨대 과거 속에서 사라져버렸어야만 행복했을 터이다. 그렇지만 조작된 과거, 더구나 진짜였던 것처럼 되어버린 과거 ─ 나는 그걸 상상할 수조차 없다. 지금의 자기를 수년 후엔 또 무어라고 장식할는지. 진실하지 못하다는 점에서, 어느 것이 옳은지 모른다는 점에서, 만약 작자가 전쟁터의 군사라면 틀림없이 자진하여 이중간첩이 되었을 것이다. 어쩌면 총살형의 법령을 알면서도 할는지 모를 놈이다.

사랑. 사랑받지도 못하고 사랑을 주기도 무서워져서 치한이 되었다니, 뻔뻔스러운 얘기다. 저 고귀한 사랑이 작자와 같은 사람에 의해서 더럽혀지는 것은 아닐까. 사랑을 무슨 금전거래로 알고 있는 건 아닌지. 사랑이라고 해도 작자의 사랑은 치사하기 짝이 없다. 언젠가 나와 함께 버스를 타고 가던 작자는 우리가 손잡이를 잡고 서 있는 바로 앞좌석에 앉은 어느 청년 하나에게 이상한 눈치를 보내더니 급기야 험상궂고, 증오하는, 금방 잡아 먹을 듯한 눈초리를 그 청년에게 쏘아대는 것이었다. 천만다행으로 그 청년이 작자의 그 시선을 못 느꼈기 때문에 큰일은 나지 않고 우리는 버스를 내렸지만 알고 보니 그 청년과는 전연 알지 못하는 사이. 길을 가다가 이따금씩 버스칸 같은 데서 작자는 누구나 한 사람을 작자의 옛 여자를 빼앗아간 남자 — 실제의 그 남자를 작자는 모르기 때문에 — 로 가정해두고 혹은 어떤 여자가 옛 여자와 코가 닮았다든가 입이 닮았다든가 웃음소리가 닮았다든가 하는 것을 발견하면 작자는 그 사람들에게 그와 같은 험악한 시선을 보내는 것이었다. 사랑치고는 치사한, 치사하다기보다는 만일 천치들이 사랑을 한다면 아마 그런 식으로 할 사랑이면서 주제에 작자는, 사랑이 어쩌니, 하는 것이다. '사랑은 주는 것. 가장 아름다운 것은 슬픔이라는 감정' — 이러한 사랑의 ABC도 작자는 들어보지 못한 게 분명하다.

작자는 또한 거만하고 동시에 쩨쩨해서, 자기가 거리를 지나가면 길 가던 사람들이 다시 한번 돌아보아주는 인물이 됐으면, 하고 바라고 그래서 영화배우나 됐더라면 만족했겠지만 그러나 용모에는 자신이 없었던지 소설가라고 스스로 칭호를 붙여놓고 으스대기만 하는 놈이다. 소설가래야 얄팍한 소설책 한 권을 출판해놓았을 뿐이다. 나는 작자가 항상 호주머니에 넣고 다니는 그 저서라는 걸 언젠가 본 적이 있지만 책이라야 획수도 제대로 붙지 않은 낡아빠진 활자로 찍혀져서 우선 보고 싶은 맘이 내키지 않는데다가 잠깐만 훑어봐도 '사랑, 오뇌, 회오, 연민, 죄, 벌, 자세, 인간, 미덕, 신, 악마, 종교, 사회, 정신의 후진 후진……' 그리고 다시 '사랑, 오뇌, 회오, 연민, 죄, 벌, 자세, 인간, 미덕, 신, 악마, 종교, 사회, 정신의 후진 후진……' 등의 단어들이 제멋대로 툭툭 튀어나온다. 남들이 옛날에 써버린 걸 주워모아들고 낑낑대고 있는 작자는 어쩌면 불쌍하기조차 하지만 게다가 작자 자신과는 거의 인연이 없는 단어들이라 보면 웃음밖에 더 나오지 않는다. 그야말로 '후진 후진'이다.

내가 잘 알고 있거니와, 작자는 빚이라도 진 기분으로 하룻저녁쯤 '고뇌'하고는 그걸로써 이젠 체면은 섰다는 듯이 열흘을 배짱 편하게 사는 놈인 것이다. 하룻밤 벌어서 열흘을 살 수 있다면 오오, 세상 어디에 가난뱅이가 있겠는가?

치한. 작자의 뻔뻔스러움에 대해서는 좀전에도 얘기했지만 그것은 작자의 용모에서도 나타난다. 작자의 머리는 도대체 몇 달 동안이나 이발을 하지 않은 것인지 앞머리의 머리털 끝을 늘어뜨리면 유난히 기다란 그의 코끝에 머리털의 끝이 닿는다. 목욕도 얼마 동안에 한 번씩이나 하는지 —나는 그가 무슨 자랑이라도 하듯이, 나 어제 목욕했어. 칠 개월 만이지, 하며 히쭉거리던 걸 본 일이 있다— 작자의 곁에 가면 짜릇한 냄새가 난다. 옷도 너털너털. 이런 것들은 만약 작자가 조금만 노력하면 고쳐질 수 있는 게 아닌가. 그러면서도 작자가 자기의 그러한 용모를 우겨댈 수 있는 것은, 그의 친구들이, 저자는 소설가니까 저런 용모가 당연하고 또 어울리기도 해, 말하자면 체하는 건데 괜찮거든, 이라고 얘기해주기 때문이다. 사실은 작자의 성미가 천성적으로 게으르고 더러워서 목욕도 이발도 하기를 죽자고 싫어하는 터인데 친구들이 그렇게 자기들 나름으로 변명을 해주니까, 얼씨구 잘됐다 싶은지, 그렇고말고, 소설가란 다 이런 거야, 헤헤 웃음으로써 얼렁뚱땅 넘겨 그 용모를 유지해버리는 것이다.

작자는 시시한 일로도 곧잘 웃는다. 즐거워서 웃는 게 아니라 남의 비위를 맞추려고 웃는 것이다. 그러면서도 내가, 취하기 위해서, 라고 얘기하면, 아니지요, 그리워하기 위해서, 라고 엉뚱한 응수를 해오는 놈이다. 잘 웃고 그리고 그리워하기 위해서 태어났다고 말하고 있는 작자를, 처음 만나는 사람들은 굉장히 착한 사람을 보는 눈초리로 보지만 그런 사람들이 다음의 이야기를 들으면 작자를 착한 놈으로 보았던 자기 자신이 창피해서 얼마나 얼굴이 새빨개질까.

언젠가, 무슨 용무로써였던지는 잊었지만, 작자와 함께 어느 여학교엘 간 적이 있었다. 교무실에서 용무를 마치고 나서 우리가 그 교사(校舍)의 현관을 통해 나올 때였다. 현관에는 학생들에게 오는 편지를 꽂아두는 우편함이 설치되어 있었고 마침 수업중이어서 현관에는 아무도 없었다. 그런데 작자는 그 우편함에서 손에 잡히는 대로 편지 하나를 냉큼 집어서 호주머니에 쑤셔넣어버리는 것이었다. 그런 짓 하는 데에는 길이 들어버린 탓인지, 편지를 집어넣는 그 속도라든가 태도는 내가 무어라고 말릴 틈도 없이 순간적으로 그리고 거의 무의식적이라고나 얘기해야 할 것이었다. 작자의 치기에 대해서는 알 대로 다 알고 있기 때문에 그때 나는 좋다 그르다 한마디 안 해버리기로 했지만 그가 호주머니에 쑤셔넣은 편지에 자꾸 신경이 쓰였다. 그런데 작자는 편지 같은 건 다 잊어버렸다는 듯이, 아니 편지를 훔쳐넣은 일도 없었다는 듯한 얼굴로 걸어가다가 결국 내가 궁금증을 참다 못하여, 그 편지, 하고 주의를 주자 정말로 잊어버리고 있었던 모양인지, 아 그랬지, 하며 그제서야 편지를 꺼내들고 봉투의 앞뒤를 뒤척여보며, 흠 글씨 참 못 썼군, 설상가상으로 편지봉투에 연필 글씨야, 하며 혀를 끌끌 차는 내 참 그 어처구니없는 꼴.

작자는 봉투를 북 찢고 안에서 편지를 꺼냈다. 편지만이 아니었다. 그 편지 안에 꼼꼼하게 싸인 돈이 이백원—우체법 규정의 법망을 용케 빠져나와서 바야흐로 수취인의 손에 안착하려던 백원짜리 지폐 두 장이 들어 있었다. 편지 내용은 홀어머니가 딸에게 보내는 것으로 되어 있고 대강 이런 내용이었다고 기억한다. '납부금과 하숙비는 있는 힘을 다하여 장만하고 있으나 여의치 않다. 좀더 기다려보아라. 우선 구한 돈 보내니 이걸로 그 동안 견디어보기 바란다.'

있는 힘을 다하여 구한 돈이 이백원, 그 어머니의 철자법에 무식한 글은 그러나 거의 울음으로 찬 느낌을 주고 있었다. 딸은 틀림없이 초조한 기대를 갖고 고향에서의 편지를 기다리고 있으리라. 만일 이 편지가 딸의 손에 들어갔더라면 딸은 어머니의 글이 풍겨주는 것에서 자기 신분의 분수를 생각하고, 그리고 학교를 그만두고 그 이백원을 여비로 하여 고향으로 돌아가서 그리고 어머니와 얼싸안고 울고 그리고…… 뜻밖의 수확인걸, 공짜로 얻은 건 얼른 써버려야지 그렇잖으면 도로 잃어버린다오, 하며 작자는 그 지폐 두 장을 내게 흔들어 보이는 것이었다. 과연 작자는 싫다는 나를 억지로 끌고 술집으로 데리고 가더니 죽이고 싶도록 기분 좋은 태도로 술을 마셔대는 것이었다. 그러고 나서는, 그리워하기 위해서, 라고 말하는 바인데 도대체 무엇이 그립다는 것일까.

고향이 그립다는 것인지? 작자는 나로서는 생전 이름도 들어보지 못한 시골에서 올라와서 서울을 빙빙 돌아다니며 사는 놈인데 그러고 보니 작자의 저 광증에 가까운 생활태도는 무전여행자의 그것 아니면 촌놈이 서울에 와보니 모든 게 신기하기만 해서 어쩔 줄을 몰라, 아니 무턱대고 우쭐대고 싶은 저 촌뜨기 의식에 가득 차서 괜히 심각한 체해보았다가 시시하게 웃어보았다가 술 사달라고 조르고 사랑이 어쩌니 하고 있는 게 분명한 것이다. 고향이 그립다는 것인지? 그러나 고향이 그리운 것 같지도 않다. 작자의 고향에는 자기의 어머니와 누이가 살고 있다고 얘기하는 것을 들은 적이 있지만 작자는 그들에게 대해서 별 애착을 갖고 있는 것 같지도 않은 것이다. 나는 작자에게 보낸 그의 어머니의 편지를 한번 읽은 적이 있는데 내가 보기에는 세상에서 그처럼 다정하고 착하고 그리고 내가 그 편지 속에서 받은 느낌을 상상해보건대 그처럼 아름다운 용모를 가진 어머니가 좀처럼 있을 것 같지 않았다. 성모 마리아의 하얀 석상을 볼 때 받는 느낌 같았다고나 할까, 요컨대 작자에게는 분에 넘치게 짝이 없이 훌륭한 어머니인 것이다.

'아들아, 먼 곳에 너를 보내놓고 마음 한시도 놓지 못하고 있다. 하나님께 기도드리면 내 아들이 아무리 먼 곳에 가 있더라도 심신 평안하다 하여 지난 주일부터는 읍내에 있는 성당에 다니기로 하였다. 어느 곳에 있든지, 무슨 일을 하든지⋯⋯'

내가 읽은 그의 어머니의 편지 한 구절이다.

내가 그 편지를 읽고 있는 동안에 작자는, 우리 마을에서 성당이 있는 읍내까지는 꼬박 삼십 리 길인데⋯⋯ 왕복 육십 리, ⋯⋯ 미친 짓 하고 계셔, 라고 투덜대더니 괜히 화가 나가지고 내가 그 편지를 돌려주자 북북 찢어서 팽개쳐버리는 것이었다. 그처럼 착하신 어머니께 '미친'이라는 차마 입에 담을 수 없는 욕을 하는 그야말로 미친 바보, 멍텅구리, 촌놈, 얼치기, 치한.

작자의 객기 중의 하나는 이따금씩 쉽사리 속아넘어가줄 만큼 순진한 사람을 만나면 어울리지 않게 심각한 얘기를 끄집어내서 상대의 환심을 사려는 그 버르장머리이다. 내가 작자의 그러한 못된 버르장머리를 알고 있다는 것을 눈치챈 모양으로, 그렇기 때문에 그는 나를 되도록 피하려고 애쓰며 또한 아무리 예수님처럼 순진한 사람이 작자의 앞에 앉아 있더라도 내가 함께 있는 자리에서는 그 사람에게 잘 보이려고 심각한 얘기를 꺼내는 것 같은 짓은 감히 하지 않는다. 그러나 그것도 더 참을 수가 없었던지 며칠 전에는, 창을 통해서 황혼을 맞고 있는 거리가 내려다보이는 어느 다방에서 내 앞에 고개를 숙이며 심각한 투로 작자는 말을 꺼내는 것이었다.

— 만일 신이 계시다면……

염병할 자식, 난데없이 신은 왜 들추어내는 거냐. 오오, 명작이라면 대부분이 반드시 신을 붙들고 어쩌구저쩌구 하고 있으니까, 짜아식 아아쭈, 흉내를 내보려구. 작자의 다음 말을 듣지 않기 위해서 나는 두 손으로 귀를 막아버렸다. 그러나 귀가 완전히 막힐 수는 없는 모양이다. 결국 나는 작자의 말소리를 — 먼 곳에서 들려오는 듯하긴 했지만 별수 없이 작자의 말소리를 들어버렸다.

— 내게도 다소 인간적인 데는 있다고 말씀하실 거야.

그렇지만 이 얼치기, 가짜, 흰수작만 하는 소설가여, 슬픈 목소리로 솔직히 이렇게 중얼거리실지어다. 심각한 체라도 하지 않고서는 살 수가 없다고.

갈대들이 들려준 이야기

온 들에 황혼이 내리고 있었다. 들이 아스라하니 끝나는 곳에는 바다가 장식처럼 붙어 보였다. 그 바다가 황혼녘엔 좀 높아 보였다. 들을 건너서 해풍이 불어오고 있었지만 해풍에는 아무런 이야기가 실려 있지 않았다. 짠 냄새뿐, 말하자면 감각만이 우리에게 자신을 떠맡기고 지나갈 뿐이었다. 우리는 모두 그것에 만족하고 있었지만 그래서 오히려 우리들은 좀 신경이 날카로워져 있었던 것일까. 설화가 없어서 우리는 좀 우둔했고 판단하기를 싫어하는 사람들이 누구나 그렇듯이 세상을 느끼고만 싶어했다. 그리고 그들이 항상 종말엔 패배를 느끼고 말듯이 우리도 그러했다. 들과 바다—아름다운 황혼과 설화가 실려 있지 않은 해풍 속에서 사람들은 영원의 토대를 장만할 수가 없다. 그래서 사람들은 도시로 몰려갔다. 그리고 더러는 뿌리를 가지게 됐고 그렇지만 많은 사람들이 처참한 모습으로 시들어져갔다는 소식이었다. 차라리 이 황혼과 해풍을 그리워하며 그러나 이 고장으로 돌아오지는 못하고 차게 빛나는 푸른색의 아스팔트 위에 그들의 영혼과 육체를 눕혀버리고 말았다는 안타까운 소식이었다. 한낱 자연의 현상에 불과한 저 황혼과 해풍이 그리하여 내게는 얼마나 깊고 쓰라린 의미를 가졌던가! 숱한 사람들에게 인간의 의미를 깨닫게 해주고 동시에 보다 깊은 패배감을 안겨주고 무심히 지나가버리는 저것들.

그날 황혼녘에 나는 누이를 마을에서 좀 떨어져 있는 작은 강의 둑으로 불러내었다. 강은 이 들의 한복판을 꾸불꾸불 가르며 흐르고 있었다. 대개의 강들과는 반대로 이 강의 수원(水原)은 바다였다. 바다가 썰물일 때면 따라서 이 강의 물도 빠지고 바다가 밀물일 때면 이 강도 함께 부풀어오르는 것이었다. 이 강가의 무성한 갈대밭 사이에 매여 있는 작은 돛배들은 밀물일 때를 기다려서 떠나고 혹은 돌아올 수밖에 없었다. 이 강이 들의 농업수가 되어 있는 건 아니지만 연안의 고기잡이라든가에는 퍽 친절한 수로가 되어 있었다. 우리가 사는 마을은 이 강과 그리고 이 들에 매달려 있었다.

밀물 시간이어서 강물은 바다 쪽으로부터 빠르게 흘러들어오고 있었다. 갈대숲 사이에는 부리가 긴 물새들이 날아다니며 먹이를 찾고 있었다. 간간이 고기들이 강물 위로 펄쩍 뛰어오르곤 해서 주위의 정적을 돋우어주고 있었다. 강물은 황혼 속에서 금빛이었다. 해풍이 퍽 세게 불어와서 내 곁에 말없이 앉아 있는 누이의 머리칼을 흩날리고 있었다. 결국 이 황혼과 이 해풍이 누이의 침묵을 만들어버렸던 것이다.

누이는 도시로 갔다. 어머니와 내가 누이를 도시로 보냈었다. 그리고 며칠 전 갑자기, 거진 이 년 만에 이곳으로 다시 돌아왔다. 누이가 도시에 가 있던 그 이 년 동안 나는 얼마나 지금 우리 앞에서 지상을 포옹하고 있는 이 자연현상들에게 누이의 평안을 빌었던가. 그러나 도시에서는 항상 엉뚱한 일이 일어나는 모양이었다. 어떠한 일들이 누이를 할퀴고 지나갔었을까, 어떠한 일들이 누이를 빨아먹고 갔었을까, 어떠한 일들이 누이를 찢고 갔었을까, 어떠한 일들이 누이에게 저런 침묵을 떠맡기고 갔었을까. 누이는 도시에서의 이야기를 나와 어머니의 간절한 요청에도 불구하고 한마디 하려 들지 않았었다. 우리는 누이가 지니고 왔던 작은 보따리를 헤쳐보았다. 그러나 헌옷 몇 벌과 두어 가지의 화장도구를 발견할 수 있을 뿐이었다. 그걸로써는 누이에게 침묵을 만들어준 이 년의 내용을 측량해볼 길이 없었다. 누이의 침묵은 무엇엔가의 항거의 표시였다. 우리를 향한 항거였을까, 도시를 향한 항거였을까. 그렇지만 우리를 향한 것이라면 그것은 분명 누이에게 잘못이 있는 것이다. 침묵으로써가 아니라 높은 목소리로 누이는 우리를 질책했어야 하는 것이다. 높은 목소리로 질책하는 방법이 침묵의 질책보다 더 서툴렀다는 것을 결국 도시에서 배워왔단 말인가?

반대로, 도시를 향한 항거라면 — 아마 틀림없이 이것인 모양이었는데 — 그렇다면 누이의 저 향수와 고독을 발산하는 눈빛, 사람들이 두고 온 것들에게 보내는 마음의 등불 같은 저 눈빛을 우리는 무엇으로써 설명해야 할 것인가?

누이가 돌아오고, 누이가 도시에서의 기억을 망각하려고 애쓰는 듯한 침묵 속에 빠져드는 것을 보고 우리는 아마 누이가 도시에서 묻혀온 고독이 병균처럼 우리 자신들조차 침식시켜들어오는 것을 느끼게 되었다.

이 황혼과 이 해풍. 그들이 우리에게 알기를 강요하던 세계는 도대체 무엇이란 말인가. 미소를 침묵으로 바꾸어놓는, 만족을 불만족으로 바꾸어놓는, 나를 남으로 바꾸어놓는, 요컨대 우리가 만족해 있던 것을 그 반대로 치환시켜버리는 세계였던 것인가. 누이는 적어도 우리가 보낼 때에는, 훈련을 받기 위해서 그곳에 간 것이 아니라 완성되기 위해서 간 것이었다. 그런데 침묵의 훈련만을 받고 돌아오다니.

어제 저녁, 어머니는 당신이 우리에게 마음을 쓰고 있다는 표시로 되어 있는 밀국수를 끓여서 저녁식사를 하는 자리에서 당신이 할 수 있는 가장 부드러운 말씨와 정성 어린 손짓으로 누이의 어깨를 쓰다듬으며 도시에서 무슨 일을 했던가, 어떤 곤란을 겪었던가, 무엇이 재미있었던가, 남자를 사귀었던가, 그렇다면 어떤 남자였던가, 고 얘기해주기를 간청했었다. 그런데 그것이 짐작건대 누이의 쓰라린 추억을 불러일으킨 모양이었다. 누이는 어머니를 붙들고 소리없이 울었다. 석유 등잔불의 펄럭이는 빛이 그들의 그림자를 더욱 쓸쓸해 보이게 했다. 왜 저를 태어나게 했어요, 라고 누이는 말했다. 어머니도 소리없이 울고 있었다. 누이는 어머니의 얼굴을 올려다보며 새삼스럽게 울음을 터뜨렸다. 미안해요, 어머니, 라고 누이는 말하고 싶었던 거다. 하루는 아무렇지 않다는 듯이 무서운 사건이 세계의 은밀한 곳에서 벌어지고 그리고 다음날은 희생자들이 작은 조각에 몸을 기대고 자기들의 괴로움을 울며 부유하는 것이다.

강물이 빠르게 밀려오고 금빛 하늘이 점점 회색으로 변해가는 이 시각에 내게는 아직도 신비한 힘을 보여주는 자연 속에서 나는 누이로 하여금 도시의 모든 기억을 토해버리게 할 생각이었다. 나를 위해서가 아니라 누이를 위해서였다. 이 년 동안을 씻어버리고 다시 이 짠 냄새만을 싣고 오는 해풍으로 목욕시키고 싶었다. 숲속의 짐승들이 감각만으로써 살아갈 수 있듯이 그렇게 살아가게 하고 싶었다. 인간이란 뭐냐, 인간이란? 저 도시가 침범해오지 않는 한, 우리는 한 고장을 지키기에 충분한 만족을 가지고 있는 것이다. 영원의 토대를 만든다는 것, 의지의 신화들을 배운다는 것, 우는 법을 배운다는 것, 침묵을 배운다는 것, 그것만이 인간인 것이냐? 인간의 허영이 아닌가, 라고 나는 누이에게 말해주고 싶었다.

　세상은 넓은 것이다. 불만이고자 하는 사람들을 포용하고 동시에 만족하고자 하는 사람들을 포용한다. 세상이 거절만 하지 않는다면 우리가 만족해 있다는 것을—이 작으나마 고요한 풍경 속에서 만족해 있다는 사실을 과시해도 좋은 것이다. 도시에 갔던 사람들이 이곳으로 여간해선 돌아오지 못하고 마는 이유는 어디 있는 것일까. 나는 알 수가 없었다. 다행히 누이는 돌아왔다. 그러나 옷에 먼지를 묻혀오듯이 도시가 주었던 상처와 상처의 씨앗을 가지고 돌아왔다. 무수히 조각난 시간과 공간, 무수히 토막난 언어와 몸짓이 누이의 기억을 이루고 있으리라는 건 알 수 있었다. 그리고 그 무수한 것들, 별들처럼 고립되어 반짝이는 그 기억들이 누이의 가슴에 박혀서 누이의 침묵을 연장시키고 혹은 모든 것을 썩어나게 하는 것이다. 무엇이냐, 그 파편들은 무엇이냐? 그리하여 나는 동화 속의 인물처럼 말하였던 것이다—이번엔 내가 가보지.

내가 사랑하고 만족해 있던 황혼과 해풍에 꿋꿋한 맹세조차 했었던 것 같다.

누이의 결혼

퍽 오래 전에 고향으로부터 소식이 왔다. 누이가 결혼을 한 것이다. 해풍 속에서 살결을 태우며 자라난 젊은이와. 만일 그때 누이가 내 곁에 있었더라면, 그애가 알아듣든 못 알아듣든 이런 얘기를 하고 싶었다. 그러나 사람들에게 제각기의 밤이 있듯이 제각기의 얘기가 있는 것이다. 도시에 있어서도 마찬가지이다. 사랑하고 동시에 배반하고 그러면 한편에서도 사랑하고 동시에 배반하고 요컨대 심판대를 세울 수가 없는 것이다. '최후 심판의 날'을 상상해보지만 얼마나 난해한 순환일까. 황혼과 해풍 속에서 사는 사람들도 그리고 '안녕하십니까' 속에서 사는 사람들도 누구나 고독했다.

또하나의 소식. 누이가 어린애를 낳았다고, 사람 하나를 탄생시켰다고.

일지초(日誌抄)

절망이란 단순히 감정상의 문제가 아니다. 모든 논리가 꺾이고 지성이 힘을 잃고 최악의 감정, 예컨대 증오조차 사라져버리는 저 마구 쓰리기만 한 감촉의 시간. 도회를 떠난다고 해도 이미 갈 곳은 없고 죽음으로써도 해결될 것 같아 보이지 않아서 불더미 속에 싸이기나 한 듯이 안절부절못하는 사나이여, 유희의 기록이라도 하라.

멀고 깊은 산속으로 왕릉을 보러 가던 길에, 길 옆에 피어 있는 작은 패랭이꽃 한 송이를 보고 그 꽃 곁에서 놀며 하루를 보내버리고 돌아오다. 흐린 날씨. 바람이 꽤 세게 불고 있었다고 기억된다.

변소에 가서 뒤를 보며 울었다. 드디어 내게도 변비가 생겼구나고.

영원과 순간의 동시적 구현 — 인간, 으흥. 그래서 모호하군.

"한국 시엔 운(韻)이 없어서 맛이 없어." 어느 친구의 말.

"그렇고말고, 불란서 시의 그 운의 맛이란…… 헤헤." 나여, 나여, 말끝을 흐려버리는 헤헤는 왜 나왔느냐. 실력이 없다는 증거. 시시한 의견은 삼가라. 함부로 떠들다가는 헤헤가 나오고 그러면 자기의 무식을 개탄하고 동시에 열등감을 느끼고 그래서 똑똑한 의견을 가진 사람을 미워하게 되고…… 결과는 의외로 나빠진다.

"저 노형, '다스라니스키'라는 노서아 소설가를 아시는지요?" 내가 묻는다.

"저 『죄와 벌』의 작가 말씀인가요?" 친구는 대답한다.

"아니지요. 그건 '도스토예프스키'고요."

"모르겠는데요." 친구는 당황한다. 진작 이럴걸. 간단하잖으냐 말이다. 항상 질문하는 편이 되고 그러면 상대는 얼떨떨해져서 열등감을 약간은 느끼고 나는 그걸 보고 약간은 우쭐대고. '다스라니스키'라는 이름은 방금 내가 지어낸 것, 따라서 그런 소설가란 없었던 것이다.

'운명과 우연을 생각해본다. 그리고 둘 다 부정해본다.'

증명 : 거울 앞에 서라. 거기에 비추인 네 얼굴을 보라. 웃는가? 아니 그 반대다. 그럼 네 선조로부터 시작되어 반복되는 저 위대한 실험을 생각하라 ─ 그러나 그것도 또렷한 불확실.

위대한 사상과 위대한 파괴와는 어쩔 수 없는 관계인 모양이다. 무엇인가를 발굴해가는 예지는 신의 나라를 허물어버리고 있다. 저 하늘에 있던 나라의 모든 건물이 지상에 끌려내려와 세워지고 그리고 마지막으로 신의 옥좌마저 지상에 놓일 때 그 의자 위에는 '나'가 앉을까? '남'이 앉을까?

'아아쭈'라는 유행어. 없었으면 좋겠다.

여자는 사랑하는 남자에게 무엇인가를 자꾸만 주고 싶어한다. 빨간 표지의 수첩을, 목도리를, 비누를, 사진을. 그렇게 하여 과거를 떠맡기고 여자는 떠나는 것이다. 남자는 그 물건들에 둘러싸여 '사랑하는 이'라고 불러본다. 여자는 내게 자살을 요구하고 있는 건 아닐까, 라고도 생각해본다. 히히, 18세기로군. 또는 유행가.

내게는 비평 능력이 없다. 세상에 태어나서 꼭 한 번 비평해보았다. 그 여자가 나와 헤어지자고 말했을 때.

나의 비평 ─옳은 말이다. 아니다. 옳은 말이다. 아니다.

■ '두 사람을 존경하리로다'라는 제목이 붙은 꿈 이야기

問 "선생님, 잃어버린 한 여자를 잊는 데 얼마의 시간이 필요하셨습니까?"

答 "십 년이 넘는 지금까지도 아직……"

(선생님은 병신이군요)

間 "선생님은?"

答 "일 년. 그리고 때때로 생각날 정도."

(선생님도 병신)

間 "선생님, 당신은?"

答 "삼 개월. 그러자 여자의 얼굴조차 희미해지더군."

(선생님도 병신)

間 "선생님, 당신은?"

答 "일 주일. 요컨대 술이 깨고 보니 잊어버렸더군."

(선생님도 병신)

間 "선생님, 당신은?"

答 "여자가 헤어지자는 말이 끝나자마자 바로."

(선생님도 병신)

間 "선생님, 당신은?"

答 "글쎄, 난 여자를 많이 주무르기는 해보았지만서두 그러면
서 뭐 사랑 같은 건…… 글쎄 주어본 적이 없으니까."

(앗! 선생님, 선생님 당신을 존경하겠습니다)

이 문답 곁에 앉아 있던, 곧 죽어가는 어느 파파영감이 나를
부르더니,

"여보게 젊은이, 나는 한평생을 젊은 날 잃어버린 한 여자 생
각만으로 살아왔는데 그럼 나도 병신이란 말인가?"

(앗!)

나는 기절해버렸다.

아직도 저런 분이 남아 있다니.

너무나 너무나 기뻐서.

정(正)

반(反)

그러면 다시

정(正)―내 감정의 변증법.

장미 곁에서 방귀를 뀌다. 어느 쪽의 냄새가 더욱 강했던가?

벗들아, 너희들의 이성을 과시하며 나를 조롱하지 말아다오.

벗들은 교과서의 가르침대로 한 번쯤은 내게 충고를 하고 그리고 내가 우물쭈물하고 있는 사이에 그들은 토라진 계집애처럼 확 돌아서서 어깨를 아주 나란히 하고 총총히 떠나버린다.

너의 의견과 나의 의견이 있을 뿐―우리들이 합의한 공통된 의견.

딱한 친구를 보는 것은 나 자신을 보는 것보다 더 괴롭다. 내게 점심을 사준 어느 친구에게 답례로 음담(淫談)을 하나 들려주었더니 내게 잘 보이려고 그 순진하기 짝이 없는 친구, 자기도 그쯤은 예사라는 듯한 태도로 기상천외의 음담을 이마에 힘줄을 세워가며 하는 그 모습. 억지로 따라 웃어주긴 했지만 서글퍼서 서글퍼서 나는 죽고만 싶었다.

안색(顏色)을 팔고 국화를 사는 노인을 보았다. 저렇게 늙고 싶은데.

"당신네 같은 처녀들보다는 닳아진 창녀를 난 더 좋아합니다" 라고 말하여 한 처녀를 울려 보냈다.
왜 나는 거짓말을 했을까? 창가(娼家)는 구경도 못 한 놈이.

경계하면서 사랑하는 체, 시기하며 친한 체, 기뻐하며 슬퍼해 주는 체. 저는 너그럽습니다, 라고 표시하기 위하여 웃으려는 저 입술의 비뚤어져가는 저 선(線)이여. '모나리자' 같은 선생님, 만수무강하십쇼.

"이걸 안 하면 넌 굶어 죽어, 알겠어?"
"네."
"이걸 안 하면 넌 동지를 배반하는 거야, 알겠어?"
"네."
"남들이 그걸 할 때 그걸 구경하고 있는 네가 아무렇지도 않은 심정으로 그들을 구경하듯이 이번엔 네가 한다고 해서 거리를 지나가는 너를 특별히 너만 바라보며 웃거나 할 사람은 없어, 알겠어?"

"네."

'데모'에 한번 참가하는 데 자신에게 몇 번이나 다짐해야 했던가. 알고 보니 '데모크라시'가 팽개쳐버릴 도련님이었구나.

천 번만 먹을 갈아보고 싶다. 그러면 내 가슴에도 진실만이 결정(結晶)되어 남을까? — 한 '카타르시스' 신봉자의 독백.

어느 날, 고향의 어머니께 보내고 싶은 마음 간절했던 편지의 한 구절 — '실은 의사가 되고 싶었는데 병자가 되어버렸어, 라고 힘없이 말하며 병들어 죽어간 친구를 오늘 보고 왔습니다.'

누이에게 쓰고 싶던 편지의 한 구절 — '도시에 가서 침묵을 배워왔던 네가, 도시에서 조리에 맞지 않는 감정의 기교만을 배운 나보다 얼마나 훌륭했던가.'

별도 보이지 않는 밤에, 고향의 논두럭이 그리워서 중랑교 쪽 어느 논두럭에 가서 서다. 개구리들이, 거꾸러져라거꾸러져라거꾸러져라, 고 내게 외쳐대다.

다시 축전(祝電)

'가하' 오빠.

부호라는 걸 만든 이에게 평안 있으라. 엉망진창이 된 나의 감정을 감정의 뉘앙스라는 점에서는 완전히 인연이 없는 의사전달의 수단으로써 표시할 수 있는 이 신기함이여. 그렇지만 고향의 누이는 꽃봉투 속에 든 전문— '축, 순산'을 읽을 게 아니냐고? 그래도 좋다. 나의 착한 누이가 만일 '우리의 이 모든 괴로움 속에서 태어난 네 자식은 우리가 그것을 겪었었다는 이유로써 구원받을 미래인이 아니겠는가' 라는 나의 기도를 제대로 읽어주기만 한다면 누이도 나의 축전을 받아들고 과히 당황하거나 부끄러워하지도 않으리라. 제발 지금 나의 이 뒤얽힌 감정 중에서도 밑바닥을 이루고 있는 이 한 가지의 기도가 실현된다면, 그러기만 한다면 얼마나 좋겠는가?

(1963)

확인해본 열다섯 개의 고정관념

할 수 있을까? 저 허술한 벽에 킴 노박의 볼을 붙이는 일. 문제는, 내가 자리에서 일어나서 책상 위에서, 오려진 킴 노박의 볼을 집어들고 어디 있는지 모르는 핀을 찾고…… 그럴 만한 기운이 지금 내게 있느냐 하는 것이다. 이불을 아무리 몸에 감아도 이 주일 동안이나 불을 때지 않은 방의 냉기를 막아낼 수는 없다. 그리고 배가 고프다. 내게 지금 일어날 기운이 있을까? 이렇게 정기 없는 눈으로 보아도 벽의 그 귀퉁이는 아무래도 허술하다. 벽의 그 귀퉁이가 허술해 보이는 그것은 이젠 내 고정관념 중의 하나이다. 벽의 그 귀퉁이로 눈이 가기만 하면 나는, 허술하구나, 라고 생각해버린다.

선반이 굵게 가로질러 있고 그 선반 위엔 선반의 부속품인 듯이 보이는 내 여행가방이 직사각형으로 위치하고 있다. 그 가방은 이제라도 들고 나가주기만 기다리고 있다는 듯한 모습이다.

그 선반이 걸린 벽과 모서리를 대고 있는 이쪽 벽은 텅 비어 있다. 옷을 걸게 되어 있는 못이 두 개 박혀 있지만 그 못이란 극히 작은 점에 불과하다. 그 작은 점 두 개가 저 벽을 장식해줄 수 없다. 만일 그 못에 옷을 건다면? 이러지 말자. '옷을 건다면'이라니, 마치 목 매어달아 죽어 있는 사람 같은 형상으로 옷 두 개가 축 늘어져 있는 모습을 보고 싶단 말인가? 그보다는 차라리 텅 빈 저대로의 벽이 더 낫다. 그렇지만 그대로는 아무래도 허술하다. 저 벽이 조금만 잘 꾸며져 있다면 이 방도 퍽 맘에 들 거다. 어떤 식으로 꾸며볼까? 몬드리안의 캔버스를 생각해본 적도 있다. 선반의 굵은 직선과 그 선의 삼분지 일쯤에 위를 향하여 위치하고 있는 내 여행가방의 직사각형 때문에. 그러나 몬드리안의 흉내를 내기에는 벽의 색채들이 너무 보잘것없다. 언젠가 우연히 본 일본제 부채를 생각해본 적도 있다. 그 부채는 JAPAN AIRLINE의 손님들에 대한 선물용이었는데 거기에 그려진 도안이 퍽 예뻤다. 금빛과 자줏빛의 콤비네이션이었다. 그러나 그것도 결국은 몬드리안의 모방이었기 때문에 나는 포기했다. 거리를 걸을 때도 나는 건물들을 눈여겨봤지만 모두가 몬드리안이었다. 직선은 몬드리안에서 그쳐버렸다는 생각도 이젠 내 고정관념 중의 하나이다.

언젠가부터 나는 이쪽의 텅 빈 벽을 원형의 그림으로써 장식해보기로 생각하고 있었다. 대도시의 이른 아침에, 연기에 가려 뿌연 하늘에 정확한 동그라미로 떠 있는 빨간 해처럼. 그 해는 흔히 얽혀 있는 전선 사이로 보이는 것이지만 그 얽혀 있는 전선마저 이 벽 위에 가져다놓으면 그 옆벽의 직선과 직사각형은 꼴불견이 되어버릴 거다.

　나는 저 허술한 벽에 붙일 동그라미를 찾으러 다녔다. 한번은 카드 한 장이 맘에 들었다. 그것 역시 일본제였는데, 두껍고 하얗고 매끄러운 정사각형의 종이에 빨간 동그라미가 찍혀져 있었다. 그 빨간 동그라미도 아마 떠오른 해인 듯했다. 그 동그라미 곁에 '謹賀新年'이라는 송조체(宋朝體)의 글씨가 금빛으로 찍혀 있었다. 그래서 나는 일본 사람들은 금빛을 좋아하나보다, 라고 생각했는데 그것도 이젠 내 고정관념 중의 하나이다. 그 카드를 저 허술한 벽에 붙여두고 싶었으나 그러나 그 카드 안의 빨간 동그라미가 벽에 비해서 그리고 직선과 직사각형의 크기에 비해서 너무 작은 느낌이었고 그보다는 그 카드를 가진 녀석이 그 카드를 내게 주려고 하지 않아서 나는 포기할 수밖에 없었다. 그 녀석의 아버지는 얼마 전에 벼락부자가 되었는데 그렇다고 간첩 노릇을 한 것은 아니고 방직공장에 투자해서 그렇게 되었다는 것이다. 그 녀석이 내 마음을 사로잡은 그 카드를 보여주던 날은 내가 잊을 수 없는 날이다. 그날 나는 벼락부자들의 집안에서 흔히 볼 수 있는 이층으로 올라가는 계단─그 광택이 아직 나지 않고 꺼실꺼실한 판자의 촉감이 아직도 남아 있는 계단에 발을 올려놓지 않을 수가 없었다. 왜냐하면 그 녀석의 방은 이층에 있었고 그 녀석이 내 앞장을 서서 나를 자기 방으로 인도하고 있었기 때문이다. 그런데 난처한 것은 내 뒤에, 그러니까 아래층의 복도에 그 녀석의 여동생이 서서 나를 보고 있는 것이다. 그 여동생이 예쁘지만 않았더라도 또는 내 양말의 뒤꿈치에 큰 구멍이 나 있지만 않았더라도 나는 서슴지 않고 계단을 밟고 올라갔을 거다. 내 양말 뒤꿈치의 구멍은 이만저만 큰 게 아니어서 내 발뒤꿈치가 온통 드러나 있다. 그 발뒤꿈치가 양말 색깔만큼이나 검게 때가 끼어 있는 것은 더욱 곤란한 일이다. 나는 창피스러워서 계단을 올라갈 수가 없었다. 왜 올라오지 않고 거기 서 있느냐고 이층에 올라간 내 친구녀석이 나를 독촉할 때야 나는 눈을 꾹 감고 후닥닥 계단을 뛰어 올라갔다. 발을 빠르게 놀렸으니까 어쩌면 그 예쁜 여자는 내 발뒤꿈치를 보지 못했을 거다. 그러나 창피스러운 느낌은 여전했다. 예쁜 여자 앞에서 내 약점이 드러날 때는 더욱 창피한 법이라는 생각도 이젠 내 고정관념 중의 하나이다. 하여튼 그 이층에서 친구녀석이 보여준 카드가 내 맘에 들었고 그 친구는, 내게 그걸 줄 수 없겠느냐는 내 청을 거절했다. 그후로는 맘에 드는 동그라미가 없었다.

춥다. 힘이 빠져나간 몸뚱이가 떨고 싶어한다. 그러나 몸뚱이에 떨기를 일단 허락하고 나면 몸뚱이는 원래 사양할 줄 모르는 놈이니까 몇 시간이고 덜덜거릴 거다. 발만 조금 움직여서 덮고 있는 이불을 발에 감아버린다. 새어들어오던 바람이 없어졌다. 밖에 눈이 왔는지 안 왔는지는 모른다. 간밤엔 눈이 내리고 있지 않았지만 간밤에 이 방의 문을 열고 들어온 뒤로는 아직 한 번도 밖엘 나가지 않았다. 나는 꼼지락 한 번 하는 데도 조심을 하며 누워 있다. 쓸데없이 움직여서 에너지를 소모하기가 싫다. 육체 속에 있는 에너지란 돈과 같은 성질이다. 많이 있을 때는 축나는 줄을 모르지만 적게 있을 때는 그 소모가 금방 눈에 뜨인다. 기초대사량조차 유지하지 못하고 있는 지금의 내 몸뚱이는 "이젠 정말 이것밖에 없으니까 더 달라는 소리 말아" 하는 듯이 식은땀만 조금씩, 그것도 사타구니로만 조금씩 흘려 내보내주고 있다. 내가 입고 있는 구멍 숭숭 뚫린 털셔츠의 올 사이사이에서는 아마 이(蝨)들이 번식에 분주할 거다. 내 손가락들은 조금도 살의를 갖지 않은 채 올 사이를 더듬고 있고, 눈은 저 허술한 벽을 멀거니 바라보고 있다. 손가락들이 살의를 갖지 않았다는 건 거짓말이다. 이럴 경우에 살의를 갖지 않았다는 것은 살의가 생길 가능성도 없어야 한다는 것인데, 내 손가락들은 올 사이를 더듬다가 탄력을 가진 그리고 온기를 가진 것 ― 말하자면 손끝에 닿자마자 직감적으로, 아 이건 이로구나, 라고 생각되는 물건을 만나면 그걸 집어서 비벼대고 있는 것이다. 하기야 이라는 놈은 손가락 사이에 넣어서 비벼댄다고 그쯤으로 죽어버리는 바보는 아닐 거다. 그러나 손가락들은 이가 죽기를 바라면서 비벼댄다. 아니다. 이가 죽기를 바라는 것은 나의 두뇌이고 손가락들은 이가 죽든 말든 거기엔 관심이 없이 오히려 이의 동글동글하고 말랑말랑한 촉감을 즐기고만 있다. 수단이 흔히 목적을 배반한다는 그것도 이젠 내 고정관념 중의 하나이다.

이불 속에 온기가 있다면 그건 내 몸이 마지못해서 내놓은 것이다. 내가 깔고 덮고 있는 이불 속을 제외하고는 차가웁다. 이주일 동안 불을 때지 않은 온돌방의 무시무시한 냉기. 어쩌다가 손이 방바닥에 닿기라도 하면 그 손은 정신착란을 일으켜버린다. 그래서 그 방바닥이 뜨거운 것인지 찬 것인지도 모른다. 그냥 손은 화닥닥 공중으로 뛰어올라서 발광한 이들의 춤을 춘다. 헤헤, 꽹과리가 깽깽 울리고…… 에너지가 손끝으로 빠져 달아난다. 손을 얼른 바지 허리춤으로 넣어서 궁둥이 밑에 깐다. 몸에 힘이 없으니까 피도 게으름을 피운다. 잠시 동안 궁둥이 밑에 깔려 있었는데도 손은 곧 저린다. 이럴 땐 손이 없었으면 좋겠다. 인체에서 가장 처치 곤란한 것은 손이다. 장례식에 참석했을 때 또는 연단에 섰을 때, 오늘처럼 겨울날 추운 방에 누웠을 때 가장 처치 곤란한 것은 손이다. 군대에서 가끔은 영리한 짓을 만들어낸다. 열중쉬엇! 그러면 손바닥 두 개는 척추께에서 서로 만난다. 열중쉬어의 자세가 그러나 이불 속에 누웠을 때는 곤란하다. 척추에 깔려서 손바닥에 피가 통하지 않게 되고 그러면 손바닥은 바람 속에 선 전선들처럼 윙윙 소리를 내며 저려온다. 정말 전류가 통해 있는 것만 같다. 손처럼 처리하기 곤란한 물건은 없다는 생각도 이젠 내 고정관념 중의 하나이다. 나는 전쟁터에 팔을 내버리고 온 용사를 하나 알고 있는데 그는 편하게 지내면서도 우울해할 줄 알게 되었다. 그 사람은 지금 시골의 내 집에 있는 바로 내 형인데 집안 사람들은 모두 그에 대한 관심을 잠시도

게을리 하지 않는다. 그가 팔이 없다는 사실을 불행하게 생각할 틈도 주지 않으려고 애쓴다. 집안 사람들은 자기들에게 팔이 있다는 것을 오히려 부끄러워하고 있는 듯이 생각될 정도이다. 형도 식구들의 보살핌에 대해서 보답하려고 애쓴다. 그러나 때때로 우울해할 줄 안다. 먹고 자고 일하고 계집애들을 소재로 한 농담밖에 할 줄 모르던 형이 말이다. 형이 우울해할 줄 알게 됐다는 건 정말 대단한 사실이다. '미로'의 팔 없는 비너스처럼 형은 팔을 정말 알맞게 처리해버렸다. 팔만 떼어버린다는 조건으로 전쟁이 꼭 한 번만 더 일어났으면 좋겠다. 그 단 한 번의 전쟁이 지구 위에서 앞으로 벌어질 수많은 전쟁을 쓸어버릴 테니까 말이다. 사람들아, 당신이 선 그 자리에서 전쟁을 시작하라. 그 전쟁이 꼭 한 번만 일어나면 세계엔 평화가 온다는 생각도 이젠 내 고정관념 중의 하나이다. 우울해할 줄 아는 걸 심어줄 수만 있다면, 제기랄, 그들의 팔이 떨어지든 다리가 떨어지든 코가 찢어지든 생식기가 뭉개지든 조금도 가슴 아플 게 없을 거다.

나는 목을 조금 들면서 밖을 향하여 "아주머니이!" 하고 부른다. 가래가 목에 걸려서 소리는 말이 미처 덜 되었다. 목청을 가다듬고 나서 "지금 몇시쯤 됐어요?" "세시 조금 넘었소." 외마디 고함처럼 빠르고 높은 목소리의 대답이다. 요즘 주인 아주머니는 내게 방을 빌려준 것을 무척 후회하고 있을 거다. 에그 저 빌어먹을 놈, 이제야 잠이 깼군, 하는 욕설까지 저 빠르고 높은 목소리의 대답엔 섞였을 거다. 아닙니다. 아침부터 깨어 있었어요.

그렇지만 믿어주지 않을 해명은 하지 않는 게 정직하다. 오늘이 처음이라면 내 말을 믿어줄 정도의 아량쯤이 아주머니에게도 있고말고다. 내가 나를 이해해달랍시고 친근한 태도로 아주머니에게 얘기를 시작하기만 하면—아직까지 그래본 적은 없지만 말이다—그렇기만 하면 아주머니측에선 할말이 태산 같다고 다가들 거다. 학생은 웬 잠이 그리 많수 응? 아아뇨, 아침밥을 굶어버리기 위해서 그냥 누워 있는 거죠. 거짓말 말아요, 라고 아주머니는 쏘아붙일 거야. 어차피 믿어주지 않을 해명은 하지 않는 게 정직하다는 생각도 이젠 내 고정관념 중의 하나이다. 요컨대 두시는 넘었다는 대답이었겠다. 아무리 야박하게 계산해도 삼십분은 기다려주고 나서 내가 나타나지 않을 게 확실하다고 생각되자 슬그머니 일어나서, 비로드로 된 빨간 하트형의 메모판을 훑어보고 나서 그리고 다방 문을 열고 거리로 나와서 그 여자는 어디로 갈까 망설이고 있다. 그럴 필요는 없지만 머리가 향방을 생각하고 있는 동안, 손은 스카프를 만져보기도 하고 스커트 자락을 검사해보기도 한다. 그러면서 혹시 내가 나타날까봐 거리에 깔려 있는 대가리들을 하나씩 하나씩 체크해나간다. '그래도 기다리는 그 사람은 오지 않고……' 어디서 유행가가 들려오는지도 모른다. 미안하다, 영이. 난 지금 멀거니 천장을 올려다보며 시체처럼 누워 있어. 아직 시체는 되지 않았지만 얼마 후에 추위와 굶주림 때문에 시체가 될는지도 모른다. 설마 그러기야 할라구. 그렇지만 일어날 기운이 없는 건 정말이다. 나의 섹스가 동면성(冬眠性)이란 걸 미리 알 수 없었던 게 잘못일 뿐이지. 동면성의 섹스를 가졌다는 사실을 발견한 것은 영이와 시간 약속을 어긴 사실보다 더욱 중대하다. 영이는 내게 카드를 주지 않은 녀석의 여동생, 내 구멍난 양말과 그 구멍으로 내민 시꺼먼 발뒤꿈치를 본 그 예쁜 여자다. 언젠가, 그날 내 뒤꿈치를 보았느냐고 물었더니 그 여자는 고개를 끄덕이며 그래서 내가 좋아졌단다. 부잣집 아가씨들에겐 이해하기 곤란한 취미가 있다. 마치 옛 제국들엔 이해하기 어려운 풍부한 기호(嗜好)가 있었듯이 말이다. 부잣집 아가씨들에겐 이해하기 곤란한 취미가 있다는 생각도 이젠 고정관념 중의 하나이다. 그날 만일 내가 천연스럽게 발뒤꿈치를 보이며 계단을 올라갔다고 하면 내가 그렇게 좋아졌을 리가 없었을 텐데, 창피해서 후닥닥 올라가버리는 데서 자기로부터 점수를 땄다는 거다. 프라이드가 있다는 것은 참 좋아 보인다고도 덧붙였다. 프라이드, 제기랄 프라이드라니, 후닥닥 계단을 뛰어올라가는 데 프라이드란다. 프라이드라면 그 반대일 텐데 말이다. 그 여자가 처음부터 내가 좋았던 게 그래서 확실해졌다. 무조건 좋아지게 된 이유는 항상 모순을 포함하고 있는 거니까. 단테가 들려준 이야기 — 지옥에 가서 가장 고통스러운 형벌을 받고 있는 사람에게 당신이 지은 죄는 무엇이냐고 단테가 물었더니 자기는 지상에 있을 때 프라이드가 강했다는 죄로 이렇게 가장 심한 고통을 겪고 있다고 대답하더라는 얘기를 내가 들려주었더니, 영이는 만일 자기가 하나님이라면 프라이드를 잃어버리고 살아온 놈들을 지옥의 불구덩이 속에 집어넣어버리겠다는 거다. 영이의 좋은 점이야말로 어쩌면 그거다. 그렇지만 저 사관학교 생도들의 프라이드는 난 질색이다. 멋있는 유니폼을 입고 꼿꼿이 걸어갈 수 있다고 뻐기는 놈들 말이다. 누구나 멋있는 옷을 입으면 꼿꼿이 걸어가게 되는 법이다. 옷을 입고 있는 사람 자체와는 아무런 관계가 없는데 유니폼만 믿고 으스댄다. 어쩌면 유니폼에다가 자기를 때려박았을 거다. 으스대야 할 건 사람을 꾸겨넣은 유니폼 자신일 거다. 내 말이 진실이라는 걸 증명해보자. 사관학교를 마치고 나서 후줄그레한 카키색 군복을 입고 비칠거리는 소위님들 중에 꼿꼿이 걸어가는 놈들이 있긴 있다. 그런 놈들의 프라이드는 아마 진짜니까 인정해줄 수밖에 없다. 내가 알고 있는 중에서 가장 좋은 프라이드는 허리를 굽혀 구두끈을 매는 것이다. 케스트너가 『파비안』에서 써놓은 구두끈 매는 얘기 말이다. "'지금이 몇신지 모르십니까?' 라고 누가 곁에서 물었다. (중략) '열두시 십분입니다' 라고 파비안이 말했다. '감사합니다. 빨리 가야겠군요' 하면서 그들에게 말을 걸었던 젊은 청년은 몸을 굽히고 거추장스럽게 구두끈을 매었다. 그리고 다시 일어나서 무안한 미소를 띠고 말했다. '필요 없는 오십 전을 우연히 가지고 계십니까?' '네, 우연히' 라고 파비안은 대답하고는 그에게 이 마르크를 주었다. '오, 감사합니다. 대단히 감사합니다. 이게 있으면 구세군에 가서 자지 않아도 되니까요' 하고는 그 낯선 사람은 사죄하듯이 어깨를 올려 보이고 모자를 잠깐 벗어 보이고는 빨리 뛰어가버렸다." 막다른 골목에서의 프라이드는 보기 좋은 에티켓으로 형태를 바꾼다. 프라이드도 이쯤 되어야 할 거다. 프라이드가 아름다울 수 있는 가장 빠른 길이라는 생각도 이젠 내 고정관념 중의 하나이다.

영이는 지금 어디쯤 갔을까? 아직까지 다방에 앉아서 나를 기다리는지도 모른다. 그 여자는 내가 낙선한 것을 신문에서 찾아보고는 알고 있을 거다. 그 여자는 내가 오늘 자기 앞에 나타나지 않은 것과 내가 신문사의 소설 모집에서 낙선한 것을 연관시켜서 생각할지도 모른다. 하긴 전연 관련이 없는 것도 아니다. 어느 정도의 관련이냐 하면, 우리나라 사람들이 모두 따지고 보면 일가친척이 된다는 정도의 관련이다. 당선자 발표는 어제 있었다. 당선자는 한 명이었는데 그건 물론 내가 아니었다. 만일 내가 당선되었을 경우를 상상해보자. 어제 나는 며칠 후에 탈 상금을 보증 세우고 누구에게서라도 몇백원쯤 빌릴 수 있었을 거다. 그러면 엊저녁 밥을 사먹을 수 있었을 거고 오늘 아침밥도 그리고 지금쯤은 점심도 먹고 있을 거다. 영이에게 당선을 알리기 위해서—물론 그 여자도 신문에서 보고 알았을 거지만—조금쯤은 의기양양하게(배가 부르니까 말이다) 다방에 나갈 수 있었을 거다. 그러나 낙선해버린 것이다. 내게 돈을 빌려줄 친구는 아무도 없다. 내가 돈을 빌려달라는 것은 그저 달라는 것과 같다는 걸 친구들은 알고 있기 때문에 예컨대 당선되어서 상금이 나온다는 보증이라도 없다면 이제 돈을 꾸기도 힘들다. 망할 놈의 소설이 낙선해버린 거다. 당선소감까지 미리 써두었는데 말이다. 그 당선소감이란 건 이렇다.

"……가짜를 진짜로 속여서 팔고 난 후의 상인의 심경은 대체 어떤 것일까 하고 항상 궁금하게 여겨왔는데 이번에 그걸 좀 알게 된 것 같다. 그 장사꾼은 상품을 속여서 팔았던 일을 잊어버리고 싶은 것이다. 재미있었다고 생각하는 것도 아니고 부끄러워하는 것도 아니고 속여 팔았다는 사실을 그저 잊어버리기로만 해버리는 것이다. 왜냐하면 돈은 이미 내 손에 들어와 있고 물건을 사간 사람은 속아서 샀다는 걸 알고 벌써 화를 내버렸을 테니까 말이다……"

사실 내가 응모한 소설이란 가짜 상품이었다. 하도 많이 들어서 이젠 구역질이 날 지경인 저 헤밍웨이와 말로 소재에다가 황순원의 문체가 뒤범벅이 된, 말하자면 길가에서 파는 만병통치약 같은 것이었다. 낙선될 걸 알고 있었지만 다행히 심사위원들이 멍청이들이어서 당선될 경우도 없지 않다고 생각하여 당선소감까지, 아주 정직한 소감까지 써둔 것인데 한번 굉장히 정직해볼 기회가 영 달아나버렸다. 정직해보고 싶은 기회를 주지 않는 게 세상이다, 라는 생각도 퍽 흔한 생각이지만, 이젠 내 고정관념 중의 하나이다. 가짜인 줄 알면서 왜 소설 응모를 했느냐고 묻는다면 나는 대답한다. 돈이 필요했다. 돈을 얻어들이는 일이 나 자신에 대하여 가장 정직한 일이었다. 돈이 필요했다면 왜 하필 그런 수단을 썼느냐. 그러니까 말이다, 앞에서 나는 말하지 않았던가, 수단은 흔히 목적을 배반한다고. 딴은 쾌씸하기 짝이 없는 명제다. 하여튼 어제 나는 낙심천만하여 찬바람이 휩쓰는 거리를 헤매다가 내 방으로 돌아왔다. 도중에 어느 거리의 벽에선가, 나는 무심히 손을 들어 벽에 붙은 영화 광고용의 포스터를 부욱 찢어냈는데 종이가 찢어지는 부욱 소리에 정신을 차리고 보니 나는 금빛과 연분홍색으로 장식된 종이를 들고 있었다. 내가 들고 있는 종이를 찢어낸 부분에 맞추어보았더니 그건 킴 노박의 볼과 머리였다. 이것을 동그라미로 오려보자. 그리고 내 방의 허술하기 짝이 없는 벽에 붙이자. 이렇게 정기 없는 눈으로 보아도 벽의 저 귀퉁이는 아무래도 허술하다. 벽의 귀퉁이로 눈이 가기만 하면 나는, 허술하구나, 라고 생각해버린다. 할 수 있을까? 저 허술한 벽에 킴 노박의 볼을 붙이는 일. 고구마 덴뿌라가 먹고 싶다. 하필이면 고구마 덴뿌랄까. 하여튼 그게 제일 먹고 싶다. 검정깨를 뿌려놓은 고구마 덴뿌라. 아니 그게 왔어요, 하고 침이 허둥지둥 달려나온다. 허술한 벽을 향한 채 내 입이 멋쩍게 웃는다. 엊저녁엔 무얼 먹는 꿈을 꾸었다. 배가 고픈 날 밤엔 항상 무얼 먹는 꿈을 꾼다. 먹는 꿈을 꾸면 감기가 든다. 그러나 감기는 며칠 전부터 걸려 있으니까 뭐 곱배기로 걸리진 않을 거다. 이럴 땐 그 녀석, 영이 오빠라도 왔으면 좋겠다. 그 녀석이 내 거처를 아는 유일한 놈이다. 그 녀석의 호주머니에는 항상 천원짜리 몇 장쯤은 있다. 때로는 바지의 허리띠 밑에 숨어 있는 그 조그만 호주머니, 흔히들 도장을 넣고 다니는 그 호주머니, 나는 기차 여행을 할 때 기차표를 감추어두는 그 호주머니에서 그 녀석은 꽁꽁 접은 오백원짜리를 집어내어 보이며, 극장 구경 갈까, 하기도 한다. 그럴 때의 그 녀석은 얄미웁기 짝이 없다. 그래서 나는, 너처럼 돈 자랑하는 놈들 보기 싫으니까 철저한 프롤레타리아 공화국이나 되어버렸으면 좋겠다고 쏘아댄다. 그러면 그 녀석은, 야옹, 하고 고양이 소리를 흉내내고 나서 너처럼 가난한 게 무슨 특권이라도 되는 듯이 까부는 놈 보기 싫으니까 무지무지한 자본주의 국가가 되었으면 좋겠다고 응수한다. 그러나 어느 쪽도 되어서는 안 되리라. 팽창되어버린 감정의 의사는 살인적이다. 어느 쪽에도 치우치지 않고 괴로워하며 '사이'에 위치하는 게 좋다. 괴로워하며 '사이'에 위치하는 게 최선의 태도라는 생각도 이젠 내 고정관념 중의 하나이다. 그 '사이'란? 아마 영이쯤이겠지. 부르주아의 딸, 그러나 예지와 미덕이 갖추어진 부르주아의 딸과 프롤레타리아 청년이 연애하는 얘기는 18세기 소설들이 즐겨 쓰던 소재다. 18세기에는 그런 일이 많았던 모양이다. 아니 실제로는 그리 많지 않았는지 모른다. 단지 소설가들이 그런 경우가 있다면 퍽 멋있을 텐데, 하고 바라면서 썼을 뿐일 거다. 왜냐하면 소설가들은 그리 되기를 바라는 것을 사실 그대로인 것처럼 써버리는 놈들이니까 말이다. 어쨌든 20세기가 18세기와 달라진 것은 별로 없는 것 같다. 하긴 달라질 수도 없을 거다. 연애문제에서만큼은 말이다. 그때도 사랑의 부재를 느낀 사람과 사랑의 절대성을 주장하던 사람이 있었을 거고 지금도 사랑의 절대성을 주장하는 사람과 사랑의 부재를 느끼는 사람이 있을 거다. 현재 있는 것은 옛날부터 쭈욱 있어왔을 거다. 이것도 이젠 내 고정관념 중의 하나이다. 쭈욱 있게 된 건 아마 습관—사람들이 아이를 만들어 세상에 남기고 가는 것과 똑같은 방식의 습관 때문일 거다. 결국은 제 나름으로 살다가 죽어가는 것이다. 그런데 제 나름으로 살다가 죽어가는 사람들의 밖에 서 있는 어떤 미치광이가 그 사람들의 공통점을 만들어내가지고 이러쿵저러쿵하고 있는 것이다. 그러면 죽어간 사람들의 다음에 사는 사람들이 그 미치광이에게 홀려서 미치광이가 만들어놓은 공통점에 자기 자신들을 맞추어보려고 역시 미치광이가 되어가는 것이다. 따라서 진짜로 제 나름으로 멋있게 살아본 사람들은 미치광이가 나타나기 전에 산 사람들뿐이다. 하기야 그런 사람들이 있었을까? 아담과 이브? 글쎄, 나의 가설은 항상 엉망진창이다. 그럴듯하게 맞아들어가다가 그만 거짓이 탄로되고 만다.

영이는 지금 어디쯤 갔을까? 그 여자는 지금 꽤 낙심해 있을 거다. 세상에서 가장 나쁜 초조감은 무엇을, 누군가를 기다릴 때 생기는 초조감이다. 기다린다. 멋있는 웃음을, 사람들의 박수를, 뜨거운 포옹을, 밥을, 당선 통지서를, 사장의 칭찬을, 수(秀)를, 이쁜 아들을, 죽음을, 아침이 되기를 또는 밤이 되기를, 바다를, 용기를, 도통하기를, 엿장수를, 성교를, 분뇨차를, 완쾌를…… 그러나 결국은 환멸을 기다린 셈이 아닐까? 영이는 지금 찬바람이 부는 거리를 헤매고 있을 거다. 코트 깃을 아무리 세워도 가

숨이 차가우니 그 여자는 떨고 있을 거다. 병신 같은 사내, 소설 낙선쯤 했다고 나타나지 않을 게 뭐람. 여자는 쓸쓸한 거리를 헤맨다, 눈이 내릴 듯이 어둑신한 거리를. 그때 멋있게 차린 사내가 여자 앞으로 다가온다. 슬퍼 보이는군요, 하고 사내가 말한다. 그러자 여자는 정말 자기는 지금 슬프다고 느낀다. 따뜻한 곳으로 가시죠, 하고 사내가 말한다. 울림이 있어서 신뢰하고 싶은 목소리. 여자는 조금은 불안해하며 사내를 따라서 걷는다. 여자와 사내는 어디로 갔을까? 쓸데없는 상상을 했다. 우리의 상상도 이젠 틀 속에 갇혀버렸다. 누군가를, 기다림에 지쳐버린 한 여자를 어떤 멋있는 사내와 만나게 해놓고 그들을 소재로 상상을 백여 명의 사람에게 하도록 했을 때, 대동소이, 신성일과 엄앵란과 허장강을 벗어나지 못하고 만다. 망할 놈의 영화가 사람들의 상상력을 압박하고 있다. 여자들의 자기 용모에 대한 판단력조차 영화가 압박하고 있다. 배우들 중에 자기가 닮은 배우가 있으면 자기도 미인이라고 생각해버린다. 아무리 못생긴 경우에도 말이다. 배우들 중에 자기가 닮은 배우가 없으면 자기는 미인이 아니라고 생각해버린다. 그 자기가 세상에서 가장 이쁠 경우에도 말이다. 그러다가 마침 자기와 닮은 배우가 하나 스크린에 나타나면 그제야, 아 나도 미인이라고 기뻐한다. 사람들을 영화의 압박에서 해방시킬 수는 없을 것 같다. 이것도 이젠 내 고정관념 중의 하나이다. 그 압박은 사람들이 내부에서, 내부의 아주 깊은 곳에서 행해지고 있으니까. 그들은 압박받는 아픔을 소리쳐서 알리지도 않는다. 그냥 끙끙 신음만 울리며 참고 있다. 그 신음소리만 듣고 우리는 그 사람이 감기에 걸린 건지 음독한 건지조차 구별할 수 없는 노릇이다. 신음하고 있는 자신밖에 모를 일이다. 나는 무엇을 신음하고 있을까? 고구마 덴뿌라가 먹고 싶어서 동시에 저 벽의 허술함이 괴로워서 동시……

어제 저녁 굴다리 밑을 지나오다가 나는 머리 위로 지나가는 기차가 내는 요란스러운 소리를 들었다. 얼른 굴다리를 벗어나서 기차를 올려다보았다. 기차는 어둠 속으로 사라져갔다. 그 기차가 고향으로 가는 기차라는 걸 나는 알았다. 창마다에서 환한 불빛을 쏟아내며 기차는 남쪽으로 사라져갔다. 기차의 맨 뒤칸에 붙은 빨간 등조차 어둠 속으로 잠겨버릴 때까지 나는 서 있었다. 저 기차를 타면 내일 아침엔 고향에 도착할 거다. 그리고 남쪽은 따뜻할 거다. 왜 이 추위 속에 나만 남아 있느냐. 나는 머리를 흔들었다. 내일은 영이와 만나기로 했다. 그 때문에 남아 있는 거다. 내일도 또 내일도 영이와 만나기로 한 거다. 그러나 나는 그 내일에 이렇게 멀거니 벽만 바라보며 누워 있다. 내 동면성 섹스 때문에. 그것을 나는 신음하고 있다. 아니다. 아니다. 무엇을 신음하고 있느냐. 나는 거지의 정열을, 그것을 신음하고 있다. 모든 것을 잃었음에도 왜 정열만은 남는 것일까, 거지에게는. 가가호호의 대문을 두드리는, 거지에게 남아서 사라질 것 같아 뵈지 않는 그 정열, 차분히 생각해보자. 저 벽이 어쨌단 말인가. 왜 그것이 허술하게 균형잡히지 않아 보인다는 말인가. 가방은 그냥 가방일 뿐이고 선반은 그냥 선반일 뿐이고 벽은 그냥 벽일 뿐이다. 몬드리안이 어째서 저기에 적용될 수 있단 말인가. 거지의 정열이 그렇게 생각할 뿐이다. 던적스러운 정열이. 그러나 생각해보자. 가방은 가방인 동시에 직사각형이 아닐까? 선반은 선반인 동시에 직선이 아닐? 벽은 벽인 동시에 정사각형이 아닐까? 나는 인간인 동시에? 뭐라고 설명할 수 없는 곡선의 평면이다. 마티스의 저 여인들처럼, 화려한 풍경 속에서 창백한 백지로 남는, 곡선으로 이루어진 어떤 하얀 평면. 고운 커튼을 드리워놓고 싱싱한 화초를 가꾸어놓고 하늘이 엿보이는 유리창을 달아놓은 그러한 방 속에서 그러나 그 모든 것을 설치해놓은 여인은 텅 빈 백지. 동그라미를 저 벽에 붙이러 일어나보자. 할 수 있겠지? 자아, 내게 가장 귀한 고정관념으로써.

(1963)

무진기행(霧津紀行)

무진으로 가는 버스

버스가 산모퉁이를 돌아갈 때 나는 '무진 Mujin 10km' 라는 이정비(里程碑)를 보았다. 그것은 옛날과 똑같은 모습으로 길가의 잡초 속에서 튀어나와 있었다. 내 뒷좌석에 앉아 있는 사람들 사이에서 다시 시작된 대화를 나는 들었다. "앞으로 십 킬로 남았군요." "예, 한 삼십 분 후엔 도착할 겁니다." 그들은 농사관계의 시찰원들인 듯했다. 아니 그렇지 않은지도 모른다. 그러나 하여튼 그들은 색무늬 있는 반소매 셔츠를 입고 있었고 데드롱 직(織)의 바지를 입었고 지나쳐오는 마을과 들과 산에서 아마 농사관계의 전문가들이 아니면 할 수 없는 관찰을 했고 그것을 전문적인 용어로 얘기하고 있었다. 광주에서 기차를 내려서 버스로 갈아탄 이래, 나는 그들이 시골 사람들답지 않게 낮은 목소리

158

로 점잔을 빼면서 얘기하는 것을 반수면상태 속에서 듣고 있었다. 버스 안의 좌석들은 많이 비어 있었다. 그 시찰원들의 말에 의하면 농번기이기 때문에 사람들이 여행을 할 틈이 없어서라는 것이었다. "무진엔 명산물이…… 뭐 별로 없지요?" 그들은 대화를 계속하고 있었다. "별게 없지요. 그러면서도 그렇게 많은 사람들이 살고 있다는 건 좀 이상스럽거든요." "바다가 가까이 있으니 항구로 발전할 수도 있었을 텐데요?" "가보시면 아시겠지만 그럴 조건이 되어 있는 것도 아닙니다. 수심이 얕은데다가 그런 얕은 바다를 몇백 리나 밖으로 나가야만 비로소 수평선이 보이는 진짜 바다다운 바다가 나오는 곳이니까요." "그럼 역시 농촌이군요." "그렇지만 이렇다 할 평야가 있는 것도 아닙니다." "그럼 그 오륙만이 되는 인구가 어떻게들 살아가나요?" "그러니까 그럭저럭이란 말이 있는 게 아닙니까!" 그들은 점잖게 소리내어 웃었다. "원, 아무리 그렇지만 한 고장에 명산물 하나쯤은 있어야지." 웃음 끝에 한 사람이 말하고 있었다.

무진에 명산물이 없는 게 아니다. 나는 그것이 무엇인지 알고 있다. 그것은 안개다. 아침에 잠자리에서 일어나서 밖으로 나오면, 밤사이에 진주해온 적군들처럼 안개가 무진을 뺑 둘러싸고 있는 것이었다. 무진을 둘러싸고 있던 산들도 안개에 의하여 보이지 않는 먼 곳으로 유배당해버리고 없었다. 안개는 마치 이승에 한이 있어서 매일 밤 찾아오는 여귀(女鬼)가 뿜어내놓은 입김과 같았다. 해가 떠오르고, 바람이 바다 쪽에서 방향을 바꾸어 불어오기 전에는 사람들의 힘으로써는 그것을 헤쳐버릴 수가 없었다. 손으로 잡을 수 없으면서도 그것은 뚜렷이 존재했고 사람들을 둘러쌌고 먼 곳에 있는 것으로부터 사람들을 떼어놓았다. 안개, 무진의 안개, 무진의 아침에 사람들이 만나는 안개, 사람들로 하여금 해를, 바람을 간절히 부르게 하는 무진의 안개, 그것이 무진의 명산물이 아닐 수 있을까!

　버스의 덜커덩거림이 좀 덜해졌다. 버스의 덜커덩거림이 더하고 덜하는 것을 나는 턱으로 느끼고 있었다. 나는 몸에서 힘을 빼고 있었으므로 버스가 자갈이 깔린 시골길을 달려오고 있는 동안 내 턱은 버스가 껑충거리는 데 따라서 함께 덜그럭거리고 있었다. 턱이 덜그럭거릴 정도로 몸에서 힘을 빼고 버스를 타고 있으면, 긴장해서 버스를 타고 있을 때보다 피로가 더욱 심해진다는 것을 알고 있었지만 그러나 열려진 차창으로 들어와서 나의 밖으로 드러난 살갗을 사정없이 간지럽히고 불어가는 6월의 바람이 나를 반수면상태로 끌어넣었기 때문에 나는 힘을 주고 있을 수가 없었다. 바람은 무수히 작은 입자로 되어 있고 그 입자들은 할 수 있는 한 욕심껏 수면제를 품고 있는 것처럼 내게는 생각되었다. 그 바람 속에는 신선한 햇살과 아직 사람들의 땀에 밴 살갗을 스쳐보지 않았다는 천진스러운 저온(低溫) 그리고 지금 버스가 달리고 있는 길을 에워싸며 버스를 향하여 달려오고 있는 산줄기의 저편에 바다가 있다는 것을 알리는 소금기, 그런 것들이 이상스레 한데 어울리면서 녹아 있었다. 햇빛의 신선한 밝음과 살갗에 탄력을 주는 정도의 공기의 저온, 그리고 해풍에 섞여 있는 정도의 소금기, 이 세 가지만 합성해서 수면제를 만들어낼 수 있다면 그것은 이 지상에 있는 모든 약방의 진열장 안에 있는 어떠한 약보다도 가장 상쾌한 약이 될 것이고 그리고 나는 이 세계에서 가장 돈 잘 버는 제약회사의 전무님이 될 것이다. 왜냐하면 사람들은 누구나 조용히 잠들고 싶어하고 조용히 잠든다는 것은 상쾌한 일이기 때문이다.

그런 생각을 하자 나는 쓴웃음이 나왔다. 동시에 무진이 가까웠다는 것이 더욱 실감되었다. 무진에 오기만 하면 내가 하는 생각이란 항상 그렇게 엉뚱한 공상들이었고 뒤죽박죽이었던 것이다. 다른 어느 곳에서도 하지 않았던 엉뚱한 생각을 나는 무진에서는 아무런 부끄럼 없이, 거침없이 해내곤 했었던 것이다. 아니 무진에서는 내가 무엇을 생각하고 어쩌고 하는 게 아니라 어떤 생각들이 나의 밖에서 제멋대로 이루어진 뒤 나의 머릿속으로 밀고 들어오는 듯했었다.

"당신 안색이 아주 나빠져서 큰일났어요. 어머님 산소에 다녀온다는 핑계를 대고 무진에 며칠 동안 계시다가 오세요. 주주총회에서의 일은 아버지하고 저하고 다 꾸며놓을께요. 당신은 오랜만에 신선한 공기를 쐬고 그리고 돌아와보면 대회생제약회사의 전무님이 되어 있을 게 아니에요?"라고, 며칠 전날 밤, 아내가 나의 파자마 깃을 손가락으로 만지작거리며 나에게 진심에서 나온 권유를 했을 때 가기 싫은 심부름을 억지로 갈 때 아이들이 불평을 하듯이 내가 몇 마디 입안엣소리로 투덜댄 것도 무진에서는 항상 자신을 상실하지 않을 수 없었던 과거의 경험에 의한 조건반사였었다.

내가 나이가 좀 든 뒤로 무진에 간 것은 몇 차례 되지 않았지만 그 몇 차례 되지 않은 무진행이 그러나 그때마다 내게는 서울에서의 실패로부터 도망해야 할 때거나 하여튼 무언가 새출발이 필요할 때였었다. 새출발이 필요할 때 무진으로 간다는 그것은 우연이 결코 아니었고 그렇다고 무진에 가면 내게 새로운 용기라든가 새로운 계획이 술술 나오기 때문도 아니었었다. 오히려 무진에서의 나는 항상 처박혀 있는 상태였었다. 더러운 옷차림과 누우런 얼굴로 나는 항상 골방 안에서 뒹굴었다. 내가 깨어 있을 때는 수없이 많은 시간의 대열이 멍하니 서 있는 나를 비웃으며 흘러가고 있었고, 내가 잠들어 있을 때는 긴긴 악몽들이 거꾸러져 있는 나에게 혹독한 채찍질을 하였었다. 나의 무진에 대한 연상의 대부분은 나를 돌봐주고 있는 노인들에 대하여 신경질을 부리던 것과 골방 안에서의 공상과 불면을 쫓아보려고 행하던 수음(手淫)과 곧잘 편도선을 붓게 하던 독한 담배꽁초와 우편배달부를 기다리던 초조함 따위거나 그것들에 관련된 어떤 행위들이었었다. 물론 그것들만 연상되었던 것은 아니다. 서울의 어느 거리에서고 나의 청각이 문득 외부로 향하면 무자비하게 쏟아져들어오는 소음에 비틀거릴 때거나, 밤늦게 신당동 집 앞의 포장된 골목을 자동차로 올라갈 때, 나는 물이 가득한 강물이 흐르고 잔디로 덮인 방죽이 시오리 밖의 바닷가까지 뻗어나가 있고 작은 숲이 있고 다리가 많고 골목이 많고 흙담이 많고 높은 포플러가 에워싼 운동장을 가진 학교들이 있고 바닷가에서 주워온 까만 자갈이 깔린 뜰을 가진 사무소들이 있고 대로 만든 와상(臥床)이 밤거리에 나앉아 있는 시골을 생각했고, 그것은 무진이었다. 문득 한적이 그리울 때도 나는 무진을 생각했었다. 그러나 그럴 때의 무진은 내가 관념 속에서 그리고 있는 어느 아늑한 장소일 뿐이지 거기엔 사람들이 살고 있지 않았다. 무진이라고 하면 그것에의 연상은 아무래도 어둡던 나의 청년이었다.

그렇다고 무진에의 연상이 꼬리처럼 항상 나를 따라다녔다는 것은 아니다. 차라리, 나의 어둡던 세월이 일단 지나가버린 지금은 나는 거의 항상 무진을 잊고 있었던 편이다. 어제 저녁 서울역에서 기차를 탈 때에도, 물론 전송 나온 아내와 회사 직원 몇 사람에게 일러둘 말이 너무 많아서 거기에 정신이 쏠려 있던 탓도 있었겠지만, 하여튼 나는 무진에 대한 그 어두운 기억들이 그다지 실감나게 되살아오지는 않았다. 그런데 오늘 이른 아침, 광주에서 기차를 내려서 역 구내를 빠져나올 때 내가 본 한 미친 여자가 그 어두운 기억들을 홱 잡아 끌어당겨서 내 앞에 던져주었다. 그 미친 여자는 나일론의 치마저고리를 맵시 있게 입고 있었고 팔에는 시절에 맞추어 고른 듯한 핸드백도 걸치고 있었다. 얼굴도 예쁜 편이고 화장이 화려했다. 그 여자가 미친 사람이라는 것을 알 수 있는 것은 쉬임없이 굴리고 있는 눈동자와 그 여자를 에워싸고 서서 선하품을 하며 그 여자를 놀려대고 있는 구두닦이 아이들 때문이었다. "공부를 많이 해서 돌아버렸대." "아냐, 남자한테서 채어서야." "저 여자 미국말도 참 잘한다. 물어볼까?" 아이들은 그런 얘기를 높은 목소리로 하고 있었다. 좀 나이가 든 여드름쟁이 구두닦이 하나는 그 여자의 젖가슴을 손가락으로 집적거렸고 그럴 때마다 그 여자는 여전히 무표정한 얼굴로 비명만 지르고 있었다. 그 여자의 비명이 옛날 내가 무진의 골방 속에서 쓴 일기의 한 구절을 문득 생각나게 한 것이었다.

그때는 어머니가 살아 계실 때였다. 6·25 사변으로 대학의 강의가 중단되었기 때문에 서울을 떠나는 마지막 기차를 놓친 나는 서울에서 무진까지의 천여 리 길을 발가락이 몇 번이고 불어 터지도록 걸어서 내려왔고 어머니에 의해서 골방에 처박혀졌고 의용군의 징발도 그후의 국군의 징병도 모두 기피해버리고 있었다. 내가 졸업한 무진중학교의 상급반 학생들이 무명지에 붕대를 감고 '이 몸이 죽어서 나라가 산다면……'을 부르며 읍 광장에 서 있는 트럭들로 행진해 가서 그 트럭들에 올라타고 일선으로 떠날 때도 나는 골방 속에 쭈그리고 앉아서 그들의 행진이 집 앞을 지나가는 소리를 듣고만 있었다. 전선이 북쪽으로 올라가고 대학이 강의를 시작했다는 소식이 들려왔을 때도 나는 무진의 골방 속에 숨어 있었다. 모두가 나의 홀어머님 때문이었다. 모두가 전쟁터로 몰려갈 때 나는 내 어머니에게 몰려서 골방 속에 숨어서 수음을 하고 있었다. 이웃집 젊은이의 전사통지가 오면 어머니는 내가 무사한 것을 기뻐했고, 이따금 일선의 친구에게서 군사우편이 오기라도 하면 나 몰래 그것을 찢어버리곤 하였었다. 내가 골방보다는 전선을 택하고 싶어해가는 것을 알고 있었기 때문이다. 그 무렵에 쓴 나의 일기장들은, 그후에 태워버려서 지금은 없지만, 모두가 스스로를 모멸하고 오욕을 웃으며 견디는 내용들이었다. '어머니, 혹시 제가 지금 미친다면 대강 다음과 같은 원인들 때문일 테니 그 점에 유의하셔서 저를 치료해보십시오……' 이러한 일기를 쓰던 때를 이른 아침 역 구내에서 본 미친 여자가 내 앞으로 끌어당겨주었던 것이다. 무진이 가까웠다는 것을 나는 그 미친 여자를 통하여 느꼈고 그리고 방금 지나친, 먼지를 둘러쓰고 잡초 속에서 튀어나와 있는 이정비를 통하여 실감했다.

"이번에 자네가 전무가 되는 건 틀림없는 거구, 그러니 자네 한 일 주일 동안 시골에 내려가서 긴장을 풀고 푹 쉬었다가 오게. 전무님이 되면 책임이 더 무거워질 테니 말야." 아내와 장인 영감은 자신들은 알지 못하는 사이에 퍽 영리한 권유를 내게 한 셈이었다. 내가 긴장을 풀어버릴 수 있는, 아니 풀어버릴 수밖에 없는 곳을 무진으로 정해준 것은 대단히 영리한 것이었다.

버스는 무진 읍내로 들어서고 있었다. 기와지붕들도 양철지붕들도 초가지붕들도 6월 하순의 강렬한 햇빛을 받고 모두 은빛으로 번쩍이고 있었다. 철공소에서 들리는 쇠망치 두드리는 소리가 잠깐 버스로 달려들었다가 물러났다. 어디선지 분뇨 냄새가

새어들어왔고 병원 앞을 지날 때는 크레졸 냄새가 났고 어느 상
점의 스피커에서는 느려빠진 유행가가 흘러나왔다. 거리는 텅
비어 있었고 사람들은 처마 밑의 그늘에 쭈그리고 앉아 있었다.
어린아이들은 빨가벗고 기우뚱거리며 그늘 속을 걸어다니고 있
었다. 읍의 포장된 광장도 거의 텅 비어 있었다. 햇빛만이 눈부
시게 그 광장 위에서 끓고 있었고 그 눈부신 햇살 속에서, 정적
속에서 개 두 마리가 혀를 빼물고 교미를 하고 있었다.

밤에 만난 사람들

저녁식사를 하기 조금 전에 나는 낮잠에서 깨어나서 신문지국
들이 몰려 있는 거리로 갔다. 이모님 댁에서는 신문을 구독하고
있지 않았다. 그렇지만 신문은 도회인이 누구나 그렇듯이 이제
내 생활의 일부로서 내 하루의 시작과 끝을 맡아보고 있었던 것
이다. 내가 찾아간 신문지국에 나는 이모님 댁의 주소와 약도를
그려주고 나왔다. 밖으로 나올 때 나는 내 등뒤에서 지국 안에
있던 사람들이 그들끼리 무어라고 수군거리는 소리를 들었다.
아마 나를 알고 있는 사람들이었던 모양이다. "……그래애? 거
만하게 생겼는데……" "……출세했다지?" "……옛날…… 폐
병……" 그런 속삭임 속에서, 나는 밖으로 나오면서 은근히 한
마디를 기다리고 있었다. 그러나 결국 '안녕히 가십시오'는 나

166

오지 않고 말았다. 그것이 서울과의 차이점이었다. 그들은 이제 점점 수군거림의 소용돌이 속으로 끌려들어가고 있으리라, 자기 자신조차 잊어버리면서. 나중에 그 소용돌이 밖으로 내던져졌을 때 자기들이 느낄 공허감도 모른다는 듯이 수군거리고 수군거리고 또 수군거리고 있으리라. 바다가 있는 쪽에서 바람이 불어오고 있었다. 몇 시간 전에 버스에서 내릴 때보다 거리는 많이 번잡해졌다. 학생들이 학교에서 돌아오고 있었다. 그들은 책가방이 주체스러운 모양인지 그것을 뱅뱅 돌리기도 하며 어깨 너머로 넘겨 들기도 하며 두 손으로 꺼안기도 하며 혀끝에 침으로써 방울을 만들어서 그것을 입바람으로 훅 불어 날리곤 했다. 학교 선생들과 사무소의 직원들도 달그락거리는 빈 도시락을 들고 축 늘어져서 지나가고 있었다. 그러자 나는 이 모든 것이 장난처럼 생각되었다. 학교에 다닌다는 것, 학생들을 가르친다는 것, 사무소에 출근했다가 퇴근한다는 이 모든 것이 실없는 장난이라는 생각이 든 것이다. 사람들이 거기에 매달려서 낑낑댄다는 것이 우습게 생각되었다.

이모 댁으로 돌아와서 저녁을 먹고 있을 때, 나는 방문을 받았다. 박(朴)이라고 하는 무진중학교의 내 몇 해 후배였다. 한때 독서광이었던 나를 그 후배는 무척 존경하는 눈치였다. 그는 학생시대에 이른바 문학소년이었던 것이다. 미국 작가인 피츠제럴드를 좋아한다고 하는 그 후배는 그러나 피츠제럴드의 팬답지 않게 아주 얌전하고 매사에 엄숙했고 그리고 가난하였다. "신문지

국에 있는 제 친구에게서 내려오셨다는 얘길 들었습니다. 웬일
이십니까?" 그는 정말 반가워해주었다. "무진엔 왜 내가 못 올
덴가?" 그렇게 대답하며 나는 내 말투가 마음에 거슬렸다. "너
무 오랫동안 오시지 않으니까 그러는 거죠. 제가 군대에서 막
제대했을 때 오시고 이번이 처음이시니까 벌써……" "벌써 한
사 년 되는군." 사 년 전 나는, 내가 경리의 일을 보고 있던 제약
회사가 좀더 큰 다른 회사와 합병되는 바람에 일자리를 잃고 무
진으로 내려왔던 것이다. 아니, 단지 일자리를 잃었다는 이유만
으로 서울을 떠났던 것은 아니다. 동거하고 있던 희(姫)만 그대
로 내 곁에 있어주었던들 실의의 무진행은 없었으리라. "결혼하
셨다더군요?" 박이 물었다. "흐응, 자넨?" "전 아직. 참, 좋은 데
로 장가드셨다고들 하더군요." "그래? 자넨 왜 여태 결혼하지 않
고 있나? 자네 금년에 어떻게 되지?" "스물아홉입니다." "스물
아홉이라. 아홉수가 원래 사납다고 하데만. 금년엔 어떻게 해보
지 그래?" "글쎄요." 박은 소년처럼 머리를 긁었다. 사 년 전이
니까 그해의 내 나이가 스물아홉이었고 희가 내 곁에서 달아나
버릴 무렵에 지금 아내의 전남편이 죽었던 것이다. "무슨 나쁜
일이 있었던 건 아니겠죠?" 옛날의 내 무진행의 내용을 다소 알
고 있는 박은 그렇게 물었다. "응, 아마 승진이 될 모양인데 며칠
휴가를 얻었지." "잘되셨군요. 해방 후의 무진중학 출신 중에선
형님이 제일 출세하셨다고들 하고 있어요." "내가?" 나는 웃었
다. "예, 형님하고 형님 동기 중에서 조(趙)형하고요." "조라니,

나하고 친하게 지내던 애 말인가?" "예, 그 형이 재작년엔가 고등고시에 패스해서 지금 여기 세무서장으로 있거든요." "아, 그래?" "모르셨어요?" "서로 소식이 별로 없었지. 그애가 옛날엔 여기 세무서에서 직원으로 있었지, 아마?" "예." "그거 잘됐군. 오늘 저녁엔 그 친구에게나 가볼까?" 친구 조는 키가 작았고 살결이 검은 편이었다. 그래서 키가 크고 살결이 창백한 나에게 열등감을 느낀다는 얘기를 내게 곧잘 했었다. '옛날에 손금이 나쁘다고 판단받은 소년이 있었다. 그 소년은 자기의 손톱으로 손바닥에 좋은 손금을 파가며 열심히 일했다. 드디어 그 소년은 성공해서 잘살았다.' 조는 이런 얘기에 가장 감격하는 친구였다. "참, 자넨 요즘 뭘 하고 있나?" 내가 박에게 물었다. 박은 얼굴을 붉히고 잠시 동안 머뭇거리다가 모교에서 교편을 잡고 있다고, 그것이 무슨 잘못이라도 되는 것처럼 우물거리며 대답했다. "좋지 않아? 책 읽을 여유가 있으니까 얼마나 좋은가? 난 잡지 한 권 읽을 여유가 없네. 무얼 가르치고 있나?" 후배는 내 말에 용기를 얻었는지 아까보다는 조금 밝은 목소리로 대답했다. "국어를 가르치고 있습니다." "잘했어. 학교측에서 보면 자네 같은 선생을 구하기도 힘들 거야." "그렇지도 않아요. 사범대학 출신들 때문에 교원자격고시 합격증 가지고 견디기가 힘들어요." "그게 또 그런가?" 박은 아무 말 없이 씁쓸한 미소만 지어 보였다.

저녁식사 후, 우리는 술 한잔씩을 마시고 나서 세무서장이 된 조의 집을 향하여 갔다. 거리는 어두컴컴했다. 다리를 건널 때 나는 냇가의 나무들이 어슴푸레하게 물 속에 비쳐 있는 것을 보았다. 옛날 언젠가 역시 이 다리를 밤중에 건너면서 나는 저 시커멓게 웅크리고 있는 나무들을 저주했었다. 금방 소리를 지르며 달려들 듯한 모습으로 나무들은 서 있었던 것이다. 세상에 나무가 없다면 얼마나 좋을까 하고 생각하기도 했었다. "모든 게 여전하군." 내가 말했다. "그럴까요?" 후배가 웅얼거리듯이 말했다.

조의 응접실에는 손님들이 네 사람 있었다. 나의 손을 아프도록 쥐고 흔들고 있는 조의 얼굴이 옛날보다 윤택해지고 살결도 많이 하얘진 것을 나는 보고 있었다. "어서 자리로 앉아라. 이거원 누추해서…… 빨리 마누랄 얻어야겠는데……" 그러나 방은 결코 누추하지 않았다. "아니 아직 결혼 안 했나?" 내가 물었다. "법률책 좀 붙들고 앉아 있었더니 그렇게 돼버렸어. 어서 앉아." 나는 먼저 온 손님들에게 소개되었다. 세 사람은 남자로서 세무서 직원들이었고 한 사람은 여자로서 나와 함께 온 박과 무언가 얘기를 주고받고 있었다. "어어, 밀담들은 그만 하시고. 하(河) 선생, 인사해요, 내 중학 동창인 윤희중이라는 친굽니다. 서울에 있는 큰 제약회사의 간사님이시고 이쪽은 우리 모교에 와 계시는 음악선생님이시고. 하인숙씨라고, 작년에 서울에서 음악대학을 나오신 분이지." "아, 그러세요. 같은 학교에 계시는군요?" 나는 박과 그 여선생을 번갈아 가리키며 여선생에게 말했다. "네." 여선생은 방긋 웃으며 대답했고 내 후배는 고개를 숙여버렸다. "고향이 무진이신가요?" "아녜요. 발령이 이곳으로 났기 때문에 저 혼자 와 있는 거예요." 그 여자는 개성 있는 얼굴을 가지고 있었다. 윤곽은 갸름했고 눈이 컸고 얼굴색은 노리끼리했다. 전체로 보아서 병약한 느낌을 주고 있었지만 그러나 좀 높은 콧날과 두터운 입술이 병약하다는 인상을 버리도록 요구하고 있었다. 그리고 카랑카랑한 목소리가 코와 입이 주는 인상을 더욱 강하게 하고 있었다. "전공이 무엇이었던가요?" "성악 공부 좀 했어요." "그렇지만 하선생님은 피아노도 아주 잘 치십니다." 박이 곁에서 조심스런 목소리로 끼어들었다. 조도 거들었다. "노래를 아주 잘하시지. 소프라노가 굉장하시거든." "아, 소프라노를 맡으시는가요?" 내가 물었다. "네, 졸업연주회 땐 〈나비부인〉 중에서 〈어떤 개인 날〉을 불렀어요." 그 여자는 졸업연주회를 그리워하고 있는 듯한 음성으로 말했다.

방바닥에는 비단방석이 놓여 있고 그 위에는 화투짝이 흩어져 있었다. 무진(霧津)이다. 곧 입술을 태울 듯이 타들어가는 담배꽁초를 입에 물고 눈으로 들어오는 그 담배연기 때문에 눈물을 찔끔거리며 눈을 가늘게 뜨고, 이미 정오가 가까운 시각에야 잠자리에서 일어나서 그날의 허황한 운수를 점쳐보던 그 화투짝이었다. 또는, 자신을 팽개치듯이 끼어들던 언젠가의 노름판, 그 노름판에서 나의 뜨거워져가는 머리와 손가락만을 제외하곤 내 몸을 전연 느끼지 못하게 만들던 그 화투짝이었다. "화투가 있군, 화투가." 나는 한 장을 집어서 딱 소리가 나게 내려치고 다시 그것을 집어서 내려치고 또 집어서 내려치고 하며 중얼거렸다. "우리 돈 내기 한판 하실까요?" 세무서 직원 중의 하나가 내게 말했다. 나는 싫었다. "다음 기회에 하지요." 세무서 직원들은 싱글싱글 웃었다. 조가 안으로 들어갔다가 나왔다. 잠시 후에 술상이 나왔다.

"여기엔 얼마쯤 있게 되나?" "일 주일가량." "청첩장 한 장 없이 결혼해버리는 법이 어디 있어? 하기야 청첩장을 보냈더라도 그땐 내가 세무서에서 주판알 튕기고 있을 때니까 별수도 없었겠지만 말이다." "난 그랬지만 넌 청첩장 보내야 한다." "염려 말아. 금년 안으로는 받아볼 수 있게 될 거다." 우리는 별로 거품이 일지 않는 맥주를 마셨다. "제약회사라면 그게 약 만드는 데 아닙니까?" "그렇죠." "평생 병 걸릴 염려는 없겠습니다그려." 굉장히 우스운 익살을 부렸다는 듯이 직원들은 방바닥을 치며 오랫동안 웃었다. "참 박군, 학생들한테서 인기가 대단하더구먼. 기껏 오 분쯤 걸어오면 될 거리에 살면서 나한테 왜 통 놀러 오지 않나?" "늘 생각은 하고 있었습니다만……" "저기 앉아 계시는 하선생님한테서 자네 얘긴 늘 듣고 있지. 자, 하선생, 맥주는 술도 아니니까 한잔 들어봐요. 평소엔 그렇지도 않던데 오늘 저녁엔 왜 이렇게 얌전을 피우실까?" "네 네, 거기 놓으세요. 제가 마시겠어요." "맥주는 좀 마셔봤지요?" "대학 다닐 때 친구들과 어울려서 방문을 안으로 잠가놓고 소주도 마셔본걸요." "이거 술꾼인 줄은 몰랐는데." "마시고 싶어서 마신 게 아니라 시험 삼

아서 맛 좀 본 거예요." "그래서 맛이 어떻습디까?" "모르겠어
요. 술잔을 입에서 떼자마자 쿨쿨 자버렸으니까요." 사람들이 웃
었다. 박만이 억지로 웃는 듯한 웃음이었다. "내가 항상 생각하
는 바지만, 하선생님의 좋은 점은 바로 저기에 있거든. 될 수 있
으면 얘기를 재미있게 하려고 한다는 점, 바로 그거야." "일부러
재미있게 하려고 하는 게 아녜요. 대학 다닐 때의 말버릇이에
요." "아하, 그러고 보면 하선생의 나쁜 점은 바로 저기 있어.
'내가 대학 다닐 때'라는 말을 빼놓곤 얘기가 안 됩니까? 나처
럼 대학엔 문전에도 가보지 못한 사람은 서러워서 살겠어요?"
"죄송합니다아." "그럼 내게 사과하는 뜻에서 노래 한 곡 들려주
시겠어요?" "그거 좋습니다." "좋지요." "한번 들어봅시다." 사
람들이 박수를 쳤다. 여선생은 머뭇거렸다. "서울 손님도 오고
했으니까…… 그 지난번에 부르던 거 참 좋습디다." 조는 재촉
했다. "그럼 부릅니다." 여선생은 거의 무표정한 얼굴로 입을 조
금만 달싹거리며 노래를 부르기 시작했다. 세무서 직원들이 손
가락으로 술상을 두드리기 시작했다. 여선생은 〈목포의 눈물〉을
부르고 있었다. 〈어떤 개인 날〉과 〈목포의 눈물〉 사이에는 얼마
큼의 유사성이 있을까? 무엇이 저 아리아들로써 길들여진 성대
에서 유행가를 나오게 하고 있을까? 그 여자가 부르는 〈목포의
눈물〉에는 작부들이 부르는 그것에서 들을 수 있는 것과 같은 꺾
임이 없었고, 대체로 유행가를 살려주는 목소리의 갈라짐이 없
었고 흔히 유행가가 내용으로 하는 청승맞음이 없었다. 그 여자

의 〈목포의 눈물〉은 이미 유행가가 아니었다. 그렇다고 〈나비부인〉 중의 아리아는 더욱 아니었다. 그것은 이전에는 없었던 어떤 새로운 양식의 노래였다. 그 양식은 유행가가 내용으로 하는 청승맞음과는 다른, 좀더 무자비한 청승맞음을 포함하고 있었고 〈어떤 개인 날〉의 그 절규보다도 훨씬 높은 옥타브의 절규를 포함하고 있었고, 그 양식에는 머리를 풀어헤친 광녀의 냉소가 스며 있었고 무엇보다도 시체가 썩어가는 듯한 무진의 그 냄새가 스며 있었다.

그 여자의 노래가 끝나자 나는 의식적으로 바보 같은 웃음을 띠고 박수를 쳤고, 그리고 육감으로써랄까, 나는 후배인 박이 이 자리에서 떠나고 싶어하는 것을 알았다. 나의 시선이 박에게로 갔을 때, 나의 시선을 받은 박은 기다렸다는 듯이 자리에서 일어났다. 누군지가 그에게 앉아 있기를 권했으나 박은 해사한 웃음을 띠며 거절했다. "먼저 실례합니다. 형님은 내일 또 뵙지요." 조는 대문까지 따라나왔고 나는 한길까지 박을 바래다주러 나갔다. 밤이 깊지 않았는데도 거리는 적막했다. 어디선지 개 짖는 소리가 들려왔고 쥐 몇 마리가 한길 위에서 무엇을 먹고 있다가 우리의 그림자에 놀라 흩어져버렸다. "형님, 보세요. 안개가 내리는군요." 과연 한길의 저 끝이, 불이 드문드문 박혀 있는 먼 주택지의 검은 풍경들이 점점 풀어져가고 있었다. "자네, 하선생을 좋아하고 있는 모양이군?" 내가 물었다. 박은 다시 그 해사한 웃음을 띠었다. "그 여선생과 조군과 무슨 관계가 있는 모양이지?" "모르겠습니다. 아마 조형이 결혼 대상자 중의 하나로 생각하는 것 같아요." "자네가 그 여선생을 좋아한다면 좀더 적극적으로 나가야 해. 잘해봐." "뭐 별로……" 박은 소년처럼 말을 더듬거렸다. "그 속물들 틈에 앉아서 유행가를 부르고 있는 게 좀 딱해 보였을 뿐이지요. 그래서 나와버린 거죠." 박은 분노를 누르고 있는 듯이 나직나직 말했다. "클래식을 부를 장소가 있고 유행가를 부를 장소가 따로 있다는 것뿐이겠지. 뭐 딱할 거까지야 있나?" 나는 거짓말로써 그를 위로했다. 박은 가고 나는 다시 '속물' 들 틈에 끼었다. 무진에서는 누구나 그렇게 생각하는 것이다. 타인은 모두 속물들이라고. 나 역시 그렇게 생각하는 것이다. 타인이 하는 모든 행위는 무위(無爲)와 똑같은 무게밖에 가지고 있지 않은 장난이라고.

밤이 퍽 깊어서 우리는 자리에서 일어났다. 조는 내가 자기 집에서 자고 가기를 권했다. 그러나 다음날 아침에 잠자리에서 일어나서 그 집을 나올 때까지의 부자유스러움을 생각하고 나는 기어코 밖으로 나섰다. 직원들도 도중에서 흩어져가고 결국엔 나와 여자만이 남았다. 우리는 다리를 건너고 있었다. 검은 풍경 속에서 냇물은 하얀 모습으로 뻗어 있었고 그 하얀 모습의 끝은 안개 속으로 사라지고 있었다. "밤엔 정말 멋있는 고장이에요." 여자가 말했다. "그래요? 다행입니다." 내가 말했다. "왜 다행이라고 말씀하시는 줄 짐작하겠어요." 여자가 말했다. "어느 정도까지 짐작하셨어요?" 내가 물었다. "사실은 멋이 없는 고장이니까요. 제 대답이 맞았어요?" "거의." 우리는 다리를 다 건넜다.
거기서 우리는 헤어져야 했다. 그 여자는 냇물을 따라서 뻗어나
간 길로 가야 했고 나는 곧장 난 길로 가야 했다. "아, 글루 가세
요? 그럼……" 내가 말했다. "조금만 바래다주세요. 이 길은 너
무 조용해서 무서워요." 여자가 조금 떨리는 목소리로 말했다.
나는 다시 여자와 나란히 서서 걸었다. 나는 갑자기 이 여자와
친해진 것 같았다. 다리가 끝나는 바로 거기에서부터, 그 여자가
정말 무서워서 떠는 듯한 목소리로 내게 바래다주기를 청했던
바로 그때부터 나는 그 여자가 내 생애 속에 끼어든 것을 느꼈
다. 내 모든 친구들처럼, 이제는 모른다고 할 수 없는, 때로는 내
가 그들을 훼손하기도 했지만 그러나 더욱 많이 그들이 나를 훼
손시켰던 내 모든 친구들처럼. "처음 뵈었을 때, 뭐랄까요, 서울
냄새가 난다고 할까요, 퍽 오래 전부터 알던 사람처럼 느껴졌어
요. 참 이상하죠?" 갑자기 여자가 말했다. "유행가." 내가 말했
다. "네?" "아니 유행가는 왜 부르십니까? 성악 공부한 사람들
은 될 수 있는 대로 유행가를 멀리 하지 않았던가요?" "그 사람
들은 항상 유행가만 부르라고 하거든요." 대답하고 나서 여자는
부끄러운 듯이 나지막하게 소리내어 웃었다. "유행가를 부르지
않으려면 거기에 가지 않는 게 좋다고 얘기하면 내정간섭이 될
까요?" "정말 앞으론 가지 않을 작정이에요. 정말 보잘것없는
사람들이에요." "그럼 왜 여태까진 거기에 놀러 다녔습니까?"
"심심해서요." 여자는 힘없이 말했다. 심심하다, 그래 그게 가장

정확한 표현이다. "아까 박군은 하선생님께서 유행가를 부르고 계시는 게 보기에 딱하다고 하면서 나가버렸지요." 나는 어둠 속에서 여자의 얼굴을 살폈다. "박선생님은 정말 꽁생원이에요." 여자는 유쾌한 듯이 높은 소리로 웃었다. "선량한 사람이죠." 내가 말했다. "네, 너무 선량해요." "박군이 하선생님을 사랑하고 있다고 생각을 해본 적은 없었던가요?" "아이, '하선생님 하선생' 하지 마세요. 오빠라고 해도 제 큰오빠뻘이나 되실 텐데요." "그럼 무어라고 부릅니까?" "그냥 제 이름을 불러주세요. 인숙이라고요." "인숙이, 인숙이." 나는 낮은 소리로 중얼거려보았다. "그게 좋군요." 나는 말했다. "인숙인 왜 내 질문을 피하지요?" "무슨 질문을 하셨던가요?" 여자는 웃으면서 말했다. 우리는 논 곁을 지나가고 있었다. 언젠가 여름 밤, 멀고 가까운 논에서 들려오는 개구리들의 울음소리를, 마치 수많은 비단조개 껍데기를 한꺼번에 맞부빌 때 나는 듯한 소리를 듣고 있을 때 나는 그 개구리 울음소리들이 나의 감각 속에서 반짝이고 있는 수없이 많은 별들로 바뀌어져 있는 것을 느끼곤 했었다. 청각의 이미지가 시각의 이미지로 바뀌어지는 이상한 현상이 나의 감각 속에서 일어나곤 했었던 것이다. 개구리 울음소리가 반짝이는 별들이라고 느낀 나의 감각은 왜 그렇게 뒤죽박죽이었을까. 그렇지만 밤하늘에서 쏟아질 듯이 반짝이고 있는 별들을 보고 개구리의 울음소리가 귀에 들려오는 듯했었던 것은 아니다. 별들을 보고 있으면 나는 나와 어느 별과 그리고 그 별과 또다른 별들

사이의 안타까운 거리가, 과학책에서 배운 바로써가 아니라, 마치 나의 눈이 점점 정확해져가고 있는 듯이 나의 시력에 뚜렷이 보여오는 것이었다. 나는 그 도달할 길 없는 거리를 보는 데 홀려서 멍하니 서 있다가 그 순간 속에서 그대로 가슴이 터져버리는 것 같았다. 왜 그렇게 못 견디어했을까. 별이 무수히 반짝이는 밤하늘을 보고 있던 옛날 나는 왜 그렇게 분해서 못 견디어했을까. "무얼 생각하고 계세요?" 여자가 물어왔다. "개구리 울음소리." 대답하며 나는 밤하늘을 올려다봤다. 내리고 있는 안개에 가려서 별들이 흐릿하게 떠 보였다. "어머, 개구리 울음소리. 정말예요, 제겐 여태까지 개구리 울음소리가 들리지 않았어요. 무진의 개구리는 밤 열두시 이후에만 우는 줄로 알고 있었는데요." "열두시 이후에요?" "네, 밤 열두시가 넘으면 제가 방을 얻어 있는 주인댁 라디오 소리도 꺼지고 들리는 거라곤 개구리 울음소리뿐이거든요." "밤 열두시가 넘도록 잠을 자지 않고 무얼 하시죠?" "그냥 가끔 그렇게 잠이 오지 않아요." 그냥 그렇게 잠이 오지 않는다. 아마 그건 사실이리라. "사모님 예쁘게 생기셨어요?" 여자가 갑자기 물었다. "제 아내 말씀인가요?" "네." "예쁘죠." 나는 웃으면서 대답했다. "행복하시죠? 돈이 많고 예쁜 부인이 있고 귀여운 아이들이 있고 그러면……" "아이들은 아직 없으니까 쬐금 덜 행복하겠군요." "어머, 결혼을 언제 하셨는데 아직 아이들이 없어요?" "이제 삼 년 좀 넘었습니다." "특별한 용무도 없이 여행하시면서 왜 혼자 다니세요?" 이 여자는 왜 이런 질문을 할까? 나는 조용히 웃어버렸다. 여자는 아까보다 좀 더 명랑한 목소리로 말했다. "앞으로 오빠라고 부를 테니까 절 서울로 데려가주시겠어요?" "서울에 가고 싶으신가요?" "네." "무진이 싫은가요?" "미칠 것 같아요. 금방 미칠 것 같아요. 서울엔 제 대학 동창들도 많고…… 아이, 서울로 가고 싶어 죽겠어요." 여자는 잠깐 내 팔을 잡았다가 얼른 놓았다. 나는 갑자기 흥분되었다. 나는 이마를 찡그렸다. 찡그리고 찡그리고 또 찡그렸다. 그러자 흥분이 가셨다. "그렇지만 이젠 어딜 가도 대학 시절과는 다를걸요. 인숙은 여자니까 아마 가정으로나 숨어버리기 전에는 어느 곳에 가든지 미칠 것 같을걸요." "그런 생각도 해봤어요. 그렇지만 지금 같아선 가정을 갖는다고 해도 미칠 것 같은 생각이 들어요. 정말 맘에 드는 남자가 아니면요. 정말 맘에 드는 남자가 있다고 해도 여기서는 살기가 싫어요. 전 그 남자에게 여기서 도망하자고 조를 거예요." "그렇지만 내 경험으로는 서울에서의 생활이 반드시 좋지도 않더군요. 책임, 책임뿐입니다." "그렇지만 여긴 책임도 무책임도 없는 곳인걸요. 하여튼 서울에 가고 싶어요. 절 데려가주시겠어요?" "생각해봅시다." "꼭이에요, 네?" 나는 그저 웃기만 했다. 우리는 그 여자의 집 앞에까지 왔다. "선생님, 내일은 무얼 하실 계획이세요?" 여자가 물었다. "글쎄요, 아침엔 어머님 산소엘 다녀와야 하겠고, 그러고 나면 할 일이 없군요. 바닷가에나 가볼까 하는데요. 거긴 한때 내가 방을 얻어 있던 집이 있으니까 인사도 할 겸." "선생님, 내일 거

긴 오후에 가세요." "왜요?" "저도 같이 가고 싶어요. 내일은 토
요일이니까 오전수업뿐이에요." "그럽시다." 우리는 내일 만날
시간과 장소를 약속하고 헤어졌다. 나는 이상한 우울에 빠져서
터벅터벅 밤길을 걸어 이모 댁으로 돌아왔다.

  내가 이불 속으로 들어갔을 때 통금 사이렌이 불었다. 그것은
갑작스럽게 요란한 소리였다. 그 소리는 길었다. 모든 사물이 모
든 사고(思考)가 그 사이렌에 흡수되어갔다. 마침내 이 세상엔
아무것도 없어져버렸다. 사이렌만이 세상에 남아 있었다. 그 소
리도 마침내 느껴지지 않을 만큼 오랫동안 계속할 것 같았다. 그
때 소리가 갑자기 힘을 잃으면서 꺾였고 길게 신음하며 사라져
갔다. 내 사고만이 다시 살아났다. 나는 얼마 전까지 그 여자와
주고받던 얘기들을 다시 생각해보려 했다. 많은 것을 얘기한 것
같은데, 그러나 귓속에는 우리의 대화가 몇 개 남아 있지 않았
다. 좀더 시간이 지난 후, 그 대화들이 내 귓속에서 내 머릿속으
로 자리를 옮길 때는 그리고 머릿속에서 심장 속으로 옮겨갈 때
는 또 몇 개가 더 없어져버릴 것인가. 아니 결국엔 모두 없어져
버릴지도 모른다. 천천히 생각해보자. 그 여자는 서울에 가고 싶
다고 했다. 그 말을 그 여자는 안타까운 음성으로 얘기했다. 나
는 문득 그 여자를 껴안고 싶은 충동에 사로잡혔다. 그리고……
아니, 내 심장에 남을 수 있는 것은 그것뿐이었다. 그러나 그것
도 일단 무진을 떠나기만 하면 내 심장 위에서 지워져버리리라.
나는 잠이 오지 않았다. 낮잠 때문이기도 하였다. 나는 어둠 속

에서 담배를 피웠다. 나는 우울한 유령들처럼 나를 내려다보고 있는 벽에 걸린 하얀 옷들을 흘겨보고 있었다. 나는 담뱃재를 머리맡의 적당한 곳에 털었다. 내일 아침 걸레로 닦아내면 될 어느 곳에. '열두시 이후에 우는' 개구리 울음소리가 희미하게 들려오고 있었다. 어디선가 한시를 알리는 시계 소리가 나직이 들려왔다. 어디선가 두시를 알리는 시계 소리가 들려왔다. 어디선가 세시를 알리는 시계 소리가 들려왔다. 어디선가 네시를 알리는 시계 소리가 들려왔다. 잠시 후에 통금 해제의 사이렌이 불었다. 시계와 사이렌 중 어느 것 하나가 정확하지 못했다. 사이렌은 갑작스럽고 요란한 소리였다. 그 소리는 길었다. 모든 사물이, 모든 사고가 그 사이렌에 흡수되어갔다. 마침내 이 세상에선 아무 것도 없어져버렸다. 사이렌만이 세상에 남아 있었다. 그 소리도 마침내 느껴지지 않을 만큼 오랫동안 계속할 것 같았다. 그때 소리가 갑자기 힘을 잃으면서 꺾였고 길게 신음하며 사라져갔다. 어디선가 부부들은 교합하리라. 아니다. 부부가 아니라 창부와 그 여자의 손님이리라. 나는 왜 그런 엉뚱한 생각을 하고 있는지 알 수 없었다. 잠시 후에 나는 슬며시 잠이 들었다.

바다로 뻗은 긴 방죽

그날 아침엔 이슬비가 내리고 있었다. 식전에 나는 우산을 받

쳐들고 읍 근처의 산에 있는 어머니의 산소로 갔다. 나는 바지를 무릎 위까지 걷어올리고 비를 맞으며 묘를 향하여 엎드려 절했다. 비가 나를 굉장한 효자로 만들어주었다. 나는 한 손으로 묘 위의 긴 풀을 뜯었다. 풀을 뜯으면서 나는 나를 전무님으로 만들기 위하여 전무 선출에 관계된 사람들을 찾아다니며 그 호걸웃음을 웃고 있을 장인영감을 상상했다. 그러자 나는 묘 속으로 들어가고 싶었다.

돌아가는 길은 좀 멀긴 하지만 잔디가 곱게 깔린 방죽길을 걷기로 했다. 이슬비가 바람에 뿌옇게 날리고 있었다. 비를 따라서 풍경이 흔들렸다. 나는 우산을 접어버렸다. 방죽 위를 걸어가다가 나는 방죽의 경사 밑, 물가의 풀밭에 읍에서 먼 촌으로부터 등교하기 위하여 오던 학생들이 모여서 웅성거리고 있는 것을 보았다. 나이 많은 사람들이 몇 사람 끼어 있었고 비옷을 입은 순경 한 사람이 방죽의 비탈 위에 쭈그리고 앉아서 담배를 피우며 먼 곳을 바라보고 있었고 노파 한 사람이 혀를 차며 웅성거리고 있는 학생들의 틈을 빠져나와서 갔다. 나는 방죽의 비탈을 내려갔다. 순경 곁을 지나면서 나는 물었다. "무슨 일입니까?" "자살 시쳅니다." 순경은 흥미 없는 말투로 말했다. "누군데요?" "읍내에 있는 술집 여잡니다. 초여름이 되면 반드시 몇 명씩 죽지요." "네에." "저 계집애는 아주 독살스러운 년이어서 안 죽을 줄 알았더니, 저것도 별수 없는 사람이었던 모양입니다." "네에." 나는 물가로 내려가서 학생들 틈에 끼었다. 시체의 얼굴은 냇물을 향하고 있었으므로 내게는 보이지 않았다. 머리는 파마였고 팔과 다리가 하얗고 굵었다. 붉은색의 얇은 스웨터를 입고 있었고 하얀 스커트를 입고 있었다. 지난밤의 새벽은 추웠던 모양이다. 아니면 그 옷이 그 여자의 맘에 든 옷이었던가보다. 푸른 꽃무늬 있는 하얀 고무신을 머리에 베고 있었다. 무엇인가를 싼 하얀 손수건이 그 여자의 축 늘어진 손에서 좀 떨어진 곳에 굴러 있었다. 하얀 손수건은 비를 맞고 있었고 바람이 불어도 조금도 나부끼지 않았다. 시체의 얼굴을 보기 위해서 많은 학생들이 냇물 속에 발을 담그고 이쪽을 향하여 서 있었다. 그들의 푸른색 유니폼이 물에 거꾸로 비쳐 있었다. 푸른색의 깃발들이 시체를 옹위하고 있었다. 나는 그 여자를 향하여 이상스레 정욕이 끓어오름을 느꼈다. 나는 급히 그 자리를 떠났다. "무슨 약을 먹었는지 모르지만 지금이라도 어쩌면……" 순경에게 내가 말했다. "저런 여자들이 먹는 건 청산가립니다. 수면제 몇 알 먹고 떠들썩한 연극 같은 건 안 하지요. 그것만은 고마운 일이지만." 나는 무진으로 오는 버스칸에서 수면제를 만들어 팔겠다는 공상을 한 것이 생각났다. 햇빛의 신선한 밝음과 살갗에 탄력을 주는 정도의 공기의 저온, 그리고 해풍에 섞여 있는 정도의 소금기, 이세 가지를 합성하여 수면제를 만들 수 있다면…… 그러나 사실 그 수면제는 이미 만들어져 있었던 게 아닐까. 나는 문득, 내가 간밤에 잠을 이루지 못하고 뒤척거리고 있었던 게 이 여자의 임종을 지켜주기 위해서가 아니었을까 하는 생각이 들었다. 통금 해제의 사이렌이 불고 이 여자는 약을 먹고 그제야 나는 슬며시 잠이 들었던 것만 같다. 갑자기 나는 이 여자가 나의 일부처럼 느껴졌다. 아프긴 하지만 아끼지 않으면 안 될 내 몸의 일부처럼 느껴졌다. 나는 접어든 우산에 묻은 물을 휙휙 뿌리면서 집으로 돌아왔다. 집에는 세무서장인 조가 보낸 쪽지가 기다리고 있었다. '할 일 없으면 세무서로 좀 들러주게.' 아침밥을 먹고 나는 세무서로 갔다. 이슬비는 그쳤으나 하늘은 흐렸다. 나는 조의 의도를 알 것 같았다. 서장실에 앉아 있는 자기의 모습을 보여주고 싶은 거다. 아니 내가 비꼬아서 생각하고 있는지 모른다. 나는 고쳐 생각하기로 했다. 그는 세무서장으로 만족하고 있을까? 아마 만족하고 있을 게다. 그는 무진에 어울리는 사람이다. 아니, 나는 다시 고쳐 생각하기로 했다. 어떤 사람을 잘 안다는 것―잘 아는 체한다는 것이 그 어떤 사람의 입장에서 보면 무척 불행한 일이다. 우리가 비난할 수 있고 적어도 평가하려고 드는 것은 우리가 알고 있는 사람에 한하는 것이기 때문이다.

조는 러닝셔츠 바람으로, 바지는 무릎 위까지 걷어붙이고 부채를 부치고 있었다. 나는 그가 초라해 보였고 그러나 그가 흰 커버를 씌운 회전의자 위에 앉아 있는 것을 자랑스러워하는 듯한 몸짓을 해 보일 때는 그가 가엾게 생각되었다. "바쁘지 않나?" 내가 물었다. "나야 뭐 하는 일이 있어야지. 높은 자리라는 건 책임진다는 말만 중얼거리고 있으면 되는 모양이지." 그러나 그는 결코 한가하지 않았다. 여러 사람들이 드나들면서 서류에 조의 도장을 받아갔고 더 많은 서류들이 그의 미결함에 쌓여졌다. "월말에다가 토요일이 되어서 좀 바쁘다." 그는 말했다. 그러나 그의 얼굴은 그 바쁜 것을 자랑스럽게 여기고 있었다. 바쁘다. 자랑스러워할 틈도 없이 바쁘다. 그것은 서울에서의 나였다. 그만큼 여기는 생활한다는 것에 서투를 수 있다고나 할까? 바쁘다는 것도 서투르게 바빴다. 그리고 그때 나는, 사람이 자기가 하는 일에 서투르다는 것은, 그것이 무슨 일이든지 설령 도둑질이라고 할지라도 서투르다는 것은 보기에 딱하고 보는 사람을 신경질나게 한다고 생각하였다. 미끈하게 일을 처리해버린다는 건 우선 우리를 안심시켜준다. "참, 엊저녁, 하선생이란 여자는 네 색싯감이냐?" 내가 물었다. "색싯감?" 그는 높은 소리로 웃었다. "내 색싯감이 그 정도로밖에 안 보이냐?" 그가 말했다. "그 정도가 뭐 어때서?" "야, 이 약아빠진 놈아, 넌 빽 좋고 돈 많은 과부를 물어놓고 기껏 내가 어디서 굴러온 줄도 모르는 말라빠진 음악선생이나 차지하고 있으면 맘이 시원하겠다는 거냐?" 말하고 나서 그는 유쾌해 죽겠다는 듯이 웃어대었다. "너만큼만 사는 정도라면 여자가 거지라도 괜찮지 않아?" 내가 말했다. "그래도 그게 아닙니다. 내 편에 나를 끌어줄 사람이 없으면 처가 편에서라도 누가 있어야 하는 거야." 그가 대답했다. 그의 말투로는 우리는 공범자였다. "야, 세상 우습더라. 내가 고시에 패스하자마자 중매가 막 들어오는데…… 그런데 그게 모두 형편없는 것들이거든. 도대체 여자들이 성기 하나를 밑천으로

해서 시집가보겠다는 고 배짱들이 괘씸하단 말야."그럼 그 여
선생도 그런 여자 중의 하나인가?""아주 대표적인 여자지. 어
떻게나 쫓아다니는지 귀찮아 죽겠다.""퍽 똑똑한 여자일 것 같
던데.""똑똑하기야 하지. 그렇지만 뒷조사를 해보았더니 집안
이 너무 허술해. 그 여자가 여기서 죽는다고 해도 고향에서 그
여자를 데리러 올 사람 하나 변변하게 없거든." 나는 그 여자를
어서 만나보고 싶었다. 나는 그 여자가 지금 어디서 죽어가고 있
는 것처럼 생각되었다. 어서 가서 만나보고 싶었다. "속도 모르
는 박군은 그 여자를 좋아한대." 그가 말하면서 빙긋 웃었다. "박
군이?" 나는 놀란 체했다. "그 여자에게 편지를 보내어 호소를
하는데 그 여자가 모두 내게 보여주거든. 박군은 내게 연애편지
를 쓰는 셈이지." 나는 그 여자를 만나보고 싶은 생각이 싹 가셨
다. 그러나 잠시 후엔 그 여자를 어서 만나보고 싶다는 생각이
되살아났다. "지난 봄엔 그 여잘 데리고 절엘 한번 갔었지. 어떻
게 해보려고 했는데 요 영리한 게 결혼하기 전까지는 절대로 안
된다는 거야.""그래서?""무안만 당하고 말았지." 나는 그 여자
에게 감사했다.

시간이 됐을 때 나는 그 여자와 만나기로 한, 읍내에서 좀 떨
어진, 바다로 뻗어나가고 있는 방죽으로 갔다. 노란 파라솔 하나
가 멀리 보였다. 그것이 그 여자였다. 우리는 구름이 낀 하늘 밑
을 나란히 걸어갔다. "저 오늘 박선생님께 선생님에 관해서 여러
가지 물어봤어요.""그래요?""무얼 제일 중요하게 물어보았을

거 같아요?" 나는 전연 짐작할 수가 없었다. 그 여자는 잠시 동안 키득키득 웃었다. 그리고 말했다. "선생님의 혈액형을 물어봤어요." "내 혈액형을요?" "전 혈액형에 대해서 이상한 믿음을 가지고 있어요. 사람들이 꼭 자기의 혈액형이 나타내주는—그, 생물책에 씌어 있지 않아요?—꼭 그 성격대로이기만 했으면 좋겠어요. 그럼 세상엔 손가락으로 꼽을 정도의 성격밖에 없을 게 아니에요?" "그게 어디 믿음입니까? 희망이지." "전 제가 바라는 것은 그대로 믿어버리는 성격이에요." "그건 무슨 혈액형입니까?" "바보라는 이름의 혈액형이에요." 우리는 후텁지근한 공기 속에서 괴롭게 웃었다. 나는 그 여자의 프로필을 훔쳐보았다. 그 여자는 이제 웃음을 그치고 입을 꾹 다물고 그 커다란 눈으로 앞을 똑바로 응시하고 있었고 코끝에 땀이 맺혀 있었다. 그 여자는 어린아이처럼 나를 따라오고 있었다. 나는 나의 한 손으로 그 여자의 한 손을 잡았다. 그 여자는 놀란 듯했다. 나는 얼른 손을 놓았다. 잠시 후에 나는 다시 손을 잡았다. 그 여자는 이번엔 놀라지 않았다. 우리가 잡고 있는 손바닥과 손바닥 틈으로 희미한 바람이 새어나가고 있었다. "무작정 서울에만 가면 어떻게 할 작정이오?" 내가 물었다. "이렇게 좋은 오빠가 있는데 어떻게 해주겠지요." 여자는 나를 쳐다보며 방긋 웃었다. "신랑감이야 수두룩하긴 하지만…… 서울보다는 고향에 가 있는 게 낫지 않을까요?" "고향보다는 여기가 나아요." "그럼 여기 그대로 있는 게……" "아이, 선생님, 절 데리고 가시잖을 작정이시군요." 여

자는 울상을 지으며 내 손을 뿌리쳤다. 사실 나는 나 자신을 알
수 없었다. 사실 나는 감상이나 연민으로써 세상을 향하고 서는
나이도 지난 것이다. 사실 나는 몇 시간 전에 조가 얘기했듯이
'빽이 좋고 돈 많은 과부'를 만난 것을, 반드시 바랐던 것은 아니
지만 결과적으로는 잘되었다고 생각하고 있는 사람인 것이다.
나는 내게서 달아나버렸던 여자에 대한 것과는 다른 사랑을 지
금의 내 아내에 대하여 갖고 있었다. 그러면서도 나는 구름이 끼
어 있는 하늘 밑의 바다로 뻗은 방죽 위를 걸어가면서 다시 내
곁에 선 여자의 손을 잡았다. 나는 지금 우리가 찾아가고 있는
집에 대하여 여자에게 설명해주었다. 어느 해, 나는 그 집에서
방 한 칸을 얻어들고 더러워진 나의 폐를 씻어내고 있었다. 어머
니도 세상을 떠나간 뒤였다. 이 바닷가에서 보낸 일 년. 그때 내
가 쓴 모든 편지들 속에서 사람들은 '쓸쓸하다'라는 단어를 쉽
게 발견할 수 있었다. 그 단어는 다소 천박하고 이제는 사람의
가슴에 호소해오는 능력도 거의 상실해버린 사어(死語) 같은 것
이지만 그러나 그 무렵의 내게는 그 말밖에 써야 할 말이 없는
것처럼 생각되었다. 아침의 백사장을 거니는 산보에서 느끼는
시간의 지루함과 낮잠에서 깨어나서 식은땀이 줄줄 흐르는 이마
를 손바닥으로 닦으며 느끼는 허전함과 깊은 밤에 악몽으로부터
깨어나서 쿵쿵 소리를 내며 급하게 뛰고 있는 심장을 한 손으로
누르며 밤바다의 그 애처로운 울음소리에 귀를 기울이고 있을
때의 안타까움, 그런 것들이 굴 껍데기처럼 다닥다닥 붙어서 떨

어질 줄 모르는 나의 생활을 나는 '쓸쓸하다' 라는, 지금 생각하면 허깨비 같은 단어 하나로 대신시켰던 것이다. 바다는 상상도 되지 않는 먼지 낀 도시에서, 바쁜 일과중에, 무표정한 우편배달부가 던져주고 간 나의 편지 속에서 '쓸쓸하다' 라는 말을 보았을 때 그 편지를 받은 사람이 과연 무엇을 느끼거나 상상할 수 있었을까? 그 바닷가에서 그 편지를 내가 띄우고 도시에서 내가 그 편지를 받았다고 가정할 경우에도 내가 그 바닷가에서 그 단어에 걸어보던 모든 것에 만족할 만큼 도시의 내가 바닷가의 나의 심경에 공명할 수 있었을 것인가? 아니 그것이 필요하기나 했었을까? 그러나 정확하게 말하자면, 그 무렵 편지를 쓰기 위해서 책상 앞으로 다가가고 있던 나도, 지금에 와서 내가 하고 있는 바와 같은 가정과 질문을 어렴풋이나마 하고 있었고 그 대답을 '아니다' 로 생각하고 있었던 듯하다. 그러면서도 그는 그 속에 '쓸쓸하다' 라는 단어가 씌어진 편지를 썼고 때로는 바다가 암청색으로 서투르게 그려진 엽서를 사방으로 띄웠다. "세상에서 제일 먼저 편지를 쓴 사람은 어떤 사람이었을까요?" 내가 말했다. "아이, 편지. 정말 편지를 받는 것처럼 기쁜 일은 없어요. 정말 누구였을까요? 아마 선생님처럼 외로운 사람이었겠죠?" 여자의 손이 내 손 안에서 꼼지락거렸다. 나는 그 손이 그렇게 말하고 있는 듯한 느낌이 들었다. "그리고 인숙이처럼." 내가 말했다. "네." 우리는 서로 고개를 마주 보며 웃음지었다.

　우리는 우리가 찾아가는 집에 도착했다. 세월이 그 집과 그 집 사람들만은 피해서 지나갔던 모양이다. 주인들은 나를 옛날의 나로 대해주었고 그러자 나는 옛날의 내가 되었다. 나는 가지고 온 선물을 내놓았고 그 집 주인 부부는 내가 들어 있던 방을 우리에게 제공해주었다. 나는 그 방에서 여자의 조바심을, 마치 칼을 들고 달려드는 사람으로부터, 누군지가 자기의 손에서 칼을 빼앗아주지 않으면 상대편을 찌르고 말 듯한 절망을 느끼는 사람으로부터 칼을 빼앗듯이 그 여자의 조바심을 빼앗아주었다. 그 여자는 처녀는 아니었다. 우리는 다시 방문을 열고 물결이 다소 거센 바다를 내려다보며 오랫동안 말없이 누워 있었다. "서울에 가고 싶어요. 단지 그거뿐예요." 한참 후에 여자가 말했다. 나는 손가락으로 여자의 볼 위에 의미 없는 도화를 그리고 있었다. "세상에 착한 사람이 있을까?" 나는 방으로 불어오는 해풍 때문에 불이 꺼져버린 담배에 다시 불을 붙이며 말했다. "절 나무라시는 거죠? 착하게 보아주려는 마음이 없으면 아무도 착하지 않을 거예요." 나는 우리가 불교도라고 생각했다. "선생님은 착한 분이세요?" "인숙이가 믿어주는 한." 나는 다시 한번 우리가 불교도라고 생각했다. 여자는 누운 채 내게 조금 더 다가왔다. "바닷가로 나가요, 네? 노래 불러드릴게요." 여자가 말했다. 그러나 우리는 일어나지 않았다. "바닷가로 나가요, 네? 방은 너무 더워요." 우리는 일어나서 밖으로 나왔다. 우리는 백사장을 걸어서 인가가 보이지 않는 바닷가의 바위 위에 앉았다. 파도가 거품을 숨겨가지고 와서 우리가 앉아 있는 바위 밑에 그것을 뿜어놓았다. "선생님." 여자가 나를 불렀다. 나는 여자 쪽으로 고개를 돌렸다. "자기 자신이 싫어지는 것을 경험하신 적이 있으세요?" 여자가 꾸민 명랑한 목소리로 물었다. 나는 기억을 헤쳐보았다. 나는 고개를 끄덕이며 말했다. "언젠가 나와 함께 자던 친구가 다음날 아침에 내가 코를 골면서 자더라는 것을 알려주었을 때였지. 그땐 정말이지 살 맛이 나지 않았어." 나는 여자를 웃기기 위해서 그렇게 말했다. 그러나 여자는 웃지 않고 조용히 고개만 끄덕거렸다. 한참 후에 여자가 말했다. "선생님, 저 서울에 가고 싶지 않아요." 나는 여자의 손을 달라고 하여 잡았다. 나는 그 손을 힘을 주어 쥐면서 말했다. "우리 서로 거짓말은 하지 말기로 해." "거짓말이 아니에요." 여자는 빙긋 웃으면서 말했다. "〈어떤 개인 날〉 불러드릴게요." "그렇지만 오늘은 흐린걸." 나는 〈어떤 개인 날〉의 그 이별을 생각하며 말했다. 흐린 날엔 사람들은 헤어지지 말기로 하자. 손을 내밀고 그 손을 잡는 사람이 있으면 그 사람을 가까이 가까이 좀더 가까이 끌어당겨주기로 하자. 나는 그 여자에게 '사랑한다'고 말하고 싶었다. 그러나 '사랑한다'라는 그 국어의 어색함이 그렇게 말하고 싶은 나의 충동을 쫓아버렸다.

우리가 바닷가에서 읍내로 돌아온 것은 저녁의 어둠이 밀려든 뒤였다. 읍내에 들어오기 조금 전에 우리는 방죽 위에서 키스했다. "전 선생님께서 여기 계시는 일 주일 동안만 멋있는 연애를 할 계획이니까 그렇게 알고 계세요." 헤어지면서 여자가 말했다.

"그렇지만 내 힘이 더 세니까 별수 없이 내게 끌려서 서울까지 가게 될걸." 내가 말했다.

집으로 돌아와서 나는 후배인 박이 낮에 다녀간 것을 알았다. 그는 내가 '무진에 계시는 동안 심심하시지 않을까 하여 읽으시라'고 책 세 권을 두고 갔다. 그가 저녁에 다시 오겠다고 하더라는 얘기를 이모가 내게 했다. 나는 피로를 핑계로 아무도 만나기 싫다는 뜻을 이모에게 알려두었다. 이모는 내가 바닷가에서 아직 돌아오지 않았다고 대답하겠다고 말했다. 나는 아무것도 생각하고 싶지 않았다, 아무것도. 나는 이모에게 소주를 사오게 하여 취해서 잠이 들 때까지 마셨다. 새벽녘에 잠깐 잠이 깨었다. 나는 이유를 집어낼 수 없이 가슴이 두근거렸는데 그것은 불안이었다. "인숙이" 하고 나는 중얼거려보았다. 그리고 곧 다시 잠이 들어버렸다.

당신은 무진을 떠나고 있습니다

나는 이모가 나를 흔들어 깨워서 눈을 떴다. 늦은 아침이었다. 이모는 전보 한 통을 내게 건네주었다. 엎드려 누운 채 나는 전보를 펴보았다. '27일회의참석필요, 급상경바람 영.' '27일'은 모레였고 '영'은 아내였다. 나는 아프도록 쑤시는 이마를 베개에 대었다. 나는 숨을 거칠게 쉬고 있었다. 나는 내 호흡을 진정시키려고 했다. 아내의 전보가 무진에 와서 내가 한 모든 행동과 사고를 내게 점점 명료하게 드러내 보여주었다. 모든 것이 선입관 때문이었다. 결국 아내의 전보는 그렇게 얘기하고 있었다. 나는 아니라고 고개를 저었다. 모든 것이, 흔히 여행자에게 주어지는 그 자유 때문이라고 아내의 전보는 말하고 있었다. 나는 아니라고 고개를 저었다. 모든 것이 세월에 의하여 내 마음속에서 잊혀질 수 있다고 전보는 말하고 있었다. 그러나 상처가 남는다고, 나는 고개를 저었다. 오랫동안 우리는 다투었다. 그래서 전보와 나는 타협안을 만들었다. 한 번만, 마지막으로 한 번만 이 무진을, 안개를, 외롭게 미쳐가는 것을, 유행가를, 술집 여자의 자살을, 배반을, 무책임을 긍정하기로 하자. 마지막으로 한 번만이다. 꼭 한 번만, 그리고 나는 내게 주어진 한정된 책임 속에서만 살기로 약속한다. 전보여, 새끼손가락을 내밀어라. 나는 거기에 내 새끼손가락을 걸어서 약속한다. 우리는 약속했다.

그러나 나는 돌아서서 전보의 눈을 피하여 편지를 썼다. '갑자기 떠나게 되었습니다. 찾아가서 말로써 오늘 제가 먼저 가는 것을 알리고 싶었습니다만 대화란 항상 의외의 방향으로 나가버리기를 좋아하기 때문에 이렇게 글로써 알리는 것입니다. 간단히 쓰겠습니다. 사랑하고 있습니다. 왜냐하면 당신은 저 자신이기 때문에 적어도 제가 어렴풋이나마 사랑하고 있는 옛날의 저의 모습이기 때문입니다. 저는 옛날의 저를 오늘의 저로 끌어다 놓기 위하여 갖은 노력을 다하였듯이 당신을 햇볕 속으로 끌어놓기 위하여 있는 힘을 다할 작정입니다. 저를 믿어주십시오. 그리고 서울에서 준비가 되는 대로 소식 드리면 당신은 무진을 떠나서 제게 와주십시오. 우리는 아마 행복할 수 있을 것입니다.' 쓰고 나서 나는 그 편지를 읽어봤다. 또 한번 읽어봤다. 그리고 찢어버렸다.

덜컹거리며 달리는 버스 속에 앉아서 나는 어디쯤에선가 길가에 세워진 하얀 팻말을 보았다. 거기에는 선명한 검은 글씨로 '당신은 무진읍을 떠나고 있습니다. 안녕히 가십시오'라고 씌어 있었다. 나는 심한 부끄러움을 느꼈다.

(1964)

싸게 사들이기

  토요일 오후. 제기랄, 괜히 마음이 느긋해진다. 내일 오후가
되면 이 빚을 갚아야 한다. 일요일 오후엔 별수 없이 초조해지거
든. 그러니 이 토요일 오후를 실컷 이용해야 한다. 성급한 친구
들은 토요일의 강의시간을 아침부터 빼먹고 플랜을 따라 가버린
다. 좀더 성급한 친구들은, 학기 초에 수강 신청할 때, 토요일의
강의는 아예 빼어버리고 신청한다.

  "야, 네 노트 좀 빌려줘. 지난 시간 게 빠졌어."

  강의실을 나오는데 누가 K의 어깨를 치며 말한다.

  "내 글씨, 알아보기 힘들걸."

  그러면서 K는 노트를 빌려준다. 토요일 오후에 노트나 빌려가
는 따분한 친구도 있긴 있구나. 노트를 빌린 친구는 바쁘다는 듯
이 우쭐거리며 가버렸다. 정원에는 초가을 햇빛이 가득하다. K의

결막염 기가 있는 눈이 햇빛을 당해내지 못하고 가늘어져버린다. 햇빛 속에서 찍은 K의 사진은 한결같이 눈을 찡그리고 있다. 지나치게 환한 햇빛 속에선 K의 눈은 병신이다.

초가을, 토요일 오후. 날씨, 더럽게 좋다. 그런데 할 일이 있어야지. 교문 곁엔 산악반이 주말 등산을 위해서 전세내온 버스가 한 대 서 있다. 등산복을 입고 류색을 짊어진 학생들이 차에 오르고 있다. 제기랄, 산악반에나 가입해놓을걸. 그렇지만 산악반의 회원이 되려면 비용이 많이 든다. 산악반 놈들의 대부분은 멋을 부리고 싶어서 회원이 된 놈들이다. 파카를 입고 헌 신문지를 쑤셔넣어서라도 될수록 무겁게 해 보인 류색을 짊어지고 흰색의 스타킹을 신고 그 위에, 연륜을 조작하기 위해서 일부러 다 해진 워커를 신고 미 해군용 작업복 쓰봉을 입고 트랜지스터와 카메라를 어깨에 드리우고 선글라스를 쓰고…… 동대문시장의 헌옷점에서 사더라도 푸르뎅뎅한 미 해군용 작업복 쓰봉 한 벌에 육, 칠백원은 주어야 한다. 놈들, 저렇게 비싼 걸로 차려입고 아무도 보아주는 사람이 없는 깊은 산속에서는 좀 부끄러울걸. 산에서 돌아올 때, 시외버스 속에서나 기차 속에서 시골 사람들의 감탄하는 듯한 시선을 받으면 녀석들은 보람을 느끼겠지.

그건 그렇고, 뭐 상관할 거 있나, 토요일 오후다. 도서관엔 죄송하지만 가고 싶지가 않고 또 지금쯤은 문을 닫았을 거고. 우선 담배나 한 대 얻어 피우고 보자. K는 담배를 가졌을 만한 친구를 찾기 위해서 정원을 둘러본다. 마침 R이 7강의실 모퉁이를 돌아온다. R의 안경이 햇빛에 한번 번쩍한다. K는 R을 향하여 손짓을 한다. R이 웃는 얼굴로 다가온다.

"담배 한 대."

K는 손을 내민다.

"냄새는 잘 맡는구나. 내가 담배 산 줄은 어떻게 알았어?"

그러면서 R은 아직 뜯지 않은 '파고다'를 호주머니에서 꺼낸다. 매점에 들렀다 오는 모양이다.

"어럽쇼, '파고다'다. '백양'에서 언제부터 승급했어?"

"인마, 오늘뿐야."

"으흥, 데이트가 있군."

R은 안경 속에서 멋쩍은 듯이 웃으며 담배를 건넨다. 한꺼번에 세 대를 빼고 나서,

"당케, 가봐."

"아직 두 시간이나 남았어."

R이 라이터를 켜서 내민다.

"네 마누라 예쁘던데."

K가 담배 한 모금을 빨고 나서 말한다. K는, 언젠가 R이 자기 애인과 거리를 걸어갈 때 그들을 만난 적이 있었다.

"뭐 별루 예쁠 건 없지만, 순진하긴 해."

R이 대답한다.

"했니?"

K가 음탕스러운 말투로 묻는다. R의 얼굴이 다소 굳어지면서

고개를 젓는다.

"그럴 애가 아니야."

"그럴 애가 따로 있고 저럴 애가 따로 있니?"

K는 윽박지른다. 그러나 속으로는 미안하다.

"어디 다니는 애야?"

"미대."

"무슨 과? 붓?"

"아니, 흙."

그런데 R이 생각났다는 듯한 표정으로 K에게 묻는다.

"참, 버얼써부터 물어보려고 했는데. 너 대한서점에 자주 다니니?"

대한서점이란 동대문시장 근처에 있는 K의 단골 헌책점이다. 그 집 주인은 오십쯤 되어 보이는 곰보. 헌책점치고는 책 종류가 많아서 K가 잘 드나든다. 거기서 사기도 하고 거기에 갖다팔기도 하고. 그런데 참, R이 얘기하니까 K도 생각난다.

"응, 참, 너 그 집이 친척집이니? 언젠가 저녁에 거기서 널 만났지? 너 그때 안집으로 들어가는 것 같던데?"

K가 묻는다. R이 머뭇거리는 말투로,

"뭐 별로…… 그럼 넌 그 집안하고 잘 모르는구나."

"집안하고는 잘 모르지만 그 주인영감, 곰보 말야, 그 사람하고는 이젠 퍽 친해졌지."

그 대한서점도 흔해빠진 헌책점 중의 하나다. 사변 후로 부쩍 많아진 헌책점들이 그렇듯이 대한서점도 판잣집 같은 건물이다. 인도와 문턱 하나를 경계로 한 상점 안의 삼면 벽에 책이 들어차 있고 그 안쪽 벽 가까이 있는 작은 책상 위에 팔을 괴고 곰보가 선낮잠을 자거나 주판알을 튀기고 있는 것이다. 곰보가 등을 향하고 있는 벽의 구석에 얼른 눈에 띄지 않는 샛문이 있다. 그 문을 열고 나가면 의외로 마당도 있고 펌프도 있고 기와지붕을 한 여염집이 된다는 것을 K는, 언젠가 소변을 보러, 곰보가 일러주는 대로 샛문을 열고 들어갔을 때야 알았다. 그때 K는 마당에서 빨래를 널고 있는 젊은 여자를 보았다. 누런 얼굴이 부은 것 같기도 하고 살찐 것 같기도 했다. 문이 열려져 있는 방 안에 꽤 값나갈 세간살이와 전축이 놓여 있는 게 보였다. 집 안에는 그 여자밖에 없는 모양인데, 그때 K는 설마 그 집이 곰보의 안집이고 그 여자가 곰보의 마누라인 줄은 모르고, 소변을 보고 나와서 곰보에게, 이젠 음담패설을 주고받을 정도로 친해진 그 영감에게, K는 이렇게 말했다. 영감님, 혹시 저 안집 여자하고 슬슬 간통이라도 하는 거 아니요? K의 말에 곰보는 씨익 웃으면서, 그게 바루 내 여편네요, 라고 대답했다. 아이구, 그러고 보니 영감님은 아주 부자시구먼 어쩌고저쩌고 얼렁뚱땅해서 K는 무안한 얼굴을 감춰버렸다.

"혹시 그 곰보영감이 네 자형이라도 되는 거 아냐?"

K가 묻는다. R이, 에이 하는 듯이 손을 한 번 흔들고 나서 안경 속에서 기묘한 웃음을 띠며 말한다.

"그래, 그 곰보의 부인이 내 누나야."

"원 세상에."

K는 R의 말에서 거짓의 냄새를 맡고 일부러 불쌍한 척 혀를 찬다. R이 멋쩍게 웃는다.

"슬슬 가볼까?"

R이 이제까지 앉아 있던 잔디밭에서 일어선다.

"아직 두 시간이나 남았다메?"

할 일이 없어서 심심한 K가 말한다. R이 다시 피식 주저앉는다. 그리고 호주머니에서 담뱃갑을 꺼내어 거기에서 담배 세 가치를 꺼내더니 그 세 가치를 K의 무릎 위에 던져주고 다시 일어선다.

"좀 들러 가야 할 데가 있어. 천천히 와."

K는 R을 놓아줄 수밖에 없다. R이 가냘픈 몸뚱이를 흐느적흐느적 끌고 교문 밖으로 사라져버릴 때까지 K는 R의 뒷모습을 보고 있다.

담배가 다섯 가치다. 그러면 오늘 오후는 그럭저럭 넘기겠다. K의 휴일에는 담배가 그의 시간이다. 호주머니에 이십원이 있다. 이제 담배는 생겼으니 이 돈으로 청계극장에나 가볼까. 단돈 이십원에 영화를 둘씩이나 보여주는 데는 그곳밖에 없다. 아니 또 몇 군데가 있지만 버스값을 계산하고 나면 조조할인의 이류 극장에나 갈 수 있는 금액이 되어버린다. 산악반 놈들이 탄 버스가 우르릉거리더니 정원을 한 바퀴 빙 돌고 나서 교문 밖으로 사라져버린다. 놈들, 절벽에서 떨어져 뒈져버려라. 가솔린 냄새가 나무 밑 그늘로 기어들어온다. 버스가 떠나버리자 정원은 텅 빈 느낌이다. 금테 두른 검은 모자와 검은 제복을 입은 늙은 수위가 열쇠를 철그럭거리며 대학 본부 쪽으로 걸어간다. 저 허리가 꾸부정한 영감이 이 대학의 수위로 근속하기 삼십 년이라던가 사십 년이라던가. 며칠 전 신문에 제모를 쓰고 웃고 있는 수위영감의 사진이 났다. 대학 수위 노릇 하러 태어나셨군요, 라고 말하면 저 영감에겐 칭찬이 되는지 모욕이 되는지 자못 알쏭달쏭하다. 영감의 눈도 환한 햇빛 속에선 병신인 모양이다. 영감은 지금 눈을 감고 걸어간다. 병신육갑. 저 영감은 교문의 수위실에서 본부 건물의 층계까지 눈을 감고 뒷걸음질로도 정확히 갈 수 있다는 건가? 원 세상에, 삼사십 년씩 수위 노릇만 하고도 창피한 줄 모르고, 신문에 사진 좀 난다고 '……건강한 학생들을 보고 있으면 내 직업에 보람을 느낍니다' 어쩌고. 무능력에다가 습관의 때가 낀 탓으로, 그리고 그럴 수 있었던 것은 영감이 원래 미련했던 탓일 게고. 그런데 '보람' 어쩌고저쩌고, 보람 좋아하네. K는 교복 호주머니에 손을 넣어본다. 잡히는 게 너덜너덜한 돈의 감촉이다. 돈이 감촉을 갖고 있다는 건 기가 막힐 일이다. 호주머니 속에 별의별 게 다 들어 있는 경우에도 손은 콧종이와 오랫동안 넣고 다니어서 해진 종잇조각과 돈을 잘 구별해낸다. 그건 손의 신경이 예민해서가 아니라 분명히 돈에 감촉이 있기 때문이다. 돈이 손을 만져본다. 그러면 손은 부끄러운 듯이 홍당무가 되면서 가늘게 떤다. 돈이 슬그머니 손을 집적거려본다. 손은 정신을 차리려고 애쓰며 우선 옷깃을 여미고 도사려 보인다. 싫으면 관둬라, 돈이 배짱을 내민다. 손이 주춤거린다. 그러다가 발작적으로 부들부들 떨며 돈을 부둥켜안아버린다. 돈은 능글맞게 웃으며 손을 슬슬 쓰다듬어준다. 그러다가 앗차, 하는 사이에 돈은 사라지고 손은 별로 필요하지도 않은 물건을 쥐고 쩔쩔매고 있다. 이제 K는 바람둥이인 제 손을 무척 감시한다. K는 호주머니 속의 돈을 꺼낸다. 역시 이십원이다. 너덜너덜한 이십원을 잔디 위에 펴놓고 손바닥을 그 위에 얹어놓고 K는 손과 돈, 둘을 결혼시킨다. 두 분은 계약하시라. 거리의 건달인 바나나에도, 작부들의 화장 냄새가 꽉 들어찬 청계극장에도, 가짜 커피와 센티멘털을 파는 다방에도 두 분은 옆눈을 팔지 않을 것이며…… 생각해봐라 이 병신아, 곰보 서점에 가면 이십원으로 문고판 책 한 권은 거뜬히 살 수 있잖아? 수위영감처럼 습관 속에서 사는 것도 그렇지만 바람둥이 손처럼 충동 속에서 사는 것도 둘 다 비싸게 친다. 혁명적으로 살아야 한다, 습관도 아니고 단순한 충동도 아니게. 계산하고 계산해서. K는 갈 곳이 생겨서 기쁘다. 곰보네 서점에서라면 밤이 될 때까지 잡담도 하고 책을 만져보기도 하며 지낼 수 있다. 참, 며칠 전에 곰보 서점에 갔을 때 보아둔 책이 한 권 있었지. 그 동안에 팔려버렸는지도 모른다. 그러나 양서인데다가 특수한 방면의 책이고 그리고 곰보가 값을 꽤 비싸게 부르던 책이니까 아직 팔리지 않았을 게다. 곰보는 삼백원을 달라고 했다. 그러나 K는 그것을 백이십원이나 기껏해야 백오십원이면 살 자신이 있다. 내일 어쩌면 백원이 생길지도 모르는 일이다. 그러면 지금 호주머니 속에 들어 있는 이십원을 합해서 그 책을 살 수 있다. 물론 곰보가 K를 단골손님이라고 해서 그렇게 싸게 팔아주는 것은 아니다. 오히려 곰보는 단골손님을 이용해 먹는 성미이다. 아무래도 팔리지 않는 책을 강매하려 든다. K에게는 책을 싸게 사는 비결이 있다. K는 사고 싶은 책에서 몇 페이지를 곰보가 눈치채지 못하는 사이에 찢어낸다. 그리고 다음날이나 며칠 후에 가서 그 책을 흥정한다. 그리고 페이지가 많이 찢겨져나간 책을 누가 사느냐고 배짱을 내밀어본다. 곰보는 대개 별수 없이 양보하고 만다. 집에 돌아와서 찢어낸 페이지를 다시 그 자리에 스카치테이프로 붙이면서 K는 기분이 좋다. K는 어슬렁어슬렁 교문을 나선다. 교문 밖엔 K와 동류 같아 뵈는 녀석들이 몇 놈 서서 시시덕거리고 있다. K는 대학 앞을 흐르는 개울을 옆으로 내려다보며 걷는다. 더러운 물이 그나마 조금밖에 흐르지 않고 있다. 퉁퉁 부은 쥐새끼의 시체 하나가 물을 따라서 굴러가다가 멈추다가 하곤 있다. 쥐의 시체는 물에 흘러가고 싶어하는 것 같다. 그런데 지금 나무토막에 걸려서 한 자리에서만 빙글빙글 돌고 있다. K는 길 위를 살펴본다. 찾고 있는 돌멩이가 한 개도 없다. 야, 이거 신기하다. 아스팔트의 차도와 포석을 깐 인도 위에 돌멩이가 한 개도 보이지 않는다는 건 당연한 듯하기도 하고 틀려먹은 듯하기도 하다. 쥐의 시체에서 눈을 돌려버린다.

곰보영감은 소주를 마시고 있다가 K가 상점 안으로 들어서자 두 홉들이 술병과 컵을 후닥닥 책상서랍 속으로 치워버린다.

"오래간만이구먼. 속이 좀 메스꺼워서 꼭 한 잔만 했지. 참, 한 잔하려나?"

곰보가 히쭉 웃으며 다시 책상서랍을 연다.

"전 술 마실 줄 모릅니다."

K는 책가(冊架)를 훑어보며 대답한다. 보아두었던 책이 있다. 그런데 곰보와 너무 가까운 거리에 있다. 당장 해야 할 일은 그 책을 곰보의 시선이 흩어질 만한 장소에 옮겨 꽂아두는 일이다. 우선 손에 잡히는 대로 아무거나 한 권 꺼내서, 곰보 옆에 놓인 의자 위에 앉아 그 책을 넘기면서 곰보와 잡담을 시작한다.

"전연 그러신 줄 몰랐더니 술을 즐기시는 모양이군요."

제기랄, 하필이면 그 방면에 대해서는 별로 아는 게 없는 이런 책이 손에 잡혔담. ……그것은 로마의 법률가들에 의해서 흡수되어 기독교의 신부들에 의해서 채용되어 성 토마스 아퀴나스에 의하여 재건되어…… 곰보가 무슨 말을 한 모양인데 못 들었다.

"예?"

K가 다시 한번 말해달라고 묻는다.

"나두 술을 좋아하지는 않는다구 말했어."

곰보는 짜증이 난 모양이다. 그 유난히 곰보 자국이 많은 코를 실룩거리며 투덜거린다.

곰보야, 짖어라. K는 책장이나 넘기고 있기로 한다. 시간만 끌면 된다. ……토인비의 무시무시한 표현을 빌리면, 그들은 그들이 지배하는 사회 '속에' 존재하고는 있지만 그러나 그 사회 '의 것'은 아닌 무산계급의 사람들이다. 그 진공상태……

"책은 천천히 보구 재미난 얘기나 있으면 좀 해보우."

곰보가 심심한 모양이다.

"재미난 얘기가 있어야죠."

K는 재미난 얘기를 머릿속에서 짜내며 말한다.

"참 학생, 그 지리학과는 나오면 뭘 하우?"

"돈 벌죠."

"무얼 해서 돈 버우? 고등학교 선생질?"

"대학 교수도 되지요."

"학생도 따분하겠구먼."

곰보가 K의 걱정을 해준다. 괘씸하다.

"야, 저것 봐라."

곰보가 상점 입구로 달려가며 소리친다. 이인승 자전거부대가 상점 앞을 지나가고 있다. 화려한 옷차림의 남녀들이다. 아마 주말의 자전거 하이킹 부대인 모양이다. 그 사이에 K는 들고 있던 책을 제자리에 꽂아두고 눈여겨보아두었던 책을 꺼내어 든다. 한 손에 책을 든 채 K는 곰보 곁에 나란히 선다. "옛날엔 나두 저런 때가 있었지."

헤, 곰보가 거짓말을 한다.

"사람은 우선 잘살구 봐야 하는 거야."

오, 곰보가 참말을 했다. 자전거부대가 거리의 모퉁이를 돌아서 사라져버렸다. 자전거부대를 구경하느라고 서 있던 사람들이 다시 움직이기 시작했다. 잠깐 선명했던 거리가 다시 우울해진다. 곰보가 다시 자리로 돌아간다. 곰보는 의자에 앉으려고 하다가 잠시 멈칫거리더니 K의 눈치를 흘낏 보고 나서 안집으로 통하는 샛문의 틈에 눈을 댄다. K는 모르는 척하고 상점의 입구 가까이 서서 책을 편다. 곰보가 자리로 가서 앉는다. K는, 책장을 넘기기 위해서인 척, 손가락 끝에 침을 잔뜩 바른다. 책의 종이는, 하나님 더욱 고맙습니다, 인디안지다. 찢어낼 부분에 K는 침을 긋는다. 항상 그랬던 것처럼 손이 좀 떨리고 귀뺨이 뜨거워진다.

"학생."

영감님이 부른다. K는 고개를 번쩍 들고 영감님을 본다. 곰보가 흉측한 얼굴로 싱글싱글 웃고 있다. 가슴이 두근거린다.

"왜 그러세요?"

"학생도 몸 파는 여자 집엘 다니나?"

아이구, 안심했다. K는 씽긋 웃는다. 저 곰보가 또 음담패설을 시작하자는구나.

"꼭 한 번, 친구 따라서 가봤지요."

"한 번? 거짓말."

"안 믿으시는 건 자유지만 정말입니다. 하필 걸린 게 여드름쟁이 여자였어요. 밤새도록 그 여자의 여드름만 짜주고 새벽에 도망질해 나왔어요. 돈을 치른 친구에겐 미안해서 꼭 한 번 했다고 거짓말을 했지만…… 아이구 혼났습니다."

"여드름은 왜 짜줘?"

"신경질을 부리면서 자기 여드름을 짜라는데 어떡합니까? 그렇게 무서운 여잔 첨 봤어요."

K는 곰보가 웃고 있는 동안에 침을 발라놓은 데를 얼른 찢는다.

"그후론 한 번두 못 가봤나?"

"못 간 게 아니라 안 갔죠. 그런 데 갈 돈 있으면 고기 사다먹겠습니다."

K는 또 한 페이지를 찢는 기회를 얻는다.

"학생은 별난 친구로군. 난 말야, 내가 아는 몸 파는 여자 하나가 있는데 말야, 그 여자한테 찾아다니는 손님 중의 하나가, 그러니까 꼭 학생만한 모양이야, 일 주일에 한 번씩은 꼭꼭 찾아온다는구면. 그런데 말야, 그 젊은 놈이 그 여잘 찾아다니는 이유를 그 여자한테서 듣구 보니 그게 걸작이란 말야. 툭 털어놓구 그게 하고 싶어서 찾아왔다구 해도 아무렇지 않을 텐데 말야……"

K는 영감의 장광설을 들으며 대여섯 페이지를 꽉 움켜쥐고 소리나지 않게 조금씩 조금씩 찢어내린다. 곰보야, 어서 짖어대라.

"……그 젊은 놈에게 뭐 즈이 애인이 있다나? 그런데 말야, 그 애인이 꽤 얌전을 빼나봐. 이 친구가 생각은 간절한데 말야,

싸게 사들이기 207

애인의 그 뭐 순결을 짓밟구 싶지는 않구 해서 말야, 허허허허허허…… 그래서 애인을 만나러 가기 전엔 반드시 내가 아는 그 여자를 찾아온단 말야."

곰보는 말을 채 끝내지 못하고 또 웃음을 터뜨린다. 다 찢었다. 고맙다, 곰보야.

"그렇게 애인을 사랑한다면 조금만 참으면 될 게 아뇨?"

K는 찢어낸 페이지를 어떻게 가방 속에 감추나 하고 궁리하며 말한다.

"그런데 그게 마음대로 참아지나?"

"참을 수 없으면 탁 털어놓고 애인과 의논을 하든지 하면 될 것 아뇨?"

"어서 옵쇼."

곰보가 자리에서 일어난다. 고등학교 여학생 두 사람이 상점 밖에서 기웃거리며 책가를 훑어보고 있다. K는 그들에게 자리를 내주기 위한 척 가방을 놓아둔 앞쪽으로 간다.

"들어와서 찾아보세요."

곰보가 상냥스럽게 말한다. 여학생들은 곰보의 흉측스러운 얼굴에 놀라서인지 획 달아나버린다.

"찢어죽일 년들."

곰보는 다시 자리에 앉으며 중얼거린다. K는 찢어낸 페이지를 책 속에서 날래게 접는다.

"학생두 애인이 있나?"

208

"전 그런 거 안 기릅니다."

"요새 대학생들치구 애인 없는 게 있을라구?"

"그래두 전 없습니다. 없는 사람이 의외로 참 많아요."

"왜?"

"돈이 많이 들어요."

"좋아하는 여자만 있다면 돈이 문젤까?"

"좋아하는 여자가 없어요."

"히야, 그거…… 아이구, 어서 옵쇼."

곰보가 일어선다. 작크 달린 검정 손가방을 든 남자가 손바닥으로 얼굴을 문지르며 들어온다.

"일루 앉으세요."

곰보가 아까까지 K가 앉아 있던 의자를 작크에게 가리킨다. K는 작크에게 자리를 내주기 위한 척, 자기 가방을 얼른 들고 비켜선다. K는 가방을 가슴에 안는다. K는 가방을 내려다본다. 도시락을 넣어둔 칸이 조금은 벌려져 있다. 찢어내서 접어놓은 페이지를 저 틈에 밀어넣자. K는 곰보 쪽을 힐끗 본다. 곰보는 작크의 손을 억지로 달라고 하여 악수를 하고 있다.

"오늘은 됩니까?"

작크가 무표정한 얼굴로 딱딱하게 말한다.

"아, 되구말구요. 우선 여기 좀 앉아서 땀이나 말리슈."

"제때 제때 주셔야지, 영감님 댁이 아니라도 신청자가 얼마나 많은데요."

"그렇구말구요."

"뭐 고장나거나 하지는 않지요?"

작크가 누그러진 말로 묻는다.

"있을 리가 있어요? 하, 거 엊저녁엔 이금흰가 하는 기집애가 나와서 엉뎅이를 흔들며 노랠 하는데 거 볼 만합디다."

"그 여자가 유명한 가숩니다."

"그러게 말씀이야."

"가봐야겠는데, 됐으면 주세요."

"잠깐만 기다려보우."

곰보가 자리에서 일어나더니 안집으로 통하는 샛문의 틈에 눈을 붙인다. 혀를 쯧쯧 차며 곰보가 다시 자리로 돌아가는 동안에 K는 찢어낸 것을 가방 속에 밀어넣는 데 성공한다. K는 만족해서 아랫입술을 삐죽 내밀어본다.

"여기 사백원은 있는데…… 안사람이 지금 어딜 나간 모양이니 조금만 앉아서 기다려주시면…… 백원을 마저 채울 수가 있겠는데……"

"그럼, 요 옆집에 다녀올 동안에 준비해두세요."

"예 예, 그렇게 허세요. 그럼 다녀오슈."

작크가 바쁜 듯이 상점 밖으로 휭 나간다.

"세금인가요?"

K가 책을 제자리에 꽂아두러 가며 말한다.

"텔레비 월부돈 받으러 온 사람인데 말야, 거 아직 나이도 어린 사람이 몹시 사납게 굴거든."

"텔레비도 놓으셨어요?"

곰보는 자랑스런 듯이 잠시 헤헤 웃는다.

"사람이란 뭐니 뭐니 해도 놓을 건 놓구 살아야 하겠더군."

"영감님은 알고 보면 실속 있는 부자셔."

K는 책을 제자리에 꽂는다. 자, 며칠 후에 다시 보자, 책아. K가 찢기어나간 부분을 펼쳐 보이며, 영감님 댁 책은 왜 모두 이 모양이오? 하면 곰보는 오만상을 찌푸리고 기가 죽어버리겠지. 기분 좋다. 곰보가 또 샛문 앞으로 가서 눈을 문틈에 붙인다. 으흠 하고 헛기침을 한번 하더니 곰보가 문을 두드린다. 신발 끄는 소리가 가까워오더니 문의 저쪽에서 문고리 끄르는 소리가 난다. 삐거덕하고 샛문이 열리고 언젠가 K가 본, 부은 것 같기도 하고 살찐 것 같기도 한 여자의 얼굴이 나타났다가 얼른 문 뒤로 숨는다. 여자의 코 아래로만 K에게는 보인다.

"갔나?"

곰보가 K를 꺼려하는 듯한 음성으로 여자에게 묻는다. 루주가 벗겨져서 고름이 속에 들어 있는 듯한 입술이 끄덕거린다.

"방금 텔레비 월부돈 받으러 왔었는데 말야, 백원만 꺼내줘."

그러자 마치 알고 있었다는 듯이 여자가 주먹을 내민다. 여자의 손가락이 거미의 발처럼 펴지자 꼬깃꼬깃한 백원짜리 한 장이 나타난다. 곰보가 그걸 얼른 집는다. 여자가 샛문을 난폭하게 탕 닫는다. 곰보가 무안해하는 듯하기도 하고 괘씸해하는 듯하기도 한 기묘한 웃음을 띠며 돌아선다. K는 문득 마음에 짚이는 게 있다. K는 상점 밖으로 급하게 나가본다. 멀리 R의 흐느적거리는 뒷모습이 인파 속으로 끼어들어가려는 중이다. 상점 안을 돌아다보니 곰보가 손가락에 침을 발라가며 돈을 한 장 한 장 세어보고 있다.

애 애, 더럽다, 더러워. K는 웃음을 참느라고 애를 쓴다. 웃음이 아니라 야릇한 덩어리다. 그 덩어리가 K의 목구멍을 탁 틀어막는다.

"요것들 봐라. 요것들 봐라. 요오것들 봐라······"

K는 눈을 크게 떠본다. 차와 사람들이 법석대는 아스팔트 위에서는 초가을 햇빛도 기가 꺾이나보다. K의 눈이 크게 떠진다. 약은 체 살지 말라우, 이 곰보딱지야. 내일 당장, 아까 몇 페이지 찢어낸 책을 사러 와야겠다. 약은 체하지 말라우, 이 곰보딱지야. 나한테도 속고 있지 않느냐. 그리고 저 R이란 놈, 기막힌 장사꾼인걸. 검은 제모(制帽)와 텔레비전과 곰보의 사촌쯤은 됐을나. 애 애, 주판 좀 가져와라, 어디 좀 생각해보자. 난중난문(亂中難問)인걸. 골치가 좀 아프겠다. K의 혀가 입 속에서 뱅글뱅글 돈다.

(1964)

차나 한잔

오늘 아침에도 그는 설사기 때문에 일찍 잠이 깨었다. 자리에서 일어나기가 싫어서 참을 수 있는 데까지 참아보려고 했다. 그러나 배가 뒤끓으면서 벌써 항문이 옴찔거려서 견디어낼 수가 없었다. 휴지를 챙겨들고 변소로 갔다. 어제 저녁에 먹은 구아니딘이 별로 효과를 내지 못한 모양이다. 변소에 쭈그리고 앉아서 그는 자기의 배앓이에 대해서 생각해보았다. 과식을 했다거나 기름진 것을 먹은 적도 요 며칠 안엔 없었다. 있었다면 좀 심한 심리의 긴장상태뿐이었다. 신문에서 자기의 연재만화가 요 며칠 동안 이따금씩 빠져 있었기 때문에 그는 나쁜 예감으로 불안해 있었던 것이다. 재미가 없었던 것일까, 하고 생각하며, 그래도 여전히 그날분의 만화를 그려서 가지고 가면, 문화부장은 여느때와 똑같은 태도로 만화를 받아서 여느때와 똑같이 열심히 그것을 보고 나서 여느때와 똑같이 아주 우스워서 못 견디겠다는

듯이 오랫동안 고개를 끄덕이며 낄낄거리고 나서,

"좋습니다. 아주 걸작입니다."

라고 말하는 것이었다. 그러면 그는, 문화부장의 태도에 다분히 과장이 섞인 것을 보면서도, 역시 겨우 안심을 하고 묻는 것이었다.

"오늘치는 빠졌더군요."

그러면 문화부장은 안경을 벗어서 양복 깃에 닦으면서,

"아, 기사 폭주 관계입니다."

라고 간단히 대답하는 것이었다. 그 이상 더 물을 수가 없어서 그는 자신을 안심시켜가며 데스크 위에 흐트러져 있는 경쟁지들과 일본에서 온 신문들 그리고 통신사에서 배달된 유인물을 대강 훑어보고 나서 나오는 것이었고 그 다음날 아침 신문을 보면 또 만화가 빠뜨려진 채 배달되곤 했다. 오늘도 기사 폭주 때문일까, 하고 문화면을 살펴보는 것이지만 썩 대단한 기사들이 실린 것도 아닌데다가, '그렇다면, 그전, 만화가 꼬박꼬박 나올 때엔 한 번도 기사 폭주가 없었단 말인가?' 하는 의혹이 생기는 것이었다.

그런 이유로 그는 며칠 전부터 긴장되어 있었는데, 어제 새벽부터는 설사가 시작되었다. 그는 자기의 배앓이가 낭패해가고 있는 자기의 심리상태에서 결과된 것이라고 믿게 되었다.

그는 똥이 더 나올 듯한 개운치 않음을 느끼며 방으로 돌아와서 이불 속으로 들어가서 아직도 잠들어 있는 아내와 나란히 누웠다. 그는 머리맡에 풀어놓은 팔목시계를 누운 채, 한 손만 뻗쳐 더듬어 집었다. 그리고 미닫이의 방문을 비추고 있는 새벽의 희미한 빛에 시계를 비추어보았다. 여섯시가 좀 지나고 있었다. 시계를 다시 머리맡에 놓고 그는 이불을 턱밑까지 끌어올려 덮고 왼손을 아내의 사타구니에 밀어넣었다. 그리고 천장을 올려다보며 오늘분의 만화를 구상하기 시작했다.

그러나 얼른 얘깃거리가 생기지 않는다. 삼분폭리(三粉暴利)를 깔까? 한일회담을 취급하자. 아니 그건 지난번에도 그려가지고 갔었다. 신문엔 나지 않고 말았지만. 평범한 가정물로 하나 생각해보자. 그러나 얼른 얘깃거리가 생기지 않는다. 대통령으로 약속하는 검정 안경을 쓰고 볼이 홀쭉한 인물과 '아톰 X군'의 얼굴만이 그의 눈앞에 어른거렸다.

'아톰 X군'은 어린이를 상대로 하는 어느 주간신문에 그가 연재하고 있는 우주의 용사였다. 꼭대기에 안테나가 달린 산소투구를 머리에 쓰고 등에는 산소탱크와 연료탱크를 짊어지고 만능의 고주파 총을 들고 눈알이 동글동글하고, 화성인을 상대로 용감무쌍하게 투쟁하는 소년 용사였다. 검정 안경을 쓴 대통령 각하와 탱크를 둘씩이나 짊어진 아톰 X군, 그리고 어쩌다가 생각난 듯이 청탁이 들어오는 몇 군데 잡지의 만화가 그와 그의 아내에게 밥을 먹여주고 있는 것이었다. 주수입은 아무래도 대통령이 많이 나오는 신문의 연재만화 쪽이었다. 그러나 주수입이라고 해도, 끼니를 제외하고 담배와 차를 마시고 가끔 당구장엘 드나들고 나면 이따금 아내와 함께 영화를 보러 갈 수 있을 정도였다. 그렇지만 그 수입 원천이 흔들리는 불안을 그는 느끼게 된 것이었다. 설사가 나올 만도 하지, 라고 스스로 꼬집어 생각하자 잠깐 웃음이 나왔다가 사그라졌다.

그는 어쩌다가 내가 만화를 그리기 시작했나 하고 자신의 이력을 검토해보기 시작했다. 이른바 일류대학을 지망했다가 실패하자, '나만 열심히 하면 어느 대학이고 어떠랴' 하고 들어간 정원 미달의 어느 삼류대학 사회학과를 마치고, 입대하여 훈련을 마치자 어쩌다가 떨어진 게 정훈(政訓)이었고 정훈에서 어쩌다가 맡은 게 군내 신문 편집이었고 그리고 어쩌다가 보니까 거기에서 만화를 그리고 있었고 제대하여 취직할 데를 찾던 중 어느 회사의 굉장한 경쟁률의 입사시험에 응시했다가 떨어지고 그러나 거기에서 함께 응시했다가 함께 미역국을 먹은 여자와 사랑하게 되어 사랑하는 이를 위해서는 모험이라도 불사하겠다는 각오로 군대에 있을 때의 어설픈 경험으로써 대학 동창 하나가 기자로 들어가 있는 신문에 그 친구의 소개로 만화를 연재하게 되었고, 밥값이 생기자 그 여자와 결혼식은 빼어버린 부부가 되어, 한 지붕 밑에 여러 세대가 살고 있는 이 집의 방 한 칸을 세내어 들고 오늘에 이르렀음.

그야말로 '어쩌다가'의 연속이었다. 그는 자기가 지난날 우연 속에 자신을 맡겨버린 것이 갑자기 역겨워졌다. '거지 같은 자식이었다' 하고 그는 자신을 욕했다. 손톱만큼이라도 좋으니 나의 주장이 있었어야 할 게 아닌가. 그러나 다시 한번 자기의 이력을 검토해보면 그 망할 놈의 군대생활이 끼어 있었기 때문에 사실 어쩔 도리가 없었다고 생각하게 되었다. 군대 속에서 어떻게 자기의 희망대로 생활할 수 있단 말인가. '좌향 앞으로 갓!' 하면 왼쪽으로 돌아야 되고 '포복!' 하면 엎드려서 기어야 했었다. 마치 그의 만화 속의 인물들이 자기들의 표정과 운명을 그의 펜 끝에 맡겨버릴 수밖에 없듯이. 우연 속에 자신을 맡겨버리는 습관을 가르쳐준 게 그놈의 군대였었다. 그런데, 하고 그는 생각했다. 하긴 그것이 평안했어. 적어도 신경쇠약에 걸릴 염려는 없었거든. 그는 여전히 천장을 올려다보며 생각했다. 이제 와서 대학에서 배운 것을 팔아먹고 싶다고 앙탈하지는 않겠다. 만화 일만이라도 계속할 수 있어야겠다.

그는 잡념을 없애기 위해서 베개에서 머리를 약간 위로 들어 머리를 몇 번 흔들었다. 오늘분의 만화를 구상해야 했다. 엊저녁에 그려놓았어야 하는 건데, 아니 구상만이라도 해놓았어야 하는 건데, 하고 그는 자신을 나무랐다. 엊저녁엔 도대체 무얼 했었나? 그제야 그는 엊저녁에 자기가 술을 마시고 들어왔던 것을 기억해내었다. 선배 만화가 한 분에게 끌려가서 마신 게 퍽 취했었나보다. 몇시쯤 집에 돌아왔는지가 생각나지 않을 정도니까. 퍽 취했던 셈치고는 잠을 깨고 나도 머릿속이 맑다. 좋은 술이었던 모양이지. 그러나 그는 자기의 긴장상태 때문이라고 할 수 없이 생각했다. 이렇게 배가 끓고 거기에다가 만취 후인데도 머리

가 무겁지 않을 수 있는 것은 그런 이유가 아니면 무엇일까. 그
건 그렇고 그는 오늘분의 만화를 구상해야 하는 것이었다. 담배
가 피우고 싶어졌다. 자유로운 한쪽 손으로 머리맡을 더듬어 담
배를 한 대 빼서 입에 물고 성냥을 집어들었다.

그런데 담배의 매운 연기가 잠들어 있는 아내의 코로 스미면
아내의 잠을 깨게 하리라. 그는 단잠을 자고 있는 아내를 깨우고
싶지가 않았다. 도로 담배를 머리맡으로 던져두고 시선을 아내
의 얼굴로 돌렸다. 언제 보아도 귀여운 얼굴이었다. 이렇게 옆으
로 누워서 보면 마치 전연 알지 못하는 사람의 얼굴처럼 보이는
데 그것이 그에게는 꽤 재미있었고 야릇한 흥분조차 느끼게 하
는 것이었다. 그는 이른 아침의 희미한 빛 속에서 엷은 명암을
지닌, 전연 알지 못하는 사람의 얼굴 같은 아내의 얼굴을 시선으
로써 찬찬히 더듬기 시작했다. 그러자 아무래도 알지 못하는 사
람의 얼굴 같았다. 그리고 여느때와 달라서 오늘은 그 전연 남의
얼굴 같은 아내의 얼굴이 그에게 야릇한 흥분을 일으켜주는 것
이 아니었다. 오히려 그는 문득 조바심이 나고 불안해져서 고개
를 들고 아내의 얼굴 바로 위에서 정면으로 아내를 내려다보았
다. 틀림없는 자기의 아내였다.

속눈썹이 가늘게 떨고 있는 걸 보아서 아내는 잠이 깨어 있었
던 모양이다. 남편이 만화 구상을 하고 있는 태도일 때면 아내는
언제나 없는 듯이 침묵을 지켜주었다. 낮일지라도 흔히 잠자고
있는 시늉을 해버리는 것이었다.

218

그는 천천히 고개를 숙여서 아내의 입술에 가벼운 키스를 했다. 그제야 아내는 눈을 뜨고 눈으로 웃음을 지어 보였다.

"일찍 깨셨군요."

아내가 속삭이듯이 말했다.

그는 미소를 띤 채 고개를 끄덕이고 나서, 아내의 사타구니에서 자기의 왼손을 빼내어 아내의 팔베개로 해줬다. 그러자 그는 좀전에 느꼈던 조바심과 불안이 가셔지는 것을 느꼈다.

"엊저녁에 나 늦게 들어왔지?"

그도 속삭이듯이 말했다.

"별루요. 여덟시 반쯤 들어오셨어요."

아내는 방긋 웃고 나서,

"굉장히 취하셨댔어요. 주정도 하시구……"

"주정? 어떻게 했지?"

"사람이란 시새움이 많아야 잘사는 법야, 하셨죠. 그 말만 자꾸 하셨어요. 천장을 보시면서요. 천장에 그 말을 박아놓을 듯이 말예요."

아내는 그에게 엊저녁의 그를 일러놓고 나서 소리를 죽여서 키득키득 웃었다.

그는 자기가 왜 그런 주정을 했을까, 알 수 없었다. 평소에 맘에 먹고 있던 말도 아니었다. 아마 우연히 한마디 했는데 그게 마음에 들어서 자꾸 반복했었던 것이겠지.

"내가 엉뚱한 주정을 했던 모양이군."

그가 쑥스러워 피시시 웃었다.

갑자기 아내가 그의 입을 자기의 손가락으로 막고 고갯짓으로 옆방을 가리켰다. 옆방과 이 방을 가르는 벽이 옆방에 사는 아주머니와 아저씨의 높은 숨소리를 이쪽으로 통과시키면서 규칙적으로 그리고 조용히 흔들리고 있었다.

"난 또 뭐라고."

하며 그는 장난꾸러기 같은 웃음을 눈에 담고 있는 아내를 내려다보며 또 한번 피시시 웃었다.

"엊저녁에도 한바탕 싸워서 아주머니는 울고불고 야단했었는데…… 부부싸움이란 정말 칼로 물 베기인가봐."

아내는 여전히 장난스런 눈을 하고 속삭였다.

"또 싸웠어? 난 잠들어서 몰랐었는데…… 그리고는 재봉틀을 돌렸겠지."

"그럼요. 한바탕 싸우고 나서도 다시 재봉틀을 돌렸어요. 제가 잠들 때까지 재봉틀 소리를 들었으니까요. 하여튼 지독한 아주머니예요."

"저 아저씨도 나쁜 사람은 아닌데……"

"그러게요. 술만 안 마시면 좀 얌전한 분이에요?"

"허긴 흔히 아주머니가 먼저 시비를 걸더군. 며칠 전에 저 아저씨가 나더러 그러더군. 술을 마시고 들어가면 아내가 앙탈을 하는데 말야, 사실 염치도 없고 그래서 별수 없이 주먹질을 한다는 거야."

"그렇긴 해요. 그렇지만 아주머니도 그럴 만하잖아요? 부인이 팔이 빠지도록 밤 열두시가 넘도록 재봉틀을 돌려서 번 돈으로 술을 마시면 어떡해요. 애들이 넷이나 있는데 벌어오진 못할망정 말예요."

"뭐 가끔이던데."

"하여튼 지독한 아주머니예요. 전 이젠 달달거리는 재봉틀 소리 땜에 미칠 것 같아요."

"정말이야."

사실 옆방 아주머니의 삯바느질 재봉틀 소리는 좀 과장하면 이쪽을 비웃는다고 할 정도로 밤낮없이 달달거렸다. 제법, 제법이 아니라 진짜로, 진짜 정도가 아니라 무지무지하게 생활을 아끼며 순종하고 있다는 듯했다. 그 재봉틀 소리가 그들의 안면을 유난히 방해하는 저녁이면 때때로 그들은 이불 속에서 입을 삐쭉거리며 속삭이곤 했다.

"어지간히 성실하게 사는 척하지?"

"정말예요."

아내는 잽싸게 대답하며 키득거리곤 했다.

"그래도 별수 없는 셋방살인데요, 네?"

저 정도의 열심으로써라면, 하고 그는 이따금 생각하는 것이었다. 다른 일을, 말하자면 시장에 가서 장사라도 한다면 수입이 더 나을 텐데.

"오늘치, 다 생각하셨어요?"

아내가 걱정스러운 표정으로 그에게 물었다.

"아니, 아직……"

"아이! 그럼 어서 생각하세요."

아내는 자기가 베개 삼아 베고 있던 그의 팔을 자기의 손으로 빼내고 나서 그를 살짝 밀면서 말했다.

"저 조용히 하고 있을게요."

아내는 반듯이 누워서 눈을 감았다가 다시 떠서 그의 쪽으로 얼굴을 돌리고,

"담배 피우세요."

라고 말하고 나서 다시 고개를 반듯이 하고 눈을 감았다.

그는 아까 던져두었던 담배를 집어서 입에 물었다. 막 성냥을 켜려고 할 때 그는 대문께에서 들려오는 배달원의 '신문이요오' 하는 소리와 신문이 땅에 떨어지는 찰싹 소리를 들었다. 아내도 들었는 모양인지 자리에서 일어났다.

대문간에 배달된 신문을 가지러 가는 일은 항상 아내가 해왔었다.

"아니, 내가 가져오지."

그는 아내에게 말하면서 일어났다. 그러자 갑자기 부끄러움 비슷한 느낌이 들었다. 다시 누워버리면서 그는 아내에게 말했다.

"당신이 가져오구려."

그는 신문을 들고 방으로 들어오는 아내의 표정에서 오늘도 만화가 나지 않았음을 알았다.

"요즘은 매일 기사가 넘치나봐요."

아내는 신문을 그에게 건네주면서 조심스럽게 말했다.

"글쎄."

그는 신문을 받아서 1면부터 훑어보기 시작했다. 자기의 만화가 실리는 5면부터 펼치던 여느때의 습관을 누르고서. 아내는 옷을 갈아입고 아침밥을 지을 준비를 하기 시작했다. 그는 한 면 한 면을 천천히 그러나 실상은 아무 기사도 보지 않은 채 넘겼다. 5면에서 자기의 만화가 들어갈 자리에 오늘은 영국의 어느 '보컬 그룹'에 대한 소개 기사와 그들이 입을 쩍 벌리고 찍은 사진이 버티고 있는 것을 보고 그는 눈앞이 캄캄해졌다.

아내는 바가지에 쌀을 담아가지고 밖으로 나가려다가 생각난 듯이 그의 머리맡에 쭈그리고 앉으며 말했다.

"오늘은 그리시지 않아도 되잖아요? 그 동안에 밀려 있는 만화가 많지 않아요?"

"그렇지만 그때 그때의 시사성에 따르는 거니까 말야…… 또 그려가지고 가야 해."

그는 생각하며 말하듯이 일부러 느릿느릿 대답했다.

"한 달분 스물여섯, 일곱 장은 채워야 월급을 줄 게 아니야?"

아내는 생긋 웃으며 일어나서 밖으로 나갔다. 그는 방금 아내의 웃음이 아마 알았노라는 대답이려니 생각하면서도 자꾸만 마음에 걸렸다. 그는 천천히 담배를 빨면서 소재를 찾기 위해서 신문을 뒤적거렸다. 그러다가 그는 문득 생각이 나서 밖을 향하여 말했다.

"난 흰죽을 좀 쒀줘요."

그는 열시 가까이 되어서 집을 나섰다. 여느때와 같이 서류용
봉투 속에 아직 먹물이 마르지 않은 만화를 조심스럽게 넣어서
옆구리에 끼었다. 오늘분의 만화도 독자를 웃기기에 별로 자신
이 없었다. 항상 그렇듯이.

"화장지 좀 넣고 가세요."

그가 방을 나설 때 아내는 둘둘 말린 휴지뭉치에서 얼마간 찢
어내어 차곡차곡 접어서 그의 호주머니에 넣어주었다. 세심한
주의력을 가진 아내에게 감사와 귀여움이 섞인 느낌이 울컥 솟
아나서 그는 손을 들어 아내의 볼을 쓰다듬었다. 아내의 볼 위에
눈물 자국이 남아 있었다. 아침식사 때, 밥상 위에 기어올라오는
이름 모를 작은 벌레를 그는 무심코 엄지손가락으로 문질러버렸
는데 그것이 아내를 울게 만든 이유였다. 아내가 더듬거리며 말
하는 내용을 종합하면, 그가 요즘 이상해지고 있다는 것이었다.
뚜렷이 이상해진 증거를 댈 순 없지만 느낌으로써랄까, 말하자
면 조금 전 벌레를 잔인하게 눌러버릴 때의 그는 확실히 좀 변해
버린 사람 같다는 것이었다. 그전 같았으면 '에잇, 더러운 게 있
군' 하고 중얼거리면서 종이를 달라고 하여 거기에 벌레를 싸서
밖으로 던졌을 거라는 것이었다. 묵과하려고 했지만 요즘 좀 당
황해하고 있는 당신을 보니까 자기마저 이상스레 불안하고 허둥

거려진다고 하고 나서 '울어서 미안해요' 하며 방긋 웃으면서 눈물을 닦았던 것이다.

"혼자 심심할 텐데 영화 구경이나 갔다 와요."

그는 집을 나서며 아내에게 말했다.

그가 버스정거장으로 나가는 골목을 빠져나오는데, '이선생, 이선생' 하고 누가 그를 불렀다. 골목의 입구에는 판잣집 하나가 가게와 복덕방으로 나누어져 있는데 그를 부르는 사람은 복덕방 영감이었다. 그 영감이 그가 지금 들어 있는 방을 소개해준 사람이었다. 그는 자기를 부르고 있는 사람 앞으로 걸어갔다.

"영감님, 안녕하세요?"

그가 인사했다.

"안녕하슈? 어째 안색이 좋지 않습니다."

영감은 안경 너머로 그를 노려보며 말했다.

"예, 배가 좀 아파서요."

"허어, 요샌 배앓이쯤은 병두 아닌데, 약 사잡숫구려."

"먹었는데 별루……"

"허긴 요샌 가짜 약도 흔해서. 참 곶감을 달여 먹어보우. 뭐 금방 나을걸."

"그래요?"

그는 신기한 처방을 들었다는 듯한 말투를 꾸며서 대답했다.

"암, 그만이지요. 그런데 이선생……"

그러면서 영감은 무슨 비밀히 할 얘기가 있다는 얼굴로 그의 한 팔을 붙잡고 그를 복덕방 안으로 데리고 들어갔다.

"요즘 신문에서 왜 이선생 망가를 볼 수가 없수?"

영감은 그의 턱 앞에 자기의 얼굴을 바싹 들이대며 물었다.

"아, 그건……"

그러자 영감은 고개를 쩔레쩔레 흔들면서 추궁하듯이 말했다.

"아아아, 난 절대루 이선생 지지자요. 나한텐 솔직히 얘기해두 염려할 거 하나두 없어요. 심하게 정부를 까더니 그예 당했구려?"

그제야 그는 영감이 묻는 의도를 알았다.

"그게 아니라……"

"뭐가 그게 아니야. 그렇잖고서야 그렇게 꼬박꼬박 나오던 망가가 갑자기 나오지 않을 리 있수? 이야기해보아요."

영감은 술 때문에 항상 핏발이 서 있는 눈으로 그를 노려보면서 기어코 자기의 예상을 만족시키고 말겠다는 듯이 물어대었다.

"그게 아니라 제가 직업을 바꿨어요."

그는 얼떨떨해서 그렇게 대답해버렸다.

"아니 이젠 망가를 그만두었다구?"

영감은 예상이 어긋나서 맥이 빠졌다는 음성으로 말했다. 그렇다고 대답하면서 그는 정말 자기는 만화 그리기를 그만둘지도 모른다는 생각이 문득 들었다.

"무슨 까닭이 있겠지. 암, 있구말구. 틀림없이 있어."

영감은 자기 좋을 대로 한마디 해댔다.

버스에 흔들거리며 신문사로 가면서, 그는 영감의 의견과 같이 정부측의 압력 때문에 만화 연재를 중단할 수 있다면 얼마나 행복할까, 하고 생각했다. 그렇게만 된다면 그것은 필화사건이 된다. 그리고 그렇게만 된다면 그는 영웅이 될 수도 있다. 사실 옛날 자유당 시절에는 그런 사례가 있기도 했었다. 그러나 위정자가 바뀌고 보니 그런 경우를 당하기가 힘들어졌다. 만화가를 건드리면 손해보는 건 자기들이라는 걸 알아버린 모양이지. 허긴 어떤 선배 만화가의 얘기에 의하면 지금도 그런 경우가 전연 없지 않다는 것이었다. 방법이 바뀌어져서 간접적인 압력이 있기도 하다는 것이었다. 그러나 그것도 차라리 행복한 편이라고 그는 생각하고 있었다. 자기의 경우는 아마, 아마가 아니라 거의 틀림없이 자기 만화 자체 속의 어떤 결함, 말하자면 '웃기는' 요소가 부족했다든가 하는 결함에서 당하고 있는 일이라는 것을 그는 짐작하고 있었기 때문이다. 정부가 자기 만화 때문에 노해 주었으면 얼마나 좋을까. 그런 생각을 하자 그는 자신이 우스꽝스러워져서 눈을 감아버렸다.

편집국 안에 들어섰을 때, 그가 두려워하고 있던 예측이 이젠 어쩔 수 없게 된 것을 최초로 그에게 느끼게 해준 것은 국내(局內)에서 심부름하는 계집애의 표정에서였다. 여느때 그 계집애는 만화가를 만화 속의 인물과 똑같이 생각하고 있는 탓인지 그를 보기만 하면 웃음을 참지 못하고 고개를 돌리며 휙 가버리곤 하는 것이었는데, 그날은 제법 나붓이 '안녕하세요'를 하고 나서 미소를 띤 채 그의 얼굴을 똑바로 올려다보는 것이었다.

그것이 극히 잠깐 동안이었지만 신경을 곤두세우고 있던 그에게 모든 걸 알 수 있게 해주었다. 계집애가 자기를 올려다보던 맑은 눈 속을 살짝 스치고 가던 게 어쩌면 연민이 아니었을까 하고 생각하자 분노보다도 오히려 전신에서 맥이 빠져나가는 것을 그는 느끼면서 굳어진 얼굴로 문화부를 향하여 갔다.

자기들의 데스크 앞에 앉아 있던 몇 명의 기자들이 여느때와 달리 유별나게 반갑게 인사할 때는 그는 이미 알고 있다는 듯이 자기도 덩달아서 지금 작별을 하듯이 정중하게 인사를 하고 있었다. 그러고 나서 잠시 동안 그는 자기가 어떻게 처신해야 될지 알 수 없었다. 흐르던 시간이 갑자기 끊어지면서 공백이 생기는구나, 하는 생각이 알 수 없는 부끄러움과 함께 그를 엄습했다. 그러고 있는 그를 문화부장이 구해줬다.

"오늘치 만화 좀……"

하면서 문화부장은 손을 내밀었던 것이었다. 그는 당황해졌다. 그가 짐작하고 있던 사태 속에서는 문화부장의 지금 얘기는 불필요한 게 아닌가. 그는 옆구리에 끼고 있던 서류봉투를 살그머니 좀더 힘을 주어 끼면서 땀이 송글송글 맺히고 빨개진 얼굴을 손바닥으로 닦으며 말했다.

"그려오지 않았는데요."

말하고 나서 그는 금방 후회했다. 어쩌면 자기의 짐작이란 게 얼토당토않은 게 아닐까…… 자기의 신경과민으로 자기는 지금 큰 실수를 저지르고 있는 건 아닌지…… 그러나 문화부장의 다음 말은 그의 그러한 희망에 찬 기대를 산산이 부숴버렸다.

"그럼 알고 계셨군요."

문화부장은 자리에서 일어서면서 그에게 말했다.

"차나 한잔 하러 가실까요?"

할 얘기가 있다는 암시를 그에게 주면서 문화부장은 그의 앞장을 서서 걸어가기 시작했다.

"아주 섭섭하게 됐습니다. 퍽 오랫동안 함께 일해왔었는데……"

다방에 들어가서 자리에 앉자 문화부장은 그에게 말했다.

"저는 이(李)형을 두둔했습니다만…… 국장님도 이형의 만화에는 항상 칭찬을 하셨댔는데…… 그…… 독자들이 자꾸 투서를……"

"아니 사실 재미가 없었지요. 저 자신이 잘 알고 있었습니다만."

그는 문화부장이 우물쭈물하고 있는 게 미안해서 얼른 말을 받았다.

"아니지요. 독자들이 이형의 유머를 이해할 수 없었던 것뿐이지요."

문화부장은 주문을 받으러 온 레지에게 말했다.

"난 커피. 이형은?"

"저도 그걸로……"

"그런데 말썽이 난 것은 지난 주일의 만화들 때문인 것 같았습니다. 솔직히 말씀드리자면, 그 일 주일 동안에 히트가 하나도 없었다는 게 아마 독자들을…… 하여튼 그 주일의 독자 투서 때문에 저나 국장님이 좀 애를 태웠지요."

그러나 가장 애가 탔던 사람은 만화를 그리는 바로 그였었다.

"예, 사실 재미가 없었어요."

"어디 컨디션이 좋지 않으셨던가요?"

"예, 배가 좀…… 배가 퍽 아파서……"

그러나 배앓이는 어제 새벽부터 시작했던 것이다.

"아, 그거 야단났군요. 크로로마이신 잡숴보셨어요?"

"뭐 이젠 다 나았습니다."

"아, 다행이군요."

찻잔이 그들 앞에 놓여졌다.

"자, 듭시다."

문화부장이 말했다. 그들은 뜨거운 차를 홀짝거리면서 마셨다. 예의상 찻잔을 탁자 위에 잠시 놓았다가 다시 들어서 마시곤 했다.

"이상하게도 이형과는 차 한잔 같이 나눌 기회가 없었군요. 이게 아마 처음이지요?"

"예, 처음인 것 같습니다."

"어떤 까닭인지 요즘 우리 신문의 기고가들 컨디션이 저조한 모양예요. 지금 연재중인 소설에 대해서도 매일 거의 대여섯 통씩 투서를 받고 있습니다. 재미가 없으니 중단시켜버리라는 거지요. 우리 신문에 수난이 닥친 모양입니다."

문화부장은 아마 그를 위로하느라고 그런 얘기를 하는 모양이었다. 그러나 그에게는 노엽게 들리었다. 아마 저 재미없는 소설을 쓰는 사람에게 연재 중단을 통고하러 가서는 이 만화가의 예를 들겠지. 그리고 역시 말하겠지. 우리 신문에 수난이 닥친 모양입니다. 그의 뱃속에서 꾸르륵 하는 소리가 꽤 길게 났다.

"보는 사람은 잠깐 웃어버리고 말지만 만화를 그리는 사람은 퍽 힘들 거야."

문화부장은 혼잣말 하듯이 말했다.

"하여튼, 이형, 참 용하십니다. 어디서 만화를 배우셨던가요?"

"뭐…… 그저…… 어쩌다가 그리게 되었지요."

그리고 어쩌다가 당신네 신문에서 밥을 얻어먹게 되었구요, 라고 말하고 싶었으나 물론 그 말은 입 안에서 사라져버렸다.

"사람을 웃긴다는 게 쉬운 일이 아니거든. 이형, 무슨 비결 같은 게 없습니까? 만화를 그리는 데 말예요. 말하자면 만화 그리는 걸 배울 때 이렇게 하면 사람이 웃는다, 라는 법칙 같은 게 있어요?"

문화부장은 마치 아주 무식한 사람처럼 얘기하고 있었다. 그는 문화부장이 지금 무식을 가장하고 있다는 걸 알고 있었다. 그것은 바꾸어 말하자면 이쪽을 무식한 자로 취급하고 나서 자기가 이 무식한 자의 수준만큼 내려가주겠다는 의도임이 틀림없다고 그는 생각했다. 그래서 그는 문화부장이 괘씸해지기 시작했다.

"아시겠지만."

그는 약간 숙이고 있던 고개를 천천히 들어서 문화부장을 똑바로 보면서 말했다.

"사람이 웃음을 웃게 되는 데는 몇 가지 메커니즘적인 과정이 있습니다. 프로이트는 사람이 웃게 되는 과정을 분석하기를……"

그러자 문화부장은, 이 사람이 도대체 누굴 보고 무슨 강의를 시작할 작정이냐는 듯이 얼른 그의 말을 가로챘다.

"아, 프로이트가 그것에 대해서 분류해놓은 정도라면 누구나 알고 있겠지요. 그렇지만 유머가 성립되는 몇 가지 패턴을 알고 있다고 해서 누구나 금방 우스운 만화를 그릴 수 있는 건 아니잖습니까? 이형도 그 패턴들에 대해서는 잘 알고 계시지만 이따금 우습지 않은 만화가 나온다는 경우가 있잖습니까?"

문화부장은 그를 괘씸하게 여긴다는 말투로 얘기하고 있었기 때문에 그는 좀전의 분노가 쑥 들어가버리고 기가 죽어버렸다.

"그…… 사실 그렇죠."

그는 의미 없는 말을 중얼거렸다.

그러자 그는 이상스럽게도 이제야 자기가 그 신문사로부터 해고당했다는 사실을 뼈저리게 느꼈다. 조금 전까지도 그는 자기 자신의 내부에서 생긴 혼미 속에 갇혀서 지나치게 당황했다가,

지나치게 부끄러워했다가, 기가 죽었다가 노여워했다가 하고 있었던 것이다.

"그럼…… 저 대신 누가 그리기로 되었습니까?"

그는 문화부장을 향하여 처음으로 사무 냄새가 나는 질문을 했다. 그리고 그는 누구와도 항상 사무적인 대화를 하기 싫어했던 자신을 발견하는 것이었다. 왜 사무적인 대화를 싫어했을까? 줘야 할 것과 요구해야 할 것을 떳떳이 서로 얘기하고 필요하다면 소리를 높여 다투기라도 해야 했을 게 아닌가? 생각이 비약하는 것인지 모르지만, 하고 그는 자신에게 말했다. 그랬기 때문에 나는 만화가밖에 될 수 없었던 것인지 몰라.

"이형 대신 누가 그렸으면 좋을 것 같습니까? 추천해보시지요."

문화부장은 자신은 의식하지 못하는 새에 또 한번 이쪽의 부아를 돋우는 말을 했다. 그는 대답하고 싶었다. 글쎄요, 참 이 사람은 어떨까요, 바로 저 말입니다. 그러고 나서 소리 높이 좀 웃어보았으면. 그러나 그는 자기의 그런 엉뚱한 생각을 눌러버리고 그가 가입하고 있는 만화가협회 회원들의 이름을 하나씩 속으로 체크해나갔다. 이 사람은 지금 어떤 신문에 연재를 얻고 있다. 이 사람도 역시. 이 사람은…… 글쎄, 나의 재판(再版)이 되고 말걸. 이 사람은…… 그러고 있는데 문화부장이 웃으면서 말했다.

"실은 반쯤 내정이 되어 있습니다."

"누구로……"

그는 문화부장의 '반쯤'이라는 말이 '결정적'이라는 뜻과 맞먹는다는 걸 경험으로써 알고 있었기 때문에 또 속았구나, 하는 느낌이 들어서 화가 났다.

"이형의 만화를 중단시킬 정도일 때야 국내에서 이형 대신 그릴 사람이 있지 않을 거라는 건 짐작하실 수 있지 않습니까?"

"그럼……"

그는 한창 해외에까지 손을 뻗치고 있는 미국 만화가들의 신디케이트가 얼른 생각났다.

"누가 되는지는 확실치 않지만 미국 만화가들 중에서 한 사람이 되는 건 틀림없습니다."

"역시 그렇군요."

그는 고개를 끄덕이며 생각했다. 이렇게 되면 이번 해고당하는 것이 내 개인의 문제에서 그치는 게 아니다. 그것은 국내 만화가들의 소멸을 의미하게 되는 것이다. 한 장의 만화를 여러 장으로 복사해서 세계 각 곳에 싼값으로 팔아먹는 미국 만화가들의 신디케이트에 국내 신문이 걸려들기 시작했다면 이건 큰일이다. 오래지 않아서 모든 국내 신문들은 미국 가정의 유머를 팔아먹고 있게 되리라. 미국 만화가들의 복사된 만화는 사는 편에서만 생각한다면 값이 싸니까, 그리고 문명인들답게 유머가 세련되어 있으니까. 그는 언젠가 한국을 방문했던 미국의 한 뚱뚱보 만화가를 생각하고 있었다. 그 양반은 자기 복사가 열몇 군데나

팔린다고 했다. 스위스에 별장을 가지고 있다는 자랑도 했다. 그때 국내의 협회 회원들은 그 뚱뚱보를 부러운 듯이 쳐다보고 있었던 것도 그는 생각났다. 그렇지만, 하고 그는 생각했다. 한탄을 한들 내가 어쩔 수 있단 말인가.

"역시 그렇군요."

그는 또 한번 말하며 고개를 끄덕였다.

"그러니까 이형한테는 내가 아주 면목이 없는 건 아니지요."

그렇게 말하고 나서 문화부장은 껄껄 웃었다.

"국내에서 꼭 찾겠다면 왜 이선생께 이런 괴로움을 드리겠어요."

"아니 별루…… 괴롭게 생각지는 않습니다."

"날 원망하시진 마시기 바랍니다. 나 역시 거기서 밥 얻어먹고 있는 놈에 불과하니까요. 자, 그럼 가보실까요. 도장 가지고 경리부에 들러 가세요, 뭐가 좀 있을 겁니다."

그들은 자리에서 일어섰다.

그는 신문사 정문의 계단 위에 서서 어디로 갈까 망설이고 있었다. 경리부에서 여자 직원이 내주는 봉투를 받아서 윗도리의 안주머니에 넣을 때, 그는 문득 '이걸로써 내가 그 속에서 살아왔던 한 가지 우연이 끝장났구나' 하는 느낌이 들었다. 그래서 그는 여자 직원에게,

"미스 신은 볼의 까만 사마귀가 항상 매력적이야. 그 사마귀만

믿고 살아봐요. 앞으로 행복할 테니까. 자 그럼 잘 있어요."

하고 농담을 해서 그 여자 직원을 놀라게 해줄 수조차 있었다.
그러나 이렇게 계단 위에 서서 사람과 자동차들이 밀려가고 밀
려오는 거리를 내려다보고 있으려니 그는 겁이 나기 시작했다.
어서 또 무엇을 붙들어야 한다. 오늘 중으로 무언가 확실한 걸
붙들어둬야 한다. 어제와 오늘과 그리고 내일을 순조롭게 연속
시켜주는 것을 붙잡아둬야 한다.

"안녕하십니까?"

누군지가 계단을 올라오며 말소리를 길게 빼면서 그에게 인사
했다.

"예, 안녕하십니까?"

그는 황급히 인사를 돌려주었다. 알 만한 사람이었다. 당구장
에서 늘 만나는 사람이었다. 아마 흔해빠진 예술가들 중의 하나
일 것이다. 이름은 모른다. 그에게는 그런 친구들이 많다. 때로
는 밤늦도록 술집에 앉아서 함께 술을 마시면서도 지금 자기와
함께 술을 마시고 있는 그 친구의 이름을 모르고 마는 경우는 흔
해빠진 것이었다. 아무개 신문의 기자입니다, 시도 씁니다만. 아
무 학교에서 그림을 가르쳐주고 빌어먹고 있습니다. 옛날에 아
무 출판사에서 일 보고 있었지요. 지금 그 출판사가 망해버려서
저도 요 모양이 되어버렸습니다만, 혹은 그에게 만화 청탁을 하
러 온 적이 있던 정부기관이나 제약회사나 은행의 기관지들의
기자들……

"요즘 재미가 좋으시다더군요."

계단을 다 올라온 그 사람은 지금의 그에게는 터무니없는 인사를 했다. 그러나 그는 이런 서울 식의 인사에는 익숙해져 있었다.

"예, 그런데 배가 좀 아파서……"

"크로로마이신을 잡숴보시죠……"

"예, 그래야겠습니다."

"자, 실례하겠습니다."

그 사람은 건물 안으로 들어가버렸다. 다시 그의 앞에는 사람들과 자동차들이 밀려가고 밀려오는 거리가 나타났다. 이렇게 멍청한 자세로 이곳에 더 서 있을 수는 없다고 그는 생각하며 좀 차분히 생각해볼 수 있는 장소를 찾아서 그는 계단을 떠나 걷기 시작했다. 좀 걷다가 그는 신문사의 건물을 돌아보았다. 자기가 여기에 관계를 갖고 있던 그 동안 타인들로 하여금 자기를 볼 때에 몇 점 더 놓고 보게 해주던 그 회색 괴물을. 이 회색빛 괴물의 덕분으로 그는 생전 처음 만나는 사람에게도 긴 설명이 필요 없이 자기를 신용해버리게 할 수 있었다. 만일 이 괴물이 없었다면 평생을 두고 설명해도 신용해줄지 말지 모를 사람들로 하여금 말이다.

여태까지는 꾸르륵거리기만 하던 배가 살살 아파오기 시작했다. 그는 광화문 쪽으로 걸어갔다. 우선 조용한 다방으로 가자. 그는 느릿느릿 걷고 있었으므로 빠르게 걷는 사람들이 그를 뒤로 떨어뜨렸다. 어떤 사람들은 그와 어깨를 부딪치기도 하였다.

조용한 다방으로 가자. 그러나 손님도 몇 사람 없고 레지도 우울한 얼굴로 전축만 지켜보는 그런 다방에 가서 앉아 있기는 싫었다. 지금 자기가 그런 다방의 딱딱한 의자 위에 앉아 있으면 아마 최고로 몰골이 추해 보일 것이다. 어쩌면 하루 종일을 멍하니 앉아 있다가 나오게 되어버릴 것 같아서 그는 좀 조용한 다방으로, 좀 조용한 다방으로를 뇌이면서 '초원'이라는 아주 번잡한 다방으로 들어가버렸다. 다방의 이름이 가리키듯이 상록수들로써 가득 장식되어 온실 같은 실내가 무척 넓었다. 카운터만 해도 네댓 개나 되는 모양이었다. 그 어둑신하고 넓은 실내에 사람들이 꽉 차 있고 스피커들이 운동회 때처럼 음악을 내지르고 있었다. 겨우 자리를 차지하고 앉자 그는 마음이 좀 놓인 것 같았다. 미국 만화가들의 신디케이트 같은 다방이로군, 하고 그는 생각했다. 그때 그는 누가 자기에게 말하는 소리를 들었다.

"좋은 게 좋아요."

"그럼요, 좋은 게 좋지요."

그는 소리가 난 방향으로 고개를 돌렸다. 그의 오른쪽으로 놓은 좌석에 앉아 있던 젊은이 한 떼가 높은 목소리로 자기들끼리 얘기하고 있었다. 자기에게 한 거라고 그가 착각했던 말은 그들의 대화에서 튀어나온 것이었다. 그는 자기가 생각하고 있던 것과 그들의 대화가 우연히 들어맞아버린 것에 짜증이 났다. 사람이 많은 곳에서 우연이 많은 모양이군.

"……이 년, 군대 삼 년, 오 년만 기다려줘. 기다릴 수 있어?"

그의 맞은편 자리에 앉아 있는 대학생 차림의 남자가 자기 곁에 앉아 있는 역시 대학생 차림의 여자에게 나직이 얘기하고 있었다. 그가 만일 친한 친구와 같이 들어왔더라면 그 친구에게 '저 여자 굉장히 색이 강하겠는데'라고 했을 얼굴을 가진 여자였다.

"기다릴게요. 그렇지만 딱 서른 살까지만 기다리다가 서른 살에서 하루만 더 지나도 다른 데로 가버리겠어요."

여자는 대답하고 나서 재미있어 죽겠다는 듯이 웃었다.

'서른 살이 되기까지. 그래, 정말 지루하지'라고 그는 생각했다.

"무얼 드시겠어요?"

레지였다.

"커피. 그리고 성냥 좀 갖다주시오."

그는 담배 한 대를 꺼내어 한쪽 끝을 탁자 위에 톡톡 두드리면서 궁리하기 시작했다. 오늘 중으로, 반드시 오늘 중으로 붙잡아야 한다. 그런데 무엇을 무엇을 말인가? 레지가 커피를 가져오고 그가 그것을 다 마시고 그리고 담배를 두 대 계속해서 피우고 나서 그는 답을 얻었다. 만화다. 아직 연재만화가 실려 있지 않은 신문에 자기 만화를 연재해달라고 하자. 그런데 그런 신문이 있던가? 글쎄, 잘 생각해보자. 그러나 그의 머릿속에서 빙빙 돌고 있는 건 이때까지 그가 그려왔던 만화 속의 가지가지 유형들이었다. 돼지를 닮은 사장님, 고양이를 닮은 여비서, 고슴도치를 닮은 룸펜 청년, 불독 같은 탐관오리…… 멍청하나 순직한 돌쇠, 아톰 X군, 대통령 각하…… 그는 담배를 계속해서 피웠다. 담배 세 대를 더 피우고 났을 때 그는 드디어 한 신문을 생각해 내었다. 그가 알기로는, 보수가 적다는 이유 외에 인쇄가 더럽다는 이유까지 곁들여서 만화가들이 아무도 만화를 그리려고 하지 않는다는 신문이었다. 어느 개인회사에서 자기네의 선전용으로 만들어놓은 신문이었다. 따라서 신문 자체에 큰 비용을 들이지 않기 때문에 그런 현상이 생겼다는 얘기를 그는 들은 듯했다. 그렇지만 그 신문에도 만화가들의 이름쯤은 외우고 있는 사람이 있겠지. 가보자.

그는 밖으로 나와서 버스를 탔다. 버스에서 그는 앉고 싶었지만 자리가 없었다. 배가 꾸르륵거리며 살살 아파왔기 때문에 손잡이를 붙잡고 서 있기가 고되었다. 그의 앞에 눈을 얌전히 내리깔고 앉아 있던 여대생이 역시 얌전하게 일어서서 자리를 양보했다. 그러나 그를 위해서가 아니라 그의 옆에 서 있던 영감을 위해서였다. 차의 진동이 심했다. 그리고 그의 배는 점점 뒤끓고 있었다. 금방 설사가 나올 듯해서 그는 다리를 꼬았다. 손에 힘을 주어서 손잡이에 거의 매달리다시피 하여 차의 진동에 몸을 맡겨버렸다. 이마에 진땀이 솟아나고 입술이 바싹 말랐다. 그는 눈을 감았다.

"젊은이, 멀미를 하나베."

그는 눈을 떴다. 여대생의 양보로 자리에 앉은 영감이 그를 올려다보며 말하고 있었다.

"안색이 좋지 않구려."

"예, 배…… 배 수술 받은 지가 얼마 되지 않아서요."

그는 대답하고 나서 깜짝 놀랐다. 왜 이렇게 간사해져버렸을
까. 자기는 영감에게 자리를 양보해달라고 한 셈이었다.

과연 영감은 자리에서 일어서면서 말했다.

"여기에 앉구려."

"앉아 계세요. 괜찮습니다."

"앉구려."

영감은 그의 팔을 잡아서 자리에 앉혔다. 그는 얼굴이 달아올
랐다.

"무슨 수술을 받았댔소?"

"뭐 대단찮은 거였습니다."

"맹장수술이었소?"

"예, 맹장이었습니다."

그는 이 영감이 설마 이 버스칸에서 배를 좀 보여달라고 하지
는 않으려니 생각하면서 대답했다.

"내 손주녀석도 맹장수술을 받았댔지."

"아, 그랬습니까?"

"옛날엔 없던 병이 요즘은 많이 생겼단 말야. 세상이 험하니까
병도 새로운 게 자꾸 생기나부지?"

"그럴 리가 있을라구요? 옛날에도 있었지만 몰랐던 것뿐이

겠지요."

"그럴까?…… 그럼 젊은이도 방귀 때문에 꽤 걱정했겠구려."

"예?"

"내 손주녀석은 수술을 받고 나서도 사흘 동안이나 방귀가 나오지 않아서 걱정들을 했었지. 젊은이는 며칠 만에 방귀가 나옵디까."

"예, 글쎄요 그게……"

"하여튼 의사선생이 하루에도 몇 차례씩 와서 묻는 거였지. '방귀 나왔습니까? 방귀 나왔습니까?' 방귀가 나와야만 수술이 성공한 것이래나? 세상을 오래 살다가보니까 방귀가 안 나온다는 애를 다 태워봤군."

영감은 어허허허허 하고 요란스럽게 웃어젖혔다. 차에 타고 있던 사람들도 모두 영감을 따라서 웃었다. 그의 배는 계속해서 꾸르륵거렸다. 똥이 조금 밖으로 나와버린 듯했다. 그는 입 속으로 하나님 하나님, 하고 있었다. 버스에서 내리는 대로 크로로마이신이란 걸 사먹자. 내리는 대로 당장. 그러나 그는 버스에서 내리자마자 자기가 찾아온 신문사의 건물 안으로 빠르게 들어갔다.

마침 이층으로 올라가는 층계를 막 밟기 시작한 사람이 있어서 그는,

"변소가 어딥니까?"

하고 물었다. 키가 작달막하고 안경을 쓴 그 사람은,

"에또, 여기서 가장 가까운 변소가 가만있자…… 아, 일층에

있군요."

하고 그를 변소 앞까지 안내했다. 그가 막 변소 문을 열고 들어가려고 할 때 그를 안내해준 사람이 싱긋 웃으면서 농담을 했다.

"그럼 배설의 쾌감을 많이 즐기시기 바랍니다."

그는 그 사람을 향하여 웃어 보이려고 했는데 그게 잘 안 되어서 얼굴이 찡그려져버렸다.

변소 안에서 그는 아내가 넣어준 휴지를 만지작거리며 아내에 대해서 생각하고 있었다. 영화 구경을 갔을까? 갔겠지. 아마 최무룡이 김지미가 사람을 울리는 영화겠지. 세상엔 참 별 직업도 많다. 나는 사람을 웃겨야 하고 최무룡이는 사람을 울려야 하고…… 그러고 나서 그는 상표가 되어버린 몇 사람의 이름들을 생각해보았다. 이름이 신용 있는 상표가 되면 그러면 되는 것이다. 어설픈 만화가 이아무개 정도 가지고는 아무리 너그럽게 생각해도 좀 곤란하다. 나를 이 신문사가 신용해줄까? 지금 자기네의 변소 안에 쭈그리고 앉아 있는, 거의 기도하는 심정으로 자기네에게 구원을 부탁하려는 이 사람을 그들은 알고 있을까? 이 사람은 한 이 년 동안 어떤 신문에서 만화를 그렸던 사람이다. 탄압받기를 바랐던 것은 아니지만 그러나 잡혀가게 될 경우엔 얼씨구나 하고 잡혀가줄 용의가 없었던 것도 아니어서 그러나 그보다는 국민 된 자의 공분(公憤)으로써 때로는 겁나는 줄 모르고 정부를 공격하고 사회악을 비꼬던 만화가 이아무개다.

그러나 그는 아무래도 부탁하러 들어갈 용기가 나지 않았다.

그 이상 더 필요가 없었지만 그러나 그는 용기를 돋우기 위해서
변소 안에 그대로 쭈그리고 앉은 채였다. 담배가 피우고 싶었지
만 성냥이 없었다. 크로로마이신을 사먹자. 그리고 성냥도 한 갑
사자고 그는 좀 엉뚱한 생각만 되풀이하고 있었다. 그는 지금 될
수 있는 대로 좀 엉뚱한 생각만 되풀이하기로 하고 있었다. 엉뚱
한 생각들이 포화되어 그의 머릿속에서 '취직 부탁하러 간다' 는
생각을 쫓아내버릴 때 그는 이 신문사의 편집국 문을 밀 수 있을
것 같았다. 말하자면 저돌적으로 일단 문 안에만 들어서고 나면
그때는 할 수 없다는 생각으로 아마 문화부장을 찾겠지. 천만다
행으로 혹시 아는 사람이 있다면 그 사람을 통하여 교섭을 부탁
해보자. 그는 다리가 저려서 더이상 쭈그리고 앉아 있을 수가 없
을 때에야 일어섰다. 그는 바지를 추켜입고, 곧 변소 문을 나오
자 바쁜 일이라도 있는 듯이 곧장 편집국 문을 향하여 빠르게 걸
어갔다. 도중에서 멈칫거리다간 영영 들어가지 못하고 말 것을
그는 알고 있었다. 마침내 그는 편집국 문을 열고 그 안에 들어
섰다.

실내가 예상 외로 좁고 지저분했기 때문에 그는 당황했다. 그
는 마침 자기와 가까운 곳에 책상을 놓고 앉아 있는 계집애에게,
문화부장이 계시느냐고 물었다. 저깁니다, 하면서 계집애가 가
리키는 곳에 아까 그를 변소로 안내해준 사람이 이쪽을 보며 빙
글거리고 있었다.

"저 안경 쓰고 키가 작은 분 말입니까?"

그가 계집애에게 물었다.

"네, 바로 그분예요."

그는 돌아서서 나와버릴까 하고 잠시 망설였다. 그러나 창피하다는 느낌보다도 더 큰 것이 그를 끌고 가서 그를 문화부장 앞에 세워놓았다.

"문화부장님이세요?"

그가 말했다.

"그림 그리시는 이선생님이시죠? 일루 앉으세요."

문화부장은 그에게 의자를 권하면서 말했다.

"용무를 꽤 오래 보시는군요. 그걸 오래 보면 오래 산다는데, 축하합니다."

그에게는 문화부장의 농담이 귀에 들어오지 않았다. 이 사람이 나를 알고 있었다. 내가 만화가 이아무개라는 것을 전연 인사한 적도 없는데 알고 있었다. 환희.

"그런데 웬일이십니까? 전 변소에 용무가 급해서 들어오신 줄로 알았는데요."

"예, 실은 좀 부탁드릴 게 있어서…… 저어, 나가서 차 한잔 하실까요."

그는 더듬거리며 말했다.

"그럴까요?"

문화부장은 선뜻 자리에서 일어섰다.

"누구한테나 그렇게 농담을 잘하십니까?"

층계를 내려오면서 그가 물었다.

"천만에요. 이선생님을 제가 알고 있었으니까 그럴 수 있었던 거죠. 노여우셨댔어요?"

"아아니요. 실은 갑자기 배탈이 나서……"

"설사였군요. 그 정도야 빨가벗고 여자를 끼고 하룻저녁만 자고 나면 거뜬히 나아버리지요."

그들은 함께 소리내어 웃었다. 다방에 들어가서도 그는 오랫동안 화제를 공전(空轉)시키고 있었다.

마침내 문화부장이 시계를 들여다보면서 물었다.

"아까, 제게 부탁할 일이……?"

"예."

그는 얼른 말을 받았다.

"실은 이번에 제가 관계하던 신문과 관계가 끝났습니다."

"그렇게 됐어요? 요즘 이선생님 그림을 볼 수가 없어서 짐작은 했습니다만. 다투기라도 했던가요?"

"아닙니다. 미국 만화가들의 작품이 실릴 계획인 모양이더군요."

"아, 그거군요? 요전번에 저의 신문에도 교섭이 왔더군요."

"미국 만화가측에서요?"

"네, 중개인이라는 사람이 찾아왔었지요. 물론 한국 사람이었습니다만."

"그래서 어떻게 하셨습니까?"

246

"아유, 말씀 마십시오. 우리 사장이 만화에 원고료 한푼 내놓을 사람인 줄 아십니까? 지금 문화면을 몇 사람이 만들고 있는 줄 아십니까? 세 사람입니다. 단 세 명이 매일 몇십 장씩 남의 것을 훔치고 번역해내고 해야 합니다. 만화 연재는 엄두도 못 내고 있지요."

"그렇습니까?"

그는 절망을 느끼면서 말했다.

"이선생님께서 절 찾아오신 이유를 조금은 짐작하겠습니다만 거의 백 퍼센트 불가능한 일입니다."

"예, 그렇습니까? ……그런 곳에서 일하시려면 속 좀 상하시겠습니다."

"그런 신문사에서 견뎌낼 사람은 저 같은 사람이 아니면 안 됩니다. 불만이 있으면 큰 소리로 외쳐대고 화가 나면 잉크병도 내던져버려야만 견딜 수 있지요. 만일 꽁생원처럼 참고만 있으면 자기 속이 썩어버려서 하루도 못 참고 달아나버리게 돼요."

"그럴 것 같군요."

"그럴 것 같은 게 아니라 사실이 그렇습니다. 아까 보셔서 아시겠지만 우리 신문사 기자들 표정들 좀 보세요. 누가 좀 자기를 건드려주지 않나, 사흘이고 나흘이고 물고 늘어지겠다는 표정들이 아닙디까?"

"몰랐는데요."

"다음에라도 좀 보세요."

그는 이 수다쟁이 문화부장의 농지거리에 진력이 나기 시작했다. 신경의 한 올 한 올이 곤두서서 그는 작은 소리에도 깜짝깜짝 놀래었다. 보통의 경우에는 의식하지 못하는 모든 소음들—다방 안에서 나는 소리들과 거리에서 들려오는 소음들이 모두 한꺼번에 살아서 그의 귓속으로 밀려들어 그의 머리는 터져버릴 듯했다.

"만화 연재할 계획이…… 그러니까 없으시겠군요?"

"네, 지금으로서는 그렇습니다."

"혹시……"

그는 주저하면서 말했다.

"요담에 기회가 생기면 절…… 제게……"

"그럭허지요. 꼭 그럭허겠습니다."

문화부장은 선선히 대답하고 나서,

"그럼 저도 한 가지 부탁드리겠는데."

"예, 말씀하세요."

그는 부탁받는 게 기뻐서 큰 소리로 대답했다.

"혹시 예수 믿으시거든, 우리 사장이 좀 빨리 뒈져달라고 기도해주십시오."

문화부장은 하하하하 웃었지만 그는 이 할리우드 식의 농담에 씁쓸한 미소만 띠었다.

"바쁘실 텐데 실례 많았습니다. 잘 부탁하겠습니다. 나가실까요."

그가 먼저 자리에서 일어나면서 말했다.

"네, 그럼 저도 단단히 부탁드렸습니다."

문화부장도 일어서면서 말했다. 그리고 재빨리 카운터를 향하여 갔다. 그는 당황하여 자기의 서류용 봉투도 탁자 위에 그대로 둔 채 카운터를 향하여 가고 있는 문화부장의 뒤를 뛰다시피 쫓아갔다.

"아니, 제가 모시고 왔는데요……"

그는 문화부장의 팔을 잡았다.

"다음에 술이나 한잔 사주십시오."

문화부장의 손에서 돈이 벌써 마담의 손으로 넘어가버렸다.

그들은 밖으로 나왔다. 곧이어 레지가 그가 잊고 온, 잃어버려도 좋은 서류용 봉투를 들고 쫓아나왔다.

"이거 가져가세요."

레지가 소리쳤다.

"감사합니다."

그걸 받아들 때 그는 살며시 서글퍼졌다.

문화부장과 헤어지자 그는 더이상 갈 데가 없어서 잠시 동안 길 가운데 마치 누구를 기다리는 자세로 서 있었다. 크로로마이신. 그는 문득 생각이 나서 사방을 두리번거렸다. 길 저편에도 그리고 자기의 바로 근처에도 '약'이라는 간판이 얼마든지 있었다. 그는 자기에게서 가장 가까운 곳에 있는 약방을 향하여 걸어갔다.

아마 대학을 갓 나왔을 듯싶은 젊은 여자는 설사라는 한마디에 약을 네 가지나 번갈아 내보였다. 그리고 약 한 가지마다 긴 설명을 덧붙였다. 약 자체의 값보다 설명 값이 더 많겠군, 하고 그는 생각하며 '크로로마이신!' 하고 짜증이 나서 투덜대는 목소리로 말했다.

"크로로마이신하고 이것을 함께 잡수세요."

"여기서 좀 먹어야겠는데요."

캡슐에 든 크로로마이신과 새까만 가루약을 입에 털어넣고 여자가 건네주는 컵의 물을 마셨다. 그는 컵을 받을 때 컵을 잡은 여자의 손에 큰 흉터가 있는 것을 보았다.

"손에 흉터가 있군요."

그는 컵을 돌려주며 무심코 말했다. 여자의 얼굴이 금세 빨개졌다.

"실험하다가…… 대학 다닐 때……"

그는 목 안으로 자꾸 기어드는 여자의 목소리를 듣고 있으려니까 콧등이 시큰해졌다. 얼른 계산을 해주고 그는 허둥지둥 쫓기듯이 밖으로 나왔다.

"어딜 그렇게 급히 가세요?"

그의 맞은편에서 걸어오던 키가 큰 사람이 여전히 걸음을 계속하면서 그에게 말했다. 그가 관계하고 있던 신문사의 카메라맨이었다.

"어디 가세요?"

그는 반가워서 빠른 말씨로 인사를 했다.

카메라맨은 벌써 그를 지나치면서,

"이형, 다음에 좀 봅시다."

라고 말하고 가버렸다.

그는 그네들의 말투를 알고 있었다. 저 도회의 어법을. 그리고 그는 항상 그 어법에 잘 속았었다. 방금 카메라맨이 말한 '다음에 좀 봅시다'는, 그 뜻을 따라서 정확히 표기하자면 '그럼 다음에 또 만납시다. 안녕히 가십시오' 이다.

그런데 그들은 '좀'이라는 부사를 집어넣어서 듣는 사람을 환장하게 만들어버린다. '다음에 좀 만납시다.' 어쩌면 당신에게 일자리를 얻어줄 수도 있을지 모르니까요, 인가? 생각해보라. 그렇게밖에 들리지 않지 않는가? 그는 아침나절에 그가 관계하던 신문사에서 문화부장에게 속키우던 일이 생각났다.

그가 해고당한 것을 알리기 전에 문화부장은 먼저 '오늘치 만화 좀……' 했던 것이다. 그래서 자기가 해고당할 것을 예측하고 있던 그를 당황하게 했던 것이다. '오늘치 만화……'라고 했으면 그는 자기가 해고당하지 않았음을 알았으리라. 또는 '오늘부터는 그리실 필요는 없게 됐습니다'라고 하면 유감스럽긴 하지만 그것도 뜻은 분명하다. 그런데 '오늘치 좀……' 했던 것이다. 오늘치의 만화를 보아서 재미가 있으면 계속하겠고 그렇지 않으면 해고다, 라고밖에 들리지 않던 그 말투. 그는 갑자기 꽥 소리치고 싶은 충동을 느꼈다.

그런 충동을 눌러가면서 그는 느릿느릿 걸었다. 거리의 모퉁이에서 공중전화가 눈에 띄었다. 집에 전화가 있다면 아내를 불러내었으면 좋겠다. 아내와 함께 밤늦도록 거리를 쏘다닌다면 좋겠다. 쇼윈도라도 보면서, 그래 쇼윈도라도 보면서.

그는 누구에게라도 좋으니 전화를 걸어서 이야기해보고 싶었다. 얼른 생각난 사람이 엊저녁에 술을 사주던 선배 만화가 김선생이었다. 김선생은 자기가 근무하고 있는 신문사의 자리에 있었다.

"김선생님, 결국 목 잘렸습니다."

저쪽에서는 잠시 침묵이었다.

"제기럴, 또 한잔 할까?"

"그럽시다. 나오세요. 아니 제가 선생님께 지금 가죠."

"오게. 제기럴, 한잔 하세."

수화기를 놓고 나올 때 그는 마음이 조금 가벼워진 걸 느꼈다. 그는 김선생이 따라주는 술을 빨리빨리 마셨다.

"좀 천천히 마시게."

김선생은 걱정이 되는 모양이었다.

"괜찮아요."

그는 손등으로 입가를 닦으며 싱긋 웃었다.

"우리나라 만화가들의 그 단순하면서도 회화적인 선이 얼마나 훌륭한지 우리나라 사람들은 모르고 있단 말야."

김선생은 술잔 속을 들여다보며 중얼거렸다.

"기계로 그린 것 같은 양키들의 만화가 진짜인 줄로 알고 있거든."

"만화가 우스우면 그만이지 쥐뿔나게 회화적이고 아니고를 찾게 됐어요?"

그는 또 술을 들이켰다. 김선생은 그를 힐끗 쳐다보았다.

"제가 군대 있을 때 말입니다." 그는 말했다. "남들은 제가 정훈으로 떨어졌다고 부러워했거든요. 편할 거라는 거죠. 그렇지만 전 말예요, 총대를 쥐지 않으니까 말이지요, 군인 기분이 안 났거든요." 그는 취해오는 것을 느끼며 말했다. "아마 그때 총대를 쥔 사람들이 지금은 안정된 직장에들 앉아 있겠지요? 저는 항상 만화만 붙들고, 남들은 편하려니 부러워하지만 실상은 불안해서 어쩔 줄 모르고 말입니다."

"그럴까?"

김선생이 말했다.

"술이 없으면 말야……" 그들의 뒤쪽에 앉아 있는 패들의 하나가 소리쳤다. "인생이란 말야……" "허, 또 나오시는군." "허, 저 소리 듣기 싫어서 이젠 술 끊어야겠어." 누군지가 소리쳤다.

"문화부장이 차나 한잔하자고 하더군요."

그는 속으로는, 자기가 만화 연재를 부탁하러 갔던 문화부장을 생각하면서 말하고 있었다.

"다방에 가서 그 양반이 그러더군요. 사람 웃기는 방법의 몇 가지 패턴을 안다고 곧 만화가가 되는 것이 아니다. 바로 그 양반이 그랬어요. 두꺼비 같은 눈알을 부라리면서 말입니다."

찻값을 앞질러 내버리던 그 키가 작달막한 문화부장. 날 무척
무안하게 해줬었지.

"그러면서 말입니다. 너는 미역국이다, 이거죠."

자기네 사장이 얼른 뒈져달라는 기도를 하라던 그 사람. 난 참
면목이 없어서 혼났지.

"차나 한잔, 그것은 일종의 추파다. 아시겠습니까, 김선생
님?" 그는 혀가 잘 돌아가지 않았다. "그것은 내가 그 속에서 성
실을 다했던 하나의 우연이 끝나고⋯⋯"

그는 술을 한모금 꿀꺽 마셨다.

"새로운 우연이 다가온다는 징조다. 헤헤, 이건 낙관적이죠,
김선생님?" 그는 김선생이 방금 비워낸 술잔에 취해서 떨리는 손
으로 술을 따랐다. "차나 한잔, 그것은 이 회색빛 도시의 따뜻한
비극이다. 아시겠습니까? 김선생님, 해고시키면서 차라도 한잔
나누는 이 인정. 동양적인 특히 한국적인 미담⋯⋯ 말입니다."

"그, 어린이신문에 그리고 있는 거라도 열심히 하고 있게. 기
다리면 또 뭐가 생길 테지."

김선생이 술잔을 들면서 말했다.

"자, 드세."

그는 자기의 술잔을 잡으려고 했다. 잘못해서 술잔이 넘어져
버렸다. 그는 손가락 끝에 엎질러진 술을 찍어서 술상 위에 아톰
X군의 얼굴을 그리기 시작했다.

"자, 아톰 X군, 차나 한잔 하실까? 군과도 이별이다. 참 어디서 헤어지게 됐더라." 그는 그림을 그리고 있지 않는 다른 손으로 자기의 이마를 한 번 찰싹 때렸다. 골치가 쑤셨기 때문이다. "오, 화성인들의 계략에 빠져서 군이 포로가 되어…… 바야흐로 생명이 위험해져 있는 데서 '다음 호에 계속'이었군…… 미안하다, 아톰 X군…… 사람들은 항상 그런 걸 요구하거든. 아슬아슬한 데서 '다음 호에 계속'." 그는 다 그려진 아톰 X군의 얼굴을 다시 손가락 끝에 술을 찍어서, 지우기 시작했다. "미안하다, 아톰 X군. 어떻게 군의 힘으로 적진을 뚫고 나오기 부탁한다. 이제 난…… 힘이 없단 말야. 나와 헤어지더라도…… 여보게, 우주의 광대하고," 그러면서 그는 양쪽 팔을 넓게 벌렸다. "어두운 공간 속에서 영원한 소년으로 살아 있게."

그들은 밤늦도록 그런 식으로 술집에 앉아 있었다.

김선생이 부축해서 태워준 택시를 타고 그는 집으로 왔다. 택시 안에서 그는 술이 좀 깨어 있었다. 그는 택시에 탈 때 김선생이 쥐여준 서류용 봉투를 택시에서 내릴 때 그대로 두고 내렸다.

"또 술을 먹고 와서 미안하오."

그는 방문을 열면서 아내에게 말했다.

"퍽 취하셨네요."

아내는 남편이 반가워 깡충거리듯이 뛰어나왔다.

"배 아프시던 건 좀 어떠세요?"

"크로로마이신을 먹었어. 크로로마이신을 말야. 흉터가 있더군."

"어디에 흉터가 있어요?"

"어디긴 어디겠어? 크로로마이신에지."

"정말 취하셨어요."

아내는 그를 이불 위로 눕혔다. 옆방에서 재봉틀 돌아가는 소리가 들려오고 있었다.

"어지간히 성실하게 사는 척하지?"

그가 말했다.

아내는 자기의 손으로 남편의 머리카락을 쓸어넘기고 있었다. 그때 옆방에서 방귀 소리가 둔하게 벽을 흔들며 들려왔다.

"그래도 별수 없이 보리밥만 먹는 신센데요, 네?"

아내가 킬킬거리며 그의 귀에 대고 속삭였다. 그만 해두자, 아내야, 그는 갑자기 웃음이 터졌다. 하하하하…… 꽤 오랫동안 웃었나보다. 아주머니가 지금 무안해하고 있나보다. 재봉틀 소리가 그쳐 있었다. 돌려요, 아주머니, 어서 재봉틀 돌려요. 웃음소리가 잠꼬대였던 것처럼 할 수는 없나, 고 그는 생각했다. 그러면서 아까 낮에 버스칸에서 자기에게 자리를 내주던 영감. 아주머니, 그건 건강한 증거입니다. 돌려요, 어서 돌려요. 그사이에 재봉틀이 다시 돌아가는 소리가 들리고 있었다. 흥, 방귀 좀 뀌었기로서니, 하며 입술을 삐죽 내민 아주머니의 얼굴이 보이는 듯하다. 그럼요, 아주머니, 방귀 좀 뀌었기로서니 재봉틀 소리를 죽여야 할 거까지는 없습니다. 돌려요, 어서요.

256

그는 두 팔로 아내의 상반신을 껴안았다. 그러면서, 앞으로 자기도 아내를 때리게 될는지 알 수 없다는 생각이 문득 들었다. 그러자 앞으로 다가올, 아직 확인되지 않은 수많은 날들이 무서워져서 그는 울음이 터질 뻔했다.

그는 아내를 껴안고 있는 자기의 팔에 힘을 주었다.

(1964)

서울 1964년 겨울

1964년 겨울을 서울에서 지냈던 사람이라면 누구나 알 수 있겠지만, 밤이 되면 거리에 나타나는 선술집—오뎅과 군참새와 세 가지 종류의 술 등을 팔고 있고, 얼어붙은 거리를 휩쓸며 부는 차가운 바람이 펄럭거리게 하는 포장을 들치고 안으로 들어서게 되어 있고, 그 안에 들어서면 카바이트 불의 길쭉한 불꽃이 바람에 흔들리고 있고, 염색한 군용 잠바를 입고 있는 중년 사내가 술을 따르고 안주를 구워주고 있는 그러한 선술집에서, 그날 밤, 우리 세 사람은 우연히 만났다. 우리 세 사람이란 나와 도수 높은 안경을 쓴 안(安)이라는 대학원 학생과 정체는 알 수 없지만 요컨대 가난뱅이라는 것만은 분명하여 그의 정체를 알고 싶다는 생각은 조금도 나지 않는 서른대여섯 살짜리 사내를 말한다.

먼저 말을 주고받게 된 것은 나와 대학원생이었는데, 뭐 그렇고 그런 자기 소개가 끝났을 때는 나는 그가 안씨라는 성을 가진 스물다섯 살짜리 대한민국 청년, 대학 구경을 해보지 못한 나로서는 상상이 되지 않는 전공을 가진 대학원생, 부잣집 장남이라는 걸 알았고, 그는 내가 스물다섯 살짜리 시골 출신, 고등학교는 나오고 육군사관학교를 지원했다가 실패하고 나서 군대에 갔다가 임질에 한 번 걸려본 적이 있고 지금은 구청 병사계(兵事係)에서 일하고 있다는 것을 아마 알았을 것이다.

자기 소개들은 끝났지만 그러고 나서는 서로 할 얘기가 없었다. 잠시 동안은 조용히 술만 마셨는데 나는 새카맣게 구워진 군참새를 집을 때 할말이 생겼기 때문에 마음속으로 군참새에게 감사하고 나서 얘기를 시작했다.

"안형, 파리를 사랑하십니까?"

"아니오, 아직까진……" 그가 말했다. "김형은 파리를 사랑하세요?"

"예"라고 나는 대답했다. "날 수 있으니까요. 아닙니다, 날 수 있는 것으로서 동시에 내 손에 붙잡힐 수 있는 것이니까요. 날 수 있는 것으로서 손 안에 잡아본 적이 있으세요?"

"가만 계셔보세요." 그는 안경 속에서 나를 멀거니 바라보며 잠시 동안 표정을 꼼지락거리고 있었다. 그리고 말했다. "없어요, 나도 파리밖에는……"

낮엔 이상스럽게도 날씨가 따뜻했기 때문에 길은 얼음이 녹아서 흙물로 가득했었는데 밤이 되면서부터 다시 기온이 내려가고 흙물은 우리의 발밑에서 다시 얼어붙기 시작했다. 소가죽으로 지어진 내 검정 구두는 얼고 있는 땅바닥에서 올라오고 있는 찬 기운을 충분히 막아내지 못하고 있었다. 사실 이런 술집이란, 집으로 돌아가는 길에 잠깐 한잔 하고 싶은 생각이 든 사람이나 들어올 데지, 마시면서 곁에 선 사람과 무슨 얘기를 주고받을 만한 데는 되지 못하는 곳이다. 그런 생각이 문득 들었지만 그 안경잡이가 때마침 나에게 기특한 질문을 했기 때문에 나는 '이놈 그럴 듯하다'고 생각되어 추위 때문에 저려드는 내 발바닥에게 조금만 참으라고 부탁했다.

"김형, 꿈틀거리는 것을 사랑하십니까?" 하고 그가 내게 물었던 것이다.

"사랑하구말구요." 나는 갑자기 의기양양해져서 대답했다. 추억이란 그것이 슬픈 것이든지 기쁜 것이든지 그것을 생각하는 사람을 의기양양하게 한다. 슬픈 추억일 때는 고즈넉이 의기양양해지고 기쁜 추억일 때는 소란스럽게 의기양양해진다.

"사관학교 시험에서 미역국을 먹고 나서도 얼마 동안, 나는 나처럼 대학입학 시험에 실패한 친구 하나와 미아리에서 하숙하고 있었습니다. 서울엔 그때가 처음이었죠. 장교가 된다는 꿈이 깨어져서 나는 퍽 실의에 빠져 있었습니다. 그때 영영 실의해버린 느낌입니다. 아시겠지만 꿈이 크면 클수록 실패가 주는 절망감도 대단한 힘을 발휘하더군요. 그 무렵 재미를 붙인 게 아침의 만원된 버스칸이었습니다. 함께 있는 친구와 나는 하숙집의 아침밥상을 밀어놓기가 바쁘게 미아리고개 위에 있는 버스정류장으로 달려갑니다. 개처럼 숨을 헐떡거리면서 말입니다. 시골에서 처음으로 서울에 올라온 청년들의 눈에 가장 부럽고 신기하게 비치는 게 무언지 아십니까? 부러운 건, 뭐니 뭐니 해도 밤이 되면 빌딩들의 창에 켜지는 불빛 아니 그 불빛 속에서 이리저리 움직이고 있는 사람들이고 신기한 건 버스칸 속에서 일 센티미터도 안 되는 간격을 두고 자기 곁에 이쁜 아가씨가 서 있다는 사실입니다. 때로는 아가씨들과 팔목의 살을 대고 있기도 하고 허벅다리를 비비고 서 있을 수도 있어서 그것 때문에 나는 하루 종일을 시내버스를 이것저것 갈아타면서 보낸 적도 있습니다. 물론 그날 밤엔 너무 피로해서 토했습니다만……"

"잠깐, 무슨 얘기를 하시자는 겁니까?"

"꿈틀거리는 것을 사랑한다는 얘기를 하려던 참이었습니다. 들어보세요. 그 친구와 나는 출근시간의 만원버스 속을 쓰리꾼들처럼 안으로 비집고 들어갑니다. 그리고 자리를 잡고 앉아 있는 젊은 여자 앞에 섭니다. 나는 한 손으로 손잡이를 잡고 나서, 달려오느라고 좀 멍해진 머리를 올리고 있는 손에 기댑니다. 그리고 내 앞에 앉아 있는 여자의 아랫배 쪽으로 천천히 시선을 보냅니다. 그러면 처음엔 얼른 눈에 뜨이지 않지만 시간이 조금 가고 내 시선이 투명해지면서부터는 나는 그 여자의 아랫배가 조용히 오르내리는 것을 볼 수 있습니다."

"오르내린다는 건…… 호흡 때문에 그러는 것이겠죠?"

"물론입니다. 시체의 아랫배는 꿈쩍도 하지 않으니까요. 하여튼…… 나는 그 아침의 만원버스칸 속에서 보는 젊은 여자 아랫배의 조용한 움직임을 보고 있으면 왜 그렇게 마음이 편안해지고 맑아지는지 모르겠습니다. 나는 그 움직임을 지독하게 사랑합니다."

"퍽 음탕한 얘기군요"라고 안은 기묘한 음성으로 말했다. 나는 화가 났다. 그 얘기는, 내가 만일 라디오의 박사 게임 같은 데에 나가게 돼서 '세상에서 가장 신선한 것은?'이라는 질문을 받게 되었을 때, 남들은 상추니 5월의 새벽이니 천사의 이마니 하고 대답하지만 나는 그 움직임이 가장 신선한 것이라고 대답하려니 하고 일부러 기억해두었던 것이었다.

"아니, 음탕한 얘기가 아닙니다." 나는 강경한 태도로 말했다. "그 얘기는 정말입니다."

"음탕하지 않다는 것과 정말이라는 것 사이엔 어떤 관계가 있죠?"

"모르겠습니다. 관계 같은 것은 난 모릅니다. 요컨대……"

"그렇지만 그 동작은 '오르내린다'는 것이지 꿈틀거린다는 것은 아니군요. 김형은 아직 꿈틀거리는 것을 사랑하지 않으시구면."

우리는 다시 침묵 속으로 떨어지는 술잔만 만지작거리고 있었다. 개새끼, 그게 꿈틀거리는 게 아니라고 해도 괜찮다, 하고 나는 생각하고 있었다. 그런데 잠시 후에 그가 말했다.

"난 방금 생각해봤는데 김형의 그 오르내림도 역시 꿈틀거림의 일종이라는 결론을 얻었습니다."

"그렇죠?" 나는 즐거워졌다. "그것은 틀림없이 꿈틀거림입니다. 난 여자의 아랫배를 가장 사랑합니다. 안형은 어떤 꿈틀거림을 사랑합니까?"

"어떤 꿈틀거림이 아닙니다. 그냥 꿈틀거리는 거죠. 그냥 말입니다. 예를 들면…… 데모도……"

"데모가? 데모를? 그러니까 데모……"

"서울은 모든 욕망의 집결지입니다. 아시겠습니까?"

"모르겠습니다"라고, 나는 할 수 있는 한 깨끗한 음성을 지어서 대답했다.

그때 우리의 대화는 또 끊어졌다. 이번엔 침묵이 오래 계속되었다. 나는 술잔을 입으로 가져갔다. 내가 잔을 비우고 났을 때 그도 잔을 입에 대고 눈을 감고 마시고 있는 게 보였다. 나는 이젠 자리를 떠나야 할 때가 되었다고 다소 서글픈 기분으로 생각했다. 결국 그렇고 그렇다. 또 한번 확인된 것에 지나지 않다고 생각하면서 '자, 그럼 다음에 또……'라고 말할까, '재미있었습니다'라고 말할까, 궁리하고 있는데 술잔을 비운 안이 갑자기 한 손으로 내 한쪽 손을 살그머니 잡으면서 말했다.

"우리가 거짓말을 하고 있었다고 생각하지 않으십니까?"

"아니오." 나는 좀 귀찮은 생각이 들었다. "안형은 거짓말을 했는지 모르지만 내가 한 얘기는 정말이었습니다."

"난 우리가 거짓말을 하고 있었던 것 같은 느낌이 듭니다." 그는 붉어진 눈두덩을 안경 속에서 두어 번 꿈벅거리고 나서 말했다. "난 우리 또래의 친구를 새로 알게 되면 꼭 꿈틀거림에 대한 얘기를 하고 싶어집니다. 그래서 얘기를 합니다. 그렇지만 얘기는 오 분도 안 돼서 끝나버립니다."

나는 그가 무슨 얘기를 하고 있는지 알 듯하기도 했고 모를 것 같기도 했다.

"우리 다른 얘기 합시다" 하고 그가 다시 말했다.

나는 심각한 얘기를 좋아하는 이 친구를 골려주기 위해서 그리고 한편으로는 자기의 음성을 자기가 들을 수 있는 취한 사람의 특권을 맛보고 싶어서 얘기를 시작했다.

"평화시장 앞에 줄지어 선 가로등들 중에서 동쪽으로부터 여덟번째 등은 불이 켜 있지 않습니다." 나는 그가 좀 어리둥절해하는 것을 보자 더욱 신이 나서 얘기를 계속했다.

"……그리고 화신백화점 육층의 창들 중에서는 그중 세 개에서만 불빛이 나오고 있었습니다……"

그러자 이번엔 내가 어리둥절해질 사태가 벌어졌다. 안의 얼굴에 놀라운 기쁨이 빛나기 시작했기 때문이다.

그가 빠른 말씨로 얘기하기 시작했다.

"서대문 버스정거장에는 사람이 서른두 명 있는데 그중 여자가 열일곱 명이었고 어린애는 다섯 명 젊은이는 스물한 명 노인이 여섯 명입니다."

"그건 언제 일이지요?"

"오늘 저녁 일곱시 십오분 현재입니다."

"아," 하고 나는 잠깐 절망적인 기분이었다가 그 반작용인 듯 굉장히 기분이 좋아져서 털어놓기 시작했다.

"단성사 옆 골목의 첫번째 쓰레기통에는 초콜릿 포장지가 두 장 있습니다."

"그건 언제?"

"지난 14일 저녁 아홉시 현재입니다."

"적십자병원 정문 앞에 있는 호두나무의 가지 하나는 부러져 있습니다."

"을지로 3가에 있는 간판 없는 한 술집에는 미자라는 이름을 가진 색시가 다섯 명 있는데 그 집에 들어온 순서대로 큰미자, 둘째미자, 셋째미자, 넷째미자, 막내미자라고들 합니다."

"그렇지만 그건 다른 사람들도 알고 있겠군요. 그 술집에 들어가본 사람은 꼭 김형 하나뿐이 아닐 테니까요."

"아 참, 그렇군요. 난 미처 그걸 생각하지 못했는데. 난 그중에서 큰미자와 하룻저녁 같이 잤는데 그 여자는 다음날 아침, 일수(日收)로 물건을 파는 여자가 왔을 때 내게 빤쓰 하나를 사주었습니다. 그런데 그 여자가 저금통으로 사용하고 있는 한 되들이 빈 술병에는 돈이 백십원 들어 있었습니다."

"그건 얘기가 됩니다. 그 사실은 완전히 김형의 소유입니다."

우리의 말투는 점점 서로를 존중해가고 있었다. "나는……"

하고 우리는 동시에 말을 시작하기도 했다. 그럴 때는 번갈아서 서로 양보했다.

"나는……" 이번에는 그가 말할 차례였다. "서대문 근처에서 서울역 쪽으로 가는 전차의 도로리가 내 시야 속에서 꼭 다섯 번 파란 불꽃을 튀기는 것을 보았습니다. 그건 오늘밤 일곱시 이십 오분에 거길 지나가는 전차였습니다."

"안형은 오늘 저녁엔 서대문 근처에서 살고 있었군요."

"예, 서대문 근처에서 살고 있었어요."

"난, 종로 2가 쪽입니다. 영보빌딩 안에 있는 변소 문의 손잡이 조금 밑에는 약 이 센티미터 가량의 손톱자국이 있습니다."

하하하하, 하고 그는 소리내어 웃었다.

"그건 김형이 만들어놓은 자국이겠지요?"

나는 무안했지만 고개를 끄덕이지 않을 수 없었다. 그건 사실이었다.

"어떻게 아세요?" 하고 나는 그에게 물었다.

"나도 그런 경험이 있으니까요." 그가 대답했다. "그렇지만 별로 기분 좋은 기억이 못 되더군요. 역시 우리는 그냥 바라보고 발견하고 비밀히 간직해두는 편이 좋겠어요. 그런 짓을 하고 나서는 뒷맛이 좋지 않더군요."

"난 그런 짓을 많이 했습니다만 오히려 기분이 좋았……" 좋았다고 말하려고 했는데, 갑자기 내가 했던 모든 그것에 대한 혐오감이 치밀어서 나는 말을 그치고 그의 의견에 동의하는 고갯짓을 해버렸다.

그러자 그때 나는 이상스럽다는 생각이 들었다. 내가 약 삼십 분 전에 들은 말이 틀림없다면 지금 내 옆에서 안경을 번쩍이고 앉아 있는 친구는 틀림없는 부잣집 아들이고, 높은 공부를 한 청년이다. 그런데 왜 그가 이래야만 되는가?

"안형이 부잣집 아들이라는 것은 사실이겠지요? 그리고 대학원생이라는 것도……" 내가 물었다.

"부동산만 해도 대략 삼천만원쯤 되면 부자가 아닐까요? 물론 내 아버지의 재산이지만 말입니다. 그리고 대학원생이란 건 여기 학생증이 있으니까……"

그러면서 그는 호주머니를 뒤적거려서 지갑을 꺼냈다.

"학생증까진 필요 없습니다. 실은 좀 의심스러운 게 있어서요. 안형 같은 사람이 추운 밤에 싸구려 선술집에 앉아서 나 같은 친구나 간직할 만한 일에 대해서 얘기하고 있다는 것이 이상스럽다는 생각이 방금 들었습니다."

"그건…… 그건……" 그는 좀 열띤 음성으로 말했다. "그건…… 그렇지만 먼저 물어보고 싶은 게 있는데요. 김형이 추운 밤에 밤거리를 쏘다니는 이유는 무엇입니까?"

"습관은 아닙니다. 나 같은 가난뱅이는 호주머니에 돈이 좀 생겨야 밤거리에 나올 수 있으니까요."

"글쎄, 밤거리에 나오는 이유는 뭡니까?"

"하숙방에 들어앉아서 벽이나 쳐다보고 있는 것보다는 나으니까요."

"밤거리에 나오면 뭔가가 좀 풍부해지는 느낌이 들지 않습니까?"

"뭐가요?"

"그 뭔가가. 그러니까 생(生)이라고 해도 좋겠지요. 난 김형이 왜 그런 질문을 하는지 그 이유를 조금은 알 것 같습니다. 내 대답은 이렇습니다. 밤이 됩니다. 난 집에서 거리로 나옵니다. 난 모든 것에서 해방된 것을 느낍니다. 아니, 실제로는 그렇지 않을는지 모르지만 그렇게 느낀다는 말입니다. 김형은 그렇게 안 느낍니까?"

"글쎄요."

"나는 사물의 틈에 끼어서가 아니라 사물을 멀리 두고 바라보게 됩니다. 안 그렇습니까?"

"글쎄요. 좀……"

"아니, 어렵다고 말하지 마세요. 이를테면 낮엔 그저 스쳐 지나가던 모든 것이 밤이 되면 내 시선 앞에서 자기들의 벌거벗은 몸을 송두리째 드러내놓고 쩔쩔맨단 말입니다. 그런데 그게 의미가 없는 일일까요? 그런, 사물을 바라보며 즐거워한다는 일이 말입니다."

"의미요? 그게 무슨 의미가 있습니까? 난 무슨 의미가 있기 때문에 종로2가에 있는 빌딩들의 벽돌 수를 헤아리는 일을 하는 게 아닙니다. 그냥……"

"그렇죠? 무의미한 겁니다. 아니 사실은 의미가 있는지도 모르지만 난 아직 그걸 모릅니다. 김형도 아직 모르는 모양인데 우리 한번 함께 그거나 찾아볼까요. 일부러 만들어붙이지는 말고요."

"좀 어리둥절하군요. 그게 안형의 대답입니까? 난 좀 어리둥절한데요. 갑자기 의미라는 말이 나오니까."

"아, 참, 미안합니다. 내 대답은 아마 이렇게 될 것 같군요. 그냥 뭔가 뿌듯해지는 느낌이 들기 때문에 밤거리로 나온다고." 그는 이번엔 목소리를 낮추어서 말했다. "김형과 나는 서로 다른 길을 걸어서 같은 지점에 온 것 같습니다. 만일 이 지점이 잘못된 지점이라고 해도 우리 탓은 아닐 거예요." 그는 이번엔 쾌활한 음성으로 말했다. "자, 여기서 이럴 게 아니라 어디 따뜻한 데 가서 정식으로 한잔씩 하고 헤어집시다. 난 한 바퀴 돌고 여관으로 갑니다. 가끔 이렇게 밤거리를 쏘다니는 밤엔 난 꼭 여관에서 자고 갑니다. 여관엘 찾아든다는 프로가 내게는 최고죠."

우리는 각기 계산하기 위해서 호주머니에 손을 넣었다. 그때 한 사내가 우리에게 말을 걸어왔다. 우리 곁에서 술잔을 받아놓고 연탄불에 손을 쬐고 있던 사내였는데, 술을 마시기 위해서 거기에 들어온 것이 아니라 불을 쬐고 싶어서 잠깐 들렀다는 꼴을 하고 있었다. 제법 깨끗한 코트를 입고 있었고 머리엔 기름도 얌전하게 발라서 카바이트 등의 불꽃이 너풀댈 때마다 머리 위의 하이라이트가 이리저리 움직이고 있었다. 그러나 어디선지는 분명하지 않았지만 가난뱅이 냄새가 나는 서른대여섯 살짜리 사내였다. 아마 빈약하게 생긴 턱 때문이었을까, 아니면 유난히 새빨간 눈시울 때문이었을까. 그 사내가 나나 안 중의 어느 누구에게라고 할 것 없이 그냥 우리 쪽을 향하여 말을 걸어온 것이었다.

"미안하지만 제가 함께 가도 괜찮을까요? 제게 돈은 얼마든지 있습니다만……"이라고 그 사내는 힘없는 음성으로 말했다.

그 힘없는 음성으로 봐서는 꼭 끼어달라는 건 아니라는 것 같았지만 한편으로는 우리와 함께 가고 싶은 생각이 간절하다는 것 같기도 했다. 나와 안은 잠깐 얼굴을 마주 보고 나서, "아저씨 술값만 있다면……"이라고 내가 말했다.

"함께 가시죠"라고 안도 내 말을 이었다.

"고맙습니다" 하고 그 사내는 여전히 힘없는 음성으로 말하면서 우리를 따라왔다.

안은 일이 좀 이상하게 되었다는 얼굴을 하고 있었고, 나 역시 유쾌한 예감이 들지는 않았다. 술좌석에서 알게 된 사람끼리는 의외로 재미있게 놀게 되는 것을 몇 번의 경험으로 알고 있었지만, 대개의 경우 이렇게 힘없는 목소리로 끼어드는 양반은 없었다. 즐거움이 넘치고 넘친다는 얼굴로 요란스럽게 끼어들어야만 일이 되는 것이었다. 우리는 갑자기 목적지를 잊은 사람들처럼 사방을 두리번거리면서 느릿느릿 걸어갔다. 전봇대에 붙은 약 광고판 속에서는 이쁜 여자가 '춥지만 할 수 있느냐'는 듯한 쓸쓸한 미소를 띠고 우리를 내려다보고 있었고, 어떤 빌딩의 옥상에서는 소주 광고의 네온사인이 열심히 명멸하고 있었고, 소주 광고 곁에서는 약 광고의 네온사인이 하마터면 잊어버릴 뻔했다는 듯이 황급히 꺼졌다간 다시 켜져서 오랫동안 빛나고 있었고, 이젠 완전히 얼어붙은 길 위에는 거지가 돌덩이처럼 여기저기 엎드려 있었고, 그 돌덩이 앞을 사람들은 힘껏 웅크리고 빠르게 지나가고 있었다. 종이 한 장이 바람에 획 날리어 거리의 저쪽에서 이쪽으로 날아오고 있었다. 그 종잇조각은 내 발밑에 떨어졌다. 나는 그 종잇조각을 집어들었는데 그것은 '美姬 서비스, 特別廉價'라는 것을 강조한 어느 비어홀의 광고지였다.

"지금 몇시쯤 되었습니까?" 하고 힘없는 아저씨가 안에게 물었다.

"아홉시 십 분 전입니다"라고 잠시 후에 안이 대답했다.

"저녁들은 하셨습니까? 난 아직 저녁을 안 했는데, 제가 살 테니까 같이 가시겠어요?" 힘없는 아저씨가 이번엔 나와 안을 번갈아보며 말했다.

"먹었습니다" 하고 나와 안은 동시에 대답했다.

"혼자서 하시죠"라고 내가 말했다.

"감사합니다. 그럼……"

우리는 근처의 중국요릿집으로 들어갔다. 방으로 들어가서 앉았을 때 아저씨는 또 한번 간곡하게 우리가 뭘 좀 들 것을 권했다. 우리는 또 한번 사양했다. 그는 또 권했다.

"아주 비싼 걸 시켜도 괜찮겠습니까?"라고 나는 그의 권유를 철회시키기 위해서 말했다.

"네, 사양 마시고." 그가 처음으로 힘있는 목소리로 말했다. "돈을 써버리기로 결심했으니까요."

나는 그 사내에게 어떤 꿍꿍이속이 있는 것만 같은 느낌이 들어서 좀 불안했지만 통닭과 술을 시켜달라고 했다. 그는 자기가 주문한 것 외에 내가 말한 것도 사환에게 청했다. 안은 어처구니 없는 얼굴로 나를 보았다. 나는 그때 마침 옆방에서 들려오고 있는 여자의 불그레한 신음 소리를 듣고만 있었다.

"이 형도 뭘 좀 드시죠"라고 아저씨가 안에게 말했다.

"아니 전……" 안은 술이 다 깬다는 듯이 펄쩍 뛰고 사양했다.

우리는 조용히 옆방의 다급해져가는 신음 소리에 귀를 기울이고 있었다. 전차의 끽끽거리는 소리와 홍수난 강물 소리 같은 자동차들의 달리는 소리도 희미하게 들려오고 있었고, 가까운 곳에서는 이따금 초인종 울리는 소리도 들렸다. 우리의 방은 어색한 침묵에 싸여 있었다.

"말씀드리고 싶은 게 있는데요." 마음씨 좋은 아저씨가 말하기 시작했다. "들어주셨으면 고맙겠습니다…… 오늘 낮에 제 아내가 죽었습니다. 세브란스병원에 입원하고 있었는데……" 그는 이젠 슬프지도 않다는 얼굴로 우리를 빤히 쳐다보며 말하고 있었다.

"네에에" "그거 안되셨군요"라고, 안과 나는 각각 조의를 표했다.

"아내와 나는 참 재미있게 살았습니다. 아내가 어린애를 낳지 못하기 때문에 시간은 몽땅 우리 두 사람의 것이었습니다. 돈은 넉넉진 못했습니다만, 그래도 돈이 생기면 우리는 어디든지 같이 다니면서 재미있게 지냈습니다. 딸기철엔 수원에도 가고, 포도철엔 안양에도 가고, 여름이면 대천에도 가고, 가을엔 경주에도 가보고, 밤엔 함께 영화 구경, 쇼 구경 하러 열심히 극장에 쫓아다니기도 했습니다……"

"무슨 병환이셨던가요?" 하고 안이 조심스럽게 물었다.

"급성 뇌막염이라고 의사가 그랬습니다. 아내는 옛날에 급성 맹장염 수술을 받은 적도 있고, 급성 폐렴을 앓은 적도 있다고 했습니다만 모두 괜찮았었는데 이번의 급성엔 결국 죽고 말았습니다…… 죽고 말았습니다."

사내는 고개를 떨구고 한참 동안 무언지 입을 우물거리고 있었다. 안이 손가락으로 내 무릎을 찌르며 우리는 꺼지는 게 어떻겠느냐는 눈짓을 보냈다. 나 역시 동감이었지만 그때 사내가 다시 고개를 들고 말을 계속했기 때문에 우리는 눌러앉아 있을 수밖에 없었다.

"아내와는 재작년에 결혼했습니다. 우연히 알게 됐습니다. 친정이 대구 근처에 있다는 얘기만 했지 한 번도 친정과는 내왕이 없었습니다. 난 처갓집이 어딘지도 모릅니다. 그래서 할 수 없었어요." 그는 다시 고개를 떨구고 입을 우물거렸다.

"뭘 할 수 없었다는 말입니까?" 내가 물었다.

그는 내 말을 못 들은 것 같았다. 그러나 한참 후에 다시 고개를 들고 마치 애원하는 듯한 눈빛으로 말을 이었다.

"아내의 시체를 병원에 팔았습니다. 할 수 없었습니다. 난 서적 월부판매 외교원에 지나지 않습니다. 할 수 없었습니다. 돈 사천원을 주더군요. 난 두 분을 만나기 얼마 전까지도 세브란스 병원 울타리 곁에 서 있었습니다. 아내가 누워 있을 시체실이 있는 건물을 알아보려고 했습니다만 어딘지 알 수 없었습니다. 그냥 울타리 곁에 앉아서 병원의 큰 굴뚝에서 나오는 희끄무레한 연기만 바라보고 있었습니다. 아내는 어떻게 될까요, 학생들이 해부실습 하느라고 톱으로 머리를 가르고 칼로 배를 찢고 한다는데 정말 그러겠지요?"

우리는 입을 다물고 있을 수밖에 없었다. 사환이 다꾸앙과 파가 담긴 접시를 갖다놓고 나갔다.

"기분 나쁜 얘길 해서 미안합니다. 다만 누구에게라도 얘기하지 않고서는 견딜 수 없었습니다. 한 가지만 의논해보고 싶은데, 이 돈을 어떻게 하면 좋을까요? 저는 오늘 저녁에 다 써버리고 싶은데요."

"쓰십시오." 안이 얼른 대답했다.

"이 돈이 다 없어질 때까지 함께 있어주시겠어요?" 사내가 말했다. 우리는 얼른 대답하지 못했다. "함께 있어주십시오." 사내가 말했다. 우리는 승낙했다.

"멋있게 한번 써봅시다"라고 사내는 우리와 만난 후 처음으로 웃으면서 그러나 여전히 힘없는 음성으로 말했다.

중국집에서 거리로 나왔을 때는 우리는 모두 취해 있었고, 돈은 천원이 없어졌고 사내는 한쪽 눈으로는 울고 다른 쪽 눈으로는 웃고 있었고, 안은 도망갈 궁리를 하기에도 지쳐버렸다고 내게 말하고 있었고, 나는 "악센트 찍는 문제를 모두 틀려버렸단 말야, 악센트 말야"라고 중얼거리고 있었고, 거리는 영화 광고에서 본 식민지의 거리처럼 춥고 한산했고, 그러나 여전히 소주 광고는 부지런히, 약 광고는 게으름을 피우며 반짝이고 있었고, 전봇대의 아가씨는 '그저 그래요'라고 웃고 있었다.

"이제 어디로 갈까?" 하고 아저씨가 말했다.

"어디로 갈까?" 안이 말하고,

"어디로 갈까?"라고, 나도 그들의 말을 흉내냈다.

아무 데도 갈 데가 없었다. 방금 우리가 나온 중국집 곁에 양품점의 쇼윈도가 있었다. 사내가 그쪽을 가리키며 우리를 끌어당겼다. 우리는 양품점 안으로 들어갔다.

"넥타이를 골라 가져. 내 아내가 사주는 거야." 사내가 호통을 쳤다.

우리는 알록달록한 넥타이를 하나씩 들었고, 돈은 육백원이 없어져버렸다. 우리는 양품점에서 나왔다.

"어디로 갈까?"라고 사내가 말했다.

갈 데는 계속해서 없었다. 양품점의 앞에는 귤장수가 있었다.

"아내는 귤을 좋아했다"고 외치며 사내는 귤을 벌여놓은 수레 앞으로 돌진했다. 삼백원이 없어졌다. 우리는 이빨로 귤껍질을 벗기면서 그 부근에서 서성거렸다.

"택시!" 사내가 고함쳤다.

택시가 우리 앞에 멎었다. 우리가 차에 오르자마자 사내는 "세브란스로!"라고 말했다.

"안 됩니다. 소용 없습니다." 안이 재빠르게 외쳤다.

"안 될까?" 사내가 중얼거렸다. "그럼 어디로?"

아무도 대답하지 않았다.

"어디로 가시는 겁니까?"라고 운전사가 짜증난 음성으로 말했다. "갈 데가 없으면 빨리 내리쇼."

우리는 차에서 내렸다. 결국 우리는 중국집에서 스무 발짝도 더 벗어나지 못하고 있었다. 거리의 저쪽 끝에서 요란한 사이렌 소리가 나타나서 점점 가깝게 달려들었다. 소방차 두 대가 우리 앞을 빠르고 시끄럽게 지나쳐 갔다.

"택시!" 사내가 고함쳤다.

택시가 우리 앞에 멎었다. 우리가 차에 오르자마자 사내는 "저 소방차 뒤를 따라갑시다" 하고 말했다.

나는 귤껍질을 세 개째 벗기고 있었다.

"지금 불 구경 하러 가고 있는 겁니까?"라고 안이 아저씨에게 말했다. "안 됩니다. 시간이 없습니다. 벌써 열시 반인데요. 좀더 재미있게 지내야죠. 돈은 이제 얼마 남았습니까?"

아저씨는 호주머니를 뒤져서 돈을 모두 털어냈다. 그리고 그것을 안에게 건네줬다. 안과 나는 헤아려봤다. 천구백원하고 동전이 몇 개, 십원짜리가 몇 장이 있었다.

"됐습니다." 안은 돈을 다시 돌려주면서 말했다. "세상엔 다행히 여자의 특징만 중점적으로 내보이는 여자들이 있습니다."

"내 아내 얘깁니까?"라고 사내가 슬픈 음성으로 물었다. "내 아내의 특징은 너무 잘 웃는다는 것이었습니다."

"아닙니다. 종삼(鐘三)으로 가자는 얘기였습니다." 안이 말했다.

사내는 안을 경멸하는 듯한 웃음을 띠며 고개를 돌려버렸다. 그러는 사이에 우리는 화재가 난 곳에 도착했다. 삼십원이 없어졌다. 화재가 난 곳은 아래층인 페인트 상점이었는데 지금은 미용학원인 이층에서 불길이 창으로부터 뿜어나오고 있었다. 경찰들의 호각 소리, 소방차들의 사이렌 소리, 불길 속에서 나는 탁탁 소리, 물줄기가 건물의 벽에 부딪혀서 나는 소리. 그러나 사람들의 소리는 아무것도 나지 않았다. 사람들은 불빛에 비쳐 무안당한 사람처럼 붉은 얼굴로, 정물처럼 서 있었다.

우리는 발밑에 굴러 있는 페인트 든 통을 하나씩 궁둥이 밑에 깔고 웅크리고 앉아서 불 구경을 했다. 나는 불이 좀더 오래 타기를 바랐다. 미용학원이라는 간판에 불이 붙고 있었다. '원' 자에 불이 붙기 시작했다.

"김형, 우린 우리 얘기나 합시다" 하고 안이 말했다. "화재 같은 건 아무것도 아닙니다. 내일 아침 신문에서 볼 것을 오늘밤에 미리 봤다는 차이밖에 없습니다. 저 화재는 김형의 것도 아니고 내 것도 아니고 이 아저씨 것도 아닙니다. 우리 모두의 것이 돼 버립니다. 그러나 화재는 항상 계속해서 나고 있는 건 아닙니다. 그러기 때문에 난 화재엔 흥미가 없습니다. 김형은 어떻게 생각 하십니까?"

"동감입니다." 나는 아무렇게나 대답하며 이젠 '학' 자에 불이 붙고 있는 것을 보았다.

"아니, 난 방금 말을 잘못 했습니다. 화재는 우리 모두의 것이 아니라 화재는 오로지 화재 자신의 것입니다. 화재에 대해서 우 리는 아무것도 아닙니다. 그러기 때문에 난 화재에 흥미가 없습 니다. 김형은 어떻게 생각하십니까?"

"동감입니다."

물줄기 하나가 불타고 있는 '학' 으로 달려들고 있었다. 물이 닿은 곳에서는 회색 연기가 피어올랐다. 힘없는 아저씨가 갑자 기 힘차게 깡통으로부터 일어섰다.

"내 아냅니다" 하고 사내는 환한 불길 속을 손가락질하며 눈 을 크게 뜨고 소리쳤다. "내 아내가 머리를 막 흔들고 있습니다. 골치가 깨질 듯이 아프다고 머리를 막 흔들고 있습니다. 여 보……"

"골치가 깨질 듯이 아픈 게 뇌막염의 증세입니다. 그렇지만 저 건 바람에 휘날리는 불길입니다. 앉으세요. 불 속에 아주머님이 계실 리가 있습니까?"라고 안이 아저씨를 끌어앉히며 말했다. 그러고 나서 안은 나에게 나지막하게 속삭였다. "이 양반, 우릴 웃기는데요."

나는 꺼졌다고 생각하고 있던 '학'에 다시 불이 붙고 있는 것을 보았다. 물줄기가 다시 그곳으로 뻗어가고 있었다. 그러나 물줄기는 겨냥을 잘 잡지 못하고 이리저리 흔들리고 있었다. 불은 날쌔게 '용'을 핥고 있었다. 나는 '미'까지 어서 불 붙기를 바라고 있었고 그리고 그 간판에 불이 붙는 과정을 그 많은 불구경꾼들 중에서 나 혼자만 알고 있기를 바랐다. 그러나 그때 문득 나는 불이 생명을 가진 것처럼 생각되어서, 내가 조금 전에 바라고 있던 것을 취소해버렸다.

무언가 하얀 것이 우리가 웅크리고 앉아 있는 곳에서 불타고 있는 건물 쪽으로 날아가는 것이 보였다. 그 비둘기는 불 속으로 떨어졌다.

"무엇이 불 속으로 날아들어갔지요?" 내가 안을 돌아다보며 물었다.

"예, 뭐가 날아갔습니다." 안은 나에게 대답하고 나서 이번엔 아저씨를 돌아다보며 "보셨어요?" 하고 그에게 물었다.

아저씨는 잠자코 앉아 있었다. 그때 순경 한 사람이 우리 쪽으로 달려왔다.

"당신이다"라고 순경은 아저씨를 한 손으로 붙잡으면서 말했다. "방금 무얼 불 속에 던졌소?"

"아무것도 안 던졌습니다."

"뭐라구요?" 순경은 때릴 듯한 시늉을 하며 아저씨에게 소리쳤다. "내가 던지는 걸 봤단 말요. 무얼 불 속에 던졌소?"

"돈입니다."

"돈?"

"돈과 돌을 손수건에 싸서 던졌습니다."

"정말이오?" 순경은 우리에게 물었다.

"예, 돈이었습니다. 이 아저씨는 불난 곳에 돈을 던지면 장사가 잘된다는 이상한 믿음을 가졌답니다. 말하자면 좀 돌았다고 할 수 있는 사람이지만 나쁜 짓은 결코 하지 않는 장사꾼입니다." 안이 대답했다.

"돈은 얼마였소?"

"일원짜리 동전 한 개였습니다." 안이 다시 대답했다.

순경이 가고 났을 때 안이 사내에게 물었다.

"정말 돈을 던졌습니까?"

"예."

"모두?"

"예."

우리는 꽤 오랫동안 불꽃이 튀는 탁탁 소리에 귀를 기울이고 있었다. 한참 후에 안이 사내에게 말했다.

"결국 그 돈은 다 쓴 셈이군요…… 자, 이젠 그럼 약속이 끝났으니 우린 가겠습니다."

"안녕히 계십시오"라고 나도 아저씨에게 작별인사를 했다.

안과 나는 돌아서서 걷기 시작했다. 사내가 우리를 쫓아와서 안과 나의 팔을 한쪽씩 붙잡았다.

"나 혼자 있기가 무섭습니다." 그는 벌벌 떨며 말했다.

"곧 통행금지 시간이 됩니다. 난 여관으로 가서 잘 작정입니다." 안이 말했다.

"난 집으로 갈 겁니다." 내가 말했다.

"함께 갈 수 없겠습니까? 오늘밤만 같이 지내주십시오. 부탁합니다. 잠깐만 저를 따라와주십시오." 사내는 말하고 나서 나를 붙잡고 있는 자기의 팔을 부채질하듯이 흔들었다. 아마 안의 팔에 대해서도 그렇게 했으리라.

"어디로 가자는 겁니까?" 나는 아저씨에게 물었다.

"여관비를 구하러 잠깐 이 근처에 들렀다가 모두 함께 여관으로 갔으면 하는데요."

"여관에요?" 나는 내 호주머니 속에 든 돈을 손가락으로 계산해보며 말했다.

"여관비라면 내가 모두 내겠으니 그럼 함께 가시지요." 안이 나와 사내에게 말했다.

"아닙니다. 폐를 끼쳐드리고 싶지 않습니다. 잠깐만 절 따라와주십시오."

"돈을 빌리러 가는 겁니까?"

"아닙니다. 받아야 할 돈이 있습니다."

"이 근처에요?"

"예, 여기가 남영동이라면."

"아마 틀림없는 남영동인 것 같군요." 내가 말했다.

사내가 앞장을 서고 안과 내가 그 뒤를 쫓아서 우리는 화재로부터 멀어져갔다.

"빚 받으러 가기에는 시간이 너무 늦었습니다." 안이 사내에게 말했다.

"그렇지만 저는 받아야 합니다."

우리는 어느 어두운 골목길로 들어섰다. 골목의 모퉁이를 몇 개인가 돌고 난 뒤에 사내는 대문 앞에 전등이 켜져 있는 집 앞에서 멈췄다. 나와 안은 사내로부터 열 발짝쯤 떨어진 곳에서 멈췄다. 사내가 벨을 눌렀다. 잠시 후에 대문이 열리고, 사내가 대문 안에 선 사람과 말하는 소리가 들렸다.

"주인 아저씨를 뵙고 싶은데요."

"주무시는데요."

"그럼 주인 아주머니는……"

"주무시는데요."

"꼭 뵈어야겠는데요."

"기다려보세요."

대문이 다시 닫혔다. 안이 달려가서 사내의 팔을 잡아끌었다.

"그냥 가시죠?"

"괜찮습니다. 받아야 할 돈이니까요."

안이 다시 먼저 서 있던 곳으로 걸어왔다. 대문이 열렸다.

"밤늦게 죄송합니다." 사내가 대문을 향해서 고개를 숙이며 말했다.

"누구시죠?" 대문은 잠에 취한 여자의 음성을 냈다.

"죄송합니다, 이렇게 너무 늦게 찾아와서. 실은……"

"누구시죠? 술 취하신 것 같은데……"

"월부 책값 받으러 온 사람입니다" 하고 사내는 갑자기 비명 같은 높은 소리로 외쳤다. "월부 책값 받으러 온 사람입니다." 이번엔 사내는 문 기둥에 두 손을 짚고 앞으로 뻗은 자기 팔 위에 얼굴을 파묻으며 울음을 터뜨렸다. "월부 책값 받으러 온 사람입니다. 월부 책값……" 사내는 계속해서 흐느꼈다.

"내일 낮에 오세요." 대문이 탁 닫혔다.

사내는 계속해서 울고 있었다. 사내는 가끔 "여보"라고 중얼거리며 오랫동안 울고 있었다.

우리는 여전히 열 발짝쯤 떨어진 곳에서 그가 울음을 그치기를 기다리고 있었다. 한참 후에 그가 우리 앞으로 비틀비틀 걸어왔다.

우리는 모두 고개를 숙이고 어두운 골목길을 걸어서 거리로 나왔다. 적막한 거리에는 찬바람이 세차게 불고 있었다.

"몹시 춥군요"라고 사내는 우리를 염려한다는 음성으로 말했다.

"추운데요. 빨리 여관으로 갑시다." 안이 말했다.

"방을 한 사람씩 따로 잡을까요?" 여관에 들어갔을 때 안이 우리에게 말했다. "그게 좋겠지요?"

"모두 한 방에 드는 게 좋겠지요"라고 나는 아저씨를 생각해서 말했다.

아저씨는 그저 우리 처분만 바란다는 듯한 태도로 또는 지금 자기가 서 있는 곳이 어딘지도 모른다는 태도로 멍하니 서 있었다. 여관에 들어서자 우리는 모든 프로가 끝나버린 극장에서 나오는 때처럼 어찌할 바를 모르고 거북스럽기만 했다. 여관에 비한다면 거리가 우리에게는 더 좁았던 셈이었다. 벽으로 나누어진 방들, 그것이 우리가 들어가야 할 곳이었다.

"모두 같은 방에 들기로 하는 것이 어떻겠어요?" 내가 다시 말했다.

"난 지금 아주 피곤합니다." 안이 말했다. "방은 각각 하나씩 차지하고 자기로 하지요."

"혼자 있기가 싫습니다"라고 아저씨가 중얼거렸다.

"혼자 주무시는 게 편하실 거예요." 안이 말했다.

우리는 복도에서 헤어져서 사환이 지적해준, 나란히 붙은 방 세 개에 각각 한 사람씩 들어갔다.

"화투라도 사다가 놉시다." 헤어지기 전에 내가 말했지만,

"난 아주 피곤합니다. 하시고 싶으면 두 분이나 하세요"라고 안은 말하고 나서 자기의 방으로 들어가버렸다.

"나도 피곤해 죽겠습니다. 안녕히 주무세요"라고 나는 아저씨

에게 말하고 나서 내 방으로 들어갔다. 숙박계엔 거짓 이름, 거짓 주소, 거짓 나이, 거짓 직업을 쓰고 나서 사환이 가져다놓은 자리끼를 마시고 나는 이불을 뒤집어썼다. 나는 꿈도 안 꾸고 잘 잤다.

다음날 아침 일찍이 안이 나를 깨웠다.

"그 양반, 역시 죽어버렸습니다." 안이 내 귀에 입을 대고 그렇게 속삭였다.

"예?" 나는 잠이 깨끗이 깨어버렸다.

"방금 그 방에 들어가보았는데 역시 죽어버렸습니다."

"역시……" 나는 말했다. "사람들이 알고 있습니까?"

"아직까진 아무도 모르는 것 같습니다. 우린 빨리 도망해버리는 게 시끄럽지 않을 것 같습니다."

"자살이지요?"

"물론 그것이겠죠."

나는 급하게 옷을 주워입었다. 개미 한 마리가 방바닥을 내 발이 있는 쪽으로 기어오고 있었다. 그 개미가 내 발을 붙잡으려고 하는 것 같은 느낌이 들어서 나는 얼른 자리를 옮겨 디디었다.

밖의 이른 아침에는 싸락눈이 내리고 있었다. 우리는 할 수 있는 한 빠른 걸음으로 여관에서 떨어져갔다.

"난 그 사람이 죽으리라는 걸 알고 있었습니다." 안이 말했다.

"난 짐작도 못 했습니다"라고 나는 사실대로 얘기했다.

"난 짐작하고 있었습니다." 그는 코트의 깃을 세우며 말했다.

"그렇지만 어떻게 합니까."

"그렇지요. 할 수 없지요. 난 짐작도 못 했는데……" 내가 말했다.

"짐작했다고 하면 어떻게 하겠어요?" 그가 내게 물었다.

"씨팔것, 어떻게 합니까? 그 양반 우리더러 어떡하라는 건지……"

"그러게 말입니다. 혼자 놓아두면 죽지 않을 줄 알았습니다. 그게 내가 생각해본 최선의 그리고 유일한 방법이었습니다."

"난 그 양반이 죽으리라고는 짐작도 못 했다니까요. 씨팔것, 약을 호주머니에 넣고 다녔던 모양이군요."

안은 눈을 맞고 있는 어느 앙상한 가로수 밑에서 멈췄다. 나도 그를 따라서 멈췄다. 그가 이상하다는 얼굴로 나에게 물었다.

"김형, 우리는 분명히 스물다섯 살짜리죠?"

"난 분명히 그렇습니다."

"나두 그건 분명합니다." 그는 고개를 한 번 갸웃했다.

"두려워집니다."

"뭐가요?" 내가 물었다.

"그 뭔가가, 그러니까……" 그가 한숨 같은 음성으로 말했다. "우리가 너무 늙어버린 것 같지 않습니까?"

"우린 이제 겨우 스물다섯 살입니다." 나는 말했다.

"하여튼……" 하고, 그가 내게 손을 내밀며 말했다.

"자, 여기서 헤어집시다. 재미 많이 보세요" 하고, 나도 그의 손을 잡으며 말했다.

　우리는 헤어졌다. 나는 마침 버스가 막 도착한 길 건너편의 버스정류장으로 달려갔다. 버스에 올라서 창으로 내다보니 안은 앙상한 나뭇가지 사이로 내리는 눈을 맞으며 무언지 곰곰이 생각하고 서 있었다.

(1965)

들놀이

5월 어느 토요일 열한시경, 해산물 수출로써 요즘 한창 번영 일로에 있는 영일무역주식회사의 사원들 서른다섯 명에게 하얀 사각봉투 하나씩이 배부되었다. 이름이 주식회사일 뿐, 윤영일 사장의 개인회사라고 하는 편이 정확하다. 사장은 콧수염을 기르고 둥근 얼굴에 늘 웃음을 띠고 있었는데 그 양반이 남에게 넉넉히 주는 것은 그 웃음밖에 없었다. 연말엔 보너스 대신 정종 한 병씩을 사원들에게 배급하고는 시치미 떼어버리는, 존경할 만한 노랭이였다. 정종 한 병을 연말 보너스 대신 받던 다음날, 어느 배짱 좋은 사원 하나가 비꼬는 투로 "사장님 덕분에 금년말은 기분 좋게 취해서 지낼 수 있겠습니다"라고 말했을 때 "뭘" 하며 역시 그 인자한 웃음을 띠던 사장이다.

그 배짱 좋던 사원은, 자기의 말이 틀림없다면 '기분 좋게 취해서' 그리고 사장의 인자한 웃음을 때때로 받으면서 연말을 지내고 새해엔 조용조용히 해고되었다. 아무도 그 사원의 해고에 대하여 얘기를 꺼내는 사람은 없었다.

사장님께 비꼬는 말투로 얘기를 걸던 바로 그때부터 그 친구의 해고는 결정되어 있는 거라고 동료사원들은 거의 모두 생각하고 있었다. 그 용감한 친구 자신도 아마 머지않은 앞날을 내어다보면서 했을 것이다. 말하자면 일종의 자살인데, 하고 싶어 자살한 사람에 대해서는 뒤에 남은 사람들이 어쩌고저쩌고 떠들어댈 이유가 하나도 없는 법이다. 그저 그들이 그 친구에 대하여 한마디쯤 지껄였다면 그것은 "그 친구 정말 취해 있었던 모양이지" 정도였다.

그건 그렇고, 그 노랭이 사장이, 5월 어느 토요일 오전 열한시경, 사원들에게 '들놀이 초대장'을 배부한 것이었다. 아마 타이프라이터를 치는 사장의 여비서 미스 리의 그 솜털이 아직도 자욱이 덮인 넓은 이마의 안쪽에서 나왔음직한 문구는, 나중엔 어쨌든, 사원들의 집무에 바싹 마른 입술들을 살그머니 열게 하고 그 입술들 사이로 가벼운 기쁨의 탄성을 내놓게 하기에 충분했다.

'사내(한글 타이프라이터로 찍은 이 말은 아마 社內일 것이다. 왜냐하면 사원 중에는 여자도 많으니까) 들놀이에 초대합니다. 영일무역 동지 여러분, 그 동안 맡은 바 일을 하시느라고 얼마나 수고가 많으십니까? 신록이 우거진 5월을 맞이하여 잠시 번거로운 일을 떠나서 사내 동지들간의 친목을 도모하고 유대를 강화하기 위해서 다음과 같은 요령으로 사내 들놀이를 열고자 하오니 한 분도 빠짐없이 참석하여 즐겁게 하루를 보내주셨으면 기쁘겠습니다.

* 요령 시일 5월 9일(일요일) 오전 9시 장소 우이동(단 10시까지 회사로 모임)

* 회비 무료, 술과 맛있는 음식이 듬뿍 준비되어 있습니다.

* 보물찾기 등 재미난 프로가 듬뿍 준비되어 있습니다.

1965년 5월 8일 영일무역주식회사 사장 윤영일 초대함.'

여비서 미스 리와 사장님이 펜 하나를 둘이서 같이 잡고 쓴 듯한 글이었다. 6·25 때 쳐들어온 인민군의, 스피커를 지붕에 달아놓은 방송차와 같은 글이었다. 스피커에서는 곱고 맑고 나긋나긋하고 또렷또렷한 여자의 목소리가 나오고 있었지만 그 말의 내용은, 부드럽게 표현하려고 애는 몹시 썼지만, 역시 명령을 내리는 것임에는 틀림없었다.

참, 들놀이 초대장을 손에 들고 인민군 방송차를 연상하다니. 이 초대장이 명령이라고 해도 좋다. 따르기에 즐거운 명령이라면. 요컨대 그날 아침 사무실 안은 신록의 계절을 이제 비로소 맞은 듯 화기애애하였다. 옅은 푸른색의 블라인드가, 열어놓은 창 밖에서 불어들어오는 바람에 가벼운 소리를 내며 간들거렸다. "웬일이야?" 초대장을 여전히 손에 들고 한 여자사원이 건너편에 앉아 있는 다른 여자사원에게 나지막한 소리로 그러나 분명히 명랑하게 말했다.

"스크루지 영감님께서 어젯밤에 귀신을 본 모양이지?" 어떤 남자사원이 말했다. "들놀이쯤이야 당연한 거야, 당연해. 다른 직장에서들은 다들 벌써부터 하고 있는 건데 우리 회사에서만 늦은 거지." 어떤 과장이 중얼거렸다. "어쨌든 반가운 현상이야. 심히 고무적인 현상이지." 어떤 남자직원이 말했다. 이 회사의 자랑거리인 대문짝만한 벽시계조차도 기쁜 듯이 낮고 무겁고 그러나 은은한 소리로 '대앵' 하고 열한시 반을 알렸다.

속엔 들놀이 초대장을 넣고 겉에 사원들의 이름을 각각 쓴 하얀 사각봉투를 봉투에 적힌 이름에 따라서 나누어주며 사무실의 책상들 사이를 요리조리 꿰어다닌 것은 야간 여자상업중학교를 다니는 단발머리를 한 사환 계집애였는데 그애는 무슨 착각에서 인지 시장개척과의 말단 자리를 항상 어깨를 움츠리고 불안스럽게 차지하고 앉아 있는 맹상진군에게만은 그 사각봉투를 주지 않았다. 맹군은 봉투를 다 나누어주고 사무실 입구의 자기 책상으로 돌아가서 앉아버리는 그 깜찍한 계집애의 손을 열심히 노려보았지만 작고 통통하고 빨간 빛이 도는 그애의 손에는 아무 것도 없었다. 이제 내 것을 가져오겠지, 저 작은 손으로는 봉투 서른다섯 장을 한꺼번에 쥘 수가 없으니까. 그러나 자기 책상 앞으로 돌아가서 앉아버린 그애는 고개를 숙이고 그 작은 손으로 주판알을 튕기고만 있었다. 잠시 후에 그애가 일어났다. 그러나 여전히 빈손.

그 빈손이 사무실의 구석지에 있는 캐비닛 쪽으로 한들거리며 가더니 캐비닛 곁의 둥근 탁자 위에 놓여 있는 한 말들이 주전자를 부둥켜안고 컵에 물을 따르었다. 그리고 꿀꺽 마셨다. 맹상진 군은 나뭇가지 같은 그애의 목이 물을 넘기느라고 한번 꿈틀 하는 것을 보았다.

그애는 다시 자기 자리로 돌아가서 앉더니 그걸로써 그만이었다. 맹군은 혹시나 자기가 잘못 안 게 아닌가 하고 자기의 책상 위를 찬찬히 살펴봤다. 하얀 사각봉투는 없었다. 그애가 잘못 던진 건 아닌가. 그래서 자기의 책상과 곁에 앉아 있는 이군의 책상 틈바귀를 살펴봤다. 없었다. 일어서서 의자를 집어들어 비켜놓고 의자 밑을 살펴봤다. 없었다. 심지어 책상 밑, 거의 하루 종일 가련한 자기의 다리가 햇빛 한 움큼도 쐬어보지 못하고 처박혀 있는 곳의 바로 곁에 놓여 있는 대나무로 엮은 쓰레기 바구니 속도 들여다보았다. 그래도 없었다. 책상서랍을 모두 열어보았고 양복의 호주머니도 다 뒤져보았다. 그러나 쓰봉의 허리끈 밑에 도장을 넣고 다닐 수 있도록 만들어진 작은 호주머니가 있다는 것만 새삼스럽게 발견했을 뿐, 그 저주할 사각봉투는 아무 데도 없었다.

결국 맹상진군 앞으로 배부된 봉투가 없었던 게 확실해졌다. 무슨 착각일까, 이 무슨 착각일까.

시간은 빠른 것이다. 아니 사람들의 심정의 움직임은 시간보다 더 빠른 것이다. 맹군이 봉투 찾기를 단념하고, 이 무슨 우라질 착각이란 말인가 하며 곰곰이 생각하고 있는 동안에 벌써 사무실 안의 공기는 철두철미하게 화기애애하고 기쁨의 탄성을 차지하고 있기만 하지는 않았다. 이곳 저곳에서 불만이 중얼거려지고 있었다.

"왜 하필이면 모처럼의 일요일에 들놀이를 가야 하느냐 말야, 내 말은."

어떤 남자사원이 투덜거렸다.

"가족동반이라면 회사 돈으로 하루 재미있게 지낸다는 맛이나 있지, 이건 뭐 아무리 훑어봐도 그런 말은 없구먼."

누군지가 역시 투덜댔다.

"얘, 난 내일 그이와 인천 가기로 했는데 어쩌면 좋으니?"

한 여자사원이 다른 여자사원에게 속삭였다.

"들놀이에 빠지면 되잖아?"

"모가지는 내놓고?"

혀를 낼름거리며, 내일 인천에 가야 하는 여자가 말했다. 맹상진군은 점점 기분이 어두워졌다. 나도 정정당당한 영일무역주식회사 사원이다. 비록 말단이긴 하지만 사원임에 틀림없는 건 내 호주머니에 있는 지갑 속의 사원증명서가 증명해준다. 그런데 다른 말단사원에게는 봉투가 배부되고 왜 나에게만 그게 안 되었을까. 저 사환 계집애에게 가서 물어보자. 그러나 만일 정말 내 앞으로는 봉투가 배당되어 있지 않다는 걸 알게 될 경우에 내 얼굴은 어떻게 될까. 그러나 그럴 리가 없다. 아니 그럴 리가 있을 수도 있지. 에잇 까짓거, 어린애가 샘내는 것처럼 이게 무슨 꼴이람. 차라리 잘됐지, 내일은 오래간만에 아내와 아이들을 데리고 한일관(韓一館)에 가서 점심이나 사먹이자.

맹군이 펜대를 만지작거리기도 하고 손바닥에서 기름때를 벗겨내기도 하며 자신에게 봉투 사건을 잊어버리도록 타이르고 있는데 옆자리에 앉아 있는 이군이 눈을 조금 크게 뜨고 입술을 앞으로 조금 내밀며 말을 걸어왔다.

"왜? 봉투 안 받았어?"

이군의 눈에 자신의 당황하고 있는 꼴이 띄어버린 것이 맹군은 왈칵 부끄러워졌다. 그래서 아무렇지 않다는 걸 표정으로 만들려고 애쓰며 대답했다.

"고맙게도 난 집에서 쉴 수 있게 됐어."

애를 퍽 썼는데도 말하는 도중에 맹군은 어색하게 비쭉비쭉 웃고 말았고 말을 하고 나서는 바보스럽게 웃은 자신에 대하여 화가 치밀었다.

"이상한데."

이군이 여전히 맹군을 똑바로 건너다보며 말했다.

"이상하긴 뭐가 이상해."

맹군은 이번엔 제법 태연하게 말했다.

"아냐, 이상해."

"봉투에 이름 쓰는 사람이 내 이름을 깜빡 까먹은 거겠지 뭘. 외려 잘됐어."

"자네 정말 기분…… 나쁘잖은가?"

"아아냐, 참 자네두……"

"아냐, 이상해. 내가 가서 알아보지."

이군이 자리에서 벌떡 일어섰다.

"관둬, 관둬."

라고 맹군은 진심인 듯이 손까지 저으며 만류했다. 그러나 이군은 벌써 사환 계집애 쪽으로 걸어가고 있었다. 맹군은, 정말 고마워, 라고 말하고 싶은 충동까지 느꼈지만 그쪽엔 관심 없다는 듯이 고개를 숙이고 아까까지 하고 있던 사무를 계속하는 척했다. 이군이 돌아오는 게 얼핏 보였기 때문에 맹군은 고개를 조금 더 아래로 숙였다.

"자네 미스 리와 다툰 일이라도 있나?"

이군이 말했다.

"미스 리라니?"

맹군은 까닭 모르게 가슴이 내려앉았다.

"사장 여비서 말야."

"아니, 그런 일은 한 번도 없어. 좌우간 그 여자가 나라는 사람이 이 건물 안에 있다는 것을 알고나 있는지 몰라."

그건 사실이었다.

"저애는 말이지, 자기는 미스 리로부터 들놀이 초대장 한 묶음을 받아선 이름대로 나눠준 것밖엔 초대장에 대해서 아는 게 없다고 그러는데."

"관둬, 관둬. 외려 잘됐지 뭘."

맹군은 맹렬한 기세로 태연을 꾸미며 말했다.

맹군은 크지 않은 키에 잘 웃지 않는 사람이었다. 웃을 일이 세상에는 생각하기보다는 퍽 적다는 걸 느끼고 있었다. 그러나 그가 잘 웃지 않는 것은 그런 느낌 때문이라기보다는 하루 동안에 그가 웃을 만한 여유가 없었기 때문이었다. 불광동에 있는 그의 집에서 출근을 하기 위하여 만원버스를 타고 시내까지 오는 한 시간 동안에도 웃을 일이란 흔하지 않았다. 앞에 선 남자의 바지단추가 끼워지지 않아서 팬티가 엿보이거나 또는 손잡이를 잡고 서 있는 어떤 여자의 겨드랑이 털이 몇 개 짧은 소매 밖으로 뚫고 나왔다는 정도는, 보기에 좀 딱하다는 생각이 들 뿐, 우습지가 않다. '사내 정숙'을 지켜야 하는 회사에서는 웃을 일도 없었지만 웃어서는 안 되었다. 집에서도 위엄 있는 젊은 가장은 웃을 일이 없었다.

젖먹이가 이따금 전에 보지 못하던 제스처로 어른들의 질문에 응하면 웃는다는 정도였다. 그래도 그가 조금도 거짓 없이 웃을 때가 있다면—그 웃음은 거리를 걸을 때나 변소 속에 쭈그리고 앉아 있을 때나 충치를 치료받기 위해서 치과병원의 복잡한 의자 위에 입을 힘껏 벌리고 앉았을 때나 회사의 서류에 숫자를 기입하고 있는 도중에나, 어느 때 어느 장소를 가리지 않고 나왔다—그것은 자기가 어렸을 때 매일 반복하고 추구하고 그 속에 빠졌을 때야 세상의 모든 사물이 뜻을 가진 걸로 보이던, 공상이 생각날 때였다. 그 공상은 오로지 열 살 안팎에 있는 자기를 위하여만 있을 수 있는 것인데 대략 다음과 같았다.

열 살짜리 맹상진군은 황혼이 내리는 골목길에서 자기 또래의 친구들과 철없는 장난을 하며 놀고 있다. 그들에겐 미래란 생각하기 귀찮은 것, 따라서 없는 거나 마찬가지인데 왜냐하면 흙장난을 하며 놀고 있는 현재로서도 충분히 즐거우니까 말이다. 그들은 허물없이 떠들며 쫓기고 쫓아다니며 뛰어놀고 있다. 그때 골목길, 아니 골목길보다는 역시 주택가에서 볼 수 있는 아주 번잡하지도 않고 아주 한적하지도 않은 좀 큰길이 좋겠다. 그 길의 저쪽에 단순히 세월이 만든 주름살은 아닌 보다 더 빛이 도는 주름살을 얼굴 가득히 가진 영감님이 나타난다. 그 영감님의 옷차림은 꾀죄죄할수록 더욱 좋다.

그러나 이곳 사람들은 그 영감님이 얼마나 훌륭하고 고귀한 분이라는 걸 누구나 잘 알고 있다. 그 영감님은 신력을 가지고 사람들의 온갖 질병과 고뇌를 씻어주고 사람들의 미래도 거의 틀림없이, 말하자면 당신은 ○일 ○시 ○분 ○초에 ○에서 ○을 만나서 ○하고 그러면 당신은 ○하게 될 것이다, 라는 식으로 알아맞히는 분이다.

그 영감님이 황혼이 내리고 있는 길을 느릿느릿 이쪽으로 걸어내려오고 있다. 영감님은 떠들썩하게 뛰어놀고 있는 아이들의 곁을 지나가신다. 처음엔 그분은 아주 무심히 지나가시는 것 같다. 그러다가 갑자기 눈에 짧고 굵은 빛이 번쩍 지나갔다. 영감님은 걸음을 딱 굳히고 가빠진 숨을 —이것은 평생 한 번도 흥분해본 일이라곤 없는 영감님에겐 무섭도록 이상한 일이다 — 억제하느라고 애쓴다. 그 아이들 속에 수억 개의 별빛이 몸을 둘러싸서 보호하고 있는 아이 하나가 있는 것이다. 영감님의 몸은 놀라운 기쁨으로 형편없이 떨린다. 영감님은 여전히 떨면서 한 아이 앞으로 다가가서 그 앞에 사람에게 잡힌 자라처럼 기운 있는 대로 웅크리고 땅바닥에 엎드린다. 그런데 아이는 자기도 모르는 사이에 자기도 모르는 말을 엎드려 있는 영감님에게 내린다. 그 말은 미래의 영웅이 그 아이의 입을 통하여 말하는 것이다.

"현자(賢者)여, 어서 일어나서 가라. 네가 할 일이 너를 기다리고 있다." "황공무지로소이다." 영감님은 겨울바람 속의 양철지붕처럼 떨면서 비실비실 일어나 차마 고개를 들지 못하고 물러난다. 그 소문은 곧 마을에서 시작하여 온 나라에 퍼진다. 사람들은 그 아이를 무시하지 못한다. 무시가 뭐냐, 눈이 부시어 차마 똑바로 바라보지도 못한다. 그 아이는 맹상진군 바로 그 사람이다.

대략 이러한 어린 시절의 공상이 영일무역주식회사 시장개척과 말단사원 맹상진군을 이따금, 시간과 장소를 가리지 않고 습격하여 옆구리를 간질이는데 그로서는 웃음이 나오지 않을 수가 없었다. 물론 그것은 쓴웃음이었지만. 옛날의 부끄러운 기억이 문득 자기의 어깨를 두드릴 때 사람들이 할 수 있는 건 붉어진 얼굴로 멋쩍게 웃는 것밖에 할 일이 또 있을까. 그러나 맹상진군의 어린 시절을 차지하고 있던 그 공상은 정말 부끄러워할 만한 것일까. 그렇다, 부끄러워할 만한 것이었다.

애기가 잠깐 엉뚱한 과거의 공상으로 빠졌는데, 그날 오후 다섯시에 회사에서 퇴근한 맹군은 같은 구역에 사는 이군과 어깨를 나란히 하고 을지로 입구를 향하여 천천히 걸었다. 가뭄이 계속되는 날씨 때문인지 가로수의 나뭇잎들은 유난히 먼지를 둘러쓰고 있었고 거리를 이루고 있는 높은 건물들은 색소를 어디엔가 흡수당해버리고 어슷비슷한 차림으로 선과 면만을 겨우 유지하고 있었고 토요일 오후를 장식하기 위하여 거리를 메우고 있는 사람들의 걸음걸이조차도 물기가 필요한 듯 시들시들했다.

적어도, 그날 오후, 맹상진군의 눈에는 거리의 모든 것이 그렇게밖에 보이지 않았다. 흘낏 올려다본, 전선들 틈의 하늘도 먼지들이 햇볕에 지글지글 타며 쫓기며 허공을 몰려다니듯이, 뿌옇고 열기 있어 보였다. 그러나 키가 크고 좀 마른 편인 이군으로서 보면, 이 토요일도 다른 때의 토요일과 다름없었다. 집으로 돌아가는 만원버스를 오늘은 어쩐지 타기 싫어진 월급쟁이들, 서울 부근에 있는 부대에서 외출을 얻어 나온 군인 애들, 일 주일 동안 학교 근처에서만 서성거리다가, 오늘은 어떻게 해보겠다고 벼르면서 약속한 빵집이나 다방으로 어슬렁어슬렁 걸어가는 남자 대학생들, 저녁식사와 차와 재수만 좋으면 영화까지도 공짜로 얻어볼 수 있으니까 그것을 자신에게 강조하면서 콧등에 땀방울을 맺히며 빵집이나 다방으로 달리는 여자 대학생들, 오늘은 좀 일찍 사냥을 나온 고급 갈보들…… 뭐 똑같은 토요일이다. 아마 저 새까맣고 윤이 나는 자가용은 워커힐로 가는 것이겠고 저 초록색 새나라는 거리를 빙빙 돌다가 35정 앞쯤에서 서겠지. 아아, 그저 그렇고 그렇다. 그러고 보면 들놀이란 얼마나 파격적인 일인가.

"자넨 그럼 내일 들놀이에 가지 않으려나?"

이군이 맹군에게 말했다.

"들놀이? 참 그런 게 있었지."

맹군은 그 동안 잊어버리고 있었다는 투로 말했다.

"난 집에서 놀겠어."

"초대장을 받지 못했다고 그런다는 건가?"

"아니야. 받았다고 해도 뭐 그렇지."

그러나 맹군이 거짓말을 하고 있다는 것은 누구보다도 자신이 잘 알고 있었다.

"자넨 가려나?"

맹군이 이군에게 물었다.

"갈까 하는데. 함께 가세."

이군이 말했다.

"나? 안 돼."

"왜 하필 자네에게만 그걸 보내지 않았을까?"

"글쎄, 그걸 어떻게 아나?"

"미스 리의 사무착오일 거야. 뭔가 그 실수라는 게 있지 않아?

우리가 친구 청첩장을 보내는 일을 맡아서 할 때 흔히 꼭 보내야 할 사람을 한두 사람쯤 빼어먹는 그 실수 있잖어?"

"글쎄."

"틀림없이 내 말이 맞을 거야. 미스 리는 자기가 사원 전원에게 그 초대장을 다 보낸 걸로 알고 있을걸. 사장한테도 그렇게 보고했을 거고……"

"글쎄."

"아마 자네 이름을 써야 할 때 그만 꾸벅 졸았던 게지."

"그렇지 않을 거야. 왜 그러냐 하면 내 성은 흔하지 않거든. 명단에서도 금방 눈에 뜨일 거란 말야."

"너무 눈에 뜨이는 것엔 주의력이 집중되지 않는 경우도 있지 않어? 흔한 성씨라면 하나하나에 주의를 기울일 수 있지만 말야."

"아무튼 난 초대장을 받았다고 해도 가지 않을 거야."

맹군은 단호하게 말하고 나서 이군과의 화제를 다른 곳으로 옮기려고 했다.

이군은 맹군이 초대장을 받지 못한 사실을 몹시 처참한 기분으로 생각하고 있다는 것을 알았다. 이군은 그걸 맹군의 표정에서만도 얼마든지 집어낼 수 있었다. 이를테면 맹군이 아닌 자기가 그런 경우를 당했다고 하자, 자기도 지금 맹군이 꾸미고 있는 단호하고 태연하고 무시하는 태도를 꾸미며 나쁘게 가라앉은 목소리로 눈동자를 아무렇게나 굴리며 맹군이 조금 전에 한 말을 하고 있을 것이다.

어쩌면 한마디도 다르지 않게 할지 모른다. 기껏 술 먹고 보물 찾기를 하며 일요일 하루를 보내는 들놀이에 초대받지 못했다고 그런다는 말씀인가? 아니라고 이군은 말할 수 있다. 설령 초대 하는 목적이 삼 년 묵은 김칫국물을 마시자는 파티라고 해도 지 금 맹군이 느끼고 있을 그리고 이군 자신이 느낄 수도 있을 기분 은 마찬가지다. 빼돌림당한다는 것처럼, 사내새끼들의 사회 속 에서, 쓰라린 것은 없다. 결과로서 오는 해악이 전연 없다고 할 지라도 빼돌림당한다는 사실 자체만으로써 하늘로부터 자신에 게 배당된 그리고 그것은 마치 고추 하나씩을 배당받았듯이 누 구에게나 하나씩은 배당된 깊고 어두운 구멍 속으로 떨어지기에 충분한 이유가 되는 것이다.

우리의 마음씨 착한 이군은 그렇게 생각했다. 그러자 지금 맹 군의 가슴속에서 거품을 내며 부글부글 끓고 있을 것의 뜨거움 이 혹은 차가움이 자기에게 그대로 전해지는 것이었다. 적어도 그 뜨거운 국물을 몇 국자 퍼다가 자기가 가슴속에 부어놓은 기 분이었다. 나로서 지금 맹군을 도와줄 수 있다면 무얼로써 그럴 수 있을까.

"나도 내일 집에서 쉬려네. 아니 그럴 게 아니라 우리 내일 새 벽 일찍이 출발해서 수원 쪽으로 낚시질이나 갈까?"

이군이 맹군에게 말했다.

"자넨 내일 거기 가야지."

맹군이 눈을 묘하게 뜨고 이군을 올려다보며 말했다.

"까짓거, 가고 싶은 사람이나 가는 거지 뭐. 낚시질 안 가려나?"

"자네 혹시……"

"응?"

"아무것도 아냐. 그래 낚시질……이나 갈까?"

"가자니까."

"그래, 그거 괜찮겠어."

맹군이 말했다.

맹상진군의 불안은 이군의 노력에도 불구하고 계속됐다. 그날 밤, 맹군은 이불 속에 누워서 어둠 속을 올려다보며 잠을 이루지 못하고 별의별 귀신이 그 어둠 속에서 날갯짓을 하고 있는 것을 보고 있었다.

어둠이란 이미 공간도 아니고 시간도 아니고 아니 도대체 사람의 영역이 아님을 새삼스럽게 깨달으면서, 이군의 경우는 나와 다르지, 그는 어쨌든 사장의 초대를 받은 거야, 들놀이에 가지 않겠다는 건 그의 자발적인 의사지, 말하자면 적어도 오늘까지는 사장이 그를 회사 사원으로 인정하고 있는 거야. 그런데 나는 어떠한가. 나는 나는 나는…… 벌써…… 해고하기로 결정된 사람인지도 몰라. 해고? 아니 그렇진 않겠지. 이군의 말이 맞을지도 모르지. 미스 리의 실수에 불과하다는 게 맞을지도 모른다.

그러나 그렇다고 하더라도, 사장의 지시에 의한 것이 아니라 단순히 미스 리 쪽에서 내게 초대장을 보내지 않았다고 하더라도 그래도 의심은 풀리지 않는다. 그 영악한 미스 리가 하필이면 내 이름만 빼먹는 실수를 저질렀다는 건 아무래도 이상하다. 적어도 미스 리의 나에게 대한 좋지 않은 감정이 그러한 장난(아아, 장난이라면 얼마나 좋을까)을 했다고 생각하더라도 그건 다소 비관할 일이다. 미스 리는 사장의 처제다. 회사일에 관한 한, 미스 리는 사장이 알고 있는 만큼은 알고 있다. 아니 사장보다 더 잘 알고 있는 것도 있다.

이를테면 사원들의 품행, 교양, 성실성 등 여자이기 때문에 가질 수 있는 직관력이 그 여자에게 알아보게 하는 것. 그렇지만 그 여자에게 내가 나쁘게 보일 이유는 무엇이었던가. 없다, 결코 없다. 그렇지만 사람이란 더구나 여자들이란 자주 오해를 하는 동물이다. 동물 중에서도 가장 흔히 가장 나쁜 오해를 하는 동물이다. 아아 그렇지, 언젠가 너무나 피로하여 자신도 모르는 사이에 여자용 변소로 들어간 적이 있었지. 그때 미스 리가 벽거울을 보면서 머리를 손질하고 있었지. 거울 속에서 나를 쏘아보았지. 그렇지만 그때 나는 대학까지 다니는 동안 배워서 알고 있는 사과하는 말을 모조리 기억에서 끄집어내어 거의 빌다시피 하지 않았던가. 그렇지, 언젠가 경리과에 가서 가불을 청하고 있을 때, 에잇 그놈의 가불이란 제 돈에서 받아먹으면서도 고개는 고개대로 숙여야 하는 치사한 것이다.

아내가 편도선 수술만 받지 않았더라도 말하자면 내가 수술을 받게 되었다고만 하더라도 월급날까지 아픈 것을 차라리 참고 있지 가불은 안 했을 텐데. 하여튼 그때 경리과에 미스 리가 무슨 일 때문인지 나타났다가 나를 이상한 눈으로 쳐다봤지. 또 있던 가, 아니 없다. 미스 리가 나를 나쁘게 보았다고 하면 그 두 가지 사건 때문에 그럴 수밖에 없다. 참 소견 좁은 계집애, 아니 내가 잘못 생각하고 있는지 모르지. 내게는 들놀이 초대장을 보내지 말라고 한 건 바로 저 겉 다르고 속 다른 사장인지도 모른다. 해고? 아니 그럴 리는 없겠지…… 하는 식으로 생각하고 있었다.

"주무시잖으세요?"

어둠 속에서, 바로 곁에서 아내의 말소리가 들렸다.

"응."

"무슨 걱정되시는 일이라도……"

"아아냐, 너무 피곤해서……"

맹군은 한쪽 끝에 자기의 결백을 그리고 다른 한쪽 끝엔 해고라는 말을 두고 그 사이를 왕복했다. 변화 많고 울퉁불퉁하고 먼지가 휘날리고 갈림길이 너무 많고 그러나 표지(標識)는 하나도 없는 길이었다.

다음날 아침 일찍이 맹군은 낚시도구를 챙겨놓고 이군이 데리러 오기를 기다렸으나 이군은 오지 않았다. 그러자 맹군의 괴로운 상상은 다시 부르릉거렸다. 결국 그놈도 마찬가지에 지나지 않았어, 버림받는 것은 나야 오직 나뿐이란 말야, 라고 생각하며 담배를 다섯 대쯤 계속해서 피웠다.

그러나 이군은 배신자는 아니었다. 이군의 국민학교에 다니는 장남이 이군의 쪽지편지를 가지고 왔다. 늦잠을 자버리고 지금도 이불 속에 누워 있는데 낚시질은 그만두고 자기 집에 와서 바둑이나 두자는 것이었다. 맹군은 아무래도 좋다고 기쁘게 생각했다.

이군이 자기를 속이고 들놀이에 참가하지만 않았다면 낚시질 약속을 어긴 사실 같은 건 아무것도 아니다. 그래서 맹군은 이군의 심부름꾼에게 십원짜리 하나를 쥐여주고 열시쯤 이군의 집으로 갔다.

맹군이 슬그머니 겁이 난 것은 이군이 별로 자기를 반기지도 않고 그저 의무니까 하는 식으로 조용히 바둑판을 꺼내놓았을 뿐 내처 침묵을 지키는 것 때문이었다.

"이 친구, 집에 무슨 일이 있었어?"

맹군이 이군에게 물었다.

"아니." 딱.

"그럼 얘기 좀 해." 딱.

"할 얘기가 있어야지." 따악.

"월남문제 어떻게 생각하나?"

"어떻게 되겠지 뭘." 따악.

"그렇게 간단한 건 아니야. 이젠 한국까지 참전했는데. 육이오 때 우리나라에 군대를 보내던 나라들도 이번 월남전쟁에 대해서는 코웃음만 치고 있잖아? 물론 미국에 대해서지만 말야……"

"설마 자네한테 다시 영장이 나오지는 않을 테니 바둑이나 어서 둬."

"음, 거기다가 놓으셨단 말씀이지." 딱.

맹군은 이군의 침묵이 아무래도 겁이 났고 점점 이군이 마땅하지 못했다. 아마 자기 아내와 말다툼이라도 한 모양인데 집안 싸움을 친구에게까지 옮길 이유는 없지 않은가. 딱, 따악, 딱, 따악, 딱…… 맹군이 다섯 점을 이긴 첫 판을 끝내고 둘째 판을 두고 있을 때 이군의 침묵이 어디에서 나온 것인지를 맹군은 짐작할 수 있었다.

"회사 사람들, 지금쯤 우이동에 가 있겠지?"
라고 이군이 말을 꺼냈던 것이다.

"가 있겠지. 사장의 훈화 같은 연설이 한바탕 있었겠고……"

아아, 이군도 불안해하고 있는 것이다. 아까부터 자기가 이군의 침묵을 겁내고 있던 이유를 이제야 알 것 같았다. 맹군은 이군에게 미안한 느낌을 견딜 수가 없었다. 이군이 오늘 그곳에 참석하지 않은 것은 오로지 맹군을 위안하기 위해서라는 것을 맹군은 잘 알고 있었다.

"자네, 내 걱정 하지 말고 지금이라도 우이동으로 가는 게 어때?"

딱.

"천만에, 새삼스럽게……"

"아냐, 나야 오라는 부름을 받지 않았으니까 가지 않아도 되지만 말야……"

맹군은 바둑판을 향하여 고개를 조금 내밀며 말했다.

"자넨, 가지 않으면 사장이 기분 나쁘게 생각할지도 모른단
말야."

"글쎄."

따악, 하고 이군은 한 점을 놓고 나서 여전히 바둑판을 향하여
말했다.

"실은 그게 맘에 좀 걸리긴 해. 그렇지만 뭐 사무 보는 것도 아
니고 들놀이 하는 건데, 뭘."

"그렇지 않아. 사장양반이 음흉해서 그런 데서 협동정신이니
뭐니 떠들고 나선단 말이야. 자, 바둑판 집어치우고 오늘만은 내
말대로 하게. 옷 갈아입고 우이동으로 가게."

맹군은 바둑판 위에서 자기의 흑(黑)을 쓸어모으며 단호한 투
로 말했다. 그러면서 마음의 어떤 작은 벽이 슬그머니 젖어드는
것을 느꼈다.

"이거, 이거, 자네 왜 이래?"

이군은 바둑알을 쓸어모으는 맹군의 손을 잡으며 법석을 떨
었다.

"자네 기분이 나쁜 모양이군."

"하, 이 친구."

맹군은 웃음을 짓고 말했다.

"그런 염려는 조금도 하지 말게. 자, 내 말대로 옷을 갈아입어.
이건 정말 부탁인데 오늘은 정말 내 말을 들어주게."

이군은 잠시 동안 고개를 숙이고 잠잠히 앉아 있었다.

"자, 어서."

하고 맹군이 재촉했다. 이군이 고개를 들었다.

"자네도 함께 간다면 나도 가지."

이군이 말했다.

"그건 말이 안 돼 난……"

"아냐, 자네에게 초대장이 배부되지 않은 건 분명히 무슨 착각이거나 실수야. 사장은 자네도 참석할 줄로 알고 있을 거야. 난 확실히 그렇게 믿어. 같이 가세."

"무슨 실수는 아닐 거야. 가령 자네 말대로 실수라고 하세. 그렇다고 하더라도 내가 초대장을 받지 않은 것은 분명한 사실이거든. 난 갈 수가 없지."

"아냐, 분명히 무슨 실수야. 자네 말야, 이런 경우라고 생각해 보게. 어떤 단체에서 그 단체의 멤버에 대하여 어떤 실수를 저질렀다. 그때 그 멤버는 피해를 입게 된다. 그런데 그 멤버는 그것이 단체의 윗사람의 실수 때문이라는 걸 알고 있다. 더구나 그것이 본의 아닌 실수라는 것도 안다. 그때 그 멤버는 어떻게 해야 한다고 생각하나?"

"글쎄, 그렇지만 내가 초대장을 받지 않았다는 건 사실이거든."

"누가 아니래? 내가 말하고 싶은 건……"

"사실은 사실대로 받아들여야겠지. 자넨 실수 실수, 하지만 그것이 실수인지 아닌지는 확실히 모르잖아? 만일 그것이 실수가 아니라고 하면……"

"물론 내가 말하는 것은 실수일 경우야. 또는 실수라는 것이 거의 확실할 때, 또는 실수가 아닌가 하고 의심이 될 때, 요컨대 피해를 받을 때……"

"그럴 때 자네는 어떻게 하겠나?"

"그 실수를 깨닫게 해줘야지. 적어도 실수한 쪽이 모르는 사이에라도 그쪽이 실수를 하지 않았을 때 생기는 결과 쪽으로 멤버가 움직여야지."

"그렇지만 그건, 내가 당한 일이니까 자네가 말은 쉽게 하지만 자네가 당했다고 하면……"

"아냐, 아냐. 자네가 초대장을 받지 못했다는 건 미스 리의 실수야. 자, 가세. 함께 가세."

이군은 자리에서 벌떡 일어서며 말했다.

"난 안 돼."

하고, 맹군은 여전히 바둑판 앞을 지키고 앉아서 텅 빈 바둑판을 내려다보며 중얼거렸다. 바둑판의 가늘고 까맣고 많은 줄이 그의 눈 속에서 아물거렸다.

"자, 어서."

이군이 말했다.

"글쎄, 난 모르겠어."

맹군이 말했다.

이군은 마루 가운데 다리를 벌리고 서고 맹군은 바둑판을 내려다보며 어깨를 꾸부정하게 하고 앉아서 둘 다 한 가지 생각만 하고 있었다. 들놀이, 아아 귀찮은 들놀이……

(1965)

염소는 힘이 세다

염소는 힘이 세다. 그러나 염소는 오늘 아침에 죽었다. 이제 우리집에 힘센 것은 하나도 없다.

나는 때때로 홍수의 꿈을 꾼다. 오늘 아침에도 나는 홍수의 꿈을 꾸었다. 황톳빛 강물이 부글부글 끓듯이 거품을 일으키고 무서운 소리를 내며 빠르게 흐르고 있었다. 나는 강변에 있는 마을의 폐허 위에 서 있었다. 간밤의 폭우 때문에 집들은 더러운 판자더미가 되어 있었고, 강물이 흐르며 내는 소리 ─ 그 무겁고 한순간도 휴지(休止)가 없는, 쭈욱 이어서 들리는, 그래서 그 소리에 귀를 기울이고 있는 사람은 처음엔 그 소리가 끝날 때를 기다리지만 차츰 그 소리가 음악이나 사람의 울음소리와는 달라서 결코 언젠가 끝날 수 있는 소리가 아니라는 것을 확신하게 되고, 그러자 그것이 생명과 의지를 가진 괴물처럼 생각되어 온몸에 식은땀이 흐르는 그러한 강물 소리가 울려서인지, 그 비에 젖어

시꺼멓게 된 판자더미는 덜덜덜 떨리고 있었다. 나는 그 소리로
부터 도망치려고 몸을 돌렸다. 그때 판자더미 속에서 '매애
애—'하는 염소의 울음소리가 약하게 들려왔다. 나는 판자더미
를 헤쳤다. 하얀 털을 가진 염소 새끼 한 마리가 그 속에 있었다.
나는 그놈을 가슴에 안았다. 새끼염소에 정신이 팔려 있는 동안
은 내 귀에 들리지 않던 무서운 강물 소리가 내가 그놈을 가슴에
안고, 어디서 이놈의 임자가 나타나지 않을까, 하고 사방을 두리
번거리는 동안에 다시, 나를 휩쓸고 갈 듯이 달려들었다. 나는
새끼염소를 안은 채 도망쳤다. 그 무서운 강물 소리, 그것은 소
리라기보다는 소리의 메아리라고나 하는 편이 좋을 만큼 귀신
같은 데가 있는데, 그 웅웅거림이 끝없이 나를 쫓아오고 있었고
그리고 내 가슴에 안긴 새끼염소는 나의 달음박질을 독려하듯이
쉬임없이 그 곱게 떨리는 소리로 울고 있었다. 나는 잠이 깨었고
눈을 떴다. 그것은 내가 우리집의 염소를 처음 얻던 때의 바로
그 사정인 꿈이었다.

　염소는 힘이 세다. 그러나 염소는 오늘 아침에 죽었다. 이제
우리집에는 힘센 것은 하나도 없다. 나는 때때로 홍수의 꿈을 꾼
다. 오늘 아침에도 나는 홍수의 꿈을 꾸었다.
　꿈이 깼을 때 나는 자리에서 발딱 일어나 앉았다. 무서운 강물
의 웅웅거림과 염소의 슬프고 끊임없는 울음소리는 꿈이 깨었음
에도 여전히 내 귀에 들려오고 있었다.

내 할머니는 조금 귀머거리다. 그래서 할머니는 산골에서 살아도 무방하고 자동차들과 전차들이 잇달아 달리는 도시의 한길가에 살아도 별로 괴로움을 느끼지 않는다. 할머니는 이 집에서 살 자격이 충분히 있다. 그러나 내 어머니와 누나는 눈도 맑고 귀도 밝다. 그래서 항상 어머니는 이렇게 말한다. "아아, 깨끗하고 조용한 곳으로 이사 갔으면! 저 차소리들 때문에 난 죽고 말 거야." 그러면 "나두 그래, 엄마" 하고 누나가 말한다. 나는 어머니와 누나를 깨끗하고 조용한 곳으로 보내드리고 싶다. 그러나 나는 깨끗하고 조용한 곳이 어디 있는지를 모른다. 내가 알고 있는 곳으로서 깨끗하고 조용한 곳은 우리 학급 반장네 집의 변소뿐이다. 그러나 어머니와 누나를 남의 집 변소로 보내드릴 수는 없다. 나는 깨끗하고 조용한 곳이 어디 있는지도 모르지만 이사를 어떻게 하는지도 모른다. 나는 우리집 앞 한길가에서 수레나 오토바이, 트럭이 살림살이를 잔뜩 싣고 달리는 것을 자주 본다. 내가 알고 있는 이사는 그것이다. 살림살이를 실은 차들이 유난히 많이 지나다니는 날엔 할머니는 "오늘이 손(損)이 없는 날인 모양이군" 하시곤 한다. "저 차들은 멀리 가?" 하고 내가 할머니에게 소리쳐서 묻는다. "아아니"라고 할머니는, 거리에서 곧장 집 안으로 날아오는 먼지들 때문에 항상 쉬어 있는 목소리로 대답하신다. "기껏해야 서울 시내겠지."

내 귀에 여전히 들려오고 있는 강물 소리가 집 바로 밖의 거리를 자동차들이 달리며 내는 소리의 혼합체인 것이 점점 뚜렷해

졌다. 나는 집 밖의 거리 쪽으로 귀를 기울이며 꼼짝하지 않고
누워 있었다. 여러 소리들이 범벅이 되어 마치 범람하는 강물 소
리 같은 그 소리 속에서 버스가 내는 소리와 택시가 내는 소리와
트럭이 내는 소리와 전차가 내는 소리를 나는 차츰 구별해낼 수
가 있었다. 그러나 그러고도 여전히 내 귀에는 한 가지 이상한
소리가 남아 있었다. 그것은 염소의 슬픈 울음소리였다. 우리집
뒤안에서 나야 할 소리가 거리에서 들려오고 있는 것이었다. "우
리집 염소 소리지?" 병들어 쭈욱 누워 계신 어머니가 근심스런
음성으로 말씀하셨다. 나는 자리에서 빠르게 일어나서 이른 아
침인 밖으로 뛰어나갔다.

　염소는 힘이 세다. 그러나 염소는 오늘 아침에 죽었다. 이제
우리집에는 힘센 것은 하나도 없다. 나는 염소가 죽는 순간까지
도 힘이 세었던 것을 보았다.
　우리집의 오른편으로는 시멘트 벽돌로 지은, 좀 길다는 느낌
을 주는 단층집이 있다. 그 건물의 한길로 향하고 있는 면은 더
러운 유리가 끼워져 있는 미닫이문과 커다란 간판으로만 이루어
져 있다. 그 긴 건물이 세 칸으로 나누어져 있으므로 간판도 각
각 다른 내용으로서 세 개다. 그중 한 개는 초록색의 길고 굵은
구렁이가 숲속을 헤치며 달리고 있는 그림이다. 그 간판이 달린
집에서는 미닫이문 밖의 인도에, 비 오는 날을 제외하고는 항상
화로를 내어놓고 그 위에 항상 김이 새어오르는 약탕지를 올려

놓고 있다. 그 화로는 겉은 쇠로 되어 있고 안은 황토를 두껍게 발라서 만든 크고 높은 것으로서, 그 안에는 수많은 뱀들이 저주하기 위해서 혀를 날름거리는 듯한 연탄불의 작고 파란 불꽃이 수없이 있다. 그 불꽃 위에 올려진 약단지 속에는 진짜 뱀들이 담겨져 있고 끓는 물이 그 뱀들의 형체를 풀어헤치며 뱀 속에 있던 가지가지의 맛과 양분을 빨아들이고 있다. 새파란 불꽃과 끓는 물과 그 속에서 요동치다가 점점 형체가 녹아버리는 뱀떼와. 그래서 내게는 그 화로 전체가 내가 상상할 수 있는 최악의 지옥이었고 그래서 그 화로의 무게는 나로서는 짐작도 안 되는 것이었다. 집 안이 들여다보이지 않도록 하얀 페인트칠을 해버린 유리창에 붉은 글씨로 '생사탕(生蛇湯)'이라고 써놓은 그 집에서, 지옥 바로 그것인 그 화로를 유리창의 안─집 안에 두지 않고, 유리창 밖─행인들이 오고가는 한길에 내어놓고 있는 이유도 내게는 연탄가스 때문이라고는 조금도 생각되지 않고 오직 그 화로, 지옥의 무게를 감당해낼 수가 없어서인 것만 같다.

오늘 아침, 그 화로가 차도와 인도의 경계가 되는 곳에 굴러넘어져 있었고 빨갛게 단 연탄은 산산조각이 되어 길 위에 흩어져 있었고 약단지는 금이 가서 김이 나는 물이 그 금 사이로 새어나와 길바닥 위에 뱀처럼 기어가고 있었다. 그리고 '생사탕' 집의 뚱뚱보 영감이 한 손으로는 우리 염소의 목걸이를 쥐고 기다란 나무토막을 쥔 다른 손으로는 염소의 머리를 사정없이 내리치고 있었다. 염소는 약하게 울고 있었다. 그것은 울음이 아니라 이젠 죽어가는 신음이었다. "우리 염소예요. 왜 때려요?" 하고 나는, 길에 굴러넘어진 지옥의 주인인 그 영감의 팔에 매달리며 소리쳤다. 분노 때문에 나는 울먹거렸다. 나는 다시 집으로 달려가서 할머니를 끌고 나왔다. 염라대왕과 만나서 싸울 수 있는 것이, 우리 할머니라면 가능했다. 할머니는 비로소 사태를 아셨다. 우리 할머니는 비명 같은 고함을 지르며 염라대왕에게 달려들었다. 염라대왕이 염소를 때리던 매질을 멈추고 할머니를 상대하기 위해서 그가 쥐고 있던 목걸이에서 손을 떼자 염소는 맥없이 쓰러졌다. 나는 염소를 부둥켜안았다. 할머니와 염라대왕은 말다툼을 하고 있었다. "요 할미야, 고삐를 단단히 매어두지 않고 왜 풀어놨느냐 말야, 약단지값하고 뱀값을 물어내란 말야. 저놈의 염소 한번만 더 밖에 나왔다간 봐라, 아주 죽여버릴 테니……" 그러나 염소는, 우리 식구들 모르게 고삐를 말뚝에서 슬쩍 떼어내고, 우리집 뒤안 변소와 헛간이 붙은 판잣집 속에 있는 자기의 우리로부터 거리로 뛰어나올 기회를 영영 갖지 못하고 말았다. 벌써 숨이 넘어가버렸던 것이었다.

염소는 힘이 세다. 그러나 염소는 오늘 아침에 죽었다. 이제 우리집에는 힘센 것은 하나도 없다.

머리칼이 하얗고 입 속에는 어금니 세 개밖에 남아 있지 않은 귀머거리 할머니는 목소리를 제외하면 힘이 세지 않았다. 목소리는 아무리 커도 힘이 될 수 없으니까 할머니는 완전히 힘이 세지 않았다. 달포 전까지는 종로 거리를 오락가락하며 꽃장사를 하다가 마지막 가을비가 내리던 날부터 쭈욱 끙끙 앓으며 이불을 둘러쓰고 누워 있는 어머니도 힘이 세지 않았고 그리고 누나—이젠 어머니 대신, 새벽 네시에 일어나서, 교외에서 수레에 꽃을 실어가지고 온 꽃 도매상에게서 꽃을 받으러 청계로로 갔다가 바구니에 두서너 종류의 꽃을 받아가지고 집으로 돌아와서 아침을 지어먹고 다시 꽃바구니를 머리에 이고 종로의 어머니가 나가 앉아 있던 빌딩의 벽 밑, 빌딩과 빌딩 사이의 골목 속으로 가는 누나도 "열일곱 살이면 힘도 좀 쓰게 됐는데……" 하시는 할머니의 말씀만 없다면 힘이 세지 않았다. 그렇지만 나로서는 열일곱 살이 힘인지 아닌지를 분명히 모르니까 누나도 완전히 힘이 세지 않았고 그리고 여름철의 폭풍이 부는 밤이면 우리집으로부터 떨어져나가버리고 싶다는 듯이 쿵쾅 소리를 내며 날뛰는 우리집의 양철지붕도 힘이 세지 않았고 집 앞 한길에 교외의 도로포장 공사장으로 가는 불도저가 지나갈 때면 덜덜덜 떨고 있는 우리집의 썩어가는 판자담과 판자로 된 쪽대문도 힘이 세지 않았고 염소가 그럴 생각만 있었으면 간단히 고삐를 떼고 거리로 도망칠 수 있었던 말뚝도 힘이 세지 않았고 미닫이를 사이에 둔 우리집의 방 두 개도, 아무리 밝은 날에도 저녁때처럼 어두컴컴하기만 해서 힘이 세지 않았고 좁은 마당도 그것이 좁아서 힘이 세지 않았고 아니 우리집 전체가, 그것이 날이 갈수록 키가 자라나는 벽돌 건물들 틈에 끼어 있기 때문에 힘이 세지 않았다. 그리고 나, 바로 나도 열두 살짜리의 힘없고 키 작은 "아유, 우리 예쁜 고추야!"일 뿐이다.

염소는 힘이 세다. 그러나 염소는 오늘 아침에 죽었다. 이제 우리집에 힘센 것은 하나도 없다. 힘센 것은 모두 우리집의 밖에 있다.

아저씨는 우리집에 살고 있지 않았다. 따라서 아저씨는 힘이 세었다. 할머니가 나에게 아저씨를 데려오라고 말씀하셨다. 아저씨는 키는 작지만 턱과 볼에 수염이 많고 매부리코를 가지고 있고 사람과 얘기할 때는 조그만 눈으로 상대방을 흘겨보며 얘기한다. 나는 상대방을 흘겨보면서 얘기하는 아저씨의 그 모습이 부러워서 나도 동무들과 얘기할 때는 상대방을 흘겨본다. 언젠가 나보다 힘이 센 아이가 진짜로 나를 흘겨보면서 말했다. "애, 넌 왜 날 째려보지?" "아아냐" 하고 나는 말했다. "째려보지 않았어." 그리고 나는 정말 그애를 흘겨보지 않고 시선을 밑으로 떨구어버렸다. 그때 나는 서투르게도 아저씨 흉내를 낸 나 자신이 부끄러웠다. "염소가 죽었다? 염소를 파묻어달란 말이지? 알았어" 하고 아저씨는 이부자리 속에 누운 채 여전히 잠들어 있는 듯한 얼굴로 말했다. "이따가 가겠다구 할머니한테 말해. 제기럴, 파묻다니, 미련하게." 아저씨는 여전히 눈을 감고 누운 채 혀를 쯧쯧 찼다. "애, 국수 한 그릇 먹고 가련?" 하고 아주머니가 말했다. 나는 고개를 저었다. 아저씨 집에서 파는 돼지기름 냄새

나는 국수를 나는 싫어했다. 그것은 정말 비위에 거슬리는 냄새였다. 지게꾼들은 그러나 그 냄새 역겨운 국수를 맛있게 먹곤 했다. 지게꾼들은 힘이 세다. 아마 그 돼지기름 냄새가 나는 국수를 먹기 때문인지 모른다. 그러나 나는 정말 그 냄새가 싫다. 나는 고기기름 냄새가 나는 거리를 지날 때면 항상 뜀박질을 했다. 나는 많은 거리를 뜀박질로 지나가야 한다. 서울엔 고기기름 냄새가 나는 거리가 너무나 많다고 나는 생각한다. 그러나 나의 고기기름에 대한 혐오감 속에는 그것에 대한 부러움도 섞여 있다. 고기기름을 먹을 수 있으면 힘이 세어질지도 모른다는 생각이 늘 내 머릿속 한구석에 있기 때문이다.

염소는 힘이 세다. 그러나 염소는 며칠 전에 죽었다. 이제 우리집에 힘센 것은 하나도 없다. 힘센 것은 모두 우리집의 밖에 있다. 아저씨는 우리집의 밖에서 살고 있다. 따라서 아저씨는 힘이 세다. 힘이 약한 사람은 힘이 센 사람에게 복종할 수밖에 없다.

아저씨는 말했다. "미련하게 염소를 왜 파묻어요? 그걸 이용해보도록 하세요. 꽃 파는 것보담야 훨씬 나을걸요." 할머니도, 병을 앓고 누워 계신 어머니도 아저씨의 의견에 고개를 끄덕거리셨다. 나는 어쩐지 할머니와 어머니께서 고개를 끄덕거리시는 것이 조마조마했다. 고개를 끄덕거려서는 안 될 것처럼 문득 생각되었지만 아저씨의 의견이 눈에 보이는 일과 물건들로 나타나기 시작했을 때엔 명절날처럼 신나기만 하였다. 마당가 장독대 곁에 큰 가마솥이 놓여졌다. 우리집의 죽어버린 힘센 염소가 털이 벗겨지고 여러 조각으로 잘려져서 그 가마솥 속에 들어가 앉았다. 부엌에 뚝배기가 많아졌고 누나는 추운 날씨임에도 불구하고 이마에 땀이 송글송글 돋을 만큼 뚝배기 속에서 뛰어다니지 않으면 안 된다. 어머니는 길 건너편에 있는 내과병원의 하꼬방 같은 입원실로 옮겨가셔서 그 입원실의 우리집 쪽으로 향한 벽만 바라보며 누워 계신다. 할머니는 이따금 외치지 않으면 안 된다. "뭐요? 뭐라구요? 난 귀가 잘 안 들린다우. 뭐? 외상으로 하겠다구? 안 돼요, 안 돼. 자기 몸 좋아지라구 고깃국 먹구서 외상으로 하자니 말이 되나?" 나는 때때로 힘없이 썩어가는 우리집의 판자담과 판자로 된 쪽대문에 '정력 보강 염소탕'이라는 광고지를 새로 써서 갖다붙이곤 한다. 염소 고깃국에서는 돼지기름보다 더 고약한 냄새가 났다. 처음 며칠 동안 나는 매일 한 번씩 식구들 몰래 뒤안에 있는 변소에 가서 토했다. 그러나 그 고약한 냄새는 점점 더 부풀어서 마당을 채우고 마루를 채워버리고 두 방을 채워버리고 심지어 뒤안의 이젠 비어버린 염소우리도 채워버렸다. 벽에서도 그 냄새가 났고 이불에서도 그 냄새가 났고 누나의 옷에서도 할머니의 머리칼에서도 났고 밤늦게 방문을 안에서 잠그고 난 후 할머니와 누나와 내가 손가락에 침을 발라가며 차례차례 셈해보는 돈에서도 그 냄새가 났다. "아유, 기름 냄새!" 하며 내과병원의 여드름 많은 간호원은 내가 어

머니를 만나기 위하여 병원 안에 들어서면 손바닥으로 코를 막
았고 "고기기름 냄새가 별루 좋지 않구나"라고 어머니도 그 하
얗고 가죽만 남은 손으로 내 등을 쓰다듬으며 말씀하셨다. 그러
나 그 냄새는 이젠 나조차도 휩싸버렸다. 이제 나는 그 냄새가
좋지도 않고 싫지도 않다.

염소는 힘이 세다. 그러나 우리집 염소는 보름쯤 전에 죽어버
렸다. 이제 우리집에 힘센 것은 하나도 없다. 힘센 것은 모두 우
리집의 밖에 있다. 염소 고깃국을 사먹으러 오는 사람들은 모두
우리집의 밖에서 우리집으로 들어왔다. 따라서 그 사람들은 기
운이 세다.
　기운 센 그 사람들은 사흘 만에 염소 한 마리씩 삼켜버린다.
"겨울철엔 뭐니 뭐니 해도 염소 고깃국이 제일이거든. 한 그릇
먹고 나면 얼굴이 불그스름해지고 사타구니가 뜨뜻해진단 말
야." 손님 중의 한 사람이 말한다. "요즘 자네 마누라는 볼이 홀
쭉해졌겠군" 하고 다른 사람이 말한다. "예끼, 이 사람. 아닌게
아니라 마누라도 가끔 데려와서 이걸 먹여야겠어." "동네가 요
란해지겠군." 그들은 난 알 듯 말 듯한 얘기를 주고받으며 높은
소리로 웃어댄다. 나는 그들이 좀더 기운이 세어서 염소를 하루
에 한 마리씩 뱃속으로 삼켜버리기를 원한다. "염소고기에 소주
한잔이 없어서 될쏘냐?" 하고 어떤 손님이 말했다. "할머니, 술
도 좀 가져다놓구 파시라우요" 하고 그 손님이 외쳤다. 많은 손

님들이 술을 찾았다. "손님들이 술을 팔라구 해요"라고 나는, 어머니의 저녁밥을 바구니에 넣고 병원에 갔을 때 어머니께 얘기했다. "애, 그건 안 된다. 술은 팔지 말라구 꼭 할머니한테 말씀드려라." 어머니는 손까지 내저으며 성나신 음성으로 말씀하셨다. 나는 정말 그래야 할 것 같았다. 할머니께 내가 말했다. "엄마가 술은 절대로 팔지 말라구 하셨어." "오냐, 오냐. 술은 팔지 말아야지. 너 이젠 엄마한테 그런 얘긴 하지 말아야 돼. 엄마 병이 더해진단다"라고 할머니는 말씀하셨다. 그러나 할머니는 푸른색의 작은 술병들을 부엌 선반에 줄지어 세워놓고 손님들에게 술을 판다. 나는 할머니와 어머니가 마치 싸움이라도 할 것 같아서 서러웁다. 나는 어머니에게 술을 팔고 있다는 얘기는 하지 않았다. 나만 알고 있기로 하였다.

"이젠 단골손님이 좀 생겼니?" 어머니가 내게 물으셨다. "조금씩 생기는 것 같아요." 내가 대답했다. "장사를 하려면 단골손님을 많이 가져야 한단다." 어머니는 내 손을 만지작거리며 말씀하셨다. "광화문에서 꽃을 팔 때 내게 오는 단골손님이 꽤 많았단다. 그중에서 거의 날마다 내 꽃을 팔아주는 사람이 있었단다. 내가 그 앞에 꽃바구니를 놓고 앉아 있는 건물은 은행인데 그 사람은 그 은행에서 일하고 있는 젊은 남자였지. 머리를 깨끗이 빗어넘기고 동그란 안경을 쓴 사람이었어……" "엄마, 나도 한 번 봤어" 하고 내가 말했다. "언제더라? 내가 엄마한테 학급비 타러 갔을 때 그 사람이 우리 앞을 지나가면서 엄마에게 절했잖아?

저 사람이 내 꽃을 많이 팔아준다구 그때 엄마가 그랬잖어."“그
랬던가?” 어머니는 말씀하셨다. “아마 그랬을지도 몰라, 내 앞
을 지나갈 때 항상 인사를 했으니까. 난 한번 물었지, 꽃을 거의
날마다 사가지고 가서 어디에 쓰느냐구 말야. 그랬더니 자기 약
혼자가 꽃을 아주 좋아한다는 거 아니겠니?” “약혼자는 색시
지?” “맞았다. 결혼하기로 약속한 사람이란 뜻이야. 나도 한번
그분의 약혼자를 보았지. 아주 이쁘고 키가 날씬한 여자였단다.
한번은 그분의 심부름으로 어느 다방으로 그 여자를 만나러 간
적이 있지 않았겠니! 그 두 사람이 시간 약속을 했는데 남자에게
급한 일이 생겼기 때문에 내가 남자의 부탁으로 여자에게 간 거
야. 한 시간쯤 기다려줬으면 좋겠다고 내가 말하니까 그 여자가
방긋 웃으면서 말하더라. 아주머니, 몇 시간이고 기다리겠다고
좀 전해주세요, 라고. 참 좋은 사람들이었어."

염소는 힘이 세다. 염소는 죽어서도 힘이 세다. 가마솥 속에서
끓여지는 염소도 힘이 세다. 수염이 시커멓고 살갗이 시커멓고
가슴이 떡 벌어졌고 키가 크고 손이 큰 남자들도 가마솥 속의 염
소에게 끌려서 우리집으로 들어온다. 염소는 우락부락하게 생긴
사람만 일부러 골라서 우리집으로 끌어들일 만큼 힘이 세다.

우리집 쪽대문에서 스무 발짝쯤 떨어진 곳에 합승정거장이 있
다. 한 남자 어른이 항상 거기에 서 있다. 그 사람은 어떠한 합승
이 올지라도 타지 않는다. 다만 그 사람은 항상 거기에 서서, 합

승의 여차장이 내미는 종잇조각에 무언가 적어주고 있기만 한다. 그 사람은 합승회사에서 내보낸 사람으로서 운전사들이 회사에서 정해준 시간을 잘 지키고 있나 없나 조사하러 나와 있는 사람이라고 한다. 마흔 살쯤 먹은 사람이다. 방한모자를 쓰고 있고 낡은 오버를 입고 있고 두껍고 커다란 가죽장갑을 끼고 있다. 코가 납작하고 턱이 뾰족하고 두터운 입술이 바나나만큼이나 크다. 그 사람도 우리집 단골손님이다. 이젠 고깃국을 먹지 않더라도 틈틈이 우리집에 들어와서 불을 쬐며 할머니와 큰 소리로 얘기를 주고받는다. "할머니, 영감님은 언제 돌아가셨소?" 하고 그 남자는 소리쳐서 묻고 낄낄댄다. "늙은이를 놀리면 죽어서 지옥에 가는 거야." 할머니가 외치신다. "술 한잔 주슈" 하고 그 남자가 외친다. "술값을 내야만 주지." 할머니가 외치신다. "아, 월급 나오면 어련히 드리겠수. 소주 한잔 살짝 덥혀서 줘요." "이 선생은 너무 술을 좋아해서 망할 거야"라고 할머니는 말씀하시면서 술을 준다. 나는 그 남자가 기분 나쁘다. 그러나 그 남자는 내가 귀여운 모양인지 이따금 내 머리를 주먹으로 툭 치며 히이 웃는다. 내 누나의 엉덩이를 손바닥으로 탁 치기도 한다. 그럴때 누나는 손에 들고 있던 것, 이를테면 물이 든 바가지든가 국자라든가 연탄집게를 그 남자를 향하여 내던지며 소리지른다. "제발 좀 그러지 마세요." 그러면 사내는 온몸에 물을 뒤집어쓰고도 끄떡없이 히이 웃으며 "선아 중매는 내가 서야지"라고 말한다. 눈이 많이 내려서 집 앞 한길을 달리는 차들이 바퀴에 쇠

줄을 감고 찍찍거리며 달리던 날, 나는 뒤안에 있는 헛간―우
리집 염소가 살아 있을 때엔 염소의 우리로 쓰던 곳으로 갔다.
그곳으로 연탄을 가지러 간 누나가 오지 않아서 누나와 연탄을
가지러 갔던 것이다. 나는 헛간 문 앞에서 갑자기 덜덜 떨리는
몸을 움직일 수가 없게 되어버렸다. 가마니로 문을 가린 헛간 속
에서 끼익끼익 하는 무서운 소리가 났기 때문이다. "괜찮아, 괜
찮아, 이러지 말아, 오오 귀엽지, 자아 자아……"라는 굵고 낮은
사내의 목소리가 들렸고 횃대에서 닭이 쥐를 보고 놀라서 푸다
닥거리는 듯한 소리도 들렸다. 나는 누나에게 큰 변이 생긴 것을
직감했다. 그러나 무서워서 몸을 움직일 수가 없었다. 한참 만에
야 겨우 몸을 움직여서 가마니와 헛간 문의 기둥 틈으로 안을 들
여다보았다. 합승정거장의 사내가 아랫도리를 반쯤 벗은 채 한
손으로 누나의 입을 틀어막고 누나의 몸 위에 엎드려져 있었다.
누나의 발이 힘없이 허공을 차고 있었다. 나는 어찌해야 좋을지
몰랐다. 할머니에게 알려야 한다는 생각밖에 들지 않아서, 뛰어
서 방으로 들어왔다. 할머니는 이제 막 나간 손님들이 앉아 있던
식탁을 행주로 닦고 계셨다. 나는 할머니에게 어서 알려야 한다
는 마음과는 반대로 입이 영 열리지 않았다. 목구멍 속이 뜨겁기
만 했다. 결국 아무 소리도 못 하고 마루로 나와버렸다. 그때 합
승정거장의 사내가 집 모퉁이를 돌아나오고 있었다. 나는 있는
힘을 모두 내 두 눈 속에 모으고 그놈을 쏘아보았다. 그놈은 핏
발이 선 눈을 묘하게 오그리며 히이 웃고 아무 말 없이 대문 밖

326

으로 나가버렸다. 나는 헛간으로 달려갔다. 누나는 더러운 짚더미에 머리를 처박고 어깨를 들먹이며 울고 있었다. 누나의 치마가 조금 걷어올려져서 드러나 보이는 하얀 허벅다리에 피가 조금 묻어 있었다. "누나아!" 하고 나는 고함질렀다. 누나는 퍼뜩 고개를 들어 나를 올려다보았다. 온 얼굴이 눈물로써 범벅이 되어 있었다. 누나가 내 다리를 감싸안으며 다시 소리를 죽여 울었다. 그놈은 그 후로도 뻔뻔스럽게 우리집에 드나들었다. 매일 서너 차례씩 들렀다. 그놈이 대문으로 들어서기만 하면 누나는 얼른 부엌 속으로 들어가서 그놈이 다시 대문 밖으로 나갈 때까지 밖에 나오지 않았다. 나는 누나와의 약속대로 할머니에게도 병원에 누워 계시는 어머니에게도 그 얘기는 하지 않는다. 나와 누나는 가끔 둘이서만 있게 되면 그놈을 어떻게 죽여버릴 수 있을까 하고 작은 소리로 의논하였다. 그러나 그 방법은 전연 생기지 않는다.

염소는 힘이 세다. 염소는 죽어서도 힘이 세다. 가마솥 속에서 끓여지는 염소도 힘이 세다. 수염이 시커멓고 살갗이 시커멓고 가슴이 떡 벌어졌고 키가 크고 손이 큰 남자들도 가마솥 속의 염소에게 끌려서 우리집으로 들어온다. 염소는 우락부락하게 생긴 사람만 일부러 골라서 우리집으로 끌어들인다.

그 사람은 키도 작고 우락부락하게 생기지도 않았지만 힘이 센 듯했다. 그 사람과 함께 온 검은 유니폼을 입은 순경보다 더

힘에 센 듯했다. 염소가 왜 그 사람조차 우리집으로 끌어들였는
지 모르겠다. 염소는 힘 자랑이 몹시 하고 싶었던 모양이다. 그
사람이 할머니에게 말했다. "허가도 내지 않고 술을 팔고 음식을
팔면 어떻게 되는지 정말 몰랐단 말요." 할머니는 벌벌 떨며 말
씀하셨다. "몰랐습니다. 정말 몰랐습니다. 허가를 어떻게 내야
하는 줄도 몰랐습니다." 누나는 부엌 속에서 벌벌 떨고 있었고
나는 방 속에서 이불을 뒤집어쓰고 벌벌 떨고 있었다. "누가 이
집 주인이오?" 순경이 말했다. "우리 며느리가 주인입니다. 저
두 주인이구……" "며느님은 어디 있어요?" 순경이 말했다. "병
을 앓아서 요 앞 병원에 입원해 있어요." "남자는 없어요?" 순경
이 말했다. "왜, 있지요." "어디 갔어요?" 할머니가 방 안에 숨어
있는 나를 부르셨다. 나는 무서움에 질려서 비틀비틀 마루로 나
갔다. "남자 어른 말예요, 어른" 하고 세무서에서 온 사람이 할
머니의 귀에 대고 소리쳤다. "어른은 없어요. 전쟁통에 모두 죽
었어요." 할머니가 울먹거리며 대답하셨다. "며느님한테 갑시
다." 순경이 말했다. "우리 며느리는 아무것도 몰라요. 제발 빕니
다. 우리 며느리는 죽어요. 며느리한테는 가지 마세요." 할머니
가 손을 비비며 말씀하셨다. 두 남자는 무어라고 수군거렸다. 한
참 동안 수군거렸다. 그리고 할머니에게 순경이 말했다. "오늘부
터 당장 그만두시오, 할머니. 그렇잖으면 징역 삽니다. 꼭 장사
를 하시려면 구청에서 허가를 받구 해야 됩니다. 아시겠어요! 할
머니?" 할머니는 고개를 여러 번 끄덕거리며 대답하셨다. "알았

습니다, 나으리." 그 사람들은 돌아갔다. 누나와 나는 병원의 어머니한테로 달려갔다. "우리가 잘못한 거야"라고 어머니가 말씀하셨다. "이젠 그만 집어쳐요, 엄마. 우리 그 장사는 그만 집어쳐요"라고 말하면서 누나는 어머니 무릎에 얼굴을 대고 울었다. "무서워요. 무서워 죽겠어요." 계속해서 누나가 말했다. "살기란 힘든 거란다." 어머니가 힘없이 말씀하셨다. 나는 아무 말도 하지 않았다. 할머니가 나를 아저씨에게 보내셨다. 아저씨는 말했다. "세금을 내면서 그 장사를 하려면 음식값을 많이 받아야 한다. 음식값을 많이 받으면 누가 그걸 사먹으러 오겠니? 순경 말은 못 들은 체하구 그냥 계속 하라구 할머니한테 그래라." 그러나 우리는 아저씨의 말을 따를 수가 없었다. 우리는 문을 닫았다. 어머니는 아직 덜 나으신 몸을 집으로 다시 옮겼다. 누나가 새벽 네시에 일어나서 청계로에 나가서 꽃을 받아왔다. 누나는 아침부터 꽃바구니를 들고 종로로 나갔고 어머니는 오후에 누나의 것보다는 작은 꽃바구니를 들고 소공동 쪽으로 나가셨다.

염소는 힘이 세다. 죽어버린 염소도 힘이 세다. 앓는 어머니를 소공동 쪽으로 밀어보낼 만큼 힘이 세다.

나는 학교가 파하면 소공동으로 간다. 어머니 곁에 앉아서 책을 읽는다. 책을 읽다가 심심해지면 종로에 있는 누나에게로 간다. 누나는 자기 곁에 앉아 있는 사탕장수 아주머니에게서 사탕한 알을 얻어 나를 준다. 어느 날 누나가 말했다. "그놈이 오늘 점심때 나를 찾아왔어." 누나의 음성은 무서움으로 떨고 있는 듯했다. "뭐라구 그랬어?" 내가 물었다. "난 암말도 않고 있었어. 미안하다구 나한테 그러지 않겠어!" "그래서?" "암말두 안 했어. 그랬더니 나한테 점심 사줄 테니 따라오래." "그래서?" "난 안 따라갔어." "잘했어" 하고 내가 말했다. "그놈은 그냥 갔어?" "응, 그냥 갔어." "누나, 무섭지?" "응." 누나는 내 손을 꼬옥 쥐며 말했다. "내게 권총 한 개만 있으면 그놈을 그저……" "그러면 감옥살이하니까 그건 안 돼." 누나는 근심스런 눈빛으로 나를 보며 말했다. 그런데 누나는 거짓말쟁이였다. 어느 일요일 오후에 나는 누나를 찾아갔다. 항상 앉아 있던 자리에 누나가 보이지 않았다. 사탕장수 아주머니에게 물어보았지만 누나가 어디 갔는지 모른다고 그 아주머니는 대답했다. 나는 종로2가에서 동대문까지 천천히 걸으며 누나를 찾았다. 길가의 장사꾼들 틈을 살펴보았지만, 땅콩장수가 가장 많다는 사실밖에 발견하지 못했다. 건물과 건물 사이에 있는 지저분하고 좁은 골목들도 모두 살펴보았지만, 그 골목들 속엔 '여관'이라는 간판이 가장 많다는 것밖에 발견하지 못했다. 동대문을 지나서 저쪽으로 갔을 리는 없었다. 그쪽에 꽃을 살 만한 사람들은 없는 것이다. 그래도 혹시나 하고 나는 교통순경의 눈을 피하여 동대문의 쇠창살을 넘어 들어가서 돌계단을 밟고 올라가 숭인동 쪽 거리와 서울운동장 쪽 거리를 내려다보았다. 사람들이 너무 많아서 아무것도 보이지가 않는 형편이었다. 동대문 건물 속의 음산한 마루에만, 거기에 귀신이 숨어 있는 것 같은 느낌이 자꾸 들어서, 신경이 쓰였다. "이놈!" 하고 성벽 아래에서 누가 외쳤다. 내려다보니 교통순경이 나에게 내려오라는 손짓을 했다. 나는 겁이 나서 다른 쪽으로 도망갈 수가 없을까 하고 사방을 두리번거렸다. "빨리 내려오지 못해?" 순경이 다시 고함을 질렀다. 도망갈 길은 아무 데도 없었다. 나는 후들거리는 다리를 간신히 가누며 밑으로 내려왔다. 순경이 따귀를 철썩 때렸다. 불이 번쩍 하며 눈앞이 캄캄해졌고 바지에 오줌을 질금 싸버렸다. "이놈, 정신차려. 다시는 올라가지 마, 알았어?" 순경이 말했다. "네" 하고 나는 울음이 터질 듯해서 입술을 깨물며 겨우 대답했다. "다시 한번 큰 소리로 대답해. 알았어?" "넷." 동대문까지 오던 길을 다시 거슬러가며 길가를 살폈지만 누나는 어디에도 없었다. 차라리 광화문 쪽으로 먼저 가볼 걸 잘못했다고 생각하면서도 나는 좌우로 눈을 열심히 돌렸다. 파고다공원 앞에 왔을 때 나는 길 건너 저쪽에 누나 같은 여자를 보았다. 걸음을 멈추고 자세히 보았더니 틀림없는 나의 누나였다. 그러나 놀랍게도 누나 곁에는 그놈이 붙어서서 누나와 나란히 걷고 있었고 누나의 꽃바구니는 어디 있는지 보이지 않았다. 누나는 고개를 조금 숙여 길바닥을 내려다보며 걷고 있었고 그놈은 마치 자기 딸이라도 데리고 가는 듯이 거만한 걸음걸이로 걸어가고 있었다. 나는 그들이 혹시라도 나를 발견할까봐 얼른 파고다공원 안으로 뛰어들어갔다. 그리고 쇠창살 틈으로 길 저편의 그들을 바라보았다. 그놈이 누나에게 무어라고 말을 하는 모양이었다. 놀랍게도 누나는 웃는 얼굴로 그놈에게 무어라고 말을 했다. 그들의 모습이 건물에 가려진 내 시야의 밖으로 나가버렸다. 나는 쇠창살에 이마를 댄 채 오랫동안 가만히 서 있었다. 쇠창살은 무척 차가워서 내 이마는 금방 꽁꽁 얼어버렸다. 이윽고 나는 느릿느릿 공원 밖으로 나섰다. 길의 어느 곳에서도 그들의 모습은 보이지 않았다. 나는 고개를 힘껏 숙이고 주먹으로 자꾸 샘솟는 눈물을 닦으며 천천히 걸었다. 내 가슴이 무섭게 뛰고 있는 것을 느꼈다. "정민아!" 하고 누가 내 이름을 부르는 소리가 들렸다. 누나의 목소리라는 것을 금방 알아채었다. 고개를 돌려보니 누나는 사탕장수 아주머니의 옆 자기 자리에 꽃바구니를 천연스럽게 놓고 앉아서 나를 부르고 있는 것이었다. 나는 언젠가 그놈을 향하여 그랬었던 것처럼 온 힘을 두 눈에 모으고 입을 꼭 다물고 누나를 쏘아보며 서 있었다. 누나의 얼굴이 하얘지며 후닥닥 자리에서 일어섰다. 그리고 나에게 빠른 걸음으로 걸어와서 말했다. "너 왜 그러니?" 누나의 입에서 짜장면 냄새가 풍겨나왔다. "더러워" 하고 나는 말했다. "더러워, 저리 가!" 누나가 내 양쪽 어깨를 자기의 두 손으로 아플 만큼 눌러줬었다. "아무것도 아냐. 나도 취직할 수 있을 뿐인 걸." 누나의 목소리는 떨고 있었다. 나는 힘차게 어깨를 흔들어 누나의 손을 뿌리쳤다. 그리고 사람들을 비켜가며 빨리빨리 걸었다.

누나가 타고 있는 합승이 처음으로 우리집 앞을 지나는 날, 나는 집 앞의 길에서 누나의 차가 오기를 기다리고 서 있었다. 할머니도 쪽대문을 열고 밖으로 나오셔서 나에게 "아직 안 오니?" 하고 내게 물으셨다. "아직 안 와요"라고 내가 대답하면 할머니는 다시 집 안으로 들어가셨다가 얼마 되지 않아서 또 나오셔서 "아직 안 오니?" 하시는 것이었다. 아무것도 모르는 할머니는 항상 합승정거장에 서 있는 그놈에게 "고마워요, 이선생!" 하고 말하시지만 나는 그놈의 얼굴도 쳐다보지 않는다. 나는 우리 염소를 생각해본다. 그놈은 무척 힘이 세었다. 그놈이 죽어버리니까 우리집에 힘센 것은 하나도 없게 되어버렸다. 그러나 염소는 죽어서도 힘이 세다. 어쨌든 누나를 힘세게 만들어주었다. 누나가 타고 있는 합승의 번호가 거리의 저쪽에 나타났다. 내 가슴은 갑자기 뛰기 시작했다. 얼굴이 아무리 그러지 않으려고 해도 뜨겁게 달아올랐다. 나는 길가에 서 있기가 힘들었다. 나는 집 안으로 뛰어들어갔다. "할머니이" 하고 나는 집 안을 향하여 고함쳤다. "누나 차가 왔어 빨리빨리ー" 할머니는 어금니가 세 개밖에 남아 있지 않은 합죽한 입에 웃음을 가득 담고 허둥지둥 뛰어나오셨다. 나와 할머니는 썩어가는 우리집의 판자담 틈에 눈을 붙였다. "오라잇!" 하고 누나의 목소리가 들린 듯했다. 분홍색 합승이 우리집 쪽대문 앞 한길을 부르릉거리며 지나갔다. 차창 그 안에서 누나가 승객들을 향하여 무어라고 말하며 손짓을 하고 있는 게 보였다. "정민아!" 하고 할머니가 내게 말씀하셨다. 나지막하게 말씀하시려고 했던 모양이지만 그러나 우리 귀머거

리 할머니의 음성은 항상 힘이 세다. "할머니!" 하고 나도 중얼
거렸다. 누나의 차가 남기고 간 푸르스름한 연기가 길 위에서 어
지럽게 감돌고 있었다.

(1966)

야행(夜行)

현주는 자기 몸에 늘어붙고 있는 사내의 시선을 느꼈다. 확인해보나마나 알지 못하는 술 취한 어떤 사내겠지. 그 사내가 자기를 향하여 다가오고 있는 것을 현주는 돌아보지 않고도 느낌으로써 알 수 있었다.

"댁이 어디십니까?"

사내가 앞을 가로막으며 말을 걸어왔다.

사내는 말과 함께 들큼한 술냄새를 뿜어냈다. 넥타이의 매듭이 헐렁하게 늘어져 있고 와이셔츠의 꼭대기 단추가 채워져 있지 않았다. 그 때문에 현주는, 헤드라이트의 밝은 불빛에 드러나곤 하는 사내의 목줄기를 볼 수 있었다. 그것은 깃털을 몽땅 뽑아버리고 빨간 물감으로 염색해놓은 수탉의 껍질 같았다. 튀어나온 울대가 그 껍질 속에서 재빠르게 꿈틀대며 한 번 위로 올라갔다가 내려왔다. 침이라도 삼켰나보다. 아니면 무슨 말을. 어떻든, 사내가 긴장하고 있음에는 틀림없었다. 아마 꼼짝도 하지 않고 무표정하게 자기의 목언저리만 응시하고 있는 현주의 자세가 사내를 불안하게 한 것이리라.

"댁이 어디신지, 같은 방향이면 택시 합승을 할까 해서……" 변명을 시작하는 것으로 봐서 사내는 슬그머니 도망할 채비를 차리기로 한 것 같았다. "보시다시피 이 시간엔 택시도 어차피 합승해야 하니까요."

현주는 사내가 손짓을 과장하여 가리키고 있는 차도를 보는 대신 사내가 손에 들고 있는 서류용 봉투를 보았다. 술집에서는 아마 궁둥이 밑에라도 깔고 앉아 있었던지 그것은 주름투성이로 구겨져 있었다. 시뻘겋고 닭껍질처럼 땀구멍이 오돌도돌 들여다뵈는 목줄기. 주름투성이로 구겨진, 흔해빠진 누런 대형 봉투. 들큼한 술냄새. 그리고 헐렁하게 늘어져 있는 넥타이 위의 얼굴이 불안에 떠는 가쁜 숨결을 내뿜고 있었다. "댁이 어디십니까?" 하며 당당하게 앞을 가로막던 그 음색은 벌써 아니었다.

풋내기다. 사내는 모처럼 용기를 냈겠지, 술의 힘을 빌려서. 이 시간, 통금시간이 머지않은 이 시간이면, 종로의 그리고 을지로나 명동 부근의 모든 정류소에서 술 취한 사내들이 자기 근처에 있는 여자의 앞을 가로막는, 우연과 만나보려는 저돌적인 몸짓을 사내는 수없이 보아왔겠지. 그리고 한번 흉내내보았던 것이리라. 여자가 앙칼진 목소리로 욕설을 퍼붓고 피해간다고 해도 그렇다고 해서 미리부터 그런 시도를 해볼 생각도 하지 않는다는 건 그야말로 아무것도 아니다. 어떤 여자가 어떤 남자의 곁을 우연히 지나쳐갔을 뿐이라면 정류소의 이 시간이 다른 시간과 다른 게 무엇이랴!

더구나 짓궂은 장난인 듯이 가장하고 있는 사내들의 그 행위 속에는, 대낮의 생활로부터 이 도시로부터, 자기의 예정된 생활로부터, 자기가 싫증이 날 지경으로 잘 알고 있는 자기 자신으로부터 도망해보고 싶은 욕구가 움직이고 있음을 현주는 알고 있는 것이었다. 또 그 여자는 알고 있었다. 도망할 수 있는 사람과 욕구는 있지만 그러지 못하고 마는 사람이 있다는 것을. 닭껍질 같은 목줄기. 구겨진 대형 봉투. 그리고 이제는, 여자의 꼿꼿한 침묵 때문에 불안하여 떨리기 시작한 목소리. 이 사내는 평생 도망가지 못하고 말리라. 그의 말마따나 일인당 백원씩 받는 택시 합승으로 집으로, 그의 일상으로 돌아가는 수밖엔 없으리라. 돌아가게 해주자, 그가 바라고 있는 것은 그것이므로.

"전, 집이 바로 요 건너에 있어요."

그 여자는 아직도 사내의 얼굴은 보지 않은 채 거짓말을 나직이 말했다.

"아, 그러세요 이거, 잘못 알고…… 실례 많았습니다."

사내는 사실 이상으로 취한 체, 몸을 가누기도 힘들다는 듯이 비틀거리며 현주의 앞을 떠나 사람들 틈으로 끼어들어가버렸다.

사내가 가버리기 전에 그 여자는 일부러는 아니었지만 그 사내의 얼굴을 보고 말았다. 얼른 지적할 만한 특징이 있는 건 아니면서 호감이 가는 생김새였다. 무엇보다도 그는 얼굴을 보기 전까지 그 여자가 본능적으로 펼친 상상 속에서보다는 젊은 것이었다. 스물일고여덟 살쯤 됐을까?

문득 뜻하지 않은 느낌이 그 여자의 몸 속에서 번지기 시작했다. 그것은 쓸쓸함이었다. 외면적으로야 자신과는 완전히 관계 없는 일 때문에도 느껴지는 순수한 쓸쓸함이었다.

그것은 가령 그 여자가 언젠가 극장에서 뉴스영화를 볼 때 느껴본 적이 있던 느낌과 같은 종류의 것이었다. 베트남 전선으로 가는 군인들이 군함의 갑판 위를 새까맣게 덮고 있었다. 그들은 꽃다발을 하나씩 목에 걸고 웃으며 부두에 서 있는 사람들을 향하여 끊임없이 손을 젓고 있었다. 그들의 얼굴이 모두 어리다고 생각될 만큼 너무 젊은 것을 새삼스럽게 발견하고 현주는 충격을 받았다. 그리고 그렇게 많은 얼굴들을 한꺼번에 놓고 보게 되니 문득 우리 종족의 얼굴의 특징이 잡혀지는 것이었다. 그들의 얼굴이 제 나름의 색다른 인생에 의하여 싫든 좋든 이미 강한 개성을 가져버린 늙은이들의 얼굴이 아니라 이제야 자기 나름의 인생을 살게 될 나이에 있는 젊은이들의 얼굴이었기 때문에 그 여자가 우리 종족의 얼굴의 특징이라 하여 그 스크린 속에서 붙잡아본 것들은 아마 거의 정확한 것이었을 게다. 그 특징들에 의하여 현주가 내린 결론은 우리나라 남자들은 도무지 군인으로서는 어울리지 않는다는 것이었다. 미군 식의 유니폼 때문일까? 뉴스영화를 보고 있으면서 그 여자는 집에 돌아가는 대로 곧 한국 남자들이 입어서 군인답게 보일 수 있는 유니폼을 디자인해 봐야겠다고 생각하고 있었다. 그러면서도 동시에 어떠한 디자인 도 그들을 그렇게 보이게 할 수가 없으리라는 단정을 막연하나 마 내리고 있었다. 문득, 다른 사람과 마찬가지로 꽃다발을 목에 두르고 웃으며 손을 젓고 있는 한 군인이 클로즈업되었다. 카메 라맨은 어떤 의도로써 그 젊은이를 클로즈업시켰는지 알 수 없 었으나 그 화면을 보면서 현주는 치밀어오르는 감동에 아랫입술 을 지그시 물었다. 그 화면 속의 인물이야말로 그 여자가 발견한 그 특징들을 가장 잘 구현하고 있는 얼굴이었기 때문이었다. 납 작한 이마, 숱이 짙은 눈썹, 크지 않은 눈, 광대뼈가 약간 불거졌 으면서도 갸름한 얼굴…… 현주는 그 젊은이를 군함에 태워 보 내고 싶지 않다는 충동을 느꼈다. 하마터면 화면을 향하여 두 팔 을 내밀 뻔하였다. 그러나 화면은 곧 바뀌어서 나부끼는 태극기 의 물결로부터 군함은 점점 멀어져갔다. 그때 그 여자는 지친 듯 허탈해지면서 느릿느릿 밀려드는 쓸쓸한 느낌을 경험하게 되었 던 것이다.

마지막 버스를 놓치지 않으려고 이리 뛰고 저리 뛰는 사람들 틈을 걸어가면서 현주는 자기를 붙잡는 사내들의 얼굴은 될 수 있는 대로 보지 않기로 자신에게 약속시켰던 점을 새삼스럽게 다행으로 생각했다.

그 여자가 자기 자신에게 그런 약속을 시킨 맨 처음의 동기는 그뒤에 그 약속이 나타낸 효과와는 정반대였다. 즉 밤거리에서 자기에게 말을 걸어오는 사내의 얼굴을 그 여자가 애써 보지 않으려고 하는 이유는 사내에게 용기를 주기 위해서였다. 그 여자의 생각으로는, 만일 자기가 남자라면 밤거리에서 장난 반 진담 반으로 지나가는 여자를 붙들어세웠더니 그 여자가 차마 자기의 얼굴도 보지 못하고 묵묵히 서 있기만 하는 걸 보면 없던 용기가 부쩍 솟으며 이젠 사태가 진담이기만 할 뿐이라는 즐거운 절박감조차 들지 않을까 하는 것이었다. 만일 자기가 남자라면, 그렇다, 더이상 군말 없이 그 여자의 손목을 잡아 끌고 가리라. 끌고 가리라.

그러나 그 여자의 침묵과 외면이 사내에게 작용한 결과는 번번이 사내로 하여금 불안과 경계심으로 떨게 할 뿐이었다. 그 여자가 만났던 사내들 중에서 가장 뻔뻔스럽다고 생각되는 사내도, "뭐 이런 게 있어? 벙어린가?" 하며 슬슬 물러가버렸던 것이다.

예상과는 전연 반대로 나타난 이 효과에 대하여 그러나 현주는 결코 불만스럽게 생각하지 않았다. 오히려 그것 때문에 많은 것을 절약할 수 있음을 알고 기뻤다. 시간도, 말도 그리고 무엇보다도 말을 붙여오는 그 사내가 자기에게 필요한 사내인가 아닌가 하는 것을 알아보기 위한 노력이 절약된다는 건 참 다행스러운 일이었다.

그리고 이제 다행스럽다고 생각되는 이유는 하나 더 늘어난 것이었다.

그릇 속의 물에 떨어진 한 방울의 잉크가 번지듯이 그 여자 안에서 번지기 시작하여 이제는 발끝까지 가득히 채우고 있는 저 쓸쓸한 느낌이 만약 그 사내가 말을 걸어오던 처음부터 그의 얼굴을 보았음으로써 이내 그 여자를 사로잡았더라면 아마 그 여자는 자기 쪽에서 먼저 사내에게 팔을 내밀어버렸을지도 모를 일이었다. 마치 극장에서 스크린을 향하여 팔을 내밀 뻔했듯이. 사실 그럴 수 있는 가능성은 있었다.

최근에 와서 그 여자의 욕구는 비틀거렸다.

그 여자는 자기의 욕구가 지나치게 무모하고 비상식적이고 반사회적이라는 걸 그 욕구의 싹이 자기의 내부를 자극하기 시작하던 처음부터 깨닫고 있기는 했다. 그러나 그 여자로 하여금 그러한 욕구를 갖도록 해준 어떤 경험이 그리고 인간이 지니고 있는 욕구는 그것이 어떠한 것이든지 그 속에 한줄기 강렬한 빛을 발하고 있다는 자각이 그 여자로 하여금 그 무모하고 비상식적이고 반사회적이라고 생각되는 울타리를 감히 넌지시 넘도록 한 것이었다. 어느 시간, 어느 장소, 어느 사람들 사이에서는 그것은 결코 무모하지도 않으며 비상식적인 것도 아니며 반사회적인 것도 아닐 수 있으리라. 가령, 그 여자는 포로수용소를 탈출하고 싶어하는 포로를 상상한다. 그는 철조망의 한 곳이 허술한 것을 우연히 발견한다. 그것을 발견하자 그는 자기가 이 수용소로부터 탈출하고 싶어했다는 걸 비로소 깨달은 것이다. 그는 계획을 세우고 준비한다. 그리고 예정했던, 어느 달 없는 밤에 그는 철조망을 넘어선다. 어느 입장에서 보면 그의 행위는 분명히 무모하고 비상식적이고 반사회적이다. 그렇다고 하여 그의 욕구가 완전히 부정되어야 할 것인가.

현주가 자기 몫의 허술한 울타리를 경험한 것은 8월 초순의 어느 날이었다. 그것은 이젠 어떠한 수단으로써도 정정할 수 없는 과거의 사실임에도 불구하고 그 여자는 그것이 대낮에 일어난 일이었다는 게 오히려 시일이 갈수록 더욱 믿어지지 않는 것이었다. 물론 그것은 대낮이었다. 해도 긴 8월의 오후 세시경이었다.

그 여자는 신세계백화점 앞의 육교 계단을 느릿느릿 올라가고 있었다. 그 여자가 입고 있던 옷은 은행원의 제복이 아니라 분홍빛 나뭇잎 무늬가 있는 원피스였다. 그 여자는 일 주일 동안 얻은 휴가를 보내고 있는 중이었다. 그날은 휴가의 마지막 날이었다. 그 여자는 몇 시간 전에 시외버스에서 내렸었다. 휴가를 고향의 어머니 곁에서 보냈던 것이다.

모처럼의 휴가를 두고 그 여자의 계획은 너무나 많았었다. 그러나 그 계획들은 어느 것 하나도 실행되지 못하고 말았다. 처음의 계획에는 들어 있지도 않았던 엉뚱한 곳에서 휴가를 보냈다. 결국 어떤 의무감에서 나온 결정이었는데 그 여자는 오랫동안 만나보지 못한 고향의 어머니 곁에서 휴가를 보내기로 결정했었던 것이었다. 그래서 그 여자는 어머니한테 갔었다. 모녀는 첫날은 오랜만의 상봉에 기쁨으로 들떠서 지냈다. 다음날엔 집안의 여러 가지 일에 대하여 도란도란 얘기를 주고받았고, 그 다음날엔 어머니 특유의 나무랄 수 없는 잔소리가 시작됐고, 그 다음날 엔 딸 특유의 신경질이 되살아났으며, 마지막으로 모녀는 한바탕 크게 싸웠다. 다음날 새벽, 딸이 버스정류소로 가기 전에 모녀는 어느새 슬그머니 화해를 하고 있었으며 딸이 버스에 올랐을 때 어머니는 헤어지는 슬픔 때문에 차창에 매달리며 쿨적쿨적 울었고 딸은, 딸도 눈물을 글썽거렸다. 그뿐이었다, 그 여자의 휴가 동안에 일어난 일이라고는.

번잡한 육교의 계단을 올라가면서 그 여자는 샌들의 가죽끈 밖으로 가지런히 내밀어져 있는 자기의 발가락을 내려다보고 있었다. 그것들은 땀과 흙먼지로써 남 보기에 창피할 만큼 더럽혀져 있었다. 그 부분만은 그 여자의 것이 아닌 것 같았다. 아니 그 부분만이 참으로 자기의 소유인 것 같다고 그 여자는 느끼고 있었다.

계단을 오르기 조금 전에 그 여자는 남편에게 자기가 돌아온 것을 전화로 알렸다. 남편은 그 여자와 같은 은행에 근무하고 있었다. 그러나 그 두 사람이 사실상의 부부라는 것을 알고 있는 사람은 그 직장 안에는 아무도 없었다. 그들은 그 직장 안에서 알게 되어 연애를 했고 부부가 됐다. 그러나 결혼식을 하지 않은 부부였다. 부부관계라는 것도 애써 숨겼다. 직장에서는 그들은 전연 타인들처럼 행동했고 일 때문에 부득이 말을 주고받아야 할 경우에도 반드시 무표정한 얼굴로 '박선생님' '미스 리' 했다. 그들의 연극은 지난 이 년 동안 한 번도 탄로난 적이 없었다. 이젠 두 사람 자신들도 자기들이 연극을 하고 있다는 의식에 사로잡혀 있지는 않았다. 다른 사람들이 자기들의 관계를 눈치채지 못하도록 조심하는 것도 이젠 이미 습관이었다. 물론 불안한 습관이긴 했지만. 그들이 그러할 것을 처음 제안한 사람은 남편이 아니라 현주였다. 그 여자의 직장에서는 기혼여성은 쓰지 않았다. 결혼을 하게 되면 여자직원은 그 직장을 그만두거나 기혼여성이어도 무방한 다른 직장으로 옮겨야 했다. 그러나 현주의 경우, 두 가지 중 어느 것 하나도 할 자신이 없었다. 그 여자는 남편의 수입만으로써는 생활이 주는 평범한 행복을 얻어낼 수 없을 것 같은 불안에 사로잡혀 있었고 좀더 저축이 불어날 수 있다는 가능성을 차버리고 싶지 않았다. 남편은 처음엔 남자로서의 자존심을 내세웠으나 현주의 거의 호소에 가까운 주장으로써 자기의 자존심이 달래지고 나서는 그러기로 동의했다. 물론 언젠가는 그들도 남들과 마찬가지로 정식으로 청첩장을 돌리고 은행장을 주례로 모신 결혼식을 올릴 터였다. 현주는 퇴직금을 받고 즐거이 직장을 그만둘 것이며 남편에게 피임기구를 사용하게 하지도 않을 것이며 그때쯤엔 계장이 되어 있을 남편에게 "당신 밑에 있는 사람들, 오늘 저녁식사는 우리집에 와서 하시라고 하세요"라고 말할 터였다. 그것은 불안한 습관이 되어버린 그들 부부의 연극을 확실히 보상해주고도 남음이 있을 즐거운 꿈이었다.

그런데 왜 이렇게 더러워 보일까? 그 여자는 계단을 오르고 있었다. 이젠 직장을 그만둬야 할 때가 온 것일까?

"저예요. 아침에 도착했어요. 퇴근하고 오실 때까지 잠자코 있으려고 했지만, 보고 싶어서 히잉…… 곁에 누가 있어요?"

"응."

남편의 대답은 짧고 무표정했다.

"그래요? 그럼 이따가 만나요. 저 시장 좀 봐가지고 들어가겠어요. 물론 일찍 들어오시죠?"

"그러엄."

"끊어요."

"끊어."

그 여자의 귓속에서는 아직도 수화기 특유의 윙 하는 금속음이 울리고 있었다. 계단을 내려오고 있던 파라솔 하나가 살대의 뾰족한 끝으로 현주의 관자놀이를 아프게 스치고 그러고도 시치미를 뚝 떼고 지나갔다. 한국은행 본점의 돔 그늘에서 비둘기 몇 마리가 뜨거운 햇볕을 피하고 있는 게 보였다. 현주는 계단의 마지막 층계를 오르고 있는 중이었다. 그때였다, 낯선 사내의 억센 손이 그 여자의 팔꿈치 근처를 움켜쥔 것은.

한 번도 본 기억이 없는 사내였다. 아니 본 적이 있는지도 모른다. 만원버스 속에서 또는 은행의 창구를 통하여 또는 극장의 휴게실에서 또는 시장의 좁은 통로에서 또는…… 그런 곳에서라면 얼마든지 보았던, 전연 기억되지 않는 얼굴이었다. 사내는 약간 비대하였고 햇볕에 그을려 갈색인 얼굴은 땀을 뻘뻘 흘리고 있었다. 삼십사오 세? 못생기지는 않았다.

"왜 그러세요?"

현주는 사내의 손아귀에서 팔을 빼내려고 하였다. 땀에 젖어 있던 사내의 손바닥이 미끄러운 마찰을 일으켰다. 그러나 사내는 손을 떼지 않았다.

"조용히 드릴 얘기가 있습니다. 아무 말씀 마시고 절 따라와주세요."

말하고 나서 사내는 현주의 팔꿈치를 잡고 있던 손을 아래로 미끄러내려 손목을 힘주어 잡았다. 그리고 그 여자가 방금 올라왔던 계단 아래로 내려가기 시작했다. 그 여자는 휘청거리며 끌려내려갈 수밖에 없었다. 사내의 절박한 표정에 속았던 것이 아니었다. 공포가 그 여자의 목구멍을 틀어막고 있었기 때문이었다. 뭔가 오해하고 있는 것이겠지. 이 사내가 품고 있는 오해가 내가 해명해줄 수 있는 오해였으면……

"왜 이러시는 거예요, 정말?"

"잠깐이면 됩니다."

"어디로 가는 거죠?"

"바로 요 됩니다."

"손은 좀 노세요. 따라갈 테니까. 절 아세요?"

"압니다."

사내는 손목을 놓지 않고 그리고 현주의 얼굴을 돌아보지도 않고 말했다. 육교에서 팔꿈치를 잡고 말을 걸어오던 때를 제외하고는 그는 내내 여자를 돌아보지 않고 걸었다.

그 여자는 공포와 혼란의 늪 속에서 허우적거리기 시작했다. 숨이 막히는 것 같았다. 발버둥쳐보았지만 혼란의 늪 속에는 디딤돌이 없었다. 그 여자의 머릿속은 뜨겁게 부푼 진흙으로 가득 차버렸다. 마침내 그 여자는 생각하였다. 아아, 마침내 내 연극이, 속임수가 탄로나고 만 거야. 탄로나고 말았어. 속임수를 썼던 죄로 나는 지금 잡혀가고 있는 거야. 그들은 나를 고문할까? 아냐, 고문하기 전에 내가 먼저 자백해버리겠어. 아냐, 그럴 필요는 없지. 물론 우리는 결혼식을 하지 않았어. 하지만 앞으로도 하지 않을 거야. 그래, 그러면 나에겐 자백할 게 아무것도 없어지는 셈이지.

그들은 백화점을 끼고 돌았다. 그들은 차도를 건너질러갔다. 도중에 차도의 복판에서 차가 몇 대 지나가기를 기다리느라고 잠깐 걸음을 멈춘 동안, 사내는 문득 "날씨가 몹시 덥죠?" 하고 중얼거렸다. 그것은 여자에게라기보다 자기 자신에게 들려주기 위한 중얼거림 같았다. 차라리 사내가 여자에게 말하고 있는 것은 여자의 손목을 잡고 있는 그의 손을 통해서였다. 여자는 빼내려 하고 사내는 놓치지 않으려 하는 두 손은 몹시 미끄럽게 마찰되고 있었고 그 움직임이 문득 눈에 뜨이자 현주는 마치 사내가 자기를 애무하고 있는 게 아닌가 하는 착각에 휘말려드는 것이었다. 사내는 손을 묘한 형상으로써 그 여자의 손목을 잡고 있었다. 즉 사내는 엄지손가락의 끝을 나머지 네 개의 손가락 끝에 맞대어 일종의 고리를 만든 것이었다. 그 고리 속에 현주의 가느

다란 손목이 갇혀 있는 꼴이었다. 그 고리는 여자의 손목이 마음
대로 움직일 수 있을 만큼 헐렁하였다. 그러나 빠져나올 수는 없
었다. 사내 손의 그 섬세한 조작이 그 여자의 마음에 들었다. 공
포 속의 안심이라고나 할까, 그 여자는 그런 걸 느꼈다. 그 여자
는 손목을 빼내기를 단념하였다. 그러자 그 고리가 점점 오므라
들어 움직이기를 멈춘 여자의 손목을 아프지 않은 한계 안에서
조이는 것이었다. 그 여자는 문득 자기의 손과 사내 손의 그 땀
에 젖어 미끄러운 틈으로부터 생명의 거친 숨소리가 들려오는
것을 의식하였다. 그것은 북소리처럼 둔중했고 생선 아가미처럼
가빴다. 사내의 생명도 자기의 생명도 아닌 전연 낯선 생명이 지
금 마악 땀에 젖은 손과 손의 틈바구니에서 태어난 것 같았다.
그러자 그 여자의 공포와 혼란은 더욱 말할 수 없는 힘으로 그
여자를 흔들어놓기 시작했다.

"뭘, 저한테 뭘 요구하시는 거예요?"

"요구하다니, 오해하지 마시오. 당신한테 할말이 있다니까."

사내는 침착하게 나직나직 말했다.

사내의 목적지가 가까운 다방이나, 최악의 경우 파출소쯤이려
니 생각하고 있던 현주는 사내가 회현동 골목 속에 새로 단장한
지 오래지 않은 듯한 이층 건물 속으로 한마디 해명도 없이 그리
고 고개 한 번 돌려보는 법 없이 자기를 끌고 들어섰을 때는 너
무나 놀라서 아래턱만 덜덜 떨 뿐 말 한마디 꺼내지 못하고 있었
다. 그곳은 여관이었다.

"자, 그만 울어. 이젠 경찰에 가서 강간당했다고 고발해도 돼. 난 감옥에 가는 걸 무서워하지 않거든. 당신의 팔뚝이 몹시 매끄러워 보이더군. 내 손 속에 넣고 만지고 싶었어. 당신을 그냥 지나쳐버렸더라면 어떻게 됐을까? 어떻게 되긴, 뭐 아무것도 아니지. 당신도 역시 아무 일도 일어나지 않은 게 좋다고 생각하는 그런 여자인가? 어어, 굉장히 더운 날이지? 그만 울어요, 여름에 울면 감기 걸린대."

사내가 말할 게 있다던 것은 대강 그것이었다.

그 일이 있고 난 직후엔 그 여자는 그 일을 단순한 봉변으로 돌려버리고 싶어했다. 자기의 죄의식과 어떤 불량배의 무도한 욕구가 우연히 부딪쳐서 튀긴 불똥이었다고 생각하려 했다. 그 사건 자체에 대해서는 그 여자는 자기에게 책임이 있을 수 없다고 생각하려 했다. 남편 아닌 다른 사내의 몸이 자기의 몸에 닿았던 점에 대해서는 남편에게 미안하게 생각하지만 그렇다고 그 사건을 고백하고 용서를 구하고 하는 따위의 일은 조금도 하고 싶지 않았다. 그 여자는 가능하다면 하루빨리 그 사건이 망각되어지기만을 바랐다.

그러나 시일이 갈수록 그 일이 그 여자에게 남기고 간 흔적은 뚜렷해졌다. 마치 피와 고름과 살덩이가 범벅이 되어 뭐가 뭔지 형체를 알 수 없던 상처가 오랜 후에 한 가닥의 허연 흉터로 모습을 분명히 나타내듯이 그 사건은 그렇게 그 여자의 내부에 자리잡혀간 것이었다.

그 사건이 생긴 데 대하여 책임져야 할 사람이 있다면 그것은 그 불량배가 아니라 자기와 자기의 남편이어야 한다고 그 여자는 생각하였다. 뿐만 아니라 이제는 그날 그 육교 위에서 손목을 잡힌 사람은 그 불량배였는지 자기였는지조차 판단할 수 없다고 생각하였다. 자기는 자기의 더러움을 보았다. 그리고 그곳에 있는 모든 것으로부터 도망하고 싶었다. 마침 한 사람이 자기 곁을 지나가고 있었다. 자기는 그 사람의 손목을 붙잡고 이곳이 아닌 다른 곳으로 데려다달라고 애원하였다. 그 사람은 자기를 데려다주었다. '이곳'이 아닌 다른 곳으로. 더 나은 곳인지 아닌지는 몰라도 적어도 '이곳'이 아닌 것만은 틀림없었다. 그 점에 대해서는 의심의 여지가 없다. 얘기가 이렇게 되는 것이 그 사건의 정확한 줄거리라고 그 여자의 의식은 말했다.

그 여자는 자기가 확실히 그 사내에게 매달리고 있었음에 틀림없다고 생각하게 되었다. 그리고 그 사내는 믿음직스럽게 행동했던 것 같았다. 타성이 그 여자에게 불어넣어준 그 사내에 대한 저항을 사내는 얼마나 멋있게, 꼼짝할 수 없도록 때려뉘었던가! 땀, 그렇다. 쉴 줄 모르고 솟아나 온몸을 목욕시키던 땀은 그 여자의 '이곳'이 패배의 쓰라림에 흘린 눈물은 아니었던지!

그러나 그 여자의 외면적 생활은 여전히 계속되었다. 남편과는 이십 분 간격으로 은행에 출근하였고, 은행에선 두 사람은 될 수 있는 대로 접촉을 피했고 부득이 말을 주고받아야 할 경우엔

'박선생님' '미스 리' 했다. 하루 일이 끝나면 남편은 으레 다른 남녀 행원들과 함께 문을 나섰고 그 여자 역시 다른 남녀 행원들 틈에 끼어 문을 나섰다. 그후에 그들이 집에서 만나게 되는 시간 은 대중없었다.

　어느 날 밤늦게 그 여자는 중앙극장에서 영화의 마지막 회를 보고 명동 입구까지 걸어나와서 버스를 탔다. 바의 여급들이 술 에 취해 비틀거리며 집으로 돌아가는 시간이었다. 버스에 올라 자리를 잡고 앉은 현주는 차가 출발할 때까지 차창을 통하여 내 려다보이는 거리의 풍경을 눈여겨보고 있었다. 이 시간의 이 거 리가 그 여자에게는 어쩐지 심상치 않게 보이는 것이었다. 이 거 리는 그 여자가 일하고 있는 은행의 이웃이었다. 그러므로 대낮 이나 초저녁의 이 거리에 대해서는 그 여자도 익숙해 있었다. 그 런데 이 시간의 이 거리는 왜 이렇게도 낯설어 보이는 것일까? 막차를 놓치지 않기 위해서 사람들이 초조한 걸음으로 이리 뛰 고 저리 뛰기 때문만은 아니었다. 명동 안쪽의 상점들이 모두 불 을 끄고 셔터를 내려버렸기 때문만도 아니었다. 버스 안 가득히 술냄새가 풍기고 있기 때문만도 아니었다. 유치하게 화려한 차 림의 여급들이 거리낌없이 쌍소리를 높은 음성으로 재잘대며 버 스에 오르기 때문만도 아니었다. 이 거리의 어디로부터 지금 자 기의 귀가 듣고 있는 헐떡이는 숨소리가 들려오고 있는 것일까? 누가 자기를 부르고 있는 것일까? 왜 이 거리에서 지금 공포와 혼란의 거센 바람소리가 들려오는 것일까?

마침내 그 여자는 그 모든 소리들이 어디서 오는 것인가를 찾아냈다. 거리의 여기저기서 사내들이 지나가는 여자의 앞을 가로막는 모습이 눈에 뜨인 것이었다. 아까부터 자기가 보고 있었던 것은 바로 그들임을 현주는 깨달은 것이었다.

어떤 여자들은 자기에게 말을 붙인 사내들을 따라갔고 어떤 여자들은 가지 않았다. 그 여자들의 대부분이 여급이라는 건 차림새로 봐서 짐작할 수 있었다. 물론 사내를 따라간 여자들은 그들의 직업으로 봐서 낯선 사내와 동행한다는 일에서 별다른 의미를 느끼지 않는지는 알 수 없었다. 그러나 버스 속에 앉아서 창을 통하여 그들을 발견했을 때, 현주는 자기 자신을 더럽게 여기고 있는 여자들이 그렇게도 공공연하게 많다는 사실을 하나의 충격으로서 받아들이지 않을 수 없었다.

따지고 보면 그 여자는 그 풍경을 오늘에야 처음으로 본 것은 결코 아니었을 게다. 본 적이 있다고 얘기할 자신이 없을 만큼 눈여겨보지 않았을 따름이었을 게다. 전에는 그 여자가 그들을 보았다고 해도 거기서 아무런 의미를 볼 수 없었기 때문에 무심히 지나쳐버릴 수 있었을 뿐일 게다.

달리는 버스 속에서 그 여자는 그들에 대하여 생각하고 있었다. 그들은 울타리를 넘어 어디로 갔을까? 그들이 도착한 곳은 어떤 곳일까? 울타리를 넘다가 그들은 감시병의 총격을 받지는 않았을까? 군견의 헐떡이는 숨소리가 뒤를 쫓고 서치라이트의 동그란 불빛이 그들의 등을 끝없이 쫓아가고 있지는 않을까? 그 여자는 그들이 무사히 도망했기를 빌고 싶었다.

그 이후로 그 여자는 가끔, 자기가 뜨거운 8월 어느 날 우연히 한번 넘어서본 적이 있던 울타리를 넘고 싶다는 욕구를 발작적으로 강렬하게 느끼곤 하였다. 드디어 어느 날 밤, 밤거리로 나섰다. 일부러 바가 문을 닫는 무렵의 시간을 택했다.

그 여자는 이따금 다른 사람들과 어깨를 부딪쳐가며 느릿느릿 걸었다.

한 시간쯤 후엔 이 도시에 셔터가 내려진다. 자동차들은 무서운 속도로 질주하고 있었고 행인들의 발걸음은 바빴다. 그 속에서 그 여자의 느린 걸음걸이는 눈에 뜨이는 것이었다. 그 여자는 그것을 계산하고 있었다.

아직도 가을이라 생각하고 있는데 기온이 갑자기 영하로 내려간 밤이었다. 종로백화점 옆 골목의 그늘 속에 어떤 사내가 쭈그리고 앉아 욱욱 소리를 내며 토하고 있었다. 그날 아침에 세탁소에서 찾다 입은 듯한 깨끗한 외투의 밑자락이 사내가 괴로워서 몸을 뒤틀 때마다 땅바닥에서 이리저리 끌리고 있었다. 기름 칠하여 단정하게 빗어넘긴 머리가 가로등의 형광빛을 받아 철사처럼 번쩍이고 있었다. 거의 비슷한 차림인 다른 사내가 낄낄대며 그 사내의 등을 주먹으로 쿵쿵 내려치고 있었다. 토하고 있는 사내가 한 손을 어깨 너머로 돌리고 흔들며 말했다.

"이 새끼야, 아파, 아프다니까, 이 씹새끼야."

그 여자는 그들을 더이상 보지 않고 지나쳤다. 그들에 대한 말할 수 없이 강한 증오심이 끓어올랐다. 그렇다, 그 여자는 자기가 증오하고 있는 게 누군지를 알고 있었다. 그 여자는 그들과 자기 남편을 구별할 수 없었던 것이다. 아마 그들의 옷차림 때문이었을까? 서울 중심지에서는 얼마든지 볼 수 있는 월급쟁이들의 그 어슷비슷한 복장 때문에 그 여자는 잠깐 그들과 자기 남편을 혼동하였던 것일까? 그리고 그들 중의 하나는, 친구의 구토를 진정시켜보겠다는 진심에서가 아니라 오직 그러는 것이 재미있기 때문에 주먹으로 친구의 등을 내리치며 낄낄대고 있고 그리고 다른 하나는 그 깨끗한 옷차림에도 불구하고 마치 자의식 없는 깡패들처럼 욕설을 지껄이고 있음이 그 여자는 미웠고 그 미움은 곧 자기 남편에게로 돌려진 것이 아닐까? 저렇게 유치하게 굴 수 있는 자들이야말로 같은 직장에 자기 아내를 숨겨두고도 무표정한 얼굴을 잘도 꾸밀 수 있는 게 아닐까?

그날 밤, 그 여자는 길거리에 쭈그리고 앉아서 토하고 있는 사내를 여러 명 보았다. 그리고 그 여자가 기다리던 것을 만났다.

"어디까지 가세요?"

현주 옆으로 다가와 어깨를 나란히 하고 걸으며 사내가 말했다. 그 여자는 걸음을 멈추었다. 사내의 얼굴을 돌아보고 싶은 욕망을 누르고 그 여자는 땅바닥만 내려다보고 서 있었다.

"어디 가서 커피라도 한잔 마실까 하는데 같이 가시지 않겠어요?"

사내가 현주의 어깨에 손을 얹으며 말했다.

현주는 잠자코 있었다. 자기의 내부에서 저 안면 있는 공포와 혼란이 일어나기를 기다리고 있었다.

"아직까지 문을 열고 있는 다방이 있을 겁니다. 갑시다."

사내가 결심을 굳힌 듯 현주의 어깨를 가볍게 떠밀며 말했다. 그러나 그 여자는 한 발짝도 움직이지 않았다. 사내의 손힘이 너무 약했던 것이다.

"허어, 돌부처로군. 그럼 나 혼자 갑니다. 아아, 커피, 얼마나 맛있을까 커피……"

사내는 슬슬 물러가버렸다.

사내가 자기의 침묵을 겁냈던 것을 그 여자는 비로소 알아차렸다. 사내가 자신의 행위를 농담으로 돌려버리려 했다는 것이 그 여자에게는 몹시 불쾌했다. 사내가 가버리고 난 후에야 그 여자는 자기가 기다리고 있던 것은 공포와 혼란이기도 했지만 그보다 먼저 사내의 억센 끌어당김이었다는 걸 알았다. 그 여자의 내부에서 공포와 혼란의 뜨거운 늪이 들끓지 않고 만 것은 당연했다. 그것은 사내의 손이 그 여자의 손목을 억세게 잡아끈 이후에야 생길 터였기 때문이다. 그 여자는 지난 여름에 자기를 습격했던 그 사내가 몹시 그리워질 지경이었다. 결국 그날 밤엔 택시를 타고 집으로 돌아갔다.

그 여자의 서성거림은 번번이 그런 식으로 끝나곤 하였다. 차츰 그 여자는 깨달았다. 사내들이 탈출하고 싶어하는 욕구는 거의 모두가 조건부라는 것을. 다시 말해서 사내들은 영원히 '이곳'을 떠날 의도는 없어 보였다. 그들은 잠깐 울타리를 뚫고 밖으로 나가본다. 그러나 아침이 되면 얼른 제자리로 돌아온다. 아니 미처 그것도 아니다. 울타리 안에서 울타리를 만지작거리며 생각만 한없이 되풀이하고 있는 것이다.

그리고 그 여자는 새삼스럽게 깨달았다. 자기의 욕구는 반드시 사내들이 자기네의 욕구를 과감히 실천할 때 함께 성취될 수 있음을. 그렇다, 사내가 그 여자의 내부에 공포와 혼란을 일으켜 놓지 않는다면 그 여자는 어떻게 자기의 더러움을 자백할 수 있을 것인가!

그 여자는 걸었다. 걸었다, 걸었다. 그러나 아무도 "감옥에 가는 것을 겁내지 않거든" 하고 말해주는 사람은 없었다. 그 여자는 택시를 타고 통금시간이 임박해서 집으로 돌아가야 하는 것이었다.

어느 날 직장에서 그 여자는 무의식중에 자기 남편을 향하여 집에서 하듯 "여보!" 하고 불렀다. 남편의 얼굴이 새빨갛게 굳어지는 것을 보고 그리고 남편 곁에 있던 행원들이 요란하게 웃음을 터뜨리는 걸 보고서야 그 여자는 자기의 실수를 깨달았다. 이제껏 그런 실수는 한 번도 하지 않았던 그 여자였다. 남편이 얼른 "왜! 내가 미스 리 남편 같소?" 하고 농담으로 얼버무렸기 때문에 그 여자의 실수는 하나의 농담인 듯 끝날 수 있었지만 그 여자 자신에겐 무척 충격적인 것이었다. 연극이 탄로날 때가 온 것이다. 연극은 탄로나야 한다고 그 여자는 집요하게 생각하고 있었다.

어느 날 밤, 그 여자는 좀 색다른 사내를 만났다. 어쨌든 그 사내는 그 여자의 손목을 힘차게 잡아끌고 간 것이었다. 그 사내가 목적지로 정한 것이 분명해 보이는 어느 골목 속의 호텔이 저만큼 보였을 때 그 여자는 기다리던 공포와 혼란이 증기처럼 피어오르는 걸 느꼈다. 그 여자 자신이 그것을 객관화할 수 있을 만큼 그것의 양은 적었지만 어떻든 그것은 그 여자의 내부에 생겨난 것이었다. 그들은 호텔의 현관 앞에 이르렀다. 그때 문득 여자는 사내가 자기의 얼굴을 돌아보고 있는 걸 보았다. 사내는 마치 "정말 괜찮겠느냐?"고 그 여자에게 묻고 있는 것 같았다. 그러자 갑자기 그 여자의 공포와 혼란은 깨끗이 스러져버리고 그 대신 사내에 대한 혐오감만 잔뜩 부풀어오르기 시작하는 것이었다. 그 여자는 사내의 손을 뿌리치고 골목 밖으로 달려나왔다. 그리고 택시를 타고 집으로 돌아왔다. 차 속에서 그 여자는 8월의 그 사내가 여관 안에 들어갈 때까지 한 번도 자기의 얼굴을 돌아보지 않았던 것의 의미를 깨달았다. 그것은 확실히 중요한 의미를 갖고 있었다.

그제야 그 여자는 자기의 욕구가 쉽사리 이루어질 수 없다는 걸 깨닫게 되었다. 8월의 그 사내와 똑같은 사내가 얼마든지 있다고는 그 여자도 생각하지 않았다.

그리하여 최근에 와서 그 여자의 욕구는 비틀거렸다. 이따금 그 여자는 그 공포와 혼란이 없이도 사내의 손에 이끌려갈 수 있는 게 아닌가 하고 생각해보곤 하였다. 창녀들처럼 아니 절실하게 기도해야 할 것이 별로 없음에도 불구하고 미사에 참석하는 신자들처럼.

그러나 그 여자가 가장 두려워하는 것은 자기의 욕구를 그러한 의식(儀式)으로써 포장하게 될까봐 하는 것이었다. 막연하나마 그 여자는 만약 자기에게 공포와 혼란이 없이 그것을 한다면 마침내 의식만이 남게 될 뿐이며 그리고 그것은 파멸이라는 걸 알고 있었다.

그 여자가 바라는 것은, 그렇다. 파멸이 아니라 구원이었다. 속임수로부터의 해방이었다.

그럼에도 불구하고 욕구의 자리에 의식을 대신 들어앉히려는 유혹은 그 여자의 서성거림이 잦아질수록 증가하는 것이었다. 그 유혹을 그 여자가 겁내는 까닭은 그것이 그 여자의 내부에서 오기 때문이었다. 가령, 조금 전, 그 사내의 얼굴이 그것이었다. 아니 그 사내가 젊고 호감 가게 생겼다는 그것이 아니라 그 얼굴을 본 이후에 그 여자의 내부에 번진 그 쓸쓸한 느낌이 그것이었다. 스크린을 향하여 하마터면 팔을 내밀 뻔했던 그 유혹이었다. 꽃다발을 목에 걸고 손을 저으며 웃으며 죽어가는 종족에 대한 안타까움이 그것이었다.

"집이 어디세요?"

어떤 사내가 그 여자의 앞을 가로막으며 말을 걸어왔다.

(1969)

358

그와 나

내가 그를 처음 만난 것은 서울행 기차칸에서였다.

기차는 2월의 춥고 캄캄한 어둠 속을 질주하고 있었다. 차 안은 초만원이어서 이 인용 좌석엔 세 사람씩 꽉 끼어 앉았고 통로에도 강생회 판매원이 물건 팔기를 포기해야 할 만큼 승객들로 꽉 차 있었다. 나는 좌석에 앉아 있는 축이었다. 운이 좋아서가 아니라 상당한 노력의 결과였다.

전국의 거의 모든 고교 졸업생들이 서울로 몰려가는 이 시기에 지정 좌석이 없는 대신 차비가 비교적 싼 야간 보통 급행열차의 좌석을 차지하기가 쉽지 않을 것이 뻔해서 나는 일부러 고향의 기차역에서 타지 않고 버스로 한 시간 반이나 달려 그 기차의 시발역까지 가서 탔던 것이다. 시발역에서도 개찰구에서 기차가 서 있는 곳까지 다른 사람들과의 있는 힘을 다한 경주 끝에 겨우 자릴 잡고 앉을 수 있었다. 서울까지 아홉 시간 동안을 서서 가야 한다는 것은 말도 안 되는 소리였다. 상당한 노력을 바치고 잡은 자리였기 때문에 나는 가령 노인이라든지 아이를 업은 아낙네 따위의, 내가 자리를 양보하지 않으면 안 될 사람이 내 근처에 오게 될까봐 두려워하고 있었다. 그래서 시발역에서부터 나는 잠을 청하는 체 눈을 감고 있었고 실제로 잠깐씩 얕은 잠이 들었다 깨곤 했다.

기차가 새로운 역에 도착할 때마다 나는 확성기 소리와 불빛 때문에 잠이 깬 표정을 지으며 잠깐 눈을 떠서 역명(驛名)을 알고 나서는 도로 눈을 감아버리곤 했다. 내 바로 곁, 통로에 서 있는 사람들과는 되도록 시선이 마주치지 않아야 했다. 시선이 마주치면, 그들은 옳다구나 하며 재빨리 이렇게 말할지도 모른다. 학생, 자리 좀 잠깐 교대할까?

그때 나는 검정색 고등학교 제복을 아직 그대로 입고 있었다. 얼마 전에 졸업식을 치렀기 때문에 고3임을 나타내는 T자 배지는 뗐지만 모교 배지와 이름표는 아직도 목깃과 왼쪽 가슴에 붙인 채였다. 머리칼이 제법 자라 있는 머리엔 고교생의 교모도 아직 그대로 쓴 채였다. 모교에 대한 감상적인 정절 이상의 무엇이 나를 인도하고 있었다.

졸업식을 해버렸고 이어서 지망했던 대학의 합격통지서를 손에 들었다고 해서 재빨리 교복을 벗어버리고 맨머리에 잠바나 양복을 걸치고 어느 틈에 배웠는지 담배를 물고 있는 동창생들만큼 나를 어리둥절하게 하는 것은 없었다. 그들을 음험한 배신자로 보려고 하고 있는 나 자신을 나는 간신히 이렇게 타이를 수 있을 뿐이었다. 열등생으로서 지녀야 했던 고교 시절의 제복이 그들에게는 죄수복처럼 느껴졌을 것이다. 또한 앞으로 그들이 다녀야 하게 된 삼류대학의 교복 역시 그들로서는 명예롭게 여겨질 리 없다. 그들은 익명의 옷을 입지 않고서는 부끄러워서 견딜 수 없는 것이다.

나는 어떤가? 나로 말하자면 내가 다음달부터 다니게 될 서울대학교의 교복을 입지 않는다는 건 상상조차 할 수 없었다. 어쩌면 오로지 그 교복 자체가 지난 수년 동안 코피를 쏟아가며 수험 공부를 해온 유일한 목적이었다. 혹시라도 금년부터 재수없이 대학교에서 교복 착용 제도가 없어지지 않을까 전전긍긍할 정도였고 나아가서, 금빛 지퍼가 세로로 두 줄 달린 그 감색 윗도리의 앞가슴에 왜 이름표를 달지 않게 하는지 몹시 유감스러울 지경이었다.

그러나 그 대학 교복을 나는 입학식날 아침에야 입을 작정이다. 입학식 전날까지는 모교의 교복을 그대로 입고 있을 터였다. 그리하여 내가 사랑했고 나를 사랑했던 고교 시절은 대학교 입학식 전날 밤에야 끝이 나는 것이다. 고등학교 제복과 대학교의 제복 사이에 단 하루의 틈도 있을 수 없었다. 단 하루라도, 학생인지 공무원인지 상인인지 건달인지 알 수 없는, 익명의 사복 차림의 꼴을 나는 결코 자신에게 허락하지 않을 터였다. 인생의 한 단계가 얼마나 조리 있게 끝났고 또 얼마나 정연하게 시작되려

하는가?

하기야 나 역시 지난 이십 년 동안 잘도 견디며 살아왔던 초라한 지방도시로부터의 해방감으로 몹시 들떠 있긴 했다. 어머니가 '기차칸과 서울 거리의 쓰리꾼들'에 대비하여 팬티자락에 재봉틀질로 봉해준, 내 허벅다리 맨살에 거북스런 감촉을 주고 있는 돈다발을 바지 위에서 슬그머니 어루만져 확인하곤 할 때마다 그 해방감은 더욱 내 어금니를 간지럽혔다. 물론 그 돈은 대학교 입학금, 등록금, 교복값, 책값, 한 달치 하숙비, 이발값, 교통비 따위로서 어머니가 연필심에 몇 번씩 침을 묻혀가며 빠듯이 계산한, 한푼의 여유도 없는 돈이었으나 어떻든 그 돈은 나만을 위해서 쓸, 내 손으로 세어서 줄 내 돈인 것이었다.

그때까지 한 번도 만져본 일조차 없는 많은 액수의 돈을 어머니의 간섭 없이 고스란히 내가 관리할 수 있다는 사실이 내 해방감을 고조시켰고 내가 성인이 되었음을 확인시켜주는 것이었다.

그렇다고는 하지만 이 해방감이 내가 인생의 한 단계를 조리 있게 끝맺음한 데 대한 보답으로 얻어진 다음 단계에 보너스로서 곁따라온 것 이상이 아님을 나는 잘 안다. 보너스는 어디까지나 보너스, 허상은 어디까지나 허상. 이 해방감이 나의 예정과는 아무런 관련이 없음을 나는 잘 안다. 오히려 이 해방감은 불청객. 나의 결정되어 있는 미래를 엉뚱한 웃음거리로 만들어버릴 수 있는 함정을 한구석에 숨기고 있는지도 모른다.

그렇다, 두려워하지 않으면 안 되었다. 아무리 두려워하고 아무리 긴장하고 아무리 섬세하게 살펴도 결코 지나친 법은 없었다. 그리고 그 두려움, 그 긴장, 그 조심성은 나에게는 결코 낯선 것이 아니었다. 오히려 습관처럼 익숙해 있었다. 그것은 내가 대학 입시 수험생이기 훨씬 이전, 이 사회가 우리의 인생을 위하여 조리 있게 여러 단계를 마련해놓고 있다는 것을 의심 없이 믿게 된 국민학교 고학년 시절에 계시처럼 내 이웃에서 생긴 어떤 웃음거리에 연유한 것이다.

그 무렵까지도 나의 고향에서는 소집영장을 받고 입대하는 장정들에게 동네마다 제법 성대한 환송식을 차려주고 있었다. 일제시대부터의 풍속인지, 또는 입대라는 것이 곧 전사(戰死)나 부상을 의미하던 6·25 때 생긴 풍속인지 알 수 없으나, 태극기를 그린 수건을 두른 입영 장정들은 출발 며칠 전부터 떼를 지어 몰려다니며 별의별 난장판을 다 벌이곤 했다. 그 정도가 지나쳐도 경찰은 못 본 체해줬고 주민들도 입영 장정들의 특권을 인정하고 있었다. 나의 이웃집에 바로 그런 청년이 하나 있었다. 그의 특권 행사는 유난히 심했다.

입영날짜는 아직 멀었는데도 벌써부터 수건을 두르고 벌겋게 술 취한 얼굴로 이 집 저 집 찾아다니며 술 내놔라 밥 내놔라 어리광을 부리고 다녔다. 그의 입영 환송식은 동회 앞마당에서 성대하게 거행되었다. 동장님의 환송사가 있었고 주민들이 모은 축의금 전달이 있었고 그는 답사를 했고 우리는 만세 삼창까지 해줬다. 식이 끝나서 그는 장정들의 집결장소인 역 앞 광장으로 갈 준비를 하느라고 그때까지 신고 있던 비교적 깨끗한 구두를 벗어놓고 헌 농구화로 갈아신고 있었다.

그런데 그때 그는 땅바닥에 한 끝을 단단히 박고 있는 녹슨 쇠못에 발바닥을 깊이 찔린 것이었다. 피가 꽤 많이 흘렀다. 동장님이 재빨리 상처에 담뱃가루를 바르고 붕대로 처매주었다. 아픈 것을 참고 우리들에게 억지로 웃어 보이고 갔다. 그러나 다음날 아침 그는 논산에 있지 않고 자기 집 안방에 누워 있었다. 다리가 퉁퉁 부어 있었다. 얼마 후에 그는 기피자로 체포되었고 체포된 며칠 후에 파상풍으로 죽어버렸다.

그가 입영을 기피하기 위해서 일부러 부상한 것이 아니라는 건 우리가 증언할 수 있었다. 그 느닷없는 녹슨 쇠못만 아니었더라면 그는 무사히 입영을 했을 것이고 그 성격상 아주 군인다운 군인이 되었을 것이다.

아아, 그 하찮은 녹슨 쇠못 한 개! 불가시적인 작은 우연이야말로 내가 가장 두려워해온 것이었다. 시험공부를 할 때도 내 눈에서 빠져나간 외마디 단어 하나가 나에게 미역국을 먹일지도 모른다는 생각 때문에 나는 전율했다. 인생이란 얼마나 조심스러운 것이냐! 아무리 찬찬히 주의해서 걸음을 내디뎌도 결코 지나친 법은 없는 것이다! 그 입영 장정의 웃음거리가 되고 만 인생은 자라나는 나에게 그 어떠한 좌우명, 어떠한 설교보다도 무서운 교훈이었다.

내 인생이 나의 사소한 소홀과 부주의 때문에 웃음거리가 되어버릴지도 모른다는 상상만 해도 나는 미칠 것 같았다. 따라서 내가 무언가 평가하거나 선택하지 않으면 안 될 경우에 닥칠 때마다 그것이 나에게 한 개의 녹슨 쇠못이 되는 것은 아닌가 하는 점을 따져버릇했다. 두려워하고 긴장하는 것은 나에겐 익숙한 습관이었고 그 습관은 나에게 손해를 가져다준 일이 한 번도 없었다. 그러므로 기차칸에서 내 어금니를 간지럽히고 있는 그 해방감 역시 나는 경계하지 않으면 안 되었다.

바로 그때 그 친구의 말소리가 내 귀에 들린 것이었다. "난 말이지, 여태까지 사람의 양심이 몸 어느 부분에 붙어 있는지 몰랐어. 남들이 흔히 간이 없다, 쓸개가 빠졌다 하길래 양심이 간이나 쓸개에 붙어사는 놈인 줄로만 알고 있었지 뭐야. 그렇지만 이제 알겠어. 양심은 말이지, 사람들의 감은 눈꺼풀에 대롱대롱 매달려 있구만 그래. 저 친구 좀 봐. 저 눈꺼풀이 떨리는 걸 보란 말야. 자리를 양보하긴 싫고 미안한 생각은 있어서 말야." 이어서 그의 친구들의 걸걸한 웃음소리가 요란하게 들려왔다.

나는 눈을 뜨고 말소리의 임자를 돌아봤다. 그가 어느 역에서 올랐는지 생각나지 않는다. 싱글싱글 웃으며 그는 나를 빤히 내려다보고 있었다. 코트의 목깃에 서울대학교의 배지가 붙어 있었다. 머리칼이 아직 짧은 건 그 역시 이번 신입생이란 걸 알려주는 것이겠다. 나는 그를 묵살하는 수밖에 없었다. 빈정거림이야말로 늦게 탄 자들이 먼저 탄 자를 몰아낼 때 곧잘 쓰는 수법이라고 나는 생각했다. 또 그 친구의 말소리가 들려왔다. "하기야 나쁜 건 철도청이야. 좌석을 지정해주는 특급열차하고 이 차하고 운임 차이가 칠백원이라지만 말야. 내가 대강 계산해봐도 이렇게 사람을 때려싣고 보면 특급열차의 수입을 훨씬 상회한단 말야. 이건 폭리야." 나는 속으로 중얼거렸다. 난 체하고 있군. 그래서 어쨌다는 거야? 더이상 그에게 관심을 갖지 않기로 하고 나는 눈을 감았다.

그러나 '감고 있는 눈꺼풀에 대롱대롱 매달려 있는 양심'이라는 말이 악성 병균처럼 내 안으로 끈질기게 파고들어오는 것에 나는 당황하지 않을 수 없었다.

그런 식의 표현 자체에서 나는 마치 비릿한 물이끼 냄새가 풍겨오면 강이 가까웠음을 알 수 있듯 대도회의 세련된 문화와 성인세계의 윤리가 나에게 임박한 것을 느끼며 뭔가 숨쉬기가 답답해졌다. 가난한 지방도시에서는, 그리고 자라나는 유·소년 시절엔 옆엣사람을 돌보지 않는 악착스런 경쟁과 경쟁에 진 자의 굴종이 스스럼없이 공존하는 것이다. 그 공존에 불평을 하거나 야유를 한다는 건 가난한 지방도시의 문화와 유·소년 시기의 윤리를 파괴하는 것이다. 먼저 타고자 노력을 한 자가 자리를 잡고 앉는 것이 당연한 것이다. 그 친구의 빈정거림은 어쩌면 내가 살아왔던 공간과 시간 전부를 모욕하는 것이었다. 그러나 그 모욕에 어떻게 대처해야 할지 나는 알지 못했다. 새벽에 서울역에 도착하여 홈 밖으로 나가기 위하여 줄을 짓고 서 있을 때도, 공교롭게 내 바로 뒤에 서 있던 그 친구는 또 한번 내 부아를 돋우었다. "편하게 살기가 제일 불편한 거요. 인연이 있으면 또 만납시다." 나는 서울의 차가운 새벽 풍경만 보고 있는 체했지만 빙글거리며 빤히 쳐다보고 있는 그 친구의 얼굴을 등으로 충분히 느끼고 있었다. 그 얼굴에 대고 나는 중얼거렸다. 입만 까진 녀석, 네까짓 게 녹슨 쇠못을 어떻게 알겠느냐!

그 친구와는 만날 인연이 있었다.

두번째로 우리가 만난 것은 저 역사적인 데모의 인파 속에서였다.

데모란 나로서는 전연 예정에 없는 등록금과 하숙비의 낭비에 불과했다. 학교에 나와보니 갑자기 모든 학생들이 책가방을 챙겨들고 교문 쪽으로 몰려간다. 학생들이 몰려가는 곳이기 때문에 나도 빠질 수 없을 뿐이었다. 이것이야말로 녹슨 쇠못이다, 이것에 발을 찔려 나는 예정했던 길을 못 가고 말지 모른다고 깨달았을 때는 이미 늦었다.

나는 어깨동무를 하고 겹겹이 에워싼 학생들의 한복판에서 빠져나갈 틈을 한치도 찾을 수 없었다. 그들에게 떠밀려가면서 나는 점점 멀어지는 학교 건물을 돌아보았다. 왜 우리를 붙잡지 않는가. 왜 우리를 불러들이지 않는가. 버스를 잘못 타고 목적지와 정반대 방향으로 멀어져가는 자의 안타까움 때문에 내 온몸은 땀투성이였다. 데모대가 외치는 구호, 내휘두르는 피켓에 씌어진 구호 자체에 반대하는 건 아니었다. 그러나 그따위 구호야 아무래도 무슨 상관이냔 말이다.

그 구호의 요구조건이 그대로 관철되었을 때 가장 이익을 볼 자들이 아무 소리도 않고 있는데 왜 애꿎게 우리가 나서서 야단이냔 말이다. 난 진심으로 시간이 아깝고 돈이 아깝다. 하숙방의 벽에 꼼꼼히 그려 붙여놓은 내 하루의 시간표와 이번 학기의 공부 목표량은 결코 멋으로 붙여놓은 것이 아니다. 어머니가 부쳐주는 돈도 쓰고 남아서 보내주는 것이 아니다. 과(科)에서 야유회를 갔을 때도 나는 낭비에 대한 안타까움으로 가슴이 타는 듯 쓰라렸다. 이건 야유회보다도 더하지 않는가. 내 인생에서 중요한 이 단계를 뒤죽박죽으로 헝클어놓지 말라. 이 단계를 조리 있게 끝맺음하지 못했을 때 나를 기다리고 있는 다음 단계가 나를 쌀쌀하게 취급한다고 해서 나는 어디다 대고 호소할 것인가? 누가 나의 미래를 보장해주는가? 아무것도 없다. 이 경쟁사회가 마련해두고 있는 시험제도밖에는 아무도 나를 보장해줄 건 없다. 그렇게 생각하고 있는 자신을 나는 결코 비겁하다고 여기지 않는다. 비겁한 것은 나의 귀중한 시간과 돈을 나와 한마디 상의도 없이 자기네 멋대로 동원하여 낭비하고 있는 데모의 선동자들이고 그들을 방관하고 있는 학교였다. 사실 박차고 열외(列外)로 나가버리지 못하고 엉거주춤 휩쓸려 떠밀려가고 있는 이유는 다만 학교에 돌아가봤댔자 교수들이 나 하나만을 상대로 강의를 해줄 것 같지 않기 때문일 뿐이었다.

그리고 비겁한 것은 사회인들이었다. 부정선거로 표를 도둑질당했다고 이 아우성이지만, 도둑질당한 표에 학생들의 표가 많앉겠는가, 사회인들의 표가 많았겠는가. 아우성을 쳐야 할 건 지금 길가에서 데모 대열을 구경하며 박수를 치고 있는 저 사회인들이고 우리야말로 그들이 아우성칠 때 곁에서 박수나 쳐주면 충분한 게 아니냐 말이다. 직접 당사자들이 왜 침묵하고 있는가를 왜 이 어리석은 학우들은 모른단 말인가? 내가 가르쳐주마. 인생의 예정된 단계를 밟아 올라가는 데는 이따위 데모는 아무 관계가 없기 때문인 것이다. 인생은 그토록 조심스러운 것이며 이따위 데모는 아무리 잘 봐준대도 가난뱅이가 골동품을 사는 것과 같은 도락(道樂)에 불과한 것이다.

그때 대열의 앞쪽에서 한 학생이 다른 학생의 어깨 위에 무동을 타고 불쑥 솟아서 뒤따라오는 우리를 향하여 외쳤다. 기차칸에서 만났던 바로 그 친구였다. "여러분, 새로운 구호를 전달하겠습니다. 힘차게 외칩시다. '우리에게 가르친 대로 그대로 행하라.'" 학생들은 신난 음성으로 복창했다. 우리에게 가르친 대로 그대로 행하라. 그 구호는 수없이 반복되어 외쳐졌고 반복될수록 더욱 열기를 띠었고 종로의 빌딩들 벽에 포성처럼 메아리쳤다. 나는 그 구호 때문에 하마터면 함정에 빠질 뻔했다. 우리에게 가르친 대로 그대로 행하라. 그 구호를 외칠 수 있는 것은 사회인이 아니라 우리 학생들일 수밖에 없었다. 동시에 그 데모 역시 강의실의 연장일 수 있는 것이었다. 아스팔트 강의실이라고나 할까. 나 자신으로서는 처음 느껴보는 어떤 감격에 눈물조차 핑 돌았다. 어느새 나 역시 주먹으로 허공을 때리며 그 구호를 외치고 있었다. 그러나 얼마나 다행했던가, 나의 일시적인 착각을 시정해주는 경찰들의 총소리가 요란하게 터지기 시작했고, 선두의 학생들이 쓰러졌다는 전달이 이 입에서 저 입으로 뛰어다녔다.

머리 위로 날아가는 총탄 소리에 우리의 대열도 수은방울처럼 흩어졌다. 엉거주춤 따라온 나조차도 경찰이 설마 실탄 사격을 해대리라고는 예상하지 못했다. 이거야말로 녹슨 쇠못 정도가 아니다. 보아라 친구들아, 인생에 어리광 같은 도락이 끼어들 자리는 없는 것이다. 나는 옆구리에 끼고 있던 책가방을 어디서 떨어뜨렸는지도 생각나지 않았다. 빈손인 것을 깨달았을 때는 하숙집 앞 골목 안으로 숨이 턱에 닿아 뛰어들고 있을 때였다.

그 친구를 다시 본 것은 그 데모가 있었던 날로부터 열흘쯤 후, 데모가 목적 이상의 성과를 거두고 그 동안 폐쇄되었던 대학의 교문이 활짝 열린 날 학교 구내의 잔디밭에서였다.

그 역사적인 사건을 취재하기 위해서 날아왔다는 미국의 한 방송국 스태프들이 무비 카메라를 뻗쳐놓고 '역사를 창조한 학생들'과 인터뷰를 하고 있었다.

빙 둘러서 있는 학생들의 무리 쪽으로 내가 어슬렁어슬렁 다가가 어깨 너머로 엿보았을 때, 지금 미국인 방송기자와 더듬거리는 영어로 얘기를 주고받고 있는 것은 바로 기차칸의 그 친구였다. 그 친구가 그 역사적 사건의 주동자나 대표자가 아니란 건 분명하지만 하기야 '위대한 학생들' 중에서 임의로 뽑아 인터뷰를 한다면 나는 어쩐지 그 친구만한 적격자도 없을 것 같았다.

나로 말하자면, 그 데모로 인한 사태가 예상보다 빠르게 결말이 나서 학교가 문을 연 것만이 기뻤다. 물론 그 데모가 성공한 쪽이 실패한 쪽보다 낫긴 하지만 그건 무슨 일이든지 시작한 일은 성공하는 쪽이 좋다는 뜻이지 뭐 실패했다고 해도 별로 유감스러울 게 없을 것 같았다. 운동 시합에서 우리 편이 이겼다고 내가 내 인생을 위하여 해야 할 일을 하지 않아도 좋은 건 아니었다. 오히려 경찰의 총에 맞아죽은 자들 덕택에 저 녹슨 쇠못의 교훈은 진리임을 확인할 수 있었을 뿐이었다. 내가 태어나서 이십 년 동안 믿고 의지해온 사회가 내 인생을 위하여 마련해두고 있는 단계들—그 체제를 건드리지 않는 한 나로서는 그런 사건이 성공해도 좋고 실패해도 그만이다.

아니 가장 좋은 것은, 그런 사건이 아예 일어나지 않았더라면 하는 것이다. 왜냐하면 나는 아직도 눈에 선한, 나로서는 생전 처음 구경한 그날의 그 거대한 군중의 집단에 아직도 압도되어 위축되어 있기 때문이었다. 외면상으로나마 나 역시 그 군중들의 한 사람이었기 망정이지 그리고, 가령 하숙집 주인 아저씨 같은 사람들이 나의 그 외면을 존중해주고 있기 망정이지 만약 그 군중들이 나의 적이라면 어찌할 것인가! 정말이지 하숙집 아저씨가 나를 그 사건의 대표자라도 되는 양 취급해올 때는 이마에서 식은땀이 줄줄 흘렀다. 따라서 그 데모가 실패하지 않고 성공한 바람에, 적어도 그런 건 사치스런 도락 이상이 아니라고 감히 입 밖에 내어 말할 수 없게 된 것이 우울했다. 한편 별로 달가워하지 않는 사람조차도 끌어들여 집단적인 의사라는 것을 만들어내고 마는 군중이라는 존재를 처음 내 눈으로 본 경험에 어리둥절해 있었다.

요컨대 그 데모와 나와의 관계는 그 정도라고 나는 생각하고 있었다.

그런데 그때 미국인과 인터뷰하고 있는 그 친구가 하고 있는 말이 내 귀를 때렸다. "아이 빌리브 위 머스트 인벤트 아워 퓨처 앤드 위 캔 두 잇." 나는 그가 한 발음 그대로를 알파벳으로 허공에 써보았다. I believe we must invent our future and we can do it.

인벤트, 발명하다. 인벤션, 발명. 인벤트 아워 퓨쳐, 우리의 미래를 발명하다. 아이 빌리브 위 머스트 인벤트 아워 퓨처 앤드 위 캔 두 잇. 나는 믿고 있습니다. 우리는 우리의 미래를 발명하지 않으면 안 된다는 것을. 그리고 믿고 있습니다, 우리는 발명할 수 있다는 것을. 나는 갑자기 숨쉬기가 답답해지는 것을 느꼈다. 기차칸에서도 그 친구는 그 현학적인 표현으로 내 호흡을 답답하게 했었다.

'감은 눈꺼풀에 대롱대롱 매달린 양심'. 그 말은 병균처럼 내 머릿속으로 파고들며 나를 아프게 쑤셔댔었다. 서울역에서는 '편하게 사는 것이 가장 불편한 거요', 데모 대열에서는 '우리에게 가르친 대로 그대로 행하라', 거기다가 오늘은 '자기의 내일을 발명해야' 한단다.

발명해야 한단다. 기다리고 있지 않단다. 기다리고 있지 않단다. 발명해야 한단다. 그런데 왜 나는 이렇게 저 말장난에 불과한 현학적인 표현에 현혹당하려 하는가. 그렇다, 나는 알고 있었다. 그 데모의 성공, 망할 놈의 '역사적 사건' 위에 저 장난 같은 말이 자리를 잡고 있기 때문에 이토록 나를 압도해오는 것이다.

우리의 내일을 발명한다? 말은 근사하지만 그 사건의 경험이 없었더라면 나는 이토록 당황하지는 않을 것이다. 이제야 나에게는 그 데모와 나와의 관계가 분명히 드러나는 것이었다. 그것은 성공해도 좋고 실패해도 그만인, 나와 아무 관계가 없는 도락이 아니라 반드시 실패했어야 할, 내가 이십 년 동안 믿고 의지해왔던 것을 송두리째 파괴시켜버리려는, 실패했어야 할, 반드시 실패했어야 할 나의 적이었다. 그리고 제 맘대로 나의 몫의 내일까지 발명하겠다고 호언하는 그 친구 역시 나의 적인 것은 분명했다. 또는 그에게 있어서 나는 그의 적이 분명했다.

(1972)

서울의 달빛 0章

형님한테서 전화가 왔다.

"너, 차를 샀다면서?"

이(李)기사한테서 들었을 게 틀림없다. 고용인으로서 몇 시간이나마 자리를 비우려면 외출 이유를 주인에게 말하지 않을 수도 없었을 것이다. 주문했던 차가 오늘 공장에서 나오기로 되어있었고 나는 형님의 운전사인 이기사에게 인수해다주기를 부탁해놓고 있었던 것이다. 나는 운전에는 자신이 있었지만 아직 차가 내는 미세한 이상음을 판별할 만큼 차에 익숙해 있지는 않다. 나에게 운전을 가르쳐준 이기사는 차를 느낄 줄 알았다. 운전석에 엉덩이를 대는 순간 타이어의 탄력을 잴 수 있었고 내게는 정상적으로 들리는 엔진 소리에서 실린더의 이상을 발견하곤했다. "그런 것쯤은 한 차만 쭈욱 몰면 금방 알게 되니까요." 이기사는 그렇게 말하지만 솔직히 말해서 나는 차에 대하여 그렇게 자질구레한 신경을 쓰게 되는 것은 싫었다. 항상 완전하여 그냥 몰아대기만 하면 되는 차가 내가 바라는 차였다. "그런 차가 어디 있겠어요? 쇠로 되고 바퀴가 달렸다 뿐이지 살아 있는 말이라고 생각해야 돼요. 좋은 사료를 먹여주고 과로시키지 말고 병이 났나 살펴봐주고 외양도 항상 깨끗하게 해줘야 되고……"

이기사는 말에다 비유하며 말하고 있었지만 나는 여자에다 비유하며 들었다. 문득, 결국 나는 여자를 필요로 하고 있었던가 하는 생각이 들었다. 뚜렷이 내세울 만한 용도도 없이 어쩐지 자꾸만 차가 갖고 싶다니, 생각하며 나는 픽 웃었다. 팔 개월 동안 내 아내였던 여자는 우리가 살던 아파트만이라도 위자료로서 자기한테 줬으면 하고 기대하는 눈치였고, 나 역시 재산 따위 모두 처먹어라, 하고 아내에게 던져줘버리고 싶었지만 물론 아내는 위자료 같은 걸 입 밖에 내어 요구할 처지가 아니었고, 한편 결혼 선물로 그 아파트를 사준 어머니는 내가 이혼하는 여자한테 일원 한푼 줄까봐 독이 오른 눈으로 감시하고 있었다. 결혼 때 해준 패물들도 모두 돌려받으라는 게 어머니의 고집이었지만 그것만은 나는 못 들은 체해버렸다. 돌려받을 수도 없었다. 아내는 벌써 그 패물들을 팔아서 이혼 후에 자기가 살 조그만 아파트를 사놓고 있었던 것이다. 친정집으로 들어가 살 줄로만 생각하고 있었던 나는 아파트에서 혼자 살 계획을 하고 있는 아내에 대하여, 이혼에 임박하자 나를 사로잡기 시작한 그 여자에 대한 연민이 사라져버리며, 이전 어느 때보다도 강한 증오, 여러 경우의 여러 증오를 모두 묶어놓은 것보다 더 강한 증오를 느꼈다. 그 동안 나를 조롱한, 나로서는 얼굴도 모르는 수많은 사내들이 이 제부터 그 여자 혼자 살 아파트를 맘놓고 드나들 거라는 상상 때문에 나는 차라리 아내를 죽여버리고 싶다는 충동에 시달렸다. 그러나 아내가 나에게 위자료 청구를 할 수 없듯 아내의 미래에 참견할 권리는 없는 것이었다. 가장 침착한 얼굴로, 가지고 나갈 짐을 차근차근 정리하고 있는 아내를 나는 다만 핏발 선 눈으로 바라보기만 할 뿐이었다. 그 여자가 떠나버린 아파트에서 나 혼자 살 수도 있었다. 어머니와 형수가 재빨리 옷장이니 찬장이니 침대, 화장대 따위를 사들여 빈자리를 메워 마치 여자와 함께 살고 있는 집인 듯 꾸며주었다. 그 가구와 집기 따위가 주로 형수의 취향과 안목에 따라 골라진 것들이었기 때문에 나는 마치 새로운 여자와 함께 살게 된 듯한 느낌을 받았다. 새로운 도배질, 새로운 가구들은 실내에서 아내에 대한 어떤 기억들을 몰아내는 데 확실히 효과가 있었다. 그러나 결과는 더 나빴다. 그 여자가 가장 주부다웠던 집 안에서의 세세한 기억들만 몰아내버린 것이었다. 그 기억들은 그 여자를 위해서가 아니라 나 자신을 위해서 간직해두고 싶었던 것들이었다. 그것들이 아내에 대한 증오를 중화시켜주는 건 결코 아니지만 가령 길에서 스쳐지나가는 어린이의 얼굴에서 밝은 웃음을 볼 때 얻어질 수 있는 무용(無用)한 윤기의 노릇을 나한테 할 수 있었을 것이다. 그런데 그 여자는 그야말로 그 집 밖으로 나가버린 것이었다. 바깥에서의 그 여자란 나를 의혹과 질투와 증오, 썩은 감정의 늪 속으로 밀어넣는 요물에 지나지 않았던 것이다. 그러나 그 때문에 그 아파트를 팔아버린 것은 아니었다. 팔아서 내 마음대로 할 테다, 하는 충동으로 팔아버렸던 것이다. 나는 모든 타인들에게 그들이 나의 타인임을 분명히 해두고 싶었다. 아니 그들이 내가 자기네의 타인임을 분명히 밝히고 있었다. 아내는 말할 것도 없고, 어머니와 형님까지도 나로서는 타인이 아닐 수 없었다. 한 여자와 결혼을 하면서부터 내가 그들로부터 분리되는 것을 나는 온몸으로 느꼈다. 그들은 얼마간의 재산과 함께 나를 자기들로부터 떼어버린 것이었다. 결혼 이후 그들이 나에게 묻는 것은 돈과 관계된 것만이었다. 내 얼굴에 버짐이 피더라도 그건 이제 나 자신과 아내가 책임질 일이지 어머니나 형님이 걱정해선 안 될 일이었다. 내가 아내와 이혼할 결심과 그 이유를 얘기했을 때야 나는 옛날처럼 나의 마음 세세한 움직임까지 알아두지 못해 안달하는 어머니와 형님을 다시 만날 수 있었다. 그러나 찢어진 종이처럼 그들과 나를 다시 연결시킨 것은 이혼이라는 풀칠이라는 걸 나는 알고 있었다. 나는 그들과 한마디 의논도 없이 아파트를 팔았고 그 판돈의 일부로 작은 아파트를 샀고 자동차를 주문했고 나머지를 아내였던 여자한테 주기 위해 예금통장으로 만들어가지고 있었다. 내 맘대로 할 테다, 라고 한 것은 결국 어머니와 형님이 싫어하는 짓을 하겠다는 것이라고 해야 할 것이다. 자동차는 나한테 가장 불필요한 물건들 중의 하나일 것이고 불필요한 물건을 사는 데 적지 않은 돈을 쓰는 일은 어머니와 형님이 가장 싫어하는 것이었다. 나는 아무 일도 안 하기로 작정한 사람이었다. 이혼하자마자 대학의 교양학부 국어강사 자리도 집어치웠다. 어머니가 내 소유로 해준, 영등포에 있는 중국음식점에서 들어오는 수입으로 생계는 충분할 것이고 그 동안 지키려고 애쓰고 있던 학문의 사명감 같은 것은 깨끗이 사라져버렸다. 운전을 열심히 배웠던 이유는 아내를 방송국까지 태워다주고 데리러 가고 싶다는 꿈 때문이었지 나 자신을 위해서는 아니었다. 나한테 왜 자동차가 필요할 것인가! 그런데 이기사의 이야기를 들으며 자동차를 여자에 비유해보고 있으려니, 그 구매 동기를 무작정이라고 스스로 여기고 있던 차가 실은 아내의 대체물이라고 문득 깨달아지며 내 속에 굴을 파고 둥우리를 틀어 앉아버린 여자라는 독충에 대하여 짓이겨주고 싶은 혐오감이 드는 것이었다. 기껏해야 어머니와 형님이 펄펄 뛰며 싫어할 것이기 때문이라고 이유를 만들 수 있다고 생각한 통장 건은 그렇다면 무슨 벌레가 마음의 어느 굴 속에서 나왔기 때문인가? 나는 알 수 없었다.

"너한테 차가 왜 필요하니?"

"그냥…… 자동차로 지방여행이나 다녀볼까 하구요."

대답하며 나는, 이기사에게 차를 인수해다줄 것을 부탁했을 때 무의식중에 내가 차를 산 사실을 이기사를 통하여 형님에게 알리고 싶어했었던 것인지 모른다고 생각했다.

"시골 좀 가는 데 레코드 신품이 왜 필요해, 인마. 값싸고 쓸

만한 중고차가 얼마나 많은데 하필이면 제일 비싼 차를…… 너, 레코드 한 대 굴리는 데 얼마 드는지나 알아? 세금도 그렇고 기름값만 해도 다른 차 갑절은 먹혀. 네가 무슨 재벌이냐? 지방 다니려면 고속도로 통행료만 해도 얼마나 드는지 알구 있어? 지방 갈 때는 나두 고속버스 타고 다녀 인마. 그리고 차를 사고 싶으면 어머니한테라두 미리 상의를 해야지. 너, 어머니가 얼마나 화나신 줄 알아? 너한테 맡겨뒀다간 엉뚱한 짓 하느라고 다 까먹겠다구 식당도 명의를 내 앞으로 바꿔놓자고 야단이셔."

"차는 형님 차하고 바꿔도 좋아요. 뭐 꼭 레코드라야겠다는 건 아니니까……"

"인마, 나도 레코드 좋은 줄 몰라서 안 굴리는 줄 아니 ? 유지비가 많이 들어서 그러는 거야. 어차피 물릴 수는 없는 거구, 내가 임자 찾아볼 테니까 그건 팔아치우고 꼭 차가 있어야겠으면 중고차 중에서 쓸 만한 걸 골라줄 테니까…… 그리구 어머니한테서 전화가 갈 거야. 돈도 돈이지만, 너 차 사고로 무슨 일 낼까봐 펄펄 뛰시니까, 마음이 울적해서 샀는데 며칠만 타보구 팔아치우겠다구 말해, 알았어?"

아닌게 아니라 형님의 전화가 끝나기 무섭게 어머니한테서 전화가 걸려왔다. 아직 점심시간도 아닌 땐데 "갈비탕 합이 셋!" 따위의 소리가 어머니의 말 마디마디 사이로 배어나오고 있었다. 카운터에 앉아서 한 손으로는 종업원에게 전표를 떼주면서 전화를 걸고 있는 모습이 선히 보이는 것 같았다.

"엄마 태우고 관광여행이나 다니려구요."

"넋빠진 소리 말구 오늘 당장 형한테 맡겨서 팔아치워요. 네가 운전을 언제 해봤다구…… 사람이나 덜컥 치어놔봐라. 천천히 망하려면 아편을 하구 빨리 망하려면 차를 사라구 했어. 그리구 너 은행에 넣었다는 돈 얼마 남았니? 차 사고도 많이 남았을 텐데……"

"없어요, 한푼도."

"없다니?"

"다 써버렸어요. 친구들하구 술 마시느라고……"

계획했던 것도 아닌데 불쑥 거짓말을 하고 말았다. 술보다는 지난 삼 개월 동안 수많은 여자를 사는 데 돈을 쓴 건 사실이지만 그 액수란 백만원 이내였고 그것도 주로 중국음식점에서 나온 수입으로였다. 사백만원은 아내였던 여자에게 주기 위해 그 여자 이름으로 예금통장을 만들어 내가 가지고 있었던 것이다. 어머니가 물어올 경우에 대비한 대답은, 물론 내가 그렇게 말할 수 있을지 스스로 의심했지만, 그것은 "영숙이 줘버렸어요"라는 것이었다. 왜 줬느냐고 물으면 대답할 말을 준비하지 못한 채, 아마 "그냥요"라는 말이 내 입에서 튀어나오리라고만 막연히 생각해왔다. 그런데 전연 거짓말이 튀어나왔던 것이다.

"안 되겠다. 너 당장 이리 좀 오너라. 내가 자리를 비울 수는 없구. 엄마한테 지금 좀 와."

"오후에 들를게요. 어젯밤 꼬박 새우고 지금 자고 있었던 거예

380

요. 잠 좀 자구 나갈게요."

그건 거짓말이 아니었다.

"뭘 하느라고 밤을 새? 또 고등학교 동창생이냐?"

"예, 두수라구 나두 새까맣게 잊어버리고 있던 친군데 소식을 들었다구 전화가 와서……"

"어떤 녀석이 나발을 불고 다닌대니? 이혼이 무슨 잔치 났다구 동창들한테 방을 돌리구 지랄들이라니? 결혼식 때는 코빼기도 안 내밀던 녀석들이…… 철딱서니 없는 것들…… 그럼 밤새도록 술을 마셨단 말이냐?"

"네, 그 친구 집에 가서 옛날 이야기하며……"

이건 거짓말이었다. 비어홀이 끝나자 두수라는 녀석과 함께 술자리에서 짝이었던 호스티스들을 데리고 여관으로 갔었던 것이다.

이혼 이후, 생활은 전연 상상도 하지 않았던 방향에서 이상한 틀을 들고 나한테 덮쳐 나를 그 틀 속에 집어넣고 틀 모양대로 일그러뜨렸다. 상투적인 매일이었다. 이젠 이름조차 잊어가고 있는 고등학교 동창생으로부터의 갑작스런 전화. 비어홀. 여자 얘기 또는 돈벌이 얘기. 그리고 여자를 사서 호텔로 간다. 또는 호텔에 가서 여자를 산다. 마치 내가 이혼하기를 사방에서 기다리고 있었다는 듯 전화가 지긋지긋하게 많이 걸려왔다. 나 두수야, 생각 안 나니? 하긴 졸업하고 첨이니까. 아냐, 우리 훈련소에서 한 번 만났잖아! 벌써 팔 년이 됐구나. 자아식, 이제 생각나니? 영진이한테서 네 소식은 자주 듣고 있지. 너 뭐 이혼했다며? 나와라, 술 한잔 살게. 그리고 호기롭게 문지기가 알아주기를 기대하며, 그쪽에서 알아모시지 않으면 자기 쪽에서 문지기의 어깨를 두드리며, 잘 있었어? 앞장서 들어가는 술집들도, 자기네 딴에는 마음을 써 일류로 데려가준 때문인지 그게 그거다. 엠파이어, 월드컵, 코스모스, 오비타운, 그리고 관광호텔들의 나이트클럽…… 어제 저녁엔 딴 녀석과 밴드석 바로 앞자리에서 마셨는데 오늘은 이 녀석과 구석자리에서 마신다. 무대에서는 텔레비전에서 본 가수들이 무식의 악취를 풍기며 슬픈 노래도 백치처럼 싱글싱글 웃으며 부르고 있고, 개그맨들은 어젯밤과 똑같은 대사를 똑같은 표정으로 씨부렁거리고 있다. 운동 부족과 영양 과다로 비만증에 걸려 있는 사내들은 넥타이 매듭과 허리띠를 헐겁게 풀어놓고 헐떡이며 맥주를 들이켜고 나서 한 손으로는 옆에 붙어앉아 있는 호스티스의 허리를, 한 손으로는 자기의 튀어나온 배를 슬슬 어루만지고 있다. 간신히 엉덩이까지만 내려오는 원피스 유니폼을 입은 호스티스들은 자기 사내가 술잔에서 입을 뗄 때마다 땅콩이나 북어포 조각을 사내 입에 넣어주고, 가수의 노래가 끝날 때마다 눈은 딴 곳을 향한 채 무대 쪽으로 손만 내밀어 맥빠진 박수를 친다. 사내의 손은 탁자 밑에서 아가씨의 사타구니를 더듬고, 아이, 남들이 보잖아요, 빼내는 손끝에 묻어오는 것은 냉증 특유의 썩은 냄새일 게 틀림없다. 썩은 냄새. 썩은 음부. 아내의 사타구니에서 풍겨오던 부패 그 자체.

허연 거품을 떠올리는 노랗게 썩은 술. 가슴 복판에서 시작하여 독사처럼 외줄기로 목구멍까지 치달려오는 통증마저도 상투적이다. 썩은 술이 빠르게 침투하며 상투적으로 모든 신경세포를 들쑤시고 머리, 가슴, 불알, 무릎관절의 모든 조직을 썩인다. 썩은 술에 의해 썩어가는 사고, 썩은 사고에 의한 썩은 감정. 상투적으로 끓어오르는 상투적인 증오. 혈관 속의 피는 검은색으로 변하고 있으리라. 인간은 행복할 자격이 있는가? 먹을 것이 부족하던 시절에는 생선시장의 개들처럼 꼬리를 뒷다리 사이에 감아넣고 눈을 슬프게 치켜뜨고 다니다가 형편이 좀 나아지면 발정한 개들처럼 닥치는 대로 붙을 자리만 찾아다닌다. 사람들이 결국 바라는 건 필요 이상의 음식, 필요 이상의 교미, 섹스의 가수요(假需要). 부잣집 며느리 여름철에 연탄 사모으듯, 남의 아내건 남의 아내가 될 여자건 닥치는 대로 붙는다. 남의 사랑을 위한 빈자리를 남겨두지 않는다. 물처럼, 공기처럼, 여력만 있으면 빈자리를 메우려 든다. 인간은 자연인가? 메우고 썩힌다. 썩은 사타구니에서 쏟아지는 썩은 감정. 자리를 찾지 못한 자들의 증오. 평화가 만든 여유. 여유가 만든 가수요. 가수요가 만든 부패. 부패가 만드는 증오. 부패는 이미 시작되었으며 남은 일은 증오의 누적, 그리하여 전쟁. 전쟁은 필연적이다. 전쟁으로 모두 빼앗기고 다시 시작. 인간은 행복할 자격이 있는가? 그게 아녜요. 형편이 나아져서가 아녜요. 아내가 말한다. 그럼 뭐야. 그렇군, 형편이 더 나빠져서군. 돈 때문이니까. 우리를 지배하고 있는 건 돈이니까. 아녜요. 슬픔 때문예요. 종말에 대한 슬픔이 섹스를 만든 거예요. 마찬가지로 우리 모두를 지배하고 있는 슬픔이 우리들의 섹스를 만들어요. 사람들은 슬퍼하고 있어요. 당신이 바라고 있는 그 전쟁 때문예요. 정부에서도 신문에서도 전쟁에 대비하라고 야단들이잖아요? 내가 얘기하는 건 그런 전쟁이 아냐. 전쟁은 다 마찬가지예요. 전쟁이 나면 이번엔 아무 데도 도망갈 데가 없다는 걸 어린애까지도 알고 있어요. 지난번 전쟁보다 더 끔찍하리라는 것도 모두 알고 있어요. 우리를 지배하고 있는 것은 자본주의도 정치권력도 아녜요. 종말에 대한 불안이에요. 적개심을 돋운다고 하지만 그건 전쟁 이후에도 살아남을 수 있는 사람들을 위해서죠. 집은 불타고 자기는 죽고 아이들은 고아원으로 간다는 것쯤 누구나 알고 있어요. 슬픔이 적개심을 휩싸서 녹여버려요. 우리가 기대할 수 있는 건 적개심에 대해서가 아니라 우리의 적들에게도 불탈 집이 있고 고아원으로 갈 아이들이 있어서 우리처럼 슬퍼하고 있는지 하는 사실에 대해서뿐예요. 희망을 거는 건 인간이 독하지 못하다는 사실에 대해서뿐이죠. 그렇지만 그런 희망이 얼마나 허망한 결과로 나타나는지는 정부에서 설명 안 해줘도 누구나 알고 있어요. 그래요, 모두를 지배하고 있는 것은 슬픔예요. 그 슬픔은 특히 남자들을 사로잡고 있어요. 그 슬픔이 남자들의 윤리를 허물어뜨려요. 윤리란 미래적인 거죠. 우리에겐 미래가 없는 거예요. 그리고 허물어진 남자들이 여자를 지배하고 있구요. 그래서 모두 슬픈 거예요. 악

384

귀 붙은 년, 악귀붙어 미친 년. 네 주둥아리를 빌려서 아는 체 떠들고 있는 도깨비는 어떤 놈이냐? 방송극의 유치한 대사로만 꽉 들어찬 네 대가리에서 나올 수 있는 말이 아니다. 왜 화제를 나한테로 돌리세요? 옳아, 이제보니 그 동안 쭈욱 날 우습게 보고 있었군요? 가장 위해주는 체하면서, 사랑하는 체하면서. 그래 우습게 보고 있었다. 그런 줄 알고, 네 몸에 미친 놈 도깨비가 붙은 줄 알아보고 우습게 보고 있었다. 누구냐? 네 입을 빌려서 떠들고 있는 놈. 그따위 말로 널 유혹했단 말이지? 그따위 말로 내 자리를 빼앗았단 말이지? 여자의 자물쇠는 그따위 말로 열린단 말이지? 열리자마자 문 안으로 정액을 쏟아넣어 그 말을 네 자궁 속에 단단히 풀칠해놓았단 말이지? 우린 이제 모두 죽게 될 테니까, 하며 슬픈 얼굴을 짓고 사내들이 다가오면 네 문은 스스로 열린단 말이지? 누구냐? 이름을 대란 말야. 네 주둥아리를 통해서 말하고 있는 그놈. 아직도 네 자궁 속에 살아서 까불어대고 있는 놈. 개 같은 욕망에 시대의 구실을 붙여 널 유혹한 놈. 이름을 대. 모두 이름을 대. 몇 놈이냐? 모두 이름을 대. 개새끼야, 미친 건 네놈이야. 이제 싫증났으면 그냥 싫다고 해. 내가 언제 처녀랬어? 내가 언제 결혼해달라구 했어? 결혼하자구 찾아다닌 건 네놈이잖아! 그냥 나가달래도 얼마든지 나갈 수 있어. 그래, 미쳤는지도 모른다. 네 자궁 속에 붙어서 아무한테나 문을 열어주는 도깨비한테 물려서 나도 미친 모양이다. 어서 이름만 대. 악귀는 제 이름을 부르면 도망치는 거다. 널 쫓아내고 싶어서가 아니다. 네 몸 속의 도깨비를 쫓아내고 싶어서다. 왜 감추느냐, 왜 도깨비를 감싸고 내놓지 않느냐. 부끄러워서냐. 작은 부끄러움을 지키려고 큰 사랑을 거절하는 거냐. 널 마음대로 휘두르고 있는 건 네 몸에 붙은 도깨비야. 도깨비가 지배하고 있는 널 내가 어떻게 믿고 사랑할 수 있느냐. 토해버려라, 도깨비를 토해버려, 네 자궁 속의 도깨비를 입으로 토해버려. 널 사랑하고 싶어서 그러는 거야. 개새끼야. 진짜로 미친 놈은 네놈이야. 없는 도깨비를 억지로 만들어서 날 쫓아내려구. 좋아, 나갈게. 네놈 아니면 남자 없을 줄 알구. 개 같은 년. 허연 거품을 떠올리는 누렇게 썩은 술.

아내를 처음 알게 된 것은 결혼하기 반 년쯤 전, 4월 어느 일요일 오후, 부산에서 서울로 오는 비행기 안에서였다. 그 전날 오후, 부산에서 고등학교 교편을 잡고 있는 대학 동창의 결혼식이 있었다. 오전에 태종대를 구경하고 그 바닷가 바위 위에서 마신 소주 때문에 아직도 새빨간 얼굴을 해가지고 비행기에 올라 자리에 앉아 있는데 어쩐지 내 옆자리에 예쁜 여자가 앉아줄 것 같은 예감이 들었다. 예감은 기대로 바뀌어 만일 예쁜 여자가 아닌 사람이 앉는다면 나는 몹시 불쾌해질 것 같았다. 그래서 승강구 쪽에서 내 쪽을 향해 다가오는 사업가 차림의 사내들에게 나는 갑자기 날카로운 적의를 느끼며 조마조마한 마음으로 기다리고 있었다. 오르고 있는 여자라고는 대부분 남편 동반의 기름진 중년 여인들이었고 그나마도 몇 명 되지 않았다. 잠시 후에 여자

대학 배지를 옷깃에 단 아가씨 두 명이 올랐으나 너무 어려 보였고 예쁘지도 않았다. 다행히 그 두 아가씨는 다른 자리에 나란히 앉았다. 그리고 잠시 후에 기다리던 여자가 나타났다. 몸매가 가늘고 얼굴 생김이 뚜렷한 스무서너 살로 보이는 여자였다. 옷차림이 다소 지나치게 화려해 보였으나 그건 휴일날 유원지에서라면 얼마든지 볼 수 있는 정도였다. 저 여자라면, 하고 기대하고 있는데 다른 사람들 눈에도 예뻐 보이는지 그 여자가 통로를 걸어와 좌석번호를 확인하고 내 옆에 앉을 때까지 그 여자를 보기 위해 고개를 돌리고 있는 사람들이 여기저기 보였다. 특히 중년 여인들이 그랬다. 다른 사람들도 나처럼 자기 옆자리에 예쁜 여자가 앉기를 바라고 있었구나, 생각하며 일정한 조건 속에선 사람들의 심리가 어슷비슷하다는 바로 그 점이 사람들을 결속시키는 것이라고 잠깐 엉뚱한 생각을 하고 있었다. 그 여자 뒤로도 몇 명의 젊은 여자가 올랐으나 그 여자만큼 예쁜 여자는 없었다. 모두가 나를 부러워하고 있는 것 같아서 나는 무표정하려고 애써도 참을 수 없이 웃는 얼굴이 되었다. 문득 많은 사람들 앞에서 발가벗고 선 것처럼 부끄러워서 웃음을 삼키려고 어금니를 깨물며 창 밖 풍경을 구경하는 체했다. 비행기가 이륙하여 저녁 햇살을 받아 명암이 뚜렷한 산들이 아득히 내려다보이자, 나는 그 명암이 뚜렷한 산들과 허공에 떠 있는 몇십 명의 사람이 그려진 초현실주의 화풍의 그림을 상상으로 보고 있었다. 그리고 비행기의 실종을 상상했다. 어딘가 무인도에 내려 이 비행기를 타고 있는 사람들끼리만 한 사회를 이루고 살아야 한다면, 가만있자 남자가 몇명이고 여자가 몇명이지? 고개를 쭉 뽑고 그래도 안 되어 엉덩이까지 들어올려 기내의 남자와 여자 숫자를 눈으로 세어보고 있는 나를 내 옆의 여자는 이상하다는 눈으로 보고 있었다. 남자 일곱 명에 여자 하나의 비율이라는 계산이 나왔다. 결국 나는 이 여자를 다른 남자 여섯 명과 함께 가질 수밖에 없다. 아냐, 젊고 가장 예쁜 여자니까 모든 남자가 다 가지고 싶어 할 것이다. 물론 나는, 비행기에서 앉았던 대로, 운명대로 짝을 지읍시다고 주장하겠지만 보아하니 비행기 안에 앉아 있는 대부분 남자들은, 넥타이를 끄르고 양복만 벗어버리면 씨름꾼이라고 해도 정확할 만큼 정력적으로들 생겼다. 그런 주장을 하다간 우르르 달려들어 우선 나부터 처치해놓고 볼 인상들이다. 나는 아내와의 운명을 그때 벌써 예감하고 있었던가보았다. 아니 만일 하나의 이미지가 그 이후의 운명을 유도한다면 그 비행기 속에서의 망령된 공상이 그 이후 아내를 대하는 나의 자세로 굳어졌던 것일 수도 있다.

스튜어디스가 통로를 지나가며 나의 여자에게 "안녕하세요?" 상냥하게 인사를 했을 때야 나는 말 붙일 구실을 잡을 수 있었다. "비행기를 자주 타시는 모양이죠?" 나의 여자는 긍정도 부정도 아닌 미소만 지어 보였다. "전 비행기 타보는 거, 이번이 두 번째입니다. 작년 여름방학 때 제주도 가면서 한 번 타보구선……" "학생이시군요?" 학생이라면 동생처럼 여기고 말상대를 해주겠다는 듯 얼굴을 풀며 말하는 그 여자의 입에서 담배냄새가 풍겨왔다. "학생은 아니지만 대학에 나가고 있습니다." "어머, 그럼…… 교수님이신가요?" "아녜요. 아직 시간강사예요, 헤헤……" 교수는 그만두고 전임강사도 아닌 자신이, 그리고 백치처럼 말꼬리에 싱거운 웃음을 흘리고 만 자신이 혐오스러웠다. "학생이세요?" 이번엔 내가 물었다. 화장이 짙은 걸로 봐서 학생은 아니라고 확신하면서. 그러나 '졸업했어요' 정도의 대답은 기대하면서. 그 여자는 눈이 부신 듯 깜박이며 나를 잠깐 응시했다. 이해할 수 없는 사태나 사람과 갑자기 부딪쳤을 때 그 여자의 눈은 그렇게 떨리고 그렇게 맑아지는가 보았다. 어쨌든 속눈썹을 떨며 내 눈을 응시하던 그 여자의 눈길은 내 운명을 결정했다. 그 순간에 나는 그 여자를 사랑해버린 것이었다. 마음과 마음의 가장 빠른 지름길은 마주치는 눈길이었구나고 생각하며 나의 술 마셔 붉은 얼굴은 더욱 붉어지며 이마로 진땀이 배어나오기 시작했다. 그 여자의 얼굴에 갑자기 장난꾸러기 같은 미소가 번지면서 "제가 대학생 같아 보이세요?" 물어왔다. 마치 대학생 같아 보이기를 기대하는 듯. "글쎄요, 사학년쯤…… 아니, 졸업하셨죠?" 가만히 손을 올려 웃는 입을 감추며 그 여자는 재빠른 시선으로 그 동안 그 여자를 곁눈질로 훔쳐보고 있던 통로 저쪽의 중년 남자를 보고 나서, 표정을 다시 의젓하게 정리했다. 그 다음부터는 마지못해하는 듯 내 질문에 반응했다. "댁이 부산이세요?" "아니, 서울예요." "책 많이 읽으세요?" "……네." "주로 어떤 책을…… 소설 같은 거요?""소설도 보구요……"
"또?""닥치는 대로 보죠 뭐. 그렇지만 워낙 시간이 없어서 많이
는 못 봐요.""뭘 하시는데 시간이 없으세요? 공부하시느라고
요? 역시 학생이군. 어느 학교 다니세요?"그 여자는 이번엔 냉
담한 얼굴로 잠깐 나를 돌아보았을 뿐이었다. 나는 머쓱해지지
않을 수 없었다. "미안합니다. 실은 미인이셔서 자꾸 말이 하고
싶네요." 그제야 미소를 띠고 얼굴은 앞을 향한 채 상반신만 내
쪽으로 약간 기울여 "저 방송국에 나가고 있어요." 남이 들을까
꺼리는 듯 속삭이는 음성이었다.

그 은근한 속삭임 때문에 나는 그 여자한테서 모든 것을 허락
받은 듯한 기쁨을 느꼈다. 그러나 나는 여전히 그 여자에 대해서
는 모른 채였다. 방송국에 나간다는 말을 다만 직장이 방송국이
라는 뜻으로만 들었다.

"방송국에서 뭘 하세요? 아, 아나운서군요?"

"……그 비슷한 거예요."

그때 내 앞자리의 중년 여자가 의자 등받이 너머로 얼굴을 내
밀고 나에게 웃음 머금은 사투리로 말했다. "보소, 듣자 듣자 하
니 너무한데이. 유명한 텔레비 탤런트 한영숙씨도 모르나, 이 답
답한 양반아." 중년여자의 말이 끝나기도 전에 주위에 와 웃음이
터지는 걸로 보아 그 동안 내가 나의 여자와 주고받는 말을 그들
은 흥미 있게 듣고 있었던 모양이었다. 내가 목덜미까지 새빨개
진 것은, 남들이 다 알고 있는 유명한 여자를 몰라봤다는 부끄러

움 때문이 아니라 우리의 은밀한 대화를 남들에게 들켰다는 창
피함 때문이었다. 텔레비전이라야 휴일날 방영해주는 외국영화
나 가끔 보는 데 지나지 않아서 나는 그 여자가 텔레비전 드라마
에 출연하는 여배우란 건 전연 상상도 안 했었다. "공부만 열심
히 하시는 모양이네요. 텔레비 같은 건 안 보시구……" "예, 앞으
론 열심히 보겠습니다."

사실 그후 며칠 동안 나는 그 여자의 얼굴을 보기 위해서 그
여자가 출연하는 드라마 시간이 되면 텔레비전 수상기 앞에 앉
곤 하였다. 역할을 위한 분장 탓인지 화면 속의 그 여자는 내가
본 그 여자와는 다른 것 같아서 안타까움을 느꼈다. 국민학교
때 아동극에 출연한 같은 반 계집애가 야단스런 화장을 했을 때
느낀 그 서먹서먹함과 앙증스럽게 귀엽던 기억이 났다. 비행기
안에서 그 여자를 돌아보던 사람들의 표정이 이제 보니 아동극
의 소녀를 바라보던 국민학교 때의 나의 표정이었다는 걸 깨달
았다. 관심을 갖고 보니 여배우들의 사생활에 대한 소문도 내
귀에 많이 들어왔고, 사람들의 화제를 대부분 차지하고 있는 것
이 뜻밖에도 바로 여배우들의 사생활에 관한 것이라는 것을 알
았고, 그리고 그것은 스캔들을 취급하는 신문이니 잡지들이 사
회적 존경을 유지시킬 필요가 있는 직업이나 계층의 사람들의
스캔들을 취급할 힘을 바로 그 사람들에 의해서 빼앗기고 있고
또 그 사람들이 오직 단 하나의 문, 여배우나 가수 등 대중의 휴
식에 봉사하는 계층의 스캔들을 취급할 수 있는 문만 그 여론도

구에게 열어주고 있기 때문이라는 것을 알게 되었고, 그리고 사람들이 여배우의 스캔들에 관심을 갖는 것은 그 여배우 자신에 대한 호기심 때문이 아니라 그 여배우를 통해서나 엿볼 수 있을 것 같은 자기 시대의 감춰져 있는 부분에 대해서라는 것도 알게 되었다. 그러나 아무것도, 화면 속의 그 여자도 여배우들에 대한 해괴한 소문도 내 속에 들어와 박혀 있는 그 여자의 눈을 빼내지는 못했다. 숨결이 내 뺨에 와 닿을 만큼 가까운 거리에서 어리둥절해서 깜박이며 내 눈을 빤히 들여다보던 그 눈. 그 눈이 어딜 가나 나를 따라다녔다. 어느 날 나는 문득 내가 그 여자에게 결혼 신청을 해볼 수도 있다는 아주 간단한 사실을 깨달았다. 그러자 그 여자가 승낙하리라는 확신이 들었다. 왜냐하면 그것은 운명이니까. 지금 그 여자에게 결혼하기로 약속한 남자가 있다고 하더라도 그 여자가 그 약속을 취소하고 나와 결혼할 것이 틀림없다. 왜냐하면 운명이니까. 그런 생각이 든 다음날 나는 방송국 근처의 다방에서 그 여자에게 전화를 했다. "녹화 중이어서요"라고 말하는 그 여자의 얼굴은 분장 때문에 진짜 아동극의 소녀 같아서 나는 웃음이 나왔다. 그 자리에서 나는 우리집에서 한번 저녁 대접을 하고 싶다고 말하고 사흘 후에 오겠다는 약속을 받았다. 우리집이란 어머니와 나와 가정부가 쓰고 있는 살림집을 말함이었다. 음식은 어머니가 경영하는 식당에서 준비를 해가지고 종업원이 차로 날라왔다. 형님 집에서 형수와 조카들이 여배우 구경을 하러 왔다. 저녁식사 후 내 서재에서 나는 내가 느끼고 있는 그 여자와 나와의 운명에 대해서 얘기했다. 결혼은 아직 생각해본 적이 없다는 대답이었다. 지금 자기 머릿속을 차지하고 있는 것은 여배우로서의 성공뿐이라는 것이었다. 누군가 그 여자로 하여금 한 남자만의 소유가 되는 것을 가로막고 있다는 것을 그 여자의 말 속에서 나는 느낄 수 있었다. 그 누군가는 자기의 꿈이라고 그 여자는 말했지만 수녀가 되는 여자들에게도 천주(天主)에 봉사하기를 부추기는 사람이 있는 것이다. 마침내 그 여자는 그것이 자기 집의 가난이라고 실토했다. 아버지, 어머니, 네 명의 동생들이 그 여자 수입에 의존하고 있는 것이었다. 결혼은 해줄 수 없지만 좋은 친구는 돼주겠다고 그 여자는 말했다. 내가 그 여자에게 결혼 신청을 했다는 사실을 나중에 알고 어머니와 형님은 어처구니없다는 표정이었다. 형수만이 그럴 수도 있는 거죠 뭐, 라고 말했다. 결국 나는 그 여자의 친구로 지낼 수밖에 없다고 각오하게 되었고 그러나 남자와 여자 사이의 친구란 아무것도 아니란 걸 깨닫고, 이젠 방송국 근처 다방에도 그만 나가야겠다고 생각할 무렵 갑자기 그 여자가 결혼을 승낙했다. "욕심쟁이!" 나에 대한 그 여자의 그 말이 나와 결혼할 것을 결심한 이유라는 것이었다. 나는 무슨 뜻인 줄 몰랐다. 나는 나의 그 여자에 대한 전인격적(全人格的) 사랑을, 완전한 소유욕을 그 여자가 그렇게 표현한 것이라고만 생각하고 자랑스럽게 웃었다. 다른 남자들이 그 여자의 음부만으로 만족하고 그 여자의 나머지는 그 여자 자신의 소유로 인정해버리는 데 비교된 표현이라고는 생각하지 못했다. 그 여자가 말하는 '친구'라는 것이, 가방을 든 채 어슬렁어슬렁 방송국 근처 다방으로 가서 차를 시켜놓고 그 여자를 기다리는 동안 남의 웃음거리나 되는 것이 아니라는 걸 몰랐다. 결혼식 때까지도 나는 그 여자에게 처녀막이 있는지 없는지에 대해서는 한 번도 생각해보지 않았다. 결혼을 안 한 여자니까 처녀일 것은 당연했다. 갑자기 닥친 결혼식을 앞두고 허둥지둥 병원으로 달려가 정충(情蟲) 검사를 해본 것은 나였다. 군대 시절, 부대 근처 마을의 한 술집 아가씨와 다섯 번 성교를 했는데 그때 성병에 걸렸던 것이었다. 부대의 의무실에 입원까지 해가며 치료를 받아 완치된 줄은 알고 있지만 막상 결혼을 앞두고 보니 그 악독한 병균이 혹시 미세한 하나라도 내 몸 속에 남아 있을까봐 불안해서 견딜 수 없었다. 아내 이전에 여자 경험이라고는 병을 옮겨준 그 아가씨가 유일한 것이었지만 그마저도 나는 아내 될 여자에게 죄스러웠다. 결혼식만 치르고 나면 기회를 보아 그 일을 고백하고 용서를 구하리라고 작정하고 있었다. 서귀포의 호텔에서의 첫날밤 신부가 처녀가 아니기 때문에 당황한 것은 아내가 아니라 나였다. 처녀가 아닌 점에 대해서는 아내는 한마디 설명도 없었다. 거짓으로라도 아픈 체해줬더라면 좋았을 것이다. 아니 아픈 체해보려고 시도는 하는 것 같았다. 그러나 스스로 멋쩍었던지 금방 그런 거짓 표정을 지워버렸다. 아내와의 최초의 행위가 끝났을 때 나는 내가 신부의 비처녀(非處

女)를 전연 알아채지 못한 듯 구느라고 소란을 피웠다. "아팠지? 처음엔 되게 아프다던데?" 이마, 뺨, 닥치는 대로 키스를 해대고 손으로 아내의 배를 쓸어주고 하며 고통을 위로해주는 듯 호들갑을 떨었다. 실제로 나는 그토록 소원했던 여자와 알몸으로 꺼안고 있게 된 기쁨에만 휩싸여 있었다. 처녀가 아니기 때문에 당황했을 뿐이지 아직 실망하거나 화가 나지는 않았다. 호들갑을 떨고 있는 나를 그 여자가 내가 잊을 수 없는 그 눈으로 꽤 오랫동안 보고 있었다. 어리둥절하여 깜박이며 내 눈을 빤히 들여다보는 그 눈. 나중에야 나는 그 여자에게 고백시켜 그 여자를 정화(淨化)시킬 수 있었던 기회는 바로 그때였다고 깨닫게 되었지만 어떻든 그 눈 표정이 바뀌었을 때 그 여자의 자궁 속에서 나갈까 말까 망설이던 도깨비는 도로 자궁 속 깊이 들어가버린 것이었다. 그 눈 앞에서 고백을 시작한 건 오히려 나였다. 부대 근처 마을의 술집, 염소처럼 눈동자가 노랗던 아가씨, 성병, 결혼식을 앞두고 대학병원에서 완전무결하다는 진단을 받았다는 얘기까지 했다. 성병이라는 얘기를 할 때 그 여자는 치가 떨리는 듯 몸을 웅크리며 돌아누우려 했다. 황급히 어깨를 끌어안아 내 쪽으로 돌려놓고 아내를 안심시키기 위해서 부대 의무실에서의 치료과정을 기억나는 한 상세하게 설명했다.

"용서해줘. 용서해줄 수 없어?" 용서한다는 듯 아내는 내 목을 끌어안았다. 그리고 욕실에 가서 아랫도리를 다시 씻고 오라고 했다. 욕실에서 돌아오자 나를 침대 위에 반듯이 눕게 하고 아내는 엎드려서 나의 벌레처럼 줄어든 남성을 입에 넣고 애무하기 시작했다. 내 남성은 그 어느 때보다도 크게 발기되고 있었지만 그러나 내 몸을 적시기 시작하는 것은 관능의 쾌감이 아니라 슬픔이었다. 아내는 아직 용서받은 것이 아니었다. 그런데도 그 여자는 모두 용서받은 듯이 굴고 있는 것이었다. 성기에 입을 대는 것이 성병에 걸렸던 나를 용서한다는 의식이라고 그 여자는 생각했는지 모르지만 나는 외국에 다녀온 친구가 언젠가 슬그머니 보여주던 포르노 사진의 그 비속(卑俗)의 극치를 기억하고 그런 대담한 행위를 첫날밤에 보여줌으로써 아내가 자신의 추잡한 과거를 인정하도록 나에게 강요하고 있는 것이라고 생각했다. 나는 인정할 수가 없었다. 아내가 잠든 후 나는 이불을 걷고 아내의 음부를 들여다보았다. 난생 처음 보는 음부의 추악한 모습에 나는 구토증을 느꼈다. 그것은 악마에게 강요당하여 아내가 할 수 없이 몸에 차고 다니는 주머니인 것만 같았다. 사박오일의 신혼여행을 끝내고 서울로 돌아왔을 때 나는 성기에서 이따금 찌르는 듯 스치고 가는 통증을 느꼈다. 병원에 가보니 잡균의 침입으로 생긴 요도염이었다. 이것만은 모른 체해도 좋은 일이 아니었다. 아내는 자신은 아무렇지 않다고 했다. 냉증은 어느 여자에게나 있는 것이라고 했다. 나의 성병이 재발했을 것이라고 우기며 새삼스럽게 구토증을 느끼는 듯 목줄기에 손을 대고 침을 뱉어내었다. 어쨌든 아내와 나는 사이 좋은 유치원 아이들처럼 나란히 병원엘 다녔다. 그렇다. 부부란 함께 병을 고치기 위해 만난 남자와 여자다. 나는 그렇게 생각했다. 그러나 변기에 앉아 핏덩어리를 쏟고 있는 아내를 병원으로 데려가, 태아의 자연유산임과 의사의 입에서 아내의 인공유산의 경험이 많음을 알고 났을 때 이제부터 아내는 나에게 도깨비들이 실컷 뜯어먹다 싫증이 나서 던져준 썩은 고깃덩이에 지나지 않았다. 그렇다고 는 하지만 늦지는 않았었다. 그 여자가 입으로 그 도깨비들을 토해줬더라면. 그러나 아내는 드라큐라에게 목덜미를 물린 여자였다. 지방에서 양조업을 하고 있는 고등학교 동창생이 오랜만에 서울에 온 김에 친했던 몇 명의 친구를 불러 근사하게 한잔 사겠다고 간 후암동의 어느 은밀한 방에서, 캘린더 촬영 때문에 늦겠다고 전화했던 아내가 다른 호스티스들과 함께 들어왔을 때 나는 이제껏 그 여자가 빠져나오지 못하고 있는 세계의 두꺼움을 감히 짐작조차 할 수 없었다.

거품처럼 끓어오르는 증오. 너 이런 데 왜 나왔어? 돈 때문이죠. 돈은 누가 주지? 돈 가진 남자가 주지 누가 줘요. 남자는 왜 너한테 돈을 주지? 즐겁게 해줬으니까 주지 왜 줘요. 즐겁다의 반대말은 슬프다. 역시 그런가? 갖가지 친구들의 갖가지 충고. 그러니까 일찍일찍 하나라도 많이 주워먹는 거야. 여편네는 어차피 처녀가 아닐 테니까. 나라고 가만히 있을 수 있니? 자기가 터뜨린 처녀가 하나만 있어도 좋아. 여편네 생각하고 화가 날 때 나도 처녀 하나 먹었으니까 하면 되니까. 많이 먹을수록 좋아.

그 기억만으로 충분히 위로받을 수 있어. 여편네의 용도는 어차피 다른 거니까. 인간은 도대체 행복을 바라고 있기나 한가? 개새끼들. 너희들이다, 아내의 자궁 속에 달라붙어 있는 슬픈 얼굴의 도깨비는. 다시 만나 살라구. 이혼한 여자는 불쌍한 거야. 여자란 처녀인 체 속일 수 있는 동안 꼿꼿할 수 있는 거야. 속일 수도 없게 됐다는 점 때문에 이혼한 여자는 절망하는 거지. 여자가 한번 절망하면 얼마나 자기를 더럽게 내돌리는지 넌 모르지? 불쌍하지도 않니? 개새끼들. 불쌍하다는 말 속에서 축축한 욕망이 엿보인다. 그래, 이혼한 여자란 처녀가 아니다. 처녀가 아니니까 외설스럽다. 길에서 내 아내였던 여자를 만나게 되면 너희들은 그 여자의 아랫배부터 볼 게 틀림없다. 난 처음부터 그럴 줄 알았어. 네가 여배우하고 결혼했다는 소문을 들었을 때부터 앞날이 훤히 보이더군. 우선 여배우란 직업은 일종의 사업이야. 가정이란 것도 하나의 사업이구. 한꺼번에 두 가지 사업을 둘 다 잘 경영한다는 건 힘든 거야. 결혼할 때 그 직업은 그만두게 해야 했어. 네 와이프는 화가지? 달라, 여배우란 특수한 직업이야. 그 육체 자체가 대중의 소유야. 여배우 자신이 그걸 잘 알고 있어. 대중의 소유물을 너 혼자 독점하려면 대중들이 그 여자에게 줄 수 있는 것 이상을 네가 줄 수 있어야 해. 대중들이 부러워할 명예라든가 어마어마한 돈이라든가 그 여자가 무슨 짓을 하든지 얼마든지 용서할 수 있는 사랑이라든가. 비싼 창녀란 말이군. 남편은 기생의 기둥서방이 되란 거구. 여자 중의 여자란 말이지.

모든 여자란 규모가 크고 작을 뿐 다 그런 거야. 만족의 한계가 좁달 뿐 아무리 평범한 여자도 다른 남자가 주는 것 이상을 줄 때 독점할 수 있는 거야. 남녀관계란 근본적으로 경제적 관계야. 남자끼리의 관계만 사상적 관계지. 부자와 가난뱅이도 같은 취미로써 친구로 지내거든. 말 잘 했다. 내가 증오하는 것은 너희 남자들 그 경제구조를 엉망으로 만드는 사상구조. 아이를 빨리 만들지 그랬니? 아이란 우리들의 신이야. 인간적인 사랑이란 삼각형의 관계형식 속에서만 가능하다구 생각해. 한 꼭지점에는 남자, 또 한 꼭지점엔 여자 그리고 또 한 꼭지점엔 신이 있어야 하는 거야. 남자와 여자가 함께 바라보는 신이 있을 때 추잡한 거래관계를 벗어날 수 있는 거야. 신이 없는 두 꼭지점만의 남자와 여자의 사랑이란 이기적으로 무한히 탐욕적인 동물적인 사랑에 지나지 않아. 어느 한 편이 상대를 잡아먹고서야 끝나는 투쟁에 지나지 않아. 끝나도 괴로운 투쟁이지. 왜냐하면 상대를 잡아먹어버렸으니 남은 건 고독한 자기란 말야. 신이 있으면 달라. 신에게는 남자도 여자도 다 있어줘야 한다는 걸 알고 남자와 여자는 진실로 평등하게 상대를 존중하게 되지. 서양 사람들에게는 그 신이 있지만 신이 없는 우리들에겐 자식이 그 신 노릇을 하는 거야. 물론 그 신이 불변하고 영원한 하나의 신이 아니라 변하고 일시적이고 수많은 신이기 때문에 우리가 만드는 삼각형은 불완전한 삼각형이고 너무나 많아서 충동하기 쉬운 다신교라고 해야 하겠지만 어쨌든 남자와 여자 사이에 추잡한 동물적 사랑이 아닌 숭고한 인간적 사랑을 최소한이나마 가능하게 해주는 거야. 신이 인간을 구제한다면 아이들이 우리를 구제해주고 있는 거야. 아이를 빨리 낳았더라면 네 부부가 파경을 당하진 않았을 거야. 네 부인도 달라졌을 거구. 그랬을지도 모르지. 그러나 도깨비가 붙어 있는 썩은 자궁. 유산 경험이 많으시군요. 습관성 유산입니다. 전쟁이 나면 고아원에나 가게 될 아이, 안낳으면 어때요? 나의 자리를 오염시킨 놈들은 누구냐. 철저히 불완전하고 위선적인 삼각형. 바로 너의 논리에 의하여 부정당해야 할 너의 주장. 아이는 신이 될 수 없다. 아이는 언제까지나 아이로 있는 게 아니다. 아이를 갖지 않은 어른들, 아이를 잃어버린 어른들이 된다. 내 것이어야 할 아내의 처녀를 도둑질한 놈은 이십대 미혼 청년이었고 아내를 돈으로 유혹한 놈들은 장성해버려 이젠 자식이라고 하기 어려운 자식을 가진 오십대 사내들이었다. 부모에겐 신이 되고 스스로는 악마인 두 가지 얼굴의 신은 신이 아니다. 탐욕적인 청춘, 이기적인 중년, 발기되는 노년들이 물처럼 공기처럼 빈자리를 메우려 드는 세계. 우리의 삼각형은 그들 틈에 우글쭈글 뒤틀려 잠시 끼어 있을 뿐. 상투적인 저녁이었다. 이름조차 잊어가고 있던 동창생으로부터 갑작스런 전화. 소문 들었다. 술 살게 나와라. 여자 얘기 또는 돈벌이 얘기. 인마, 마셔, 마시고 잊어버려. 버스하구 여자는 오분만 기다리면 오는 거야. 야, 오늘 저녁 너 이 손님 잘 모셔. 내가 왜 돈 벌려고 악착 떠는 줄 아니? 이런 친구 위로해주려구 그러는 거야. 너 팁, 평생 잊지 못하도록 줄 테니까 잘 모셔야 해.
이 친구, 너무 순진해서 여편네한테 구박받은 몸이니까 네가 인
생 공부 좀 잘 시켜드려. 어머, 탤런트 한영숙이 남편이에요?
야, 너 여편네 덕 단단히 보는구나. 나중엔 이혼할망정 나두 탤
런트하고 결혼할걸. 맙소사.

이혼 이후, 이혼의 충격으로 멍해 있을 때 생활은 엉뚱한 방향
에서 이상한 틀을 가지고 나를 덮쳐 나를 그 틀 속으로 밀어넣었
다. 곡마단의 객석에서 무대 위로, 술의 늪으로, 음모(陰毛)의 숲
으로 나는 그것들의 부력(浮力)에 나의 존재를 떠받치도록 맡기
고 있었고 그래서 나라고 내가 생각하고 있던 이전의 나로부터
점점 멀어져갔다. 물론 이건 내가 아니라고 생각했지만 그전에
도 항상 이건 내가 아니라고 생각하며 살았었다. 이건 내가 아니
고 이전의 내가 나라고 한다면 이전의 나는 그 이전의 나를, 그
이전의 나는 그 그 이전의 나를…… 그리하여 나는 무(無)이어
야 할 것이다. 그러므로 이건 내가 아니라고 하는 바로 내가 나
임을 나는 안다. 어느 때가 돼야만 이건 나라고 할 수 있을 것인
가! 그건 꿈속의 꿈임을 나는 안다. 나는 이전의 나로부터 멀어
져감으로써 아내 쪽으로 가까워지리라 기대하고 있었다. 그러나
아무리 떠내려가도 가까워지는 것은 아무것도 없었다. 아내나
친구나 그리고 내가 알고 있던 모든 사람들과 이전의 나는 그때
의 그 관계대로 어느 시점에서 영화의 정지된 화면처럼 멈춰서
지나가버린 시간의 땅 위에 남겨진 채로 나 자신에게조차 전연

낯선 나만이 낯선 여자들과 함께 가까워질 아무것도 발견하지 못한 채 캄캄한 바다로 떠내려가고 있었다. 그 어두운 바다는 전연 다른 법칙으로서 역시 상투적이었다. 타인끼리만 지키는 캄캄한 법칙의 바다였다. 그런 바다에서 어떤 변화를 기대하거나 시도하는 것은 위험했다. 육지에서 변화를 기대하는 자는 잠시 얕은 바다에 뛰어들면 되지만, 되돌아가고 싶은 육지도 없이 바다의 부력에만 존재를 맡기고 떠내려가는 자가 변화를 시도하려면 물 속 깊이 빠져버리는 수밖에 없다. 바다 밑에서 딴 세계가 기다리고 있을지도 모른다. 그러나 거의 그것은 죽음일 것이다. 캄캄한 부력은 그런 위험한 시도로부터도 나를 떠받치고 있었다.

그리하여 나는 지난 삼 개월 동안 육십 명 이상의 여자와 관계했다. 세면(洗面)이 일과의 하나이듯 성교 역시 일과의 하나였다. 매번 다른 여자라는 사실은 매일 낯선 지방으로 여행하는 것과 흡사했다. 빨리 통과해버리고 싶은 여자가 있었고 며칠이고 머물고 싶은 여자가 있었다. 그렇다. 그것은 여행이었다. 가는 곳마다 고향과 비교해보듯 여자마다 아내와 비교해보곤 했다. 그러나 모두가 고향과 닮았으나 아무 데도 고향은 아니듯 모두가 아내를 닮았으나 아내는 아니었다. 실제로 며칠이고 머물고 싶어 붙잡은 여자도 마침내는 비용만 축낼 뿐 어느 순간에선가 역시 타향이라는 깨달음만 안겨주는 것이었다. 나의 타향을 자기의 고향으로 가진 사람들이 있듯 나에겐 타인인 그 여자들을 고향으로 갖고 있는 남자들이 있다는 사실도 알 수 있었다. 몇 개의 마을을 지나치는 동안 배치가 다르고 가꿈이 다르고 규모가 다를 뿐 결국 모든 곳이 집과 길과 숲과 냇물 등으로 이루어져 있음을 알게 되듯 그 마을의 생활 속으로 들어갈 수 없고 또 뻔해서 들어가기도 싫은 여행자에게는 여행의 시작에 느꼈던 기대와 흥분도 이내 잃어버리고 지저분하나마 익숙한 고향 거리에 대한 향수만 짙어갈 뿐이었다. 마침내 향수의 고통으로써 허전한 여행자는 아무리 잘 꾸민 도시에서도 지저분한 고향의 모습과 닮은 구석을 발견했을 때만 우두커니 발길을 멈춘다. 마을마다 역사가 다르듯 살아온 얘기가 다르고 마을마다 주민이 다르듯 사소하나 친밀한 생활을 함께하는 사람들을 따로 갖고 있는 그 모든 여자들과 나의 아내가 공통되는 것은 오직 음부뿐이었다. 첫날밤 아내가 잠든 후에 살그머니 들여다보고 그 부분만은 악마의 솜씨로 만들어졌다고 생각하며 구토증을 느꼈던 그 음부만이 이제는 가장 사랑스럽고 가장 소중한 고향의 모습이었다. 눈만 뜨면 내 사고의 초점은, 강력한 모터로 움직이는 기계처럼 아무리 멎게 하려 해도 억센 힘으로 내 의지를 밀쳐내버리며 자동적으로 한 점으로만 집중하며 나를 목마르게 하는 나날이 시작되었다. 여자의 음부로만, 오직 여자의 음부로만. 눈만 뜨면 내 앞에 마주서는 이미지는 여자의 육체에서 떨어져나와 혼자서 꿈틀거리고 느끼고 생각하고 울고 잠드는, 알맞은 볼륨을 가진 생명체, 음부였다. 그 이미지와 함께 있는 동안만 나는 살아 있었다. 그밖의 모든 일과 시간, 책을 보는 것도 친구와 만나는 것도 물건을 사는 것도 나에게는 무의미한 것이었다. 그 이미지의 실체를 만나려 나는 여자를 불렀다. 그러나 그때마다 만나는 것은 자기의 소중한 음부를 더러운 노예처럼 학대하며 사타구니에 차고 다니는 잔인할 만큼 이기적인 타인들뿐이었다. 음부를 제거하고 나면 여자란 정말 경멸할 만큼 하잘것없는 것이다. 아아! 저 훌륭한 생명체가 왜 여자들의 노예로서 끌려다녀야 하는 것인가! 여자가 떠나간 다음에야 그 생명체는 서서히 여자로부터 분리되어 확대되면서, 내 앞에 마주서는 것이었고 다시 나를 안타깝도록 목마르게 하는 것이었고 그래서 나로 하여금 또 여자를 부르게 하는 것이었다. 하루에 여섯 명의 여자를 차례차례 데려오게 한 날도 있었다. 이제 나는 알고 있었다. 아내가 나의 아내인 동안에 다른 사내들이 내 아내한테서 얻을 수 있었던 것은 음부를 더러운 노예처럼 학대하는 노예상인의 잔인한 얼굴뿐이었다는 것을. 또한 나는 이제 알고 있었다. 음부란 물론 그 자체로서 소중한 것이긴 하지만 아내와는 아무런 관련이 있을 수 없는 독립된 생명체라는 것을. 음부는 아내가 아니었다. 다만 아내가 내 곁에 있을 때 항상 데리고 있으면 충분한 그 무엇이었다. 그런데 아내는 항상 내 곁에 있었던가? 그렇다. 아내는 나를 속이면서까지 항상 내 곁에 있으려고 했었다. 이제 나는 물체(物體)의 세계를 들여다본다. 중요한 것은 '있다'는 것이다. 의혹과 질투의 고통은 '있지 않다'는 것에 비하면 하잘것없는 것이다. 그러므로 그 여자가 나의 아내로 있는 동안 '친정집을 도와주기

404

위하여' 나 모르게 저질렀던 매음행위는 무시해도 좋으리라. 그 것이 법률이나 사회윤리에 저촉되는 짓이라고 비난하지는 말자. 법률이나 사회윤리 같은 건 개나 처먹어라. 그것들은 만화 속의 경찰처럼 도둑이 아니라 쫓고 있는 피해자를 소란 피운다고 쫓고 있을 뿐이다. 그렇다고는 하지만 지금도 여전히 그 여자가 내 곁에 있지 않았었다는 믿음이 씻어지지 않는 것은 무엇 때문인가? 왜 나는 첫날밤부터 그 여자가 내 곁에 있지 않다고 믿어버렸던가? 내가 그 여자에게 바랐던 것은 무엇이었는가? 그것은 아무래도 가장 단순하고 가장 불가능한 것, 내가 그 여자의 최초의 남자가 아니라는 것뿐이다. 그 여자의 나와 알기 이전의 과거까지 소유하고 싶은, 불가능한 욕망 때문에, 음부와 그 여자를 분리시켜봐도 여전히 그 여자는 부재(不在)인 것이다. 그러나 과거를 소유한다는 것이 과연 불가능한 것일까. 결혼하는 남자와 여자가 서로 가져가는 것은 결코 가구나 패물만이 아니다. 자기들의 모든 과거를 짊어지고 만나는 것이다. 친정 식구들마저도 그 여자의 과거로서 남편에게 가져가는 것이다. 이미 돌아가신 할아버지 할머니마저도 얘기라는 수단으로써 짊어지고 가는 것이다. 마땅히 아내는 과거의 연장인 처녀막을 가지고 오든지 아니면 죽은 할아버지처럼 과거의 남자를 구화(口話)를 통해서 데려다놔야 할 것이다. 그런데, 라고 나는 고개를 갸웃거린다. 밤의 파도 위에서 만난 수많은 여자들에게 나는 그 여자들이 최초의 처녀를 상실했을 때의 사정을, 상대 남자를, 때와 장소를,

그 일이 그 여자에 끼친 영향 등을 묻곤 했다. 그리고 망설이면서 또는 거리낌없이 그 여자들이 묻는 대로 자세히 얘기를 할 때 나는 과연 그 여자들이 과거를 짊어지고 나한테 왔다는 느낌이 들었던가? 오히려 반대로, 얘기를 하고 있는 동안 그 여자들이 당당한 걸음걸이로 과거를 향해 떠나버리는 것을 보지 않았던가! 그 여자의 과거는 내 손에 잡았지만 그 여자 자신은 내 손에서 빠져나가버리곤 하지 않았던가. '있다'는 것이 중요한 물체의 세계와 과거마저 소유하고 싶은 욕망은 동시에 성취될 수 있는 것인가? 아무래도 그것은 내 소유욕을 유발시키는 과거가 아내에게 없었어야 했고, 그것은 불가능한 것이었다.

차가 도착한 것은 오후 세시쯤이었다. 차임벨 소리에 현관문을 열어보니 이기사가,

"백마가 아주 늘씬합니다. 고분고분 말귀도 잘 알아듣구요."

나는 흰색으로 주문해놓고 있었던 것이다. 이빨을 닦던 중이라 칫솔을 입에 문 채 베란다로 나가서 차를 굽어봤다. 하얀 차체가 눈에 들어오는 순간 나는 현기증을 느끼며 비틀거렸다. 고등학생일 때 공중목욕탕에서 칸막이 사이로 우연히 눈에 뜨인 여자의 알몸을 보았을 때도 머릿속의 모든 것이 기화(氣化)하여 순식간에 새어나가버리는 듯한 현기증을 느꼈었다.

"자, 어서 한번 밟아보세요."

이기사의 재촉에도 불구하고 나는 우두커니 차를 내려다보고 있었다. 아니 차를 보고 있는 게 아니라 내 앞에서 자꾸만 확대

되고 있는 공간과 시간을 넋놓고 바라보고 있었다. 그것은 허공처럼 무색(無色)으로 확장되며 나에게 묻고 있었다. 넌 도대체 이 차를 가지고 어쩌겠다는 거냐? 무얼로써 이 공간과 시간을 채우겠다는 거냐?

어쩌겠다는 계획이라고는 하나밖에 없었다. 차를 가지게 된 날 준비해뒀던 예금통장을 아내였던 여자에게 갖다주겠다는 것이었다. 우리의 재산을 공평하게 분배함으로써 비로소 나는 아내였던 여자에게 마음의 빚을 갖지 않을 수 있다고 생각했다. 나는 차를 샀는데 너도 사고 싶은 거 사렴. 아파트를 위자료로서 자기한테 줬으면 하던 아내의 눈치가 항상 마음에 걸려 있었던 것이다. 아니다, 나는 제의하고 싶었던 것이다. 우리 시험 삼아서 이제부터 새로 시작해보지 않겠어? 되면 되고 안 되면 제자리지. 자, 나도 이만하면 준비가 된 것 같은데.

이기사를 옆에 태우고 신호가 열리는 길이면 아무 데로나 닥치는 대로 차를 몰며 시운전을 했다.

"불안할 때는 곧 길 옆으로 비켜서 차를 세우세요. 억지로 참으면 사고가 나요."

말하는 이기사를 형님 집 근처에 내려주고 나는 방송국으로 향했다.

내가 맨 처음 찾아갔을 때처럼 아내였던 여자는 분장한 모습으로 다방에 나왔다. 싸우고 헤어진 남편 대접을 해주기 위해 침통한 표정을 짓느라고 안간힘을 쓰고 있는 게 분명했다.

"나 차 샀어."

말하자마자 그 여자는 언제 침통했더냐는 듯이 표정을 활짝 걷어버리고 깜짝 반가운 음성으로,

"정말? 어디?"

보고 싶다는 듯 고개를 다방 입구 쪽으로 돌렸다. 아내만 아니라면 얼마나 사랑스러운 여자일까, 하고 나는 생각했다.

"태워줄게, 시간 있으면……"

"지금은 안 되구, 구경이나 해요."

우리는 주차장으로 향했다. 가는 동안 나는 팔짱을 껴주지 않는 여자를 바싹 곁에서 느껴야 하는 고통에 시달렸다. 이따금 그 여자의 팔과 부딪치곤 하는 내 왼팔이 어깨에서 손끝까지 마비된 듯 무거웠다. 안방에서 식탁 앞까지 가는 동안에도 팔짱을 끼곤 하던 여자였다. 애정의 몸짓이라기보다 그 여자의 버릇이었다. 여자친구와 걸을 때도 으레 팔짱을 끼곤 했다. 역시 의식하고 있구나. 그렇게 생각하니, 내가 운전하는 차로 그 여자를 방송국에 데려다주고 데려오겠다고 얘기하던 시절이 안타깝도록 그리워지고 그 여자에게 차 구경을 시킨다는 것이 잔인한 일 같았다.

"어머, 레코드네!"

내 차 앞에서 탄성을 내지르는 그 여자를 보고서야 나는 내가 가장 비싼 차를 구입한 이유를 처음으로 알았다.

"왜 흰색으로 했어요? 안방마님이 타는 차 같잖아요."

"나도 모르겠어. 괜히 하얀색이 좋아 보여서…… 잠깐 차에 타지."

"안 돼요. 일곱시까진 계속 녹화예요. 차 태워주고 싶으면 일곱시 반쯤 오세요."

"아니, 차 타구 어디 가자는 게 아니구 잠깐 할 얘기가 있어."

"그럼 다시 다방으로 가요. 이혼한 줄 다 아는데 차 속에 다정하게 앉아 있으면 남들이 웃어요."

"그럼 여기서 말하지."

나는 예금통장과 그 여자의 이름을 새긴 도장을 건네줬다.

"이게 뭐예요?"

"아파트를 팔았어. 우리 둘이 나눠 갖는 거야. 난 이 차를 샀어. 내가 좀 많이 가졌지만 받아줘."

통장을 받아들고 있는 그 여자의 손이 가늘게 떨고 있었다. 진실로 침통한 표정이 그 여자의 분장을 헤집고 새어나왔다. 고통을 참고 있는 관자놀이를 보자 나는 울부짖으며 그 뺨을 후려치고 싶은 충동을 느꼈다.

잠시 후에 그 여자는 사색이 끝났다는 듯 미소를 띠고,

"위자료군요?"

이제야 이혼을 실감하겠다는 듯 말했다.

아냐, 위자료가 아냐. 너한테 위자료 같은 걸 받을 권리는 없어. 이건 유혹하기 위한 선물이야. 이제부터 다시 시작해보자고 유혹하는 뇌물이야. 나는 그렇게 말하고 싶었으나 그 말들은 지

렁이떼처럼 덩어리로 엉켜서 가슴속을 굴러다닐 뿐이었다.

"지나놓고 보니 위자료 같은 거 안 받아서 얼마나 다행이었는지 모른다고 생각했는데…… 결국 나는 나쁜 여자가 되는군요…… 잘 쓰겠어요."

"저어…… 나…… 영숙이 아파트로 가끔 놀러가도 되겠어?"

어리둥절한 표정으로 그 여자의 눈이 깜박거리며 내 눈을 빤히 응시했다. 비행기 안에서처럼, 비처녀(非處女)를 감춰주느라고 호들갑을 떨고 있는 나를 바라보던 첫날밤처럼. 그렇다, 이 여자가 저런 눈이 될 때마다 우리의 관계는 새로운 국면을 맞이하곤 했던 것이다. 자, 무슨 일이 생길 것인가?

갑자기 그 여자의 한쪽 콧구멍에서 검붉은 피가 한 줄기 흘러내렸다. 호주머니를 뒤졌으나 내 호주머니 속에 손수건 따위가 있을 리 없다.

"고개를 젖혀."

손을 가져가려 하자 그 여자의 음성이 쇳소리를 냈다.

"손대지 말아요."

방송극의 대사처럼 그것은 평범한 일상의 음색이 아니었다.

"잠깐 고개를 젖히고 있어."

나는 약솜을 사기 위해 주차장 건너편에 있는 약방으로 달려갔다. 그 여자를 위해서 어디론가 마냥 달리고 있다면 좋겠다고 생각했다. 달리고 있는 몸에 썩은 감정들이 달라붙을 자리는 없을 것이다. 그러나 약솜을 사가지고 왔을 때 그 여자는 없었다.

찢어진 통장의 종잇조각들만 마음의 쓰라린 파편으로서 땅바닥에 널려져 있었다. 나 역시 그 여자와의 완전무결한 메별(袂別)을 처음으로 실감했다. 증오의 고통도 함께 찢겨져버린 것이다.

(1977)

우리들의 낮은 울타리

잠시 안 보이던 아내가 방문을 벌컥 열고 들어와서 숨찬 음성으로,

"이거 싸세요. 깜박 잊을 뻔했지 뭐예요."

골목 어귀에 있는 구멍가게까지 그 비탈길을 달음박질로 갔다 온 게 틀림없다. 아내는 들고 온 종이봉지에서 비누며 치약, 칫솔 따위를 꺼내고 있었다. 고혈압 환자답게 항상 불그레한 아내의 얼굴이 더욱 붉게 상기돼 있고 콧등과 이마, 귀뺨이 땀투성이인 것을 보며 정한은,

"뭐가 급해서 뛰구 야단야. 걸음도 천천히 걸으라구."

"한시 약속이라며요? 벌써 열두시 사십분예요. 그 사람들이 금방 올 텐데."

"오든 말든. 기차시간 맞추는 것도 아닌데 왜 그렇게 설쳐? 당신, 내가 호텔에 가서 글 쓴다니까 무슨 큰 벼슬이나 하는 줄 아

나부지? 솔직히 말해서 난 가기 싫어. 호화스런 호텔방에나 가 있어야만 글이 써진다면 나도 다 돼먹은 인간이지 뭐야. 그 사람들 말 대접해주느라구 가긴 가지만, 비싼 호텔방에서 글이 될 게 뭐야. 호텔이란 데가 외국인 여행자들 잠자는 데지 그게 글 쓰는 데야?"

"왜 그렇게 화를 내세요? 난 당신이 비싼 호텔에 가서 글 쓰게 된 게 좋은 게 아니구요. 그 사람들이 당신 글을 그만큼 아껴주는 게 고맙구 좋은 거예요. 그 사람들이 아무리 돈이 많다지만 뭐 돈 쓸 데가 없어서 당신한테 비싼 호텔방 잡아주며 글 쓰라구 하겠어요? 난 진짜 신난다구요. 가난한 작가 따라 산 보람을 처음 느껴보는 거 같다구요. 그 사람들이……"

"됐어. 그만 해. 그 비누하구 타월은 싸지 마. 호텔에 얼마든지 있어."

방이 맘에 드는지 보시라는 김회장의 비서를 따라 들어가본 호텔 객실의 화장실에, 두툼해서 비싸 보이는 타월들이 큰 것, 작은 것 여러 가지가 잔뜩 걸려 있는 걸 생각해내고 정한은 지금 마악 노랗고 얄팍한 타월에 비누 등을 둘둘 말아 싸고 있는 아내에게 말했다.

"그렇지만 남들이 쓰던 수건일 텐데……"

"괜찮아. 깨끗해 보이던데 뭘. 한두 개도 아니고 큰 것, 작은 것이 대여섯 개나 있어. 커다란 것은 영화에서 보던, 그 왜 여자들이 목욕하고 나서 몸에 둘둘 감고 나오잖아? 그럴 때 쓰라구 있는 건 줄 짐작하겠는데, 손수건만한 것은 뒷물질하구 밑씻개 하라구 있나?"

남편의 상소리를 못 들은 체해버리고 구멍가게에서 사온, 비누 등을 불룩하게 싼 노랗고 얄팍한 타월을 남편의 짐가방 속 원고지 뭉치 옆 빈자리에 쑤셔넣으며 아내는 자신 없이 중얼거렸다.

"그래두 가져가보세요."

결혼 이후 여지껏 일류 호텔은커녕 싸구려 여인숙 구경도 안해봐온 아내로서는 호텔이라면 십수 년 전 신혼여행 때 남편과 함께 투숙했던 동래의 어느 불친절한 여관에 관한 기억이 전부일 거라는 짐작이 문득 나서 정한은 쓴웃음이 났다.

"당신, 신혼여행 때 그 여관 생각한 거지? 그 여관에서 내준 수건에 꺼멓게 핏자국이 지워지지 않고 있던 거……"

"어머, 그랬어요? 수건에 핏자국이 있었어요?"

"그랬잖아! 삶지도 않고 대강대강 물에 빨아 다음 손님한테 주는 모양이라고 당신이 너무 꺼림칙해하길래, 내가 가게에 가서 새 수건을 사왔잖아!"

"기억력도 좋으시네요. 난 다 잊어먹었는데. 난 신혼여행이라면 해운대 비치파라솔 밑에서 멍게 사먹던 생각밖에 안 나요. 요즘도 시장에 가서 멍게를 보면 그때 생각이 나서 참 반가워요. 지난달에 당신하구 싸웠을 때 있잖아요, 기분도 풀 겸 성욱이 신발도 살 겸 시장에 갔다가 목판 위에 뻘겋게 속살을 내놓고 쪼개져 있는 멍게를 보니까, 어쩜 내 신세 같아서 어찌나 눈물이 나는지 후후후후, 멍게 보고 운 여자는 세상에 나밖에 없을 거예요, 그죠?"

정한은 오가는 사람들로 들끓는 시장거리에 우두커니 서서 목구멍으로 눈물을 꿀꺽꿀꺽 삼키고 있는, 키 크고 뚱뚱한, 초라한 옷차림인 마흔 살의 여자에 대하여 심한 연민이 치밀어올라왔다. 상대적으로, 작은 농담에도 잘 웃는 낙천적인 성격의 그 뚱뚱보 여자를 울려 내쫓은 빼빼 마르고 화 잘 내는 남편에 대하여는 심한 미움이 끓었다.

남들이 새벽같이 일어나 활동하는 낮엔 잠자고, 남들이 식구 모두 단란하게 모여앉아 하루 일을 보고하며 잠자리를 펴는 시간엔 술 마시고, 남들이 깊이 잠든 밤엔 책상 앞에서 부스럭대고 있는 남편이라는 자에게는 자기 아내뿐만 아니라 이 세상의 누구도 울릴 자격이 없는 것이다. 그처럼 저 하나 편한 생활을 할 권리를 가지려면 그가 해야 할 일은 아내까지 포함한 모든 남들을 즐겁게 해주고 웃겨주고 가장 겸손한 목소리로 "당신들이 옳습니다. 당신들이 훌륭합니다"고 알랑거려야 하는 것이다.

"지난달이라, 그때 우리가 왜 싸웠더라?"

정한은 사실 그 부부싸움의 원인을 잊어먹고 있었다. 자식들에 관한 문제에서 의견이 달랐었겠지.

"내가 말을 잘못 했던 거예요."

"그러지 말고. 정말 난 싸운 이유를 까먹었어."

"······내가 ······ 애들 데리구 죽어버리겠다구 그랬었죠."

"오 참, 글쟁이 자식들 잘된 거 봤냐구 그랬지. 난, 잘못된 건 뭐 봤냐구 그랬구. 참, 말이 났으니 말이지만, 그땐 당신이 밑도 끝도 없이, 애들 데리구 죽어버리겠다구 극단적인 말을 하기에 화가 났지만 왜 그런 말을 했지?"

아내는 머뭇거리다가,

"곰팡이가 슬었을 것 같아 시렁에서 설작을 내려 뚜껑을 열고 보니 그 안에 옛날 신문이 한 장 바닥에 깔려 있었어요. 옛날 신문 읽는 재미란 말도 있잖아요. 그래서 뒤적이다보니 소월(素月)의 아들이란 분이 예술가 아버지 둔 덕택에 학교 공부도 제대로 못 하고 가난하게 처박혀 있다가 마침 높은 양반들 귀에 그 소식이 들어가 국회의사당의 수위론가 취직이 됐다는 이야기가 실려 있지 뭐예요. 그걸 보니까 우리 아이들 장래가 보이는 거 같아서 눈물이 나구 가슴이 답답해져서······"

"으응, 그랬었군. 그렇지만 거봐, 소월이라는 아버지를 둔 덕택에 취직을 했잖아. 이름 없는 아버지였으면 그나마······"

"관둬요. 차라리 지게꾼 아버지라면 자식을 대학까지 공부시켰을 거예요."

"그게 틀린 생각이란 말야. 국가와 사회가 책임지고 시켜줘야 하는 거야. 아무리 가난한 부모를 가진 자식일지라도 본인이 원하고 노력하는 한 교육받을 기회는 국가와 사회가 보장해야 하는 거야."

"그래요, 그래요. 우리, 그 얘기 그만 해요. 또 싸우겠어요."

"소월이 살던 시대는 구조가 잘못돼 있었던 거야."

"그때도 부잣집 자식들은 일본 유학도 갔다 왔구……"

"그러니까 잘못된 거라니까. 자식 교육을 부모들의 돈벌이 경쟁에다가 맡겨버리면 그 경쟁에서 남아날 부모가 몇이나 되겠어. 부모라는 어른들은 눈이 뻐얼건 짐승들이 될 거구 짐승들이 우글거리는 사회의 장래란 보나마나 뻔하지."

"그렇지만 요즘 부쩍 이런 생각이 들어요. 당신이 살면 앞으로 얼마나 살 거라고…… 단 하루라도 남들처럼 살아보지 못하고 죽게 되는 건 아닐까 하구. 그리구…… 잘은 모르지만…… 그런 건…… 공산주의 사회가 되기 전엔……"

"바보 같은 소리! 그게 사회보장제도라는 거지 왜 공산주의야?"

"그래요, 전 바보예요. 그러니까 우리 그 얘기 그만둬요. 어쨌든 당신하구 아무 얘기나 주고받고 있는 순간은 즐거워요."

당신하구 아무 얘기나 주고받고 있는 순간은 즐거워요. 살림살이에 관한 이야기밖에 하지 못하는 아내의 입에서 뜻밖에도 연애중인 처녀의 입에서나 들을 것 같은 말을 듣고 보니 정한은 슬그머니 슬퍼졌다. 소설 쓴답시고 호텔 같은 데 가지 말고 이렇게 아내와 며칠이고 몇 밤이고 종알종알 얘기나 하고 있으면 좋겠다는 생각과 함께 남과 같은 이 생활을 포기하면 그 대가로 글을 얻을 수 있다는 듯 허우적거려온 세월이 꿈처럼 뿌옇게 퇴색해 보이는 것이었다. 결국 소설을 쓴다는 것도 먹고살기 위한 방편이었던가? 그럴듯한 직장에 취직할 만한 흔해빠진 대학 졸업장 하나 없기 때문에 타고난 예민한 감수성과 어린 시절부터 친척이 경영하는 서점에서 닥치는 대로 읽어댄 책들에서 얻게 된 '진정한 삶'에 대한 고정관념을 유일한 능력으로 하여 결국 먹고살기 위해서 소설을 써왔단 말인가?

진정한 삶. 그가 책을 통해 갖고 있고 그가 글 속에서 써왔던 진정한 삶과 자신이 살고 있는 삶과 도대체 어디가 비슷하단 말인가? 진정한 삶이란 결국 아내와 도란도란 얘기를 주고받으며 사는 순간에 있는 것인가? 아주 오래 전, 그가 쓴 글들이 처음으로 책으로 묶여져 나오던 때, 인쇄소에서 만난 조판공을 통해 엿보았던 산다는 것의 엄중함, 무명(無名)의 강인함이야말로 역시 진정한 삶인가? 열다섯 살에 인쇄소 심부름꾼으로 들어와 지금 나이 오십이 넘도록 조판공으로 일하고 있다는 남자에게는 정한이 써대고 있는 이른바 '진정한 삶'이란 얼마나 허무맹랑한 것일까? 동시에 아내에게도 그런 것들은 얼마나 허황돼 보였을 것인가? 그가 써왔던 진정한 삶이란 그 자신도 살아보지 못한 삶이며 아무도 그렇게 살아보려고 하지 않는 그야말로 꿈일 뿐. 결국 자기는 조판공이 활자를 만지고 아내가 밥이나 빨래 하듯 사람들의 꿈을 글로 써 팔아야 아내와 도란거리는 진정한 삶을 구매해온 것에 지나지 않는 것인가? 정한은 여태껏 자신이 글을 통해 추구해온 삶 자체에 대하여도 별로 의심해본 적이 없었다. 자기가 쓰고 있는 삶을 자기 몸으로 살지 못하는 점에 대하여는 그리고 많은 사람들이 그런 삶을 살지 못하는 점에 대하여는 다만 용기의 결핍과 게으름 때문이라고만 여겨 부끄러워해왔고 자신에게도 그리고 다른 사람들에게도 과감히 '진정한 삶'을 향해 돌진하는 구제의 시간이 반드시 닥쳐오리라고 기대해왔을 뿐이었다.

그런데 오늘 원고지 보따리를 들고, 자기가 한 마리 괴로워하는 벌레로서 그 속에서 꿈틀대오던 방을 처음으로 나서서 호텔이라는 사무실로 글 쓰기라는 업무를 보러 가게 되고 보니, 그의 글, 그의 진정한 삶은 갑자기 그가 십수 년 동안 기거해온 삼양동 산비탈의 동네의 비좁고 누더기 같은 방 안에서의 무책임하고 부질없는 공상에 지나지 않아 보이는 것이었다. 그가 글이라는 통로에서나 만나는 '진정한 삶'을 실제로 살고 있는 사람들을 몇 명 그가 알고 있다고 하더라도 오늘만은 그들을 붙잡고 "자, 이쪽을 봐라!"고 손가락질하고 싶어진다.

정한은 앉은뱅이책상 앞 벽에 붙여놓은 종이 위의 해마다 새해 첫날이면 깨끗한 종이에 옮겨베껴 붙이는, 문학청년 시절부터 그의 좌우명 노릇을 해온, 볼 때마다 그의 피를 데워주고 한 번도 의심해본 적이 없는 김기림의 수필 한 구절을 지그시 건너다보았다. "벗들이 전지(田地)를 가지고 통장(通帳)을 가지고 번영(繁榮)할 때 영웅(英雄)은 사장(砂場)을 피로써 물들이고 거꾸러진다."

논밭과 예금통장이 없다고 누구나 영웅일까? 의심하려고 자기 머리를 정한은 비듬이라도 터는 듯 거세게 흔들었다. 망할 놈의 호텔 때문이다.

며칠 전 그는, 공문(公文)처럼 타이핑된 편지 한 통을 받았다. 요 몇 년 사이에 갑자기 두각을 나타낸 한 종합상사에서 부쳐온 것이었다.

흔히 있었던 사보의 원고청탁서인 줄로만 알고 뜯어보니 엉뚱하게도 회장의 친필 사인으로 비서실에서 보낸 간단한 편지였다. 존경하는 선생을 만나서 상의할 일이 있으니 어느 날짜 몇시에 방문해달라는 것이었다. 무슨 일로 만나자는 것이냐고 비서실에 전화를 걸었더니, 회장님께서 정한에게 뭔가 도움되는 일을 생각하고 계시는 모양으로 꼭 뵙고 점심이라도 나누면서 말씀하고 싶어한다는 것이었다. 회장이라는 분이 나를 어떻게 아느냐니까 "왜 유명하신 선생님을 모르시겠습니까" 하는 것이었다. 회장을 만나보니 예상밖에 정한과 같은 사십대의 쾌활한 사람이어서 마치 대학 동창이라도 만나고 있는 편한 마음이었다. 그의 오랜 친구 대하듯 편히 대해주는 태도 때문에 정한은 그 사람의 제안을, 그 제안이 자신에게 어떤 작용을 하게 될지 따져보지 않고 마침 같은 방향이면 내 차로 함께 가자는 가벼운 호의를 받아들이듯 그만 응락하고 말았다. 사보에 콩트 형식의 짧은 글을 연재하면 된다는, 원고지 매수에 상관없이 한 달 생활비를 사례로 하겠다는 비서의 귀띔이 처음에는 그를 낭패하게끔 만들었지만, 점차 그 말은 그의 의기를 더욱 높여주는 작용을 하고 있었다. 원고지 수십 장을 쓰면 한 달의 생활이 보장된다는 자신의 능력에 아내는 얼마나 다행스러워했던가. 남편이 전해준 그 말에 환하게 밝아지는 아내의 얼굴을 보면서, 그는 새삼 내가 왜 이토록 오랜 기간 소설을 쓰지 않았던가를 뉘우쳐보기도 했다.

그러나 그 뉘우침은 자신의 과작(寡作)에 대하여 일어나는 것이라기보다는 자신의 초라한 삶 ― 재벌회사의 비매품 사보에 실리는 콩트를 쓰기 위해서 팔려가는 소처럼 호텔방에서 벌레처럼 기어다녀야 할 것인지에 대한 반발이었다.

그러나 정한은 어젯밤, 호텔에 관한 얘기를 전해 들으면서 밝아지는 아내의 환한 모습을 묵살하기에는 그녀에게 너무나 어려운 삶을 살게 하지 않았던가라는 새로운 자책감에 사로잡혔다.

"문단속 잘 해, 성욱이 학교 다녀오면 내 사흘 뒤에 들어온다고 해요."

비탈길을 숨가쁘게 달려온 젊은 비서를 따라나서면서 정한은 실로 오랜만에 집을 떠난다는 감회, 가족과 헤어져 있어야 한다는 서운함으로 그는 새삼 말할 필요가 없는 당부를 되뇌이고 있었다.

"참, 당신 내 메모첩 챙겨넣었어?"

"그럼요. 원고지랑 함께 싸 넣었으니까 구겨지지 않을 거예요. 늦잠 너무 자지 말고 빨리 끝내고 돌아오세요."

그렇다. '돌아온다'는 말을 얼마나 오랜만에 듣고 있는가. 돌아가겠다, 돌아온다는 말이 주는 가슴 설레는 기분. 나는 얼마나 낮은 울타리 속에 살면서 돌아온 적도 떠나간 적도 없는 삶을 살았던가. 이른 아침 허둥대며 출근하는 남편을 시중하는 아내의 즐거움, 정말 귀를 나팔처럼 열고 귀가하는 남편을 기다리는 아내의 뿌듯한 기대를 나는 한 번도 주어본 적이 없지 않은가. 비록 한 달의 생활을 위한 사흘의 소설 노동이지만, 적어도 지금 나에게는 일생 처음으로 아내에게 기대감을 주는 순간이 아닌가. 초라한 생활을 엮어가는 한 작가에게 자기 수익의 일부를 적선하겠다는 김회장의 기대감, 한 달의 생활비를 걱정하지 않게 되는 정한 자신의 기대감, 이 수많은 기대감을 안은 채 정한은 그의 낮은 울타리를 벗어나고 있었다.

그는 이제 없다.

그는 이제 없다. 비 오는 밤. 그는 언제나 비 오는 밤이면 내게 찾아와 그가 이제 없음을 확인해준다. 그는 언제나 나에게 소리 없는 말을 가르쳐주었고 나로부터는 무력한 허탈감을 찾아가버렸다. 그러나 그는 이제 없다. 다만 그를 연상시켜주는 찢어지는 눈을 가진 아들을 남겨둔 채 그는 이제 없다.

내가 그를 처음 만난 것은 대학 이학년이 다 끝나가는 늦은 가을, 캠퍼스 여기저기에 웅크리고 앉아 있는 단식 데모대 앞에서 그가 마이크를 잡고 성명을 낭독하고 있을 때였다. 그때 나는 과 선배가 그에게 전해달라고 부탁했던 쪽지를 가지고 그의 옆에서 있었다. 그는 내가 그의 옆에 서 있다는 것을 전혀 짐작도 하지 않는 듯 열심히 성명서를 낭독하고 있었다. 나는 그의 낭독이 끝나기를 기다리고 있었다. 그의 입에서 튀는 침이 내 뺨에까지 날아왔다. 나는 그 침을 닦으려고 주머니 속에서 손을 뺄 것인지 아닌지 망설이고 있었다.

그때 그는 내 코앞에 유난히 하얀, 마치 최초의 손수건처럼 하얀 그것을 갖다대면서 나를 물끄러미 바라보고 있었다. 그의 낭독은 끝나 있었다. 그에게 쪽지를 건네주며 돌아서는 나에게 그는 말했다. "어이 나 좀 보지." 내가 돌아섰을 때 그는 내가 건네준 쪽지를 풀어 코를 풀면서 나를 보고 있었다. 그의 눈은 험상하리만큼 찢어져 있었는데, 그의 검고 큰 눈망울 때문에 오히려 그의 눈은 슬픔에 젖어 있는 듯했다.

"담배 있으면 한 개비 주겠어?" 그의 손은 이미 내 가슴의 첫 번째 단추 끝에 와 있었다. 담배를 피워든 그의 손톱은 그의 손수건처럼 맑고 하얬으며 깨끗하게 다듬어져 있었다. 그러나 그의 흐트러진 머리털, 검고 푸른 얼굴색, 검은 색깔의 바랜 작업복, 낡은 군화의 반토막 모두가 주는 그의 인생은 더럽고 난잡해 보였다.

학교 앞 과부집의 막걸리를 거푸 두 잔 마신 그는 느닷없이 내게 이렇게 질문했다.

"너 새벽에 일어나 이 도시를 주파(走破)해본 적이 있니?"

없다고 나는 대답했다.

"오늘 새벽 나는 네시에 일어났어. 수유리가 내 자취방이 있는 곳이야. 거기서 걸어나와 미아리까지 오니 다섯시 반 가까이 되더라. 버스를 탔어. 나 혼자뿐이었어. 신나게 달리더라. 금방 서울역 앞이더군. 거기서 내렸어. 아직 여섯시가 되지 않은 새벽이었어. 새벽의 서울역 앞을 가본 적이 없지. 그곳은 다른 곳의 여덟시처럼 바쁘더군. 조금 전까지 혼자였는데, 서울역 앞은 모두가 혼자처럼 와 있는 혼자가 아니더군. 거기서 한강까지 걸었지. 동자동 갈월동 삼각지 용산우체국을 지나니까 다리가 아프더라. 용산역 앞은 더욱 붐비더군. 너 군에 갔다 왔니? 휴가 나온 병사, 휴가 끝나 입영하러 가는 병사의 두 얼굴이 그렇게 다를 수가 있겠니. 돌아온다는 것과 돌아간다는 것이 왜 그렇게 다른지, 무엇이 그렇게 만드는지를 지금껏 생각하고 있는데 잘 모르겠어……"

정한은 메모지를 덮어버렸다. 그가 벌써 삼 년째 써보겠다고 메모해두었던 작가 메모첩을 뒤적이다가 금방 그는 자신이 소설을 쓸 수 없다는 절망감에 빠지고 말았다. 너무나 오랜 기간을 쓰지 못하고 지내왔다는 것을 재확인했을 뿐이니까. 호텔방 안은 점차 더워지고 있었다. 잠옷만을 걸치고 앉아 있는데도 가슴이 답답해질 정도로 실내는 덥고 건조해 있었다. 수화기를 들어 주스 한 잔을 보내달라고 해볼까, 아니지, 하루가 지나도록 소설 한 줄도 쓰지 못한 주제에 주스를 시켜먹었다고 손가락질하겠

424

지. 사실 그는 어젯밤을 가수상태 속에서 보냈을 뿐이었다. 윙하게 들리는 자동차의 진동 소리, 옆방에서 가느다랗게 들리는 목욕탕의 샤워 소리에도 그의 귀는 주저없이 곤두서고 있었다. 이 방은 몇평쯤 될까. 목욕탕까지 치면 여섯 평 정도가 될까. 이 바닥을 카펫으로 전부 깔았으니 얼마나 들었을까. 온수와 냉수가 어떠한 경로로 한꺼번에 나올 수 있을까, 호텔방 안을 이 정도로 덥게 덥히려면 석유가 얼마나 소용될까, 그는 이런저런 생각에 싸여서 밤을 보냈을 뿐이었다. 그의 손목시계가 열한시를 가리키고 있었지만 호텔방 안은 아직도 그가 들어왔을 때와 똑같은 모습으로 변하지 않은 채 버티고 있었다. 정지된 시간, 호텔방 안은 그에게 정지된 시간과 정지된 사고를 한꺼번에 강요하고 있는 듯했다. 점차 그가 호텔방과 친숙해져 있다고 느꼈을 때는 그가 호텔방을 지배하고 있는 것이 아니고, 호텔방이 그를 지배하고 있는 듯했다. 그는 다만 이 거대한 호텔방의 지배 속에서 원고지 위를 기어다니는 벌레처럼 느껴지고 있었다.

정지된 시간, 정지된 사고, 소설을 쓰는 벌레, 돌아감, 돌아옴. 그는 원고지 위에 이렇게 낙서를 하다가는 후딱 일어섰다. 그렇다. 이 호텔의 지배를 벗어나서 나의 울타리까지 들어갈 수 있는 길, 전화가 있다. 그는 수화기를 거칠게 잡고서는 거만하게 전화번호를 불러주었다.

따르릉 하는 벨소리에 소스라치며 정한은 수화기를 잡았다.

"여보세요."

멀리서 아내의 목소리가 들려오고 있었다.

"나야. 당신 지금 뭐 하고 있어? 성욱이 학교 다녀오지 않았지? 바쁘지 않으면 당신 이곳으로 좀 오지."

"왜요, 무슨 일이 생겼어요?"

"아냐, 당신 얼굴이 보고 싶어서 그래. 잠도 잘 자지 못했다구. 당신 목욕한 지 며칠 되었지? 여기 와서 같이 목욕하자고. 우린 지금까지 한 목욕탕에서 목욕을 해본 적이 없지 않아? 곧 와. 기다리고 있을 거야."

정한은 수화기를 내려놓으면서 스스로의 기발한 착상에 새삼 놀라고 있었다. 그는 이윽고 일어나서 목욕탕으로 들어가 온수 스위치를 힘 있게 틀었다.

(1979)

스무 살에 만난 빛

신경숙(소설가)

스무 살.

스무 살이 있었다.

남산의 대학에 입학하자마자 그만 놀라서 눈이 휘둥그레졌던 스무 살. 자유롭고 생기롭고 광적이며 독특한 사람들에게 그만 놀라서는 아무 데나 주저앉아버렸던 스무 살. 회복기 환자처럼 아주 천천히 「무진기행」을 읽었던 스무 살. 「무진기행」을 읽었던 스무 살이라고 쓰고 보니 장 그르니에의 『섬』에 바친 카뮈의 헌사가 생각난다.

……알제이에서 내가 이 책을 처음으로 읽었을 때 나는 스무 살이었다. 내가 그 책에서 받은 충격, 그 책이 내게 그리고 나의 많은 친구들에게 끼친 영향에 대해서 오직 지드의 『지상의 양식』이 한 세대에 끼친 충격 이외에는 비견할 만한 것이

없을 것이다……

글 쓰는 사람으로서 이 매혹적이고 아름다운 감탄을 어찌 잊을 것인가. 그럴 수만 있다면 나 또한 카뮈의 헌사를 김승옥 선생의 글 앞에 고스란히 갖다드리고 싶다.

스무 살의 나는 그저 어디에나 앉아만 있었던 걸로 기억된다. 학교 벤치나, 빈 강의실이나 지하계단 앞 같은 곳에 앉아만 있었다. 그때껏 내가 몸담아왔던 곳, 방금 떠나온 그곳과는 너무나 다른 분위기에 휘둥그레진 내 눈은 시선 둘 데를 몰라 허둥거리기까지 했다. 세상에는 이런 사람들, 이런 분위기도 있구나. 머나먼 이방에 홀로 내팽개쳐진 듯한 고독을 물리칠 수가 없었다. 거기다 그들의 눈동자들은 너무나 빛이 나고, 그 속에 시무룩하게 섞여 앉아 있는 나는 너무나 평범했다. 평범하다는 것이 그때처럼 부담이었던 때가 이후 다시 있었을까? 그때에 만약 소설창작이나 시창작 시간이 없었다면 나는 어쩌면 학교를 떠나버렸을지도 모를 일이다. 문학만이 아니고 모든 예술은 자기가 정신을 두고자 하는 분야의 분위기를 체득하는 것이 첫 힘이라고 나는 생각한다. 한데 나는 문예창작과 학생일 뿐이었다. 문학은커녕, 그 분위기조차 눈치채지 못한 채로 그저 소설가의 꿈만 막연히 기르고 있던 어린 처녀였다. 은사 중의 한 분이 수업 도중에 시(時)의 길은(그분은 시인이셨다) 생을 걸어가볼 만한 길이라고 말씀하셔도, 은사 중의 또다른 분이, 문학이란 깊은 우물 속에

428

제 얼굴을 비춰보는 데서부터 출발 아니겠는가 하셔도 움츠러든 마음이 펴지질 않았었다.

그런 스무 살의 소설창작 시간에 김승옥의 「무진기행」을 읽었다. 「무진기행」은 지상이 아닌 다른 곳의 어떤 힘이 나를 그곳으로 데려가기 위해 내쏜 빛 같았다. 수업은 은사께서 지정해준 작품을 읽고 리포트를 작성하고 동료들과 함께 토론을 하는 방식이었다. 발표를 해본 기억은 없지만 리포트는 열심히 썼던 기억이 난다. 그러니까 「무진기행」도 리포트를 작성하기 위해 읽기 시작한 것이었는데 휘둥그레졌던 내 눈이 그만 그곳에서 정지되어버린 것이다. 처음엔 서두에 나오는 데드롱직(織)이라는 말 때문이었다. 그때까지 나는 개인적으로 데드롱이란 직물에게서 묘한 느낌을 전달받고 있었다. 뭐랄까. 약간 불량스러운, 엘비스 프레슬리나 나훈아 같은, 한량스러운 바람둥이 같은, 그런.

스무 살의 내게 문학이란 엄숙한 것이었다. 말하자면 데드롱직이란 단어가 내게 풍기는 이미지의 반대편에 문학은 있다고 생각했다. 데드롱이란 직물이 내게 풍기는 그 불량스런 이미지를 배척하기 위해 문학은 존재한다고 생각했었는지도 모르겠다. 그런데 대선배 작가가 데드롱직이란 말과 그 이미지를 아무렇지도 않게 쓰고 있는 것이었다. 나는 데드롱직이란 단어 밑에 밑줄을 그었다. 그 밑줄로부터 나의 무진으로의 이탈은 시작되었다.

……아침에 잠자리에서 일어나서 밖으로 나오면, 밤사이에

진주해온 적군들처럼 안개가 무진을 뼹 둘러싸고 있는 것이었다. 무진을 둘러싸고 있던 산들도 안개에 의하여 보이지 않는 먼 곳으로 유배당해버리고 없었다. 안개는 마치 이승에 한(恨)이 있어서 매일 밤 찾아오는 여귀(女鬼)가 뿜어내놓은 입김과 같았다. 해가 떠오르고, 바람이 바다 쪽에서 방향을 바꾸어 불어오기 전에는 사람들의 힘으로써는 그것을 헤쳐버릴 수가 없었다. 손으로 잡을 수 없으면서도 그것은 뚜렷이 존재했고 사람들을 둘러쌌고 먼 곳에 있는 것으로부터 사람들을 떼어놓았다. 안개, 무진의 안개, 무진의 아침에 사람들이 만나는 안개, 사람들로 하여금 해를, 바람을 간절히 부르게 하는 무진의 안개……

무진의 안개는 여지없이 나의 고정관념들을 균열시켰다. 나비 같았고, 화려했으며, 세련되었고, 비의가 서려 있었다. 안개 속에서 교미하고 있는 개 두 마리를 지나 수음이라는 단어가 주는 음울함을 지나 폐병을 앓고 있는 청년이 문을 닫고 살았던 골방을 지나 "무진에서의 나는 항상 처박혀 있는 상태였었다. 더러운 옷차림과 누우런 얼굴로 나는 항상 골방 안에서 뒹굴었다. 내가 깨어 있을 때는 수없이 많은 시간의 대열이 멍하니 서 있는 나를 비웃으며 흘러가고 있었고, 내가 잠들어 있을 때는 긴긴 악몽들이 거꾸러져 있는 나에게 혹독한 채찍질을 하였었다"라는 문장을 만났다. 섬광 같은 무엇이 내 속을 꿰뚫고 지나갔다. 살아 있

430

는 한 영원히 지속될 상실이, 속수무책의 패배의식이 이렇게 찬란한 문장이 될 수 있다니. 내 스무 살은 「무진기행」에 사로잡혀 끊임없이 균열이 졌다. 어떤 분일까. 이런 글을 쓰는 분이라면 설령 그가 차갑고 냉담한 분이라 해도 도저히 미워할 수 없을 거라고 생각하는 동안에도 내 의식은 계속 균열이 졌다. 겨우 스무 살인데 부서질 게 그렇게도 많았다. 균열의 끝에는 나 또한 빼꼼히 바다로 뻗은 긴 방죽에 서 있었다. 그곳에서 유행가를 부르는 성악과 출신의 음악선생 하인숙에게 엄청난 애정을 느끼고 있는 나를 발견했다. 그녀에 대한 나의 애정은 "밤사이에 진주해온 적군" 같았다. 그녀의 말 한마디 한마디가 마치 내가 뱉고 있는 것 같았다.

"처음 뵈었을 때, 뭐랄까요, 서울 냄새가 난다고 할까요, 퍽 오래 전부터 알던 사람처럼 느껴졌어요. 참 이상하죠?"

"그 사람들은 항상 유행가만 부르라고 하거든요."

"미칠 것 같아요. 금방 미칠 것 같아요. 서울엔 제 대학 동창들도 많고……"

"그렇지만 여긴 책임도 무책임도 없는 곳인걸요. 하여튼 서울에 가고 싶어요. 절 데려가주시겠어요?"

"세상에서 제일 먼저 편지를 쓴 사람은 어떤 사람이었을까요?"

"선생님은 착한 분이세요?"

"절 나무라시는 거죠? 착하게 보아주려는 마음이 없으면 아무도 착하지 않을 거예요?"

"자기 자신이 싫어지는 것을 경험하신 적이 있으세요?"

"선생님, 저 서울에 가고 싶지 않아요."

어느덧, 아리아로 길들여진 성대로 〈목포의 눈물〉을 부르던 하인숙에 반한 스무 살의 나는 「무진기행」을 한 문장 한 문장 대학노트에 옮겨적기 시작했다.

"〈어떤 개인 날〉 불러드릴게요." "그렇지만 오늘은 흐린걸." 나는 〈어떤 개인 날〉의 그 이별을 생각하며 말했다. 흐린 날엔 사람들은 헤어지지 말기로 하자. 손을 내밀고 그 손을 잡는 사람이 있으면 그 사람을 가까이 가까이 좀더 가까이 끌어당겨 주기로 하자. 나는 그 여자에게 '사랑한다'고 말하고 싶었다. 그러나 '사랑한다'라는 그 국어의 어색함이 그렇게 말하고 싶은 나의 충동을 쫓아버렸다……

……내가 이불 속으로 들어갔을 때 통금 사이렌이 불었다. 그것은 갑작스럽게 요란한 소리였다. 그 소리는 길었다. 모든 사물이, 모든 사고(思考)가 그 사이렌에 흡수되어갔다. 마침내 이 세상엔 아무것도 없어져버렸다. 사이렌만이 세상에 남아 있었다. 그 소리도 마침내 느껴지지 않을 만큼 오랫동안 계

속할 것 같았다. 그때 소리가 갑자기 힘을 잃으면서 꺾였고 길게 신음하며 사라져갔다. 내 사고만이 다시 살아났다. 나는 얼마 전까지 그 여자와 주고받던 얘기들을 다시 생각해보려 했다. 많은 것을 얘기한 것 같은데 그러나 귓속에는 우리의 대화가 몇 개 남아 있지 않았다. 좀더 시간이 지난 후, 그 대화들이 내 귓속에서 내 머릿속으로 자리를 옮길 때는 그리고 머릿속에서 심장 속으로 옮겨갈 때는 또 몇 개가 더 없어져버릴 것인가. 아니 결국엔 모두 없어져버릴지도 모른다. 천천히 생각해보자. 그 여자는 서울에 가고 싶다고 했다. 그 말을 그 여자는 안타까운 음성으로 얘기했다. 나는 문득 그 여자를 껴안고 싶은 충동에 사로잡혔다. 그리고…… 아니, 내 심장에 남을 수 있는 것은 그것뿐이었다. 그러나 그것도 일단 무진을 떠나기만 하면 내 심장 위에서 지워져버리리라……

……돌아가는 길은 좀 멀긴 하지만 잔디가 곱게 깔린 방죽길을 걷기로 했다. 이슬비가 바람에 뿌옇게 날리고 있었다. 비를 따라서 풍경이 흔들렸다. 나는 우산을 접어버렸다. 방죽 위를 걸어가다가 나는, 방죽의 경사 밑, 물가의 풀밭에 읍에서먼 촌으로부터 등교하기 위하여 오던 학생들이 모여서 웅성거리고 있는 것을 보았다. 나이 많은 사람들이 몇 사람 끼어 있었고 비옷을 입은 순경 한 사람이 방죽의 비탈 위에 쭈그리고 앉아서 담배를 피우며 먼 곳을 바라보고 있었고 노파 한 사람

이 혀를 차며 웅성거리고 있는 학생들의 틈을 빠져나와서 갔다. 나는 방죽의 비탈을 내려갔다. 순경 곁을 지나면서 나는 물었다. "무슨 일입니까?" "자살 시쳅니다." 순경은 흥미없는 말투로 말했다. "누군데요?" "읍내에 있는 술집 여잡니다. 초여름이 되면 반드시 몇 명씩 죽지요."······

「무진기행」의 문장 하나하나를 짚어가며 대학노트에 옮겨써 내려가다가 나는 아래와 같은 대목에 슬며시 눈시울이 젖기도 했다.

······나는 문득, 내가 간밤에 잠을 이루지 못하고 뒤척거리고 있었던 게 이 여자의 임종을 지켜주기 위해서가 아니었을까 하는 생각이 들었다. 통금 해제의 사이렌이 불고 이 여자는 약을 먹고 그제야 나는 슬며시 잠이 들었던 것만 같다. 갑자기 나는 이 여자가 나의 일부처럼 느껴졌다······

나는 한 편의 단편소설로 인해 그때껏 잠겨져 있던 문학적인 분위기의 한 대목에 눈을 떴다. 무진의 안개는 너와 다른 삶을 겁내지 마라, 고 나를 홀리며 데드롱이란 직물에 품고 있던 불량스러운 이미지를 세련한 향수로 돌변시켰다. 문학은 삶의 불량스러움과 냉소를 연민으로 감싸고 돌보는 일인지도 모른다는 생각을 하게 했다. 무진의 안개에 홀린 사람이 어찌 나뿐일까. 오

434

랜 세월을 다른 최면에 드신 듯이 김승옥 선생이 소설로 돌아오지 않고 계셔도 선생의 과거는 우뚝하다. 힘센 시간이 수많은 소설들을 소멸시키며 흘러갔으나, 선생의 소설들은 가슴에 아로새긴 청춘의 어느 하루처럼 나날이 더 빛나고 있다. 내가 나에게 했던 옛 맹세를 내가 잊으려 할 적마다, 내 자폐의 골방을 내가 잊으려 할 적마다, 다시 펼쳐 읽어보는 소설 중에 「무진기행」이 어김없이 끼어 있다. 「무진기행」을 다시 읽을 적마다 나는 매번 새롭게 사람들이 모두 다른 방식으로 존재하고 있음을 감지한다. 존재의 가장 밑바닥엔 개펄 같은 우수가 펼쳐져 있으며, 우리가 그 속으로 끊임없이 귀환하려는 까닭은, 그 우수 속에 훼손되기 전의 내가 있음을, 그 속에서만이 우리가 서로 돌봐야 하는 결핍된 인간임을 감지하기 때문임을 인식한다.

무슨 말이 더 필요할까. 뭐라고 뭐라고 내 말을 더 보태느니 「무진기행」의 한 구절을 더 옮겨보는 게 내가 하고 싶은 말을 앞지르리.

…… '갑자기 떠나게 되었습니다. 찾아가서 말로써 오늘 제가 먼저 가는 것을 알리고 싶었습니다만 대화란 항상 의외의 방향으로 나가버리기를 좋아하기 때문에 이렇게 글로써 알리는 것입니다. 간단히 쓰겠습니다. 사랑하고 있습니다. 왜냐하면 당신은 저 자신이기 때문에 적어도 제가 어렴풋이나마 사

랑하고 있는 옛날의 저의 모습이기 때문입니다. 저는 옛날의 저를 오늘의 저로 끌어다놓기 위하여 갖은 노력을 다하였듯이 당신을 햇볕 속으로 끌어놓기 위하여 있는 힘을 다할 작정입니다. 저를 믿어주십시오. 그리고 서울에서 준비가 되는 대로 소식 드리면 당신은 무진을 떠나서 제게 와주십시오. 우리는 아마 행복할 수 있을 것입니다.' 쓰고 나서 나는 그 편지를 읽어봤다. 또 한 번 읽어봤다. 그리고 찢어버렸다……

1941년   12월 23일 일본 오사카(大阪)에서 아버지 김기선과 어머니
        윤계자의 장남으로 태어남. 아명은 학길(鶴吉).

1945년   귀국하여 전남 진도에서 수개월 지내다가 본적지인 전남
        광양에 일시 거주.

1946년   순천으로 이사, 정착함.

1948년   순천 남국민학교 입학. 여순반란사건 발발. 부친 사망.

1949년   여수 종산국민학교(현재 중앙초등학교)로 전학.

1950년   6·25 발발. 경남 남해로 피난. 수복 후, 순천 북국민학교로
        전학.

1952년   월간 『소년세계』에 동시를 투고하여 게재된 것이 계기가 되
        어 이후 동시, 콩트 등 창작에 몰두.

1954년   순천중학교 입학.

1957년   순천고등학교 입학.

1960년   서울대 문리대학 불문학과 입학. 문리대 교내신문 『새세대』
        기자 활동. 한국일보사 발행 『서울경제신문』에 연재만화를
        아르바이트로 그려 학비를 조달함.

1962년   한국일보 신춘문예에 단편소설 「생명연습生命演習」 당선으

로 문단에 데뷔. 강호무·김성일·김창웅·김치수·김현·염
무웅·서정인·최하림과 동인지 『산문시대』 발간. 소설 「건
乾」 「환상수첩幻想手帖」 등을 『산문시대』에 발표.

1963년   「누이를 이해하기 위하여」 「확인해본 열다섯 개의 고정관
념」(『산문시대』), 「力士」(『문학춘추』) 발표.

1964년   「霧津紀行」(『사상계』), 「차나 한잔」(『세대』), 「싸게 사들이
기」(『문학춘추』) 등 발표.

1965년   서울대 졸업. 「서울 1964년 겨울」로 사상계사 제정 제10회
동인문학상 수상. 「들놀이」(『청맥』) 발표.

1966년   「다산성多産性」(『창작과비평』), 「염소는 힘이 세다」(『자유
공론』) 등 발표. 장편 「빛의 무덤 속」을 『문학』에 연재하다
가 중단. 「무진기행霧津紀行」의 시나리오 집필을 계기로
영화계와 관계 시작. 단편집 『서울 1964년 겨울』이 창문사
에서 출간.

1967년   중편 「내가 훔친 여름」을 중앙일보에 연재. 김동인의 「감
자」를 각색, 감독하여 영화로 만듦. 백혜욱과 결혼.

1968년   「60년대식六十年代式」을 『선데이서울』에 발표. 『신동아』에
「동두천」을 연재하다가 2회에 중단. 나중에 이 작품을 「재
룡이」로 개작. 이어령의 「장군의 수염」을 각색하여 대종상
각본상 수상.

1969년   「야행夜行」을 『월간중앙』에, 장편 「보통 여자普通女子」를
『주간여성』에 연재.

1970년	담시 「오적五賊」 사건으로 김지하가 투옥되자 이호철·박태순·이문구 등과 김지하 구명운동 전개.
1971년	월간지 『샘터』 편집.
1974년	시나리오 「어제 내린 비」 「영자의 전성시대」 등 집필. 「겨울여자」 「여자들만 사는 거리」 「도시로 간 처녀들」 등 영화화.
1976년	창작집 『서울 1964년 겨울』 『60년대식』을 서음출판사에서 출간.
1977년	「서울의 달빛 0章」으로 문학사상사 제정 제1회 이상문학상 수상. 「강변부인」을 일요신문에 연재. 콩트집 『위험한 얼굴』, 수필집 『뜬 세상에 살기에』 출간.
1979년	옴니버스 스타일의 소설 「우리들의 낮은 울타리」를 『문예중앙』에 발표.
1980년	장편 「먼지의 방」을 동아일보에 연재 시작했으나 광주사태로 인한 집필 의욕 상실로 연재 15회 만에 자진 중단.
1981년	4월 종교적 계시를 받는 극적 체험을 한 후, 성경 공부와 수도생활 시작.
1995년	김승옥 소설전집(전5권)이 문학동네에서 출간.
2004년	산문집 『내가 만난 하나님』 출간.

김승옥

1941년 일본 오사카에서 태어나, 전남 순천에서 성장했다. 서울대 불문과를 졸업했다.
1962년 한국일보 신춘문예에 단편 「생명연습生命演習」이 당선되어 작품활동을 시작한 후,
파괴된 우리 역사의 끄트머리를 당대의 시각에서 탁월하게 재구성하는 독특한 작품들을 선
보였다. 1965년 단편 「서울 1964년 겨울」로 동인문학상을, 1977년 단편 「서울의 달빛 0章」으
로 이상문학상을 수상했다.

김승옥 소설전집 1
무진기행
ⓒ 김승옥 1995

1판 1쇄	1995년 12월 12일
1판 11쇄	2002년 2월 18일
2판 1쇄	2004년 10월 15일
2판 40쇄	2023년 10월 24일

지은이 김승옥

펴낸곳 (주)문학동네 | 펴낸이 김소영
출판등록 1993년 10월 22일 제2003-000045호
주소 10881 경기도 파주시 회동길 210
전자우편 editor@munhak.com | 대표전화 031)955-8888 | 팩스 031)955-8855
문의전화 031) 955-3576(마케팅) 031) 955-2675(편집)
문학동네카페 http://cafe.naver.com/mhdn
인스타그램 @munhakdongne | 트위터 @munhakdongne
북클럽문학동네 http://bookclubmunhak.com

ISBN 89-8281-867-7 04810
     89-8281-866-9 (세트)

www.munhak.com